烏蒙戰歌

樊希安 著

江苏凤凰文艺出版社
JIANGSU PHOENIX LITERATURE AND ART PUBLISHING, LTD

题记——

为有牺牲多壮志

敢教日月换新天

——毛泽东《七律·到韶山》

谨以此书献给已经消失的中国人民解放军基建工程兵部队！献给曾经为国家建设浴血奋战的49万基建工程兵将士们！献给在和平年代为国家建设而牺牲的烈士们！

谨以此书作为中华人民共和国成立七十周年的献礼！

目录

引子

本书叙说的是中国人民解放军一支特殊部队在特殊年代执行特殊任务的故事，故事的情节和人物与已经成为中华人民共和国国家记忆的“大三线”建设密切相关。

20世纪60年代中期，国际风云变幻，我国周边环境急剧恶化，毛泽东主席出于对维护国家安全和准备打仗的考虑，提出了建设大三线的战略决策。他提出：在原子弹时期，没有后方不行，“三五计划”要考虑解决全国工业布局不平衡的问题，要进行一、二、三线战略布局，加强“三线”建设，防备敌人的入侵。毛泽东讲的一、二、三线，是根据中国地理区域划分的，一线指沿海和北部西部边境地区；三线指云、贵、川、湘、鄂、陕、甘、宁、青、豫、晋的全部和大部；介于一线和三线中间的地区，属于二线。上述地区是指全国的“大三线”，沿海和中间地区的省区也各自划分了“三线”，称为“小三线”。在加强战备、准备打仗的思想指导下，在党和国家强力推动下，大规模三线建设这一“国家行动”迅即在重点地区展开。一时间，围绕加快基础工业、加强农业，重点解决人民的吃穿用问题，加速国民经济发展的大批工程陆续上马。加强国防建设，建设“三线”后方工业基地，加强战略交通、铁路、机场建设，增强大规模反侵略战争潜力的基本建设工程也纷纷启动。300多个项目在西北、西南全面展开，数百万建设大军投入“三线建设”洪流。“好人好马上三线，备战备荒为人民”成为响亮的时代口号。

就是在这种宏大历史背景下，中国人民解放军一个新的兵种——基本建设工程兵诞生了。1966年2月，中共中央书记处召开会议，周恩来总理和邓小平副总理在会上提出把部分施工队伍整编为基本建设工程兵，实行义务兵役制。毛泽东听了汇报后说：“这个办法我赞成。”2月28日，中央书记处研究了施工队伍逐步整编为基本建设工程兵的问题。3月11日，国家建委党组向中央写了《关于施工队伍整编为基本建设工程兵试点意见的报告》。3月30日，中共中央批转了这个报告。中央批示指出：“把施工队伍逐步整编为劳武结合、能工能战的基本建设工程兵，是实现队伍革命化，保证队伍不断更新，提高战斗力的根本措施，最能适应边备战、边建设的需要。可以肯定，这是一个正确的方向，必须坚定不移地贯彻实现。”很快，中央军委同意并转发了《国家建委党组关于施工队伍整编为基本建设工程兵试点中的几个问题的请示报告》。报告就部队的编制序列和番号、征兵退伍、武器装备、军需用品等问题作了具体规定。中共中央军委确定，基本建设队伍整编后，定名为“中国人民解放军基本建设工程兵”（简称“基建工程兵”）。基建工程兵按照解放军工程部队的编组原则，结合基本建设施工队伍的特点，按纵队（相当于军）——支队（师）——大队（团）——区队（营）——中队（连）——排——班的序列进行编制。支队和大队机关参照解放军工程兵部队的体制建立，所属部队的番号，按顺序统一编制，并按要求设立了领导机关和指挥机构。

基建工程兵从1966年8月1日正式成立至1984年年底完成撤

销改编，经历了18年艰苦奋斗、建树辉煌的岁月。18年中，49万指战员继承和发扬人民军队的优良传统，将对党、对国家、对人民的忠诚镌刻在祖国的山水之间，把青春与热血奉献给了国家经济建设和国防建设事业。他们在全国28个省、自治区、直辖市担负着冶金、煤炭、石化、水电、交通、航空、航天、兵器工业等系统重大基建工程建设，以及北京地铁、城市建设、水文地质勘查、铀矿、黄金勘探生产等任务，在国家基本建设和国防施工中发挥生力军作用，做出了永载史册、不可磨灭的巨大贡献，在中华人民共和国建设发展史上写下浓墨重彩的一笔。

基建工程兵煤炭部队是基建工程兵的重要组成部分。这支中外建军史上极为特殊的煤炭建设大军转战南北，在全国各地建成20座大中型煤矿，年生产能力达到3000万吨，接近我国1949年煤炭生产总量，为国家三线建设和能源基地建设建立了卓著功勋，付出了巨大牺牲，谱写了一曲地心深处的不朽战歌。

我曾经是基建工程兵煤炭部队的一员。我服役的基建工程兵第41支队，是中国人民解放军第一支煤炭部队。它承担的使命是在贵州六盘水地区建设煤炭工业基地，与四川攀枝花钢铁工业基地成龙配套，为其提供足够的黑色能源，实现"用贵州的煤炼四川的钢"的战略布局。1966年4月，根据中共中央、中央军委的批示和西南局三线建设委员会整编座谈会精神，煤炭部党组做出了在盆县矿区进行整编试点工作的决定。中央军委从铁道兵部队抽调471名干部作为整编建队的骨干。经过三个月思想动员和组织准备，部队全部组建编成。1966年8月1日在盆县瓦厂隆重举行的授旗仪式，标志着这支队伍的正式诞生。

41支队下辖七个大队(401至407)和十个直属区队。支队为师级，大队为团级，区队为营级。这支特殊的部队是由"工改兵"整编而来的。原盆县矿区指挥部机关、直属队整编为支队机关、直属队；77 工程处整编为 401 大队；第 14、第 44 工程处整编为 402 大队；第 78 工程处整编为 403 大队；第 76 工程处整编为 404 大队；第 19 工程处整编为 405 大队；第 74 工程处整编为 406 大队；第 75 工程处整编为 407 大队。通过整编列入部队系列 1 万余人，当年招收新兵 8 千余人，指战员总数一直保持在 2 万人左右。

从 1966 年 8 月 1 日成立，到 1975 年底撤离盆县，这支部队在乌蒙山区奋战十个年头，建成了老屋基、火烧铺、月亮田、土城、大田坝五对大型矿井。我 1972 年年底入伍时，矿井建设正处在鏖战阶段，地心深处的战歌仍在谱写中……

第一章　新兵连惊现“逃兵事件”

时序进入1973年，这支六盘水煤炭基地建设的尖兵，已在乌蒙山区战斗了七个年头。煤海奋战七年，虽说捷报不断，已有数对矿井投产，但作为重点中的重点——老屋基、月亮田、火烧铺尚未完成施工任务，和攀钢配套的煤炭尚未充分涌流，部队指战员心中憋着一股劲，都在酝酿着打一场更大的攻坚战。

这一天是1973年1月5日，星期五。上午，支队司政办公楼二楼会议室，正召开总结1972年工作、研究1973年重点工作任务的党委会。

党委书记、政委肖红述和副书记、支队长戴兴泉坐在会议桌把头的位置。会议由党委书记肖红述主持。在肖红述、戴兴泉两侧，依次坐着副政委朱新夫、曲福刚，副支队长邢飞、总工程师冯福森、参谋长乔山田、政治部主任赵项文。按规定支队党委委员9人，缺席会议1人，缺席会议的是后勤部部长蓝贤春。蓝贤春担任今年新兵团团长。本年度部队从河南、甘肃招来5000名新兵，训练任务重。戴兴泉支队长不放心别人，就点将蓝贤春去担任新兵团团长，负责征兵、接兵、训练等事项。目前，新兵们才到部队两周时间，刚刚开始训练。新兵团放在盆县附近的浦安县，离支队部几十公里，回来一趟不容易，蓝贤春就请假缺席了今天的会议。

会议的主题是确定1973年的工作重点、工作计划。1973年将召开党的第十次代表大会，中央、中央军委和基建工程兵办公室都发出通知，要求以优异成绩迎接党的十大召开。而部队负责的老屋基、月亮田、火烧铺三座大型煤矿建设都到了攻坚阶段，能不能按期投产，到了决战阶段，即使没有十大召开，部队施工、训练的任务一点儿都不能松懈。但是，外部的干扰太多了，内部管理也存在一些问题，作为部队的两位主官，肖红述和戴兴泉两人深感责任重大，心里很不宽松，与会人员脸色都很凝重。

会议开得并不顺利。

会议刚一开头，就有秘书进来报告，说部队驻地发生了一起违反群众纪律事件。就在支队部驻地不远的龙硐村，村民抓住两个偷村里凉薯的战士。两个人正在地里扒凉薯，被群众逮了一个正着。凉薯，当地叫地瓜，也叫地梨，是一种从茎处撕开剥皮便能食用的类似水果的东西，食之清凉可口，又解渴又能充饥，盆县县城常见有摊贩卖这种东西。被抓住的战士倒也爽快，承认自己是部队警通连的。问两人叫什么名字？一个说叫“肖红述”，一个说叫“戴兴泉”。既然是部队战士，又报了姓名，村里群众就把两人放了，派几个村民代表找到了支队部，要求今后杜绝这种事件发生。

秘书说完，参加会议的人哄堂大笑。肖红述、戴兴泉正在参加会议，怎么会去偷村里的凉薯呢？肖红述气得把会议记录本“啪”的一声摔在桌上：“查，查个清楚，马上查清报告！”肖红述是江苏镇江人，1938年入伍，1939年入党，从淮河游击大队指导员做起，一直做思想政治工作，调41支队之前是铁道兵1师政治部主任。他历来重视群众纪律。现在有战士挖群众凉薯，还“栽赃”到自己身上，不由得怒火中烧。戴兴泉支队长比肖红述资历稍浅，是山东临清人，他是在反鬼子大扫荡中参加八路军的，一直在正规部队，养成军姿严整、说话办事一丝不苟的习惯，能带队打硬仗是出了名的。平时不苟言笑，今天却破例扯开了闲篇：“老肖，咱俩你是主犯，我是从犯，要处理得先处理你这个政委哟！”待气氛稍微缓和一些，参谋长乔山田说：“我让军务科查一下，确定是哪个战士违反了纪律，一定要严肃处理。”“涉及违反群众纪律，我让群工科出面去协调一下，把影响降低到最低限度。”政治部主任赵项文接着说。朱新夫副政委是不久前从昆明军区调过来的，过去一直在作战部队抓军务训练，他不无忧虑地说：“看来我们这支部队的纪律性得好好抓一抓了，否则下去不得了，今天偷凉薯，明天偷这偷那，非坏了部队的名声不可。”曲副政委在铁道兵部队时，就是突出政治的标兵，也是近几年适应政治气候提拔上来的政工领导干部，他说：“说到底是突出政治不够、思想教育不够，如果突出政治，干部战士都有一颗红心，不要说挖老百姓的凉薯，就一块金疙瘩放在那里，也没有人会去拿。我们的一切工作，还是不要忘记政治哟！”正议论间，王秘书进来报告：“政委、支队长，事情真相已查清，挖老百姓凉薯的不是我们的战士，而是村子附近工程处的两名工人。村里人顺着脚印，把他们追了回来。问他们为啥假冒部队战士？他们说前几年工改兵时，他们积极报名参军，却因政审不合格没被批准，于是怀恨在心，因而偷凉薯时才嫁祸部队。问他们为啥假冒肖红述、戴兴泉之名，他们说只知道部队政委支队长的名字，不认识别人。事情的真相就是这样，报告完毕。”

“乱弹琴！”肖红述平缓情绪环视一下与会人员：“接着开会。下面请兴泉同志讲一讲新一年度工作计划和施工任务。”会议按预定主题进行下去，这支人民解放军特殊部队的首脑们，在特定历史时期谋划着完成特殊而又艰巨的任务。作为一支煤海尖兵，怎样把一条条巷道打通，把一座座煤矿建起，让国家三线建设的规划早日实现，从干部到战士，人人都知道自己担负的使命。他们耳边常常回响起毛泽东主席的声音：“三线建设搞不好，我睡不好觉。没有钱，把我的稿费拿出来。路不通，没有车，我骑毛驴去。”让党中央放心，让毛主席睡好觉，这是这支部队指战员的誓言，他们把这些誓言写在山坡上、井口旁，更深深刻在自己心里。新的一年，他们要交上一份让党中央、毛主席更加满意的答卷。

会议正进行间，王秘书又推门而进，在政委耳边低语几句。肖红述脸色凝重，随秘书到了隔壁的值班室。他拿起电话，话筒中响起蓝贤春的声音：“肖政委，向你报告一个紧急情况：新兵团发生新兵逃跑事件。新兵六连新战士夏志武带5人脱离营房去向不明，我已派出人寻找，请问如何处置？”“带枪没有？”肖红述急问。“没有带枪！”“好，继续查明情况。支队党委会正在召开，马上研究后将意见告诉你。你那里立即多派人去寻找，务必把人追回来！”“是！”蓝贤春放下电话，赶紧去安排追逃事宜。

“同志们，刚才接到贤春同志电话，正在浦安训练的新兵团发生了一起严重事件，一个新兵带领五个新兵逃离军营，去向不明。我已让他们抓紧追逃查明情况。这是个大事件，我们部队自1966年8月1日组建以来，还没有发生过这样的事情。贤春同志让我们提出处置意见，大家就此各抒己见吧！”

这个消息如同炸雷在会议室炸开，大家一时无语。虽然各位都阅历广博，但面对这样的消息还是吃惊不小。新兵在训练时逃跑，别说这支部队没有，即使在全军，也很少有这样的事情发生。

肖红述脸色很不好看，他隐忍着内心的痛苦：“过去带游击队时，都没有发生过逃兵事件。现在是和平年代，又是在正规部队，有愧呀，自己这个政委失职呀！”这些话没有说出来，他用眼睛盯着戴兴泉。老戴是军事主官，又分管新兵训练工作，听听他是什么意见。

戴兴泉是一个标准的军人，个子不高，很精干，不仅军姿标准，而且内心周正，遇事很有主意。此时他脸色铁青，一字一句地说：“先不必着急，查清情况再说。凡事都有因果，为什么跑，动机是什么？先把这些查清楚，再研究处理意见也不迟。”

“此事非同小可，抓住是要判刑，上军事法庭的呀！不管什么原因，都要严惩不贷！”朱新夫副政委说。

“这么大的事，要不要向上级报告？我们可不能隐瞒军情啊！”曲副政委说。

作为参谋长，乔山田知道这件事对于自己的分量，他负责军务和新训，难辞其咎。不过此时，他比往常显得还镇定，就着青桐木做成的大烟斗猛抽了一口烟，徐徐吐出烟雾说：“如果真的发生了逃兵事件，这个责任在我这个参谋长，我会承担全部责任。但我请求在事实真相查清之前，先不要做结论。我这就去新兵团，和贤春同志一起查明情况，靠前指挥。”

看看没有新的意见，肖红述总结说：“对这件事既要高度重视，又不要惊慌失措。就按兴泉同志意见，把人追回来审了再说。最后再强调一句，此事目前保密，不要在部队乱传，以免影响部队稳定。”

“同意政委意见！政委，我请求和老乔、老蓝组成三人小组来处理这件事，尽快查明事情真相，拿出处理意见供党委会研究。”戴兴泉主动请缨，是要把责任揽到自己身上啊。肖红述心知肚明。虽然在平时工作中有一些矛盾和不同看法，但关键时刻，老伙计还是挺身而出啊！

“好，有什么情况及时报告，共同研究决定！”肖红述一锤定音。

在支队党委会研究这件事的同时，新兵团团长蓝贤春的“追逃”

工作也在紧张进行。现已查明,“逃跑”带头的是新兵六连九班副班长夏志武,此人今年20岁,河南文县人。入伍之前是村民兵营副营长。他自幼习武,身体素质好,个头不高,但精干结实。和他一起入伍的还有弟弟夏志文,两人是双胞胎兄弟。夏志文分在六连十班,个头长相酷似夏志武。夏志武带人逃跑的消息,就是他告密的。作为“告密者”,他给蓝贤春讲了一遍事情的经过。在此之前,他以忐忑不安的心情,把这件事给新兵连连长谭先俊讲了一遍。现在见了更大的官,这个没有见过大世面的农村小伙子心情更加紧张,心中似十五个吊桶打水七上八下。蓝贤春安慰道:“小夏,不要紧张,把你知道的情况说出来。我看了你的简历,你父亲是复转军人,你是革命后代,要对组织上忠诚讲实话。说了实话不会影响你,过几天就要发帽徽领章了,到时你就是正规军人啦,如实讲清楚情况,也是组织上对你的考验!”夏志文确信讲了实话不会牵连自己,不会影响当兵入伍,心里有了底,但此时他更多的是担心哥哥夏志武的命运,哥哥拉几个同来当兵的人跑啦,会受到什么处罚,会被枪毙吗?如果那样,兄弟俩一起出来当兵,回去怎么向爸妈交代呀!想到这里,志文“哇”的一声,大哭起来。

“别哭,别哭,有什么想法讲出来。”蓝贤春从脸盆架上扯过谭连长的毛巾给志文擦泪。

“首长,我哥志武会被枪毙吗?”

“不会。我们就是要查清楚事实真相,弄清事实,该怎么处理怎么处理。你协助组织上弄清情况,有利于问题解决。”

“好,我说,我把知道的都说出来。”

志文的一番话,让蓝贤春基本了解了事件的经过。

夏志武、夏志文兄弟俩是1972年12月中旬,随文县600多新兵一起入伍的。志武从小受父亲影响,喜欢舞枪弄棒,有志当兵打仗报效祖国。盼望当兵的他今年终于成行，心情自然高兴。但不知道为什么，一直兴冲冲的他到了新训营地却像换了一个人，先是打不起精神，后又变得神神秘秘起来。一天晚上，他把志文叫了出来说："志文，你知道我们部队是干什么的吗?""不是当兵打仗保卫祖国吗?"志文答。"憨信球[①]！咱们被骗了，是下井挖煤的!"志武说。虽然两人是双胞胎兄弟，但志武是哥哥，说话带着教训的口气。"不会吧？我们班长跟我说，虽然咱们部队不上前线，但也是挖山洞搞战备施工的。"志文说。"挖什么山洞，是挖煤窑的！煤黑子!"志武气呼呼地说完，又补充道："唉，咱爸为咱俩当兵费了那么大的劲，却当上挖煤的兵，真是走对了道，入错了门。大前年，咱表叔托人让我到焦作一个煤矿当矿工，我都没去，谁知道真当上了兵，跑几千里地来到这里却是下煤窑！煤，煤，煤，咱们怎么这么倒霉，倒了八辈子血霉!"志武越说越气恼。志文听得丈二和尚摸不着头脑，他清楚地记得带兵的申排长到家里家访，亲口对他父亲说："您放心，咱们部队离越南前线很近，如果打起仗来，志武、志文一定能有机会上前线战斗立功!"

志武志文的父亲夏家威解放战争时期入伍，上过朝鲜战场，在一次抢修被炸断的铁路大桥时，被美军飞机扔下的炸弹炸飞了双腿，成了高位截瘫的"半截人"，他对美国鬼子有刻骨仇恨。现在美国鬼子又在越南搞事，弄得中国边界也不宁静，儿子若能在援越前线杀几个美国鬼子，那该多解气！想到这里，老夏高兴地一拍大腿，哪想手拍在了假肢上震得生疼，气不打一处来："志武、志文，要是能上前线，一定要多杀几个美国鬼子，替我报仇!""孩儿记下了!"志武抢先答道。又说："养兵千日，用兵一时，国家有难，万死不辞!"颇有一些"风萧萧兮易水寒，壮士一去兮不复还"的壮烈意味。志文性格弱一些，都是

---

① 憨信球：傻，傻瓜。

他妈把他当闺女养的结果。不过也好，志武习武，志文爱文，萝卜白菜，各有所好，各有千秋。志文不像志武性格刚劲，但遇事也不甘落后：“父亲放心，孩儿如果有机会上战场，决不会给你这个老军人丢脸！”

所有这些言犹在耳，但现实却把他们拉到无边的黑暗中。“部队是挖煤的”这件事，是志武在训练之余帮村子里的几家五保户挑水时听说的。河南文县是陈式太极拳发源地，夏家村离陈家沟村不远，志武受父亲的影响，自幼习武，会打七十二式老架太极拳，体力过人，身上有使不完的劲，训练之余，每天把村里几家五保户的水缸挑的满满的。看着孩子心实可爱，有人在背后议论：“这孩子一身武艺白瞎了，到了部队还不是下井挖煤，五块石头夹块肉，说不定哪天就交代了！”话传到志武的耳朵里，他开始不信，后再一打听，知道盆县这里就是矿区，这几年正在大开发，驻地村口就有一个小煤窑，看来此言不虚。一心保家卫国建功立业的志武一下子从云彩里跌落到地上。志文也很沮丧，但他听说是挖山洞搞战备施工的，上不了前线，搞战备施工也是保家卫国嘛。他平常看的书多，对钻研技术感兴趣，喜欢静下来钻研问题。在家乡时，村里的第一座小钢磨就是他安装的，第一盏电灯也是他接通的。“挖山洞也挺好的，山洞可以藏飞机，可以搞武器试验……”志文还没说完，就被志武气哼哼地打断了：“挖什么山洞，是挖煤洞！挖个卵！”他用刚刚学会的四川话骂了一句。话不投机，熄灯号响了，兄弟俩回到各自新兵班的宿舍。

这次见面后，由于新兵训练紧张，除了吃饭睡觉，就是在操场的泥地上摸爬滚打，两人再也没有见面。但志文能够感受到志武的行踪诡秘起来，他常常和同村的夏占义、夏振平，邻村的朱云良、赵得义、王小新这几个一起来当兵的人拱在一起，神神秘秘的，好像在密谋什么。一天吃完饭在水池边洗碗，兄弟俩碰在一起，志武冷不丁地问志文:“志文,你记不记得咱爸说过,他的一个战友在援越前线当团长,他叫什么名字来着?”这几句话问得志文一时头脑发蒙,还没反应过来,两人就被前来洗碗的人挤开了。

就是在昨天晚上,熄灯号响过之后,志文上床睡觉时,在当作枕头的小包袱底下摸到一封信。信是志武留下的,上面只有短短的几行字:“志文,我和几个战友走了,我们上抗美援越的前线去,为了祖国和人民,好男儿甘洒热血写春秋!哥不在,你自己多保重。如果我在战场上牺牲了,你替我孝敬咱爸妈吧!哥志武即日。”看了这封信,志文像被雷击到一样完全懵了,瞬间出了一身冷汗。清醒过来,意识到志武闯了大祸。怎么办,怎么办呀?志文一晚上没睡着,怕战友们看出异样,他钻在被子里苦苦思索。到天快亮时,他终于下定决心去找连长“揭发”,他想,即使自己不揭发,当起床号响起,几个新兵失踪的消息也会在新兵连传开。

蓝贤春听了志文的叙述,大体了解了事情的经过。他从志文提供的志武打听他爸有个战友在援越前线的线索中,敏感地捕捉到志武和几个新兵的行进路线,立即调整了追逃方向和人力部署。这时,乔山田参谋长也已赶到新兵团,两人商议后划出了具体搜索路线和搜索半径。派人沿浦安——盆县——富源——曲靖——蒙自,向河口方向推进,还和云南边防哨所取得联系,如发现一行六位新兵越境,即刻通知部队。同时用电话向戴兴泉支队长汇报初步了解到的情况。戴兴泉指示:按既定方案执行,有情况随时报告。放下电话,戴兴泉松了一口气,虽然事件严重,但毕竟不是拖枪逃跑、怕苦逃离,不至于造成极其严重的后果。他及时将情况向肖红述政委做了沟通。肖红述一听就明白了,骂了一句:乱弹琴!接着说:“老戴,教训呀,我们对新兵教育有问题呀!你继续跟踪处理这件事情,我来考虑对新兵训练的政治教育方案。咱们分头行动吧!”

话分两头。夏志武一行六人离开浦安前往云南边境。在成熟的军人看来这次行动幼稚可笑，但对夏志武来说，却是经过精心设计组织的事件。夏志武、夏志文一生下就人各有志。按河南农村习俗，孩子周岁时举行一种预测前途和性情的仪式，会摆一些东西在他们面前，让他们去抓，抓什么就表明他们一生喜欢什么、向往什么。这样的习俗叫“抓周”。志武志文兄弟也不例外，自然也遵从这个习俗。喝完庆周酒夏家威就准备几样东西，让两个儿子去抓。这些东西有夏家威从部队带回来留作纪念的子弹壳、炮弹片、军人帽徽，有他让在村小学当教师的侄儿洪涛拿来的毛笔、墨盒、算盘，有小麦种子、玉米、黄豆，摆满了满满一八仙桌。喝得满脸通红的夏家威拄着双拐站在桌旁，两只眼睛瞪得像两只铜铃，他要擦亮眼睛看个究竟，弄清孩子们的培养方向。夏家威兄弟两人，哥哥夏家邦在焦作冯封矿当矿工，在一次瓦斯爆炸中失去了性命。一次日本鬼子扫荡屠村，父母把他和奶奶吊进红薯窖中躲藏，躲过一劫，父母却被日本鬼子杀害了。奶奶悲痛过度，急火攻心，不久就撒手人寰了。成了孤儿的夏家威跟伯父过生活。伯父夏天成是抗日分子，在伯父的带领下，他也成了抗日队伍的一员，跟着队伍去炸军车、烧炮楼，虽无大建树，但也小有功劳，说不上什么觉悟，他一门心思就是为父母奶奶报仇。抗日战争胜利后，豫西北第一次解放，16 岁的夏家威随伯父夏天成参加了八路军，成了八路军队伍的一员。不久，八路军改为人民解放军，他们又成了人民解放军一员。夏家威本来就是“傻大胆”，天生的“不要命”，父母、奶奶、兄长都已过世，没有什么牵挂，打起仗来不要命地往前冲，很快就成了战士标兵。1948 年，豫西北第二次解放。部队经过整训，要开赴华北战场，已经当连长的伯父夏天成有了“三十亩地一头牛，老婆孩子热炕头”的打算。一天，他把侄儿家威叫到一旁说：“日本鬼子被打跑了，革命就要胜利了，我们还是回家过几天好日子吧。我带你出来的，也要带你回家，到家给你娶个媳妇，顶门立户过日子，生个子孙后代，我也算对得起你爹妈了！”夏家威决没想到伯父在全中国还没解放时就打“退堂鼓”，他第一次违背了伯父的意志，毫不含糊地说：“伯，您回家吧，我这一辈子就是当兵的命！侄儿不孝，您多保重！”就此一别后，夏家威随部队从华北打到东北，又从东北到朝鲜，即使失去两条腿也从没后悔过。他多么希望两个儿子继承自己的事业啊！此时，他站在八仙桌前，比谁眼睛瞪得都大。开始抓周了，围在桌子周围的亲人们都瞪大了眼睛。两个儿子还没起官名，只按出生顺序，老大叫光，老二叫明，合在一起叫光明，中国有了光明，中国人民看到了光明，两个大胖儿子，更是让夏家威眼前光明一片。儿子光先抓，一扬手就抓了一个子弹壳；尔后是儿子明抓，一扬手就抓了一支毛笔。大家都看清楚了，两个儿子一文一武呀！夏家威心头大喜，一个习武一个弄文前景光明啊！“洪涛，快给你俩兄弟起个官名！”“夏武夏文如何？”夏家威想了一下，一拍脑袋说：“就叫夏志武、夏志文吧！一个从军习武，一个读书学文。”也就是从这一天起，夏志武、夏志文走上了不同的发展道路。

夏志武在父亲的熏陶和着意培养下，身上有更多的军人气质。6岁就送他到“陈家沟武术学校”习武，摸爬滚打中养成了坚毅的性格。从小到大，都是他护着志文，谁欺负了志文，他就去给弟弟“出气”。在玩伴中遇到恃强凌弱者，他也要替人家去讨个公道。他打起架来不服输，“悍相”得很，有一股冲劲儿，像个带头羊，外号叫“老牴”。村里人都说，从小看大，这孩子能成事。

夏志武和夏志文在村小上完小学，就一起到邻村南韩村上初中。志文爱读书，会背毛主席语录，会写文章，性格也文静一些，说话像个姑娘。到上高中时，由于家中困难，父亲的抚恤金支持不了全家的生计，志武就不再上学，辍学回家务农。在村里他踏实肯干，吃苦在前，在青年人中崭露头角，被提拔当上民兵营副营长。这一下他如鱼得水，举家欢腾。夏家威说："你娘个脚，你爹才当到个连长，你都弄上副营长啦！"这一经历，使夏志武增长了军事知识，也锻炼了组织能力。一当兵就当上副班长，就是因为有民兵营副营长这个经历。

但是要带一行人到云南边境去抗美援越，毕竟非同小可，人生地不熟不说，更得秘密行事，寻找一条尽快到达的捷径。他知道留给自己的时间不多，明天早上起床号一响，他们几个垒在床上的假被窝就会被发现，部队就会派人追来。只有在此之前跨过边境进入越南境内才大功告成。

借去当地老乡家挑水扫地，他查看了地图，确定了行进路线。浦安——盆县——富源——沾益——曲靖，经陆良、弥勒，到蒙自，从河口出境到越南老街。为何选这条路线？一是这条线从新兵连驻地到中越边界最近；二是爸的好友陈团长在信中说他在越南老街。志武把六个人分成两组，不准掉队，前后两组相互照应，沿着黔滇公路，在夜色中一路奔驰，遇有紧急情况以咳嗽声为号。进程比他们预计得要快：在沾益兵站附近，他们遇到一辆运完物资返回蒙自的军车。夏志武上前和司机套关系："首长好！"司机笑了："新兵蛋子吧！""他是我们的副班长！"机灵的王小新介绍。"请问副班长同志有何指示？"司机有意调侃。"哪敢，哪敢！我带队去蒙自执行装卸任务，在兵站吃饭被落了下来，你能捎我们一程吗？""好嘞，上车！""烟鬼"赵得义塞给司机一包烟，算是酬谢。

坐在军车的大厢板里，一路呼啸，大家的紧张情绪松懈下来，话也多了。农村孩子出来当兵不易，好不容易有个机会，都想混个人模狗样地回家，最好能穿上四个兜的军干服，登上咔咔响的皮鞋，那才叫精神，姑娘们的眼珠子挂在上头，摘都摘不下来。哪承想走对了门进错房间，到了一个挖煤的部队。这些人对煤矿和挖煤并不陌生。

老家往北不远百里就是焦作煤矿。1898 年 6 月 21 日，清政府批准了《豫丰政府与福公司协定河南开矿制铁以及转运各色矿产章程》。英国福公司取得在怀庆左右，黄河以北诸山各矿采矿权，正式进入焦作开采煤矿和投资。1902 年 5 月，福公司在焦作下白作地盘上购土地 20 亩开钻打井，开凿一、二、三号竖井，从此开始了建矿历史。不久，福公司开工修筑道口三里湾码头至焦作矿区的铁路——道清铁路，生产的煤大量外运赚钱，焦作煤矿成了热码头，一下子商贾云集。民族资本企业中原公司先后在焦作东部李河附近建了一、二、三、四号煤矿。新技术、新设备的不断应用，不仅提高了效益，也迅速扩大了生产规模，煤矿工人数量急剧增加。1920 年时英国福公司和中国企业共有工人 20200 人，形成星罗棋布、大小不等的各色矿井，许多人到这里谋生，也有一些人在矿井里葬送性命。尤其是日伪统治时期，日本鬼子为大量掠夺中国煤炭资源，到附近各县抓劳工下矿井采煤，完全不讲安全生产，发生多次瓦斯爆炸和重大塌方事故，造成矿工严重伤亡。据文县县志记载，焦作煤矿建矿以来，本县在矿上遇难人数达到数百人以上，几乎村村都有在矿上遇难的人。因此，这一带的人说，英国福公司带来的不是福，而是灾祸。当然解放后焦作煤矿收归国有，归于人民，那另当别论。文县人说谁黑不溜秋，就说那个人在煤堆旁不龇牙，就找不到人；咒谁嚼①谁，盼谁不得好死，就在街上骂：你个矿眼拉的！啥叫“矿眼拉”？就是人死了从矿洞里拉出来。因此，说到煤矿就有一种恐怖感。即使在新中国成立后，煤矿在这一带招人也招不满名额。

夏志武虽然是“逃离”，但这时他并不怎么害怕，想到要去前线杀敌，心中还有一些兴奋。大伙的心都被志武鼓动起来了。这伙人中

---

① 嚼：骂人。

有同村的，也有上中学时认识的外村同学，他们都信服夏志武，他从小就是“孩子王”，回村后又当民兵营副营长，遇事有主见。赵得义说：奶奶的，在前线流血也比在矿洞里流黑汗强！大家七嘴八舌地议论着。唯有夏志武不说话，他知道自己走的是一步险棋，如果不能成功，后果将是严重的。好在计划的实施比预计的要快，但他没有想到，部队追来的速度比预想的快得多。

到了蒙自，夏志武一行和军车司机告别。司机很热情地说：“前面不远就有过桥米线店，蒙自可是过桥米线的发源地哟！”司机这么一说，志武一行的饥饿感被勾上来了。除了今早在沾益吃了一点饼干，几乎一天没吃东西，肚子咕噜咕噜地叫得厉害。走到过桥米线小店，一看，店面不大，倒是干净清新，造厨的是阿爸，跑堂的姑娘叫阿珍。阿珍一脸微笑：“兵哥哥，每人来一碗米线呦？”“好的，每人一碗！”志武说。“好嘞，稍等会哈！”不一会，阿珍就端上来一个托盘，上面放着一大碗热气腾腾的汤，一碗米线，一盘菜蔬，一盘鲜菌。王小新嘴急，阿珍刚把托盘放下，他端起汤碗就喝了一口：“唉呀，妈呀，烫死我啦，烫死我啦！”噗！噗！噗！一连吐了好几口。“咋回事！”夏志武关切地问。“烫坏了没有？”大家围了过来。阿珍却“咯咯咯”地笑了，笑得弯下了腰，身上的花裙子都拖到了地上。阿爸也从灶台间走出来，打问是怎么回事？一看这场景，老人家也笑了：“那不是一般的汤哟，是鸡汤，是滚烫滚烫的鸡汤哟！兵哥哥们还不知过桥米线的来历吧？阿珍你接着上，我来给他们摆一摆。”阿爸告诉夏志武他们：从前在蒙自南湖的一个小岛上，一个秀才为了考功名，日夜在这里读书，一日三餐都由娘子做好送来，送来时要经过一条小桥。因为路途有些远，娘子常为饭菜发凉而忧愁。有一天她发现鸡汤能保温，就把鸡汤、米线、菜蔬装在食盒里送过来，当着秀才的面再把米线、菜蔬放到鸡汤里烫熟，这种吃法既保温，口感又好，很快被传开来。过桥米线就是这么个来历。阿爸说完，阿珍也把每人一份的过桥米线端了上来。按照阿爸的说法，夏志武他们一一把米线、菜蔬、鲜菌之类下到鸡汤里。真是美味啊！从豫西北农村出来的这帮庄稼人子弟，哪曾享过这样的口福。一份用尽，似乎还不解饿，几个人的眼睛全都瞅向志武。志武对阿爸阿珍说："好是好吃，就是不怎么顶饿，还有什么干的吗？""干的？湿的？"阿珍瞪大了眼睛。"不是干湿，是干粮的干，就是有米饭、馒头吗？"阿珍笑了，一脸调皮："馒头的没有，米饭管够。"又补充说："在我们这里吃米线，米饭是免费加的"。听完此语，几位新兵一脸矜持烟消云散了，一人装了一碗米饭，就着阿珍端来的泡菜吃了起来。志武不吃米饭，也不看他们吃，心里在骂"一帮饿死鬼托生的"，一边在边上生闷气。阿珍看他不吃，走了过来："哟，这个兵哥哥还蛮有志气嘛！""不是有志气，是有心思。""什么心思，说出来嘛！""我们是要赶到河口部队去，今天晚了，得住下来，我正在愁住的地方啊。""愁啷子，我阿爷就开个小旅馆，一会儿我带你们过去！"面对这一切，夏志武深感军民关系的密切，少数民族同胞待人的真切和热情。"那明天有去河口的汽车吗？""有哟，只是班次不多。""那走路呢？""走不得呀，要两天多哩。如果明天遇到去河口的顺风车，我帮你们拦一辆。"志武心头一热，真是处处有亲人啊。看着眼前的阿珍，不过十七八岁的模样，却善解人意，真是有副热心肠的好姑娘啊！

阿珍带志武一行住下后，天完全暗下来。房间是个大通铺，六个人挤在一起。天上的星星眨着眼睛，他们却个个闭上了眼睛，太累太乏了。在他们做着美梦的时候，一张紧收的网正向他们撒来。

天刚麻麻亮，先是边防派出所的人进了房间，要查他们的证件，新兵哪有证件！接着问他们是哪个部队的，驻地在那里，去往哪里，问完后客气地离开房间。接着便有人守在门口，禁止他们出去。近中午时分，房门被"哐"地一声踢开了，支队保卫科郑科长黑着脸闯了进来，他后面跟着保卫科张干事，张干事一手端着枪，一手拿着手铐。“哪个是夏志武？”郑科长吼道。“我！”夏志武挺胸站起，他知道事情败露了，此时不能装熊，几个新战友都在看着他。“张干事，把他铐起来！”张干事按照科长的命令，熟练地用手铐扣住了夏志武的双手。张干事又掏出一根绳子，拴了其他五人各一只手，把他们串连起来，像当年他们的祖先从山西洪洞大槐树向豫西北移民“押解”时一样。出来一看，外面还有几个荷枪的战士，门口停着一辆吉普车、一辆军用卡车。郑科长、张干事坐上吉普车，几个战士押着六个新兵上了卡车，一路向来时的出发地驶去。

一夜之间，同是在军用卡车上，处境已是天上地下一般。夏志武很沮丧，他闭上眼睛，痛苦地流下眼泪。几个警卫排的战士虽押解他们，却有一些战友的情愫。他们把带到车上的早餐——馒头、油条分给几个被押解的新兵。一个还调侃地说：“吃吧，吃吧，多吃点，到部队就该吃枪子啦！”王小新闻听此话，把吃到口中的馒头吐了出来，随即大哭起来，引得那几个也抽抽嗒嗒地哭泣。夏志武站起来挺胸说：“一人做事一人当，要杀要剐轮不着你们！”警卫班长是四川人，一脚把夏志武踢倒：“你个龟儿子还嘴硬得很，让老子带人跑一趟吃灰饮土，不过倒是条汉子！老子佩服。都不要说话了，到了部队，首长自有发落！”

在蓝贤春安排人去追夏志武一伙的同时，参谋长乔山田坐镇新兵团，也查清了夏志武当兵的来龙去脉。他让人翻阅招收新兵档案，发现夏志武及其弟弟夏志文并不在第一批招兵名单中，是后补办的招兵手续，连体检都比别的新兵晚几天。接收夏志武、夏志文最后的签批是支队宣传科科长宋洋。宋洋去河南征兵，是经过乔山田批准的。支队此次征兵共在河南、甘肃两省招兵5千人。因在河南有招兵任务，宋洋提出要到河南去为支队宣传队选几个豫剧演员，再从文化水平高的新兵中选几个创作员、新闻报道员，乔山田是知道的，也是同意的。可是夏志武、夏志文都没有文艺特长，一不会拉，二不会唱。夏志武只是初中毕业生，也没有搞创作写文章的特长。夏志文高中毕业，乔山田已见过，虽然文静，有口才，但写东西也并非特别擅长。“妈拉个巴子宋洋，这小子要干什么！有什么见不得人的东西吗？”乔山田心里骂道。作为参谋长，从1966年以来，他已组织参加多次招兵，先后从贵州、四川、云南、湖北招兵，为部队补充新鲜血液。应该说这支由铁道兵骨干带出的部队军纪是严整的，在多次招兵中也是严格执行纪律的。但近些年受社会上不良风气影响，个别人借招兵机会谋取私利满足私欲的情况也不是没有。有一年招兵，一个副指导员勾引了一个女人，竟把其有色盲的弟弟招进了部队，还安排当了汽车兵。结果在开车执行任务中不辨红绿灯出了车祸。最终，这个士兵被处理，作弊把其弄到部队的副指导员被处理复员回家。难道宋洋也有什么猫腻！别看两人熟头熟脸私交不错，那也决不含糊，何况闯下了这么大的祸！

乔山田正在心里思忖，宋洋风风火火闯了进来：“乔老爷，有什么事，这么急催逼命的！”宋洋和乔山田都是山东人，大个头，说话直爽，办事讲义气。两人不仅都是山东人，脾气相投，而且在一块共事多年。在朝鲜战场，乔山田当营长时，宋洋是营文化教员。那时战士们文化水平低，战斗间隙要识字认字，提高文化水平，每个营部配了个文化教员。宋洋入伍前是青岛一中毕业生，文化水平高，能写一手好文章。他教战士学文化很得法，平常帮干部战士写家信，得到乔山田赏识，两人也成了来往比较密切的好朋友，说话自然也不见外。回国后两人同在一支铁道兵部队，选调骨干整编基本建设工程兵时，两人又一起到了第41支队。乔山田先在402大队当大队长，宋洋在大队当政治处主任。之后两人又一起调到支队，乔任参谋长，宋任宣传科长。虽然分属司令部、政治部，但两人私交不错，工作上配合也很好。当然是宋洋得利更大，他在政治部主任支持下，私下又有乔山田提供兵源方便，组织了支队毛泽东思想宣传队（后改为战士业余演出队、文艺宣传队）、男女篮球队，演出水平和实力在乌蒙山区数一数二，在部队内外很有影响。宋洋还特别重视部队文艺创作和新闻报道，费尽心血建立了两支队伍。文艺创作活跃了部队文化生活，新闻报道把部队训练、施工取得的成绩见之于报端，有的消息还上了《人民日报》《解放军报》。支队长、政委都看重、支持他的工作。当然支持他最得力的是乔山田。因为师一级没有宣传队、篮球队编制，这里的所有人员，除干部外，都以各种名义从基层借调而来。这些都要得到乔山田的“恩准”，乔山田自然也网开一面，给宋洋提供了多种方便。

“少给我玩里格楞!”乔山田一脸严肃。“怎么啦，这是?”“怎么啦，你干的好事！我问你，夏志武夏志文是不是你招来的兵，你签发的入伍通知书?”“是!”宋洋明白了，乔山田问的是这件事。虽然并不怎么规范，却也没违反纪律，值得这样审问吗？宋洋心中稍有不满:“怎么，有什么问题吗?”“问题大啦，你小子闯大祸啦!”乔山田把夏志武带人逃走的事情说完，宋洋也感到事情的严重性，他一五一十地将夏志武夏志文招进部队的经过给乔山田讲了一遍。

因为宣传科要在文县豫剧团和县毛泽东思想宣传队为支队演出队选拔演员，他今年亲自到这里来招兵。文县自古文风昌盛，据说苏东坡的始祖就在文县，该县有古老的苏庄村为证。后来苏家祖上做了高官，因犯事被贬到四川眉州。孔子弟子子夏就是文县人，很受孔子赏识。文县周边六十里地内，诞生了杜甫、李商隐、韩愈等历史文化名人。这里也是司马懿的家乡，称“司马故里”。宋洋熟谙文史，对这些耳熟能详，他想借此次征兵的好机会，选几个搞文艺创作、新闻报道的好苗子，给他手中的“两支队伍”增加新鲜血液。蓝贤春全面负责征兵工作，他对宋洋说："宋科长，你既然去文县招文艺兵，就把文县的征兵工作全面管起来吧！我就不派其他负责干部了。"就这样，宋洋成了这里部队负责征兵的"主官"。他紧紧依靠县人武部和部队来的几个带兵干部，按计划将招兵工作顺利推进，眼看即将大功告成。就在此时，发生了一件意想不到的事情。

一天中午，住在县委招待所的宋洋睡过午觉起床，正在洗漱间擦把脸清醒清醒，突然招待所门外一阵吵嚷声，吵吵嚷嚷的话语中，又似乎和征兵有关。他跃出几步来到门口，只见两个农村小伙分站在一扇门板前后两侧，门板上铺了一层草编的垫子，垫子上放一只类似黄色的木桶。因为天色昏暗，看不清木桶里装着什么东西。正纳闷间，却听"木桶"说话啦："妈拉个×，今天见不着带兵的领导，俺就不回家！老子也是复转军人，有谁敢让老子在这里冻死饿死！"稍停了一会，"木桶"又说话啦："志武志文，快抬老子进去，老子豁上命，也要你们当上兵！听说带兵的负责人姓宋，你们就把老子这半截身子扔到他床上，看他咋办！"

宋洋听明白了，这个"木桶"原来是个残疾人，是为儿子当兵的事跑到这里闹事来了。看到围上来的人多了起来，怕影响不好，宋洋走近"木桶"弯下身子说："老哥哥，我姓宋，有啥事你对我说吧？"他这一说，"木桶"倒不说话了，他抬起头，眼睛仔细盯着宋洋的脸看了半天，突然大声喊道："宋教员！宋教员，你是宋教员吗？""我是宋洋，你是？""宋教员，我是二连连长夏家威啊！你教我识字，还帮我写过家信，你不记得我了吗？""夏连长！"宋洋"他乡遇故知"，也动了感情，一把抱住"木桶"："老夏，怎么是你啊，怎么弄成这个样子！我和乔营长、戴团长都以为你光荣了，你是从地缝里冒出来的吗？"夏家威也不说话，只是呜呜大哭起来，哭得山崩海啸，似乎要把一肚子委屈像山洪倾泻出来。

在宋洋的房间，在电压不稳明亮不匀的灯光照耀下，夏家威讲了一段鲜为人知的经历,一个不达目的决不罢休的诉求。

1950 年夏家威作为铁道兵的一员,跨过鸭绿江桥赴朝参战。他就是在朝鲜战场认识文化教员宋洋的。当时他们所在团担负着守护大宁江桥的任务,人在桥在,尽全力保障铁路线的畅通。团长是戴兴泉,一营营长乔山田,一连连长陈保田,三连连长王振山,夏家威是二连连长。大宁江桥是朝鲜金义线上非常重要的一座桥,桥在,金义线就畅通,桥毁,金义线就瘫痪。道理很简单,敌我双方都明白。因此,确保大宁江桥的畅通就成为重中之重。美方拼命轰炸,我方拼命抢修,不断地炸,不断地修。上午炸了下午修,下午炸了晚上修,正桥断了修便桥,硬是不让这条重要的交通线中断,保障后方物资源源不断地送上战场。为保证这座大桥屹立不动,铁道兵战士也付出了生命的代价。那时建制团有三个营,团领导分散在各营带领执行抢修任务。团长戴兴泉多数时间在一营。一天,敌机轰炸刚过,戴兴泉和营长乔山田便带领战士投入到紧急抢修中去。没承想,敌机杀了一个“回马枪”,又折飞回来丢了几颗炸弹。夏家威跟戴兴泉正在桥上察看毁坏情况,一颗炸弹呼啸而下。夏家威年轻反应快,他一下子把戴团长扑倒,用身体挡住了飞来的弹片。等乔山田带人赶了过来,只见夏家威还趴在戴兴泉身上,两个人只有两条腿,他把两人拉开一看,夏家威的双腿没了,身体像半截木桩倒在那里,整个人昏死过去。戴兴泉也被震晕了,醒过来一看,夏家威没了双腿,人也没了气息,顿时泪流满面,大声吼道:“山田,赶快开车送他到后方医院抢救,务必救回他一条命!”

“这个情况我们当时就知道了。那后来呢?你怎么到了这里,还有两个儿子?”宋洋急切地问。因为人们传说夏家威没抢救过来,已经不在人世了。乔山田把夏家威火速送到后方医院,医生却说错过抢救期无力回天啦。“同志,节哀吧!”医生们把夏家威半截身子从乔山田怀里抱出来，放在担架上抬出去处理去了。“唉，土人有土命，我想死天却不收留我，让我活着吓你宋教员一跳哩！”

夏家威告诉宋洋，安东荣军医院何院长他们到前线去接收伤员，都分派完毕了，只有失去了双腿的夏家威没人认领。他拿手一试，鼻孔处还有微弱气息，就要求带回去试试。就这样半截身子的夏家威就到了安东荣军医院。在特护病房，夏家威一住就是三个月。他的气息变粗了，脸色红润了，记忆也开始恢复了，也开口几个字几个字地往外蹦话了。等到意识基本恢复后，他才发现两条原本健壮的腿没了，自己成了一截树桩，成了无用的人。也曾想到过死，但一次在朦胧中听到前来会诊的医生对话后，他改变了主意。医生说：他为国家伤成这样，是为国家牺牲的。为国家做出牺牲的人，我们必须善待。如果把夏家威救活又能使他恢复基本生活能力，这也是我们对社会的贡献。

医院给夏家威派最好的医生治疗，用最好的药物，用最优等的护理，真的使夏家威成了“奇迹”。他像一截干枯的树桩，经过雨水的冲刷、太阳的照晒，又开始生长着青枝绿叶。慢慢地，他脱离了死神的魔掌，保住了性命。两条断腿处被完全包扎起来，手上的伤已痊愈，身上各种机能开始逐步恢复。首先是恢复了肠胃功能，不再靠鼻饲，而是能吃流食了。他特别能吃，好像饿死鬼托生的一样。屁股上的肛门完好无损，出入通畅。饮食功能的恢复，使思维功能恢复强化，他开始思考问题，可以想起许多往事。其他功能也在慢慢恢复中，唯有泌尿系统恢复得缓慢，典型的症状是尿不出来，每尿一次都憋得要死，疼得满身的汗像撒了一层透明的黄豆粒。医生说，这是让炮弹震坏了的综合征。虽然夏家威不怕死，但人都有自我保护意识，当灾难来临，许多人被吓得尿了裤子，这就是自我保护的下意识反应。尿不出来，一尿就疼，排尿成了大问题，与此相关联，生殖系统的功能当然也没有恢复。而这在当时并不重要，活着是第一要事，能尿出尿来是第一要事，自己是一个半截子人，那些想法自然不会有，或者说根本顾不上。在夏家威生命稳定的情况下，医院将他搬出重症监护室，一方面实施医药治疗，同时安排了一个最能吃苦最能体贴人的四川妹子来照顾他的生活起居。这个四川妹子叫何菊花。何菊花是四川巴中人，时年24岁，长夏家威3岁。组织上把夏家威交给她护理，她自然尽心尽力。怎么才能使夏家威小便通畅，排尿不那么痛苦，何菊花想了各种办法。负责给夏家威治疗的大夫告诉何菊花说："也许按摩会有作用，按摩他排尿那个地方，使那里及附近的血液充盈起来，肌肉就会放松，神经也会松弛，你不妨试一试。"何菊花觉得大夫说的有道理，只是不知道怎么按摩。请教医生，医生说就是用双手揉搓男人那个地方，经常揉搓，让它肿胀，血脉通畅，尿就通畅了。何菊花不以为然，她已经护理一段时间了，自然见过夏家威那个物件，那物件太小了，比自己丈夫的那东西小得多，在阴毛织成的乱草丛中像个蚕蛹。尽管如此，但一想到自己要用双手去揉搓这个东西，何菊花的心还是咚咚直跳，虽说自己这个川妹子开朗大方、热情活泼，人称"四川小辣椒"，但毕竟是一陌生的男人啊。虽然帮夏家威排尿时碰过那东西，但那是护理需要呀。现在自己主动去按摩那东西，可就不一样啦，多丢人、多害臊、多磕碜啊。但一想到能帮助夏家威恢复泌尿功能，使他不为排尿受罪，何菊花一咬牙心一横，豁出去了。

何菊花没有想到，夏家威比自己还保守，还不开通。她准备第一次按摩时，夏家威用各断了两根指头的两只手，紧紧按住自己的裆部："不中，不中，绝对不中！"

"咋个不中嘛，我们这是治病嘛！"

"不治，不治，疼死我也不治！"

"哎哟，你脑袋瓜比我还封建嘛！我都拉得下脸，你害啥子臊嘛！"

何菊花开导夏家威。

“不中不中，就是不中，说破大天下来也不中！”夏家威硬是不答应。护理归护理，揉搓那东西，就涉及到两性关系了，他心里明白着呢。他不让何菊花按摩，一方面是不好意思，另一方面是对自己的下身失去了信心。过去在村子里，他身体强壮，又练过武艺，常和小伙伴们比谁尿得高，每次他都赢。为了凝阳气，他还练过铁裆功。用一块砖吊在裤裆里走路，这样的功法他也练过，那时自己多雄壮啊！裤裆里男人的物件像庄稼地里的西瓜一样。现在可好，成了庄稼地里的“麻婆蛋①”，弯下腰看都看不见。“废了，废了！”夏家威哀叹。

面对夏家威的拒绝，何菊花没有放弃：“你是为了国家才上前线的，你是为国家献出了两条腿的英雄！帮助你恢复健康，减少疼痛，我做什么都值得，做什么都愿意。我结过婚，生过娃子，又比你大三岁，你就把我当成姐姐吧，我把你当成弟弟，姐姐为了弟弟，我啥子都舍得下，你不要太固执啦！”

夏家威无论何菊花说什么也不依从，他不再说话，两只大眼睛紧盯着天花板，两只手紧紧捂住裆部，好像那里是一个永远也攻不破的堡垒。

不过，这个堡垒还是有一天被何菊花攻破了。一天夜里，当夏家威熟睡之后，何菊花开始了她的第一次行动：她准备了一盆温开水，拿一条毛巾在水中浸湿，上下撩几下，拧半干后，一下子捂在了夏家威的裆部，在那男人的私处轻轻擦拭，擦拭之后，在乱草丛中找出那个“蚕蛹”，用双手轻轻揉搓起来。夏家威醒了，他没再说什么，两只眼睛挂着两行热泪，任由它流淌，心里默默念叨：“何菊花，我的姐姐，何菊花，我的恩人。”外面温暖的风沙沙吹在窗户上，是想来送暖，还是

---

① 麻婆蛋：一种野生植物结的果子，有拇指大小。

想分享这人间最为轻柔的一幕。

记不得多少次了，这种原始古老的按摩法终于收到了效果。夏家威不仅恢复了泌尿功能，往外排尿畅快多了，疼痛感正在逐渐消失。而且生殖功能也开始苏醒，逐渐有了性意识。这一点，是何菊花和夏家威同时感受到的。经过按摩，夏家威的物件又逐渐强大起来，按摩一阵后，竟有一股粘液从物件中射了出来。有过性经验的何菊花心里一惊："这狗东西行啦，开始有想法啦！"羞涩的她佯装不知，用毛巾给他擦拭之后，悄悄关灯退出了房间。

夏家威正在享受何菊花的按摩，突然一阵冲动，觉得下面的物件射出一股子液体，紧接着一阵眩晕，吓了一跳之后，才意识到自己下身好使了。这真是生命的奇迹啊！作为亲历者，他内心独自由衷地赞叹。不过，光亮刚过，他就陷入无边的黑暗中："苍天啊，你还让我恢复这个干啥，谁会跟我这个半截子人！你这是变着法子折磨我，你让我去死吧！"人生就是这样，幸福一阵子，也许会痛苦一辈子。所谓尘根孽缘，大约就是指人们生理欲望所带来的烦恼吧。

然而，生活只会按自己的逻辑向前进展。

时间进入1951年夏天，天气炎热，为了不让夏家威起痱子，何菊花每过两天就给他擦一次澡。尤其是后背和脖子，容易起痱子。"英雄是为咱们国家受的伤，咱可不能让他受一分罪。"抱着这种想法，何菊花比别的护工都勤快。四川女人天生能干，何菊花尤甚。对这"半截树桩"她自有办法。每次擦后背，她都把夏家威抱起，让他像个大娃娃一样搂着自己的脖子，这样既轻快，又能用双手把后背擦干净，还不至于不小心摔了他。接连几次之后，何菊花感到了一些异样。夏家威不再温顺，每次擦澡，他都推着自己上身，尽量离开一些缝隙。这是为何？一天，何菊花抱起"半截子"夏家威给他擦澡。何菊花按原有样式去抱他，啊呀，夏家威硬邦邦的物件竟顶到了自己的私处，何菊花满脸通红，什么也没说，把夏家威放到床上，借去投洗毛巾的机会，跑出去了。

“你个不争气的东西！”夏家威一巴掌扇在自己的物件上，继而又手抓头发，无声地哭泣起来。

从此以后，夏家威再也不让何菊花给他擦澡搓背，而且让疗养院给他两只拐杖，并安上假肢，自己练习下床走路。自是摔了不少跟头，他是一个有毅力的人，内心又有了自我设计的愿景，也就渐渐地能够独立行走，或坐在那里看夕阳流云。

1951年立秋这一天，他正式向组织上打了一份报告，说自己伤已好，不想在这里坐吃等死，给组织上添麻烦，提出回原籍河南文县老家务农。院领导拗他不过，只好批准同意。办理停当后，他正式给何菊花说了这件事，并感谢入院以来她对自己的护理照顾。何菊花说：“你这是为啥子嘛！”又说：“你勉强会走路，摔跟头没人看见就是，你离不开人照顾啊。你跟我说你是孤儿，回家做啥子嘛！”“唉，别说了，啥人啥命。咱当兵的出身，沟死沟埋，路死路埋。组织上这么关心我，你又这么照顾我，我够幸运了，打道回府回老家去嘞！”

何菊花不再说什么，在帮夏家威收拾行李的同时，也收拾好自己的东西。“你这是弄啥哩？”夏家威问。“不弄啥，你走啦，我也没人可照顾啦，收拾东西回老家去。我已跟院长说了，你行动不便，我正好辞职回四川，顺路先把你送到河南老家，之后我就回四川老家。院长说：好嘛好嘛，辛苦你啦，你把他的复员军人手续也帮着带回去吧，我就不派人了。这两天又来一批伤员，人手紧着呐。”

就这样，何菊花陪夏家威坐上了从安东开往郑州的火车。在火车上，何菊花才告诉夏家威，她回四川已无家可归了。原来，何菊花曾有一个贫穷却幸福的家庭。丈夫许家胜原本是一个本分的农民，后来为迎接解放军入川，参加了华蓥山武装暴动，暴动失败后被捕，被押往渣滓洞监狱杀害了。一起去参加暴动的人带回这个噩耗，这个晴天霹雳击毁了原本平静的家庭。家胜的父亲不堪打击不久就去世了，母亲哭瞎了眼睛。四川解放后，何菊花带着2岁的儿子与婆婆相依为命。刚解放那阵，日子很苦，正好看到报纸上动员一些妇女到前线护理志愿军伤员，她就报名被录用了。国家有难尽职尽责是一方面，她也想出来挣些钱寄回去养家糊口。没承想天有不测风云，老家邻居来信说，孩子的奶奶得病去世了，去世之前把孙子托付给了一个外地的远房侄儿。这之后她多方打听，也没个踪影。“大姐，你也是苦命人哪！”夏家威用他那笨拙的手，给何菊花擦去满脸流淌的泪水。“家威弟，你收留我这苦命的大姐吧！”夏家威即使是榆木疙瘩，此时也感受到了何菊花的一片心意。她是变着法子来照顾我，要照顾我一辈子啊！他用那双有力的大手，把何菊花紧紧地搂在怀里。火车轮敲击着钢轨，发出愉快的声音，像是唱着欢快的歌。秋天是丰收的季节，窗外不时有山楂树、柿子树飞过。夏家威、何菊花在特殊场合孕育的爱情，也成熟了，果实到了采摘的季节。

在河南文县夏家村，村支部书记夏天成迎接了侄儿和侄媳妇的到来。他按当地农村的风俗给家威、菊花办了隆重的婚礼。侄儿立功返乡了，又带回这么好的一个川妹子侄媳妇。特别是听家威讲到了菊花的身世以及对他的精心照顾，就更加要办好婚礼不可。斗转星移，一年之后，喜事接踵而至，何菊花一胎生下两个大胖小子。这在当地百姓间一时传为佳话。

岁月箭一样飞逝，转眼间，志武、志文都成了十八九岁的大小伙子。夏家威多么想送两个儿子去当兵，到革命的大熔炉里去接受锻炼啊。结果两年都没有走成，原因是公社政审通不过，说村里有人说志武、志文的叔伯爷爷是“逃兵”，是从革命队伍中淘汰的叛徒。虽然事实并非如此，但当时村里的造反派夺了支书夏天成的权，不捏造一个罪名，怎么能打倒他？于是乎夏家威、夏志武、夏志文都受到了影响。夏家威不怕，他是立过功的复员军人，志文、志武可就“难脱干系”，逢到当兵、招工，第一道政审关就被刷了下来。其实还有另一层原因，就是夏家威性格耿直，在村里爱主持公道，打抱不平，得罪了一些人。这些人一见志武、志文有好事，就在背后“装孬孙”，结果耽误了两个孩子当兵、招工的机会。

这次，夏天威是豁出老脸老命也要把孩子送到部队上。

“参谋长，你说，我不该接收他们吗！我接收志武、志文有错误吗！老夏为国家扔了两条腿，差点贴了老命，他想让孩子到部队接受教育报效祖国，我们连他这么一点愿望都不能满足吗？”宋洋说到激动处，眼含泪水，似乎在和什么人辩论。

参谋长乔山田一直没有说话，他端起青桐木大烟斗，深深抽了一口，徐徐吐出一道蓝色的烟。“不管怎么说，逃兵事件给我们出了一个大难题。”此时，他说出心中的忧虑。

“逃兵事件，什么逃兵事件？想到前线去参战打美国鬼子是逃兵吗！充其量不过是擅离新兵岗位！”宋洋不服，说出自己的想法。

一道闪电从乔山田脑海划过：“有了，宋洋你脑瓜灵光，你琢磨一下，可否这样定性：擅离新兵训练岗位要求到抗美前线参战？”

“高，实在是高，把中间的‘要求’去掉，变为‘擅离新兵训练岗位到抗美前线参战’如何？”

“要得！”大概心情有所放松，乔山田学说了一句四川话。

“那我现在怎么办？”宋洋问。

“自己拉的屎自己擦，自己捅的窟窿自己补，你赶快滚回支队向老戴汇报吧！”乔山田说。后又道：“我还要在这里把事情处理完，你见了老戴，把事情讲清，夏家威救过他的命，让他拿主意吧！”

“得令！”宋洋一溜风似地跑了出去。

在支队部戴兴泉办公室，宋洋把情况一五一十做了汇报。戴兴泉话不多，脸色有些黑，这是生就的黑，长着一双豹子眼，绷着脸不怒而威，让人见之有点害怕，但相处久了，这张脸也会给人温暖的感觉。他有时也会幽默一下，甚至开怀大笑，不过这样的几率不多。他喜欢和干部战士打成一片，但不喜欢和下级们打打闹闹，认为那样有失军人的威严，因此平常以严肃的时候居多。宋洋虽然和他熟识，但也不敢过于造次，他说话的时候注意着戴兴泉脸色变化。戴兴泉的脸色先是阴沉着，后来渐渐舒缓。当讲到夏家威的遭遇时，戴兴泉的眼眶里含泪，强忍着没有淌下来。当讲到夏志武不是逃跑，而是带人去中越边境参战时，戴兴泉朝办公桌上擂了一拳："有种，是老夏的种！"借这个机会，宋洋说出了自己的想法："志武擅离新兵岗位是错误，想到前方去保家卫国没有错误，何况我们征兵时没有把部队从事煤矿建设的情况讲清楚，造成了一些误解。""怎么没有讲清楚？你们是怎么去征兵的，老蓝是怎么组织新兵训练动员的？"戴兴泉瞪起了眼睛。

宋洋说："支队长你有所不知，我这次去接兵为了能征到好的兵源，不愿意把我们是搞煤矿建设的施工部队告诉人家，只是说我们是工程兵，以便和同去征兵的其他部队竞争。"

"那新兵开训时没讲吗？没进行关于部队宗旨、任务教育吗？为什么在新兵入伍后还不讲清？"戴兴泉追问。

"嗨，现在的新兵政治教育都是空话连篇，上面要求突出政治，讲的都是两条路线斗争，华而不实，把新兵弄得云山雾罩的。只是到了新训后期才结合部队实际讲点内容。"

"怎么能这样！"戴兴泉脸黑了，"咱们支队 1966 年在盆县矿区整编时，整编工作历时三个月，我是参加了全过程的。一是各单位分别召开干部、新老工人、退伍军人、党团员等各类人员座谈会，摸清思想情况，按照中央精神编写宣传材料，层层发动，步步深入，把中央的指示变成群众的自觉行动。二是坚持以正面教育为主，反复宣讲、讨论整编的意义，使广大职工懂得，为了施工队伍的革命化、战斗化，为了加速西南三线建设，加强备战，必须走基建工程兵的道路。三是学习毛主席著作，提高参军报名的自觉性，激发职工不为名、不为利、一切为人民，踊跃报名参军的热情。四是掌握职工思想变化规律，把思想工作做深做细。职工在动员参军前后，思想波动较大，咱们就抓早、抓准，抓住不放，做得扎扎实实。由于工作做得细，整个盆县矿区干部报名参军的达到百分之百，工人报名参军的达到百分之九十五以上。你也是参加当时整编工作的，你说那时有一个人跑的吗?”戴兴泉以一句诘语问宋洋。

“没有一个跑的，却有闹的。”

“闹什么闹?”

“就是那些没有参上军的，没有入上伍的，有闹情绪的，也有骂娘的。不是有两个没当上兵的人至今有意见，冒充你和政委去人家老百姓地里挖凉薯嘛!”宋洋回答。

“你他妈的哪把壶不开提哪把壶! 少出我洋相，是肖红述带头挖的!”说这话时，戴兴泉脸色转晴。接着又不无忧虑地说，“怎么现在变成这个样子?”

宋洋说:“这些年风气坏了，空话套路盛行，不务实净务虚，天天在那里讲阶级斗争、两条路线斗争，搞什么政治第一，政治挂帅。这种风气在咱们部队也很流行。因为新兵训练政治思想教育不到位，以前也有新兵跑过，只是三两个，没成什么气候，追回来就是了。有的在新兵训练时始终不讲我们执行什么战备施工任务，一些新战士面对黑洞洞的井口放声大哭。夏志武这件事发生有其必然性，我相信这个热血报国青年只要培养教育好，肯定是个好苗子。夏家威听说你在这支部队当支队长，还让我问你好来着，说把孩子交给你他一百个放心。支队长，我向您做检讨，因为见夏家威时时间很紧，我也只是说我们是战备施工部队，没来得及把实际情况告诉他，也没有告诉两个孩子。酿成这么大事件，我有责任。你批评我处分我我都认，但求你不要对夏志武处理太重，更不能把孩子退回农村，如果送回去，夏家威那性格哪受得了。他是一心忠心报国才把儿子送来的啊！他让儿子志武从小就习武练兵，就是为了把孩子送到部队完成他未了的心愿。如果是那么个结局，老夏的命就没了呀！”

“你有什么主意？”戴兴泉知道宋洋爱思索点子多。

“这件事关键在定性。如果定性是逃兵事件，那性质就非常严重，但事实上它构不成逃兵事件。第一，夏志武带几个新兵不是跑回兵源地、跑回老家去，也没有跑到其他地方，更没有带枪走。第二，他们的目的地是到中越边境那边参战，志在为国捐躯。第三，我们在征兵和新兵训练中没讲清兵种性质、任务，有一定责任。第四，这件事也有特殊性。这些新兵的家乡离焦作煤矿不远，对挖煤有一种特殊的敏感和恐惧。如果给他们讲清我们为何施工、施工的意义、价值，相信他们是不会跑的。综合起来看，这件事不属于逃兵事件，性质是夏志武等新兵擅离新训岗位要到中越边境参战！擅离职守是错，要去参战没错。自古至今，逃兵都是从前线逃回家去，有逃向前线去的吗？这样定性既符合事实，又能法外开恩，手下留情。”宋洋对这件事的性质作了分析。

“就你小子鬼点子多，乔参谋长什么意见？”戴兴泉问。

“我给他也说了，他说让我跟你汇报，由你定。”

“好哇，你俩下个套子，让我来钻是吧？”戴兴泉脸上露出几丝笑意。宋洋见状，一边说“岂敢岂敢”，一边离开了戴兴泉的办公室。

浦安新兵团这边，乔山田参谋长在耐心等待夏志武等几个新兵被押解回来。

出乎所有人意料，也出乎夏志武等新兵们意料，乔山田没有来个“下马威”。当这一伙人被郑科长、张干事押解到乔山田的临时办公室时，他让人把夏志武的手铐和其他人手上的绳索解了，还让张干事倒水给他们喝。他这么做，郑科长、张干事很是吃惊。夏志武等新兵一下子“懵圈了”[①]：“这是要干什么，先礼后兵呀！”夏志武是个直性子：“首长，头是我带的，人是我组织的，主意是我出的，您就处理我一个人吧！”乔山田盯着他看了几眼，看到了夏家威当年的影子。

“你是夏志武？”

“是，我是夏志武。”

“为什么要跑？”

“我们想去前方打仗！”

“打仗是要死人的，你们不怕死吗？”

“不怕”！“不怕”！“不怕”！夏志武和另几个新兵争先恐后地回答。

“既然不怕死，为什么怕下矿洞！”乔山田追问。

“我们当兵是来打仗的，不是来下矿的！”王小新抢先回答。

“嚯，你还振振有词。老实听参谋长训话！”郑科长训斥道。

乔山田不急不火：“如果这矿是毛主席让下的，是党中央让下的，是为了革命事业和国家建设下矿，你们下不下呀？”

“下！”夏志武斩钉截铁地回答。

“不怕死？”

“不怕死！”

“谁怕死谁是孬孙！”新兵赵得义补充。

“首长，我敢问一下，毛主席咋会让咱们下矿哩？”王小新迷惑

---

① 懵圈：东北话口语，形容对某些事情犯迷糊，懵头转向不知所措。

不解。

“就你话多，毛主席还派张思德去烧木炭呢！”郑科长插一句。

乔山田把话接过来说：“对！张思德烧木炭也是革命工作。我们这支部队是执行毛主席提出的三线建设战略任务的，是毛主席批准建立的。八年啦，几万人在这里奋斗了八年，一百多人献出了生命，就是为了让党中央放心，让毛主席睡好觉。建最好的矿，产出最好的煤，炼出最好的钢，和帝修反决一高下，难道我们的任务不够光荣吗？我们的责任不够重大吗？你们想报效祖国，想建功立业，这里还不够你们施展吗？你们想到前线去，谁接收你们？谁训练你们？几个散兵游勇，到前线就是送死。子弹打不死你们，地雷也会炸死你们。幸亏你们没有到前哨阵地，到了那里还不知闯出什么祸端。空有报国之志，选的路径不对，也是要犯错误的！再说了，部队是个什么地方？是支有严肃纪律的队伍，不是你们想来就来想走就走的大市场，你们这样擅离岗位是严重违反军纪的！你们几个，就等候严肃处理吧！”

乔参谋长一席入耳入脑的话，拨开了夏志武和几个新兵眼前的迷雾，让他们打心眼里信服。

“请首长放心，俺们想通了，俺们知错了，任凭首长发落。只要能让俺们留在部队效力，咋处理都中！”夏志武代表几个新兵表态。

乔山田和蓝贤春研究了临时处理意见之后，返回支队去了。夏志武等六位新兵被暂时关在新兵团团部，等候处置。新兵团的训练工作照常进行。

戴兴泉找到政委肖红述，讲了事情的经过，并提出了如何处置的一些想法。末了，他深怀内疚地说：“我是支队长，对这一事件负有责任，请求党委会讨论对我的处理意见！”肖红述说：“老戴，这件事没有我们想象的那么严重，要说有责任，我比你责任更大。我是这支部队主管思想政治工作的，从这件事可以看出，我们的思想政治教育做得不扎实、不到位，问题的发生给我们敲响了警钟。突出政治不能光讲空话、套话，必须讲真话实话。我们要开党委会，但不是研究对你的处理决定，而是研究以这件事为借鉴，如何加强部队的思想教育工作，特别是改进目前正在进行的新兵政治教育工作。”

在支队党委专就夏志武带新兵出走事件召开的专题会上，乔山田讲了事情的经过，提出初步处理意见：关夏志武七天禁闭；其他五人各写一份检讨，回到新兵团原班排继续接受新兵训练。戴兴泉表示赞同，同时做了深刻检讨，揽过来应承担的责任。其他党委委员了解了事情的真相，也没有多说什么。肖政委总结时尖锐提出：“同志们想一想，如果我们对新兵的政治教育搞得好，能发生这样的事情吗！我们要把这件坏事变成好事，要在进行我军性质、任务教育的同时，深入进行基建工程兵性质、任务教育，讲清我们是干什么的，我们这个兵种是怎么来的，讲清我们的前世今生，把指战员的积极性充分调动起来。要把这种积极性引导、燃烧到新的一年艰苦奋斗中去，凝聚成强大的精神力量。我们党委委员、政工干部尤其要负起这个责任。我带个头，第一课就到新兵团去讲。项文同志，你让宣传科给我准备一些资料，供我备讲时参考。建议政治部就这一教育活动在全支队统一部署。一定要注意，把教育活动和宣传新一年的艰巨任务结合起来，不能空对空，要落实到年底施工任务的完成上。会议就开到这里，大家分头准备吧。”

1973 年 1 月 20 日上午，在夏志武带新兵出走事件发生两周后，41 支队领导在浦安新兵集训地一个容纳 5000 名新兵的场地，临时搭设了主席台，安上扩音喇叭，召开一次从未有过的新兵专题教育大会。大会由支队长戴兴泉主持，政委肖红述做报告。

报告一开始就别开生面。

蓝贤春团长让两队新兵把装有煤炭的几个箩筐抬了上来。抬煤筐的新兵就站在主席台两侧听会，也作为特殊的见证人。

戴兴泉宣布："报告会现在开始，请肖政委给大家作报告。"

肖红述没有马上开讲，他走上主席台弯腰从六只箩筐里各捡出一个煤块，一一放到话筒桌上，然后朗声说道："我的报告正式开始，请全体注意观察。"

他用力把六个煤块依次摔到事先摆放在地下的水泥板上：台上站着的新兵听得格外清楚，会场上的新兵也通过扩音器听到传来的声音。第一块，"噗"的一声；第二块，"噗"的一声；第三块，"当啷"一声；第四块，"嘭"的一声；第五块，"啪"的一声；第六块，又是"噗"的一声。正当大家感到疑惑不解、不知肖政委摔煤为何时，肖政委高声问道：

"同志们，你们告诉我哪一块煤响声最好听？"

"当啷那块！""当啷那块！"台上的新兵回音热烈，台下新兵也有人高喊。

"对头！大家眼力听力都不错。这块发出'当啷'声响的煤，在当地叫'乌金'，就是咱们盆县产的煤，我们建矿就是要开采这种煤。盘县的煤，品种齐全，质量优。包括气煤、肥煤、焦煤、贫煤、瘦煤和无烟煤六个大类19个品种。质量优可用'一高三低'来概括，就是发热量高，煤质灰分低、含硫量低、含磷量低。它的优点我不多说，只说一条，用它炼各种型号的钢，在纯净的钢表面不起泡，一个泡都不起。别的煤就不说了，炼出的钢光滑度不够，就像你们这些新兵脸上长的青春痘一样。人长青春痘不要紧，可钢长了青春痘，就不能用到飞机、舰艇和精密仪器等先进武器装备上了。我们要用这种'乌金煤'炼出'不长青春痘'的钢，这是中央的决策，中央决定盆县煤炭基地和四川攀枝花钢铁基地配套，生产优质钢材，强大我国国防事业。毛主席说，攀钢建不起来，他老人家睡不着觉；缺少资金，拿出他的稿费；道路不通，他骑毛驴来。其言殷殷，其情切切。我们把盆县的煤矿建好，让它源源不断地流向攀钢，让攀钢炼出精钢好钢，就是替毛主席分忧，就是为国家做贡献，为巩固边防做贡献！成立基本建设工程兵部队，毛主席也是说了话的，他老人家说：这个办法我赞成！周恩来总理在审定整编基本建设工程兵报告时，在‘实行劳武结合、一手拿镐、一手拿枪，平时寓兵于工，战时能工能战，最能适应边备战、边建设的需要，是一项最有力最好的战备措施’后面批示：‘一旦有事，好处无穷。’我们平常都说读毛主席的书，听毛主席的话，做毛主席的好战士，坚决听从毛主席和党中央的指挥，现在我给大家说了毛主席和党中央的指示，我们是不是应该坚决执行啊？”

“应该！”台下战士的喊声山呼海啸一般。台侧一名宣传干事挥臂领大家呼起了口号：

“坚决听从毛主席和党中央指挥！”

“做听毛主席话的好战士！”

一人领众人和，台上台下声音响成一片。

肖红述长期做宣传工作，当过铁道兵一师宣传科长，思路清，口才好，演讲很有鼓动能力。按照既定方针，他把握着演讲的重点和节奏，以期达到最好的效果。

他喝了一口水，清清嗓子：“下面我重点讲三线建设。三线建设是毛主席的战略布局，西南煤炭基地建设是三线建设的重要一环，我们就是为建煤矿而产生的部队。三线建设是个总阀门，不讲清这个，就不明白其中的道理。我让在新兵中搞了一个调查，有个别人知道，多数人不知道。有的还弄出了笑话，说三线就是奶奶纺线，母亲纺线，姐姐也纺线，乱弹琴！今天我要告诉大家，三线建设是毛主席和党中央在六十年代中期做出的重大战略决策。面对当时复杂的国际形势，毛主席做出了防备敌人入侵和准备打仗的判断，提出加强三线建设。我们盆县煤炭建设基地就是三线建设的重点项目。新兵同志们，我们承担这样的项目，是我们的荣幸；把国家交给我们的任务完成好，是我们的责任；为完成这具有战略意义的战备工程，流汗出力、流血牺牲，是我们的光荣。大家有信心去完成任务没有？”

“有！”台上台下又一次海啸爆发了。

肖红述讲完，戴兴泉开始布置下一阶段新训工作任务。正说话间，蓝贤春交给乔山田一个什么东西，乔山田看了看，交给正在讲话的戴兴泉。戴兴泉接过一看，是从白衬衣上撕下的一块布，上面用鲜血写着“坚决要求到最艰苦的连队去”一行字，署名是夏志武、赵得义、王小新等六人。血书是刚写成的，滴在上面的血还没有凝固。他走到肖红述跟前耳语几句，然后重新走回话筒前，宣布一个振奋人心的消息：“新兵同志们，我刚刚收到一份表示决心的血书，内容是‘坚决要求到最艰苦的连队去’，我要对写血书的新战士们提出表扬。”他的话音刚一落地，“坚决要求到最艰苦的连队去”的口号声此起彼伏，响彻在浦安新兵集训地上空，在乌蒙山区的群山中回荡。

第二章　初入熔炉的磨砺

新兵训练结束，夏志武等六名新兵被分到担负老屋基矿矿建任务的402大队一中队。夏志武在新兵连受到严重警告处分，王小新等人受到警告处分，几个人背着沉甸甸的压力奔赴处于矿建一线的艰苦连队。

1973年3月18日，天下着蒙蒙细雨，新兵们聚集在操场上，等待着分兵的最后时刻。这些大部分从河南、甘肃农村来的孩子，在参加政治学习和进行“三五步”“三五枪”等严格军事训练之后，身上的土腥味去了一些，军人味多了一些。尤其是戴上了帽徽领章，一颗红星头上戴，革命红旗挂两边，映衬着红红的脸膛，显得格外精神。他们终于走出庄稼地，成了一名朝思暮想的军人，都盼望分到自己向往的地方，去施展才华，谋一个好的前程。

我也在这个行列中。我叫曾宪云，也是在宣传科科长宋洋的特殊关照下带来的兵。我和夏志武、夏志文是同一个村子的人，自小就认识，尤其是和夏志文熟识。庆幸我没有卷进“逃兵事件”中。我所以没有卷入“逃兵事件”，一是因为夏志武看不上我。我从小就爱舞文弄墨，尝试着写一些东西，老写老投稿老得不到发表，属于屡败屡战的家伙，他认为我没出息。我经常因写稿被报刊退稿而遭村里人嘲笑，邮递员站在别人家门口都是喊“拿章”，那是在外面的人寄钱回来了。“拿章”的人乐颠颠地向那绿色的自行车跑去。邮递员喊我的时候，不是喊我的名字，而是喊我父亲的名字：“曾老茂，你儿子宪云给你挣钱回来了！”听到这话，我恨不得寻个地缝钻进去。夏志武就是嘲笑我的人群中的一员。二是我上初中、高中都没有和他兄弟俩同过级同过班。征兵这年我恰是应届高中毕业生，因为不同级不同班，关系就不那么紧密。不过我和志文倒是志同道合，他也爱写一点东西，人家从小就抓了“毛笔”嘛。但说实在话，他没我写得好。比较起来，他口才好一些，那时时兴背毛主席语录，夏家威看着他背，背不好不让吃饭，结果是他把那个小红语录本背得滚瓜烂熟倒背如流。不仅如此，他会结合其中某一段“搞讲用”，编造一些有影没影的故事，比如看见一个老奶奶在走路，他突然想起毛主席教导说：我们都是革命同志，从五湖四海走到一起来了，我们要互相帮助，马上把老奶奶扶回了家。那时候讲究突出政治，这一本事让他露了不少脸，在我们一帮小伙伴中崭露头角。我没这个本事，我就知道闷头写东西，想把自己写的东西印成铅字，让村里人看到。我真的是喜欢读书、热爱写作，也许是我的大哥给我买的一本小人书启发了我，也许写作就是我的天性。更为重要的是我要通过写作改变命运，找到一个农村青年的出路。这方面，文县有一个文学青年给我们带了个好头，他因为写了一个短篇小说《扬鞭策马》在《河南日报》发表，就一下子被调进文县文化馆，脱离了农村吃起了公粮。这让我羡慕不已，更激发了写作的壮志。因为我不能在高中毕业后找到工作，就要在村子里打一辈子牛腿，砸一辈子土坷垃。说实在话，我也想不通为什么那些生活在农村一辈子的人，都喜欢让孩子离开农村。我一个堂姐就对上初中的儿子“备战”说：妈给你准备了两辆车，一个是架子车，一个是自行车，初中毕业能升高中，就骑自行车上学，上不了高中，就回家拉架子车拉粪拉土吧！我对此也很是恐慌，也想骑自行车去县城上班，这只能靠写作开路，人家要杀出一条血路，我要写出一条血路，县文化馆在向我招手呢！

我也拜了老师，这老师就是夏家威的堂侄、村小学语文教师夏洪涛。这人肚里有墨水，过去在铁路上工作时发表过小说，后来不知犯了什么错误，被清理出工人阶级队伍，回到村里当小学教师来了。因为懂小说创作，他的身边围了一群农村文学青年。我常在灯下听他讲小说创作的故事、结构、语言。讲到语言，为证明语言的鲜明灵动，他还讲了“谁家女多娇，何事落小桥。青丝随浪转，粉面泛波涛”，使我对这首诗描写的人物场景长时间挥之不去。在夏洪涛的指导下，经过多个夜晚的点灯熬油，我终于在县文化馆办的内部刊物《青峰岭》上发表了我的第一篇短篇小说《红英》。这篇小说是写农村一个女拖拉机手的故事。一个叫红英的女青年冲破封建思想的束缚，战胜旧的观念，终于掌握了驾驶技术，像雄鹰一样向远方展翅飞去。《红英》的发表，使我树立了信心，看到了一丝亮光，但我绝不停步，我的目标是在《河南日报》上发表一篇小说，借它做敲门砖，能进入文县文化馆的大门。令我做梦也没想到的是，这篇幼稚的习作竟给我带来人生的转机。下面我必须详细地交代我参军的经历，使大家了解一篇习作怎么打开我人生的通途。

我记得很清楚，1971 年 9 月 13 日，发生了“九一三事件”，这一年没有征兵，而到了我即将高中毕业的 1972 年冬季征兵时，就积聚了两年想去当兵的农村青年，出现了名额少报名人多的局面。

当时我是高二的学生，“文革”中搞“教育革命”，缩短学制，初中高中均为两年，因此我上完高二便面临着高中毕业。此前，我曾经有过两次参加工作的机会。一次是公社挑选通讯员，要从高中选一个办事机灵、能说会写的学生充任，据说初选时是我。我听说后很是高兴一阵。虽说通讯员的工作无非是打水扫地、抄写收发，但每月二十多元工资，过两年还能转为国家干部，这令许多年轻人神往。后来我终于没去成，我的一个同学去了，传说因我家“没门子”被人顶替。这些实情我并不知晓，只是朦朦胧胧听说的。另一次是我二哥在铁路公安任上因公牺牲后，初定让我去接班当民警。当时我二嫂也想去参加工作，考虑到她以后再没机会，去了之后也有利于解决两个孩子的户口和今后的工作，全家便同意了。这次我又没有去成。

就在临近毕业时，学校传达了政府冬季征兵的命令，规定应届毕业生可以报名参军，有此意向者可回所在村报名，三天内报名截止。这一“号召”如同巨石投水，在我原本平静的心里掀起了波浪。夜晚，同学们都睡下了，我沿着黑灯瞎火的操场走了一圈又一圈，心里矛盾极了。去？不去？心里一个劲地盘算，小北风飕飕地刮着也不觉冷。从心里说，我真的想去，自小就向往绿色的军营生活。我们村里先后几批人出去当兵，海军、陆军都有。还有一个在新疆当边防兵提了干，回来探家穿四个兜的干部服，一走路“嗵嗵”直响的大头皮鞋，嗬，那个神气。我的一个远房堂兄在山东长岛当水兵，还给我来了信，说什么“大海在欢唱，海鸥在飞翔”，让我羡慕得不得了！再说，当兵保卫祖国是每一个青年的职责，响应号召理所应当。但是，说去也难。难就难在家里眼前的境况。父亲已年过六十，母亲也五十多岁了，两位老人在二哥去世的打击下骤然苍老，白发日增，家中还有一个 14 岁正在上学的妹妹，再就是二哥留下的一个 3 岁一个 1 岁的孩子。大哥还在外地，大姐、二姐早已出嫁。算来算去，家中就剩下我这么一个男子汉，我拍拍屁股走了，家里谁来支撑？我还尽不尽一个男子汉对家庭应尽的责任？在忠与孝之间，在前途与责任之间，一个年方 17 岁的高中生，实在是难以抉择啊！一直到东方的天空现出了鱼肚白，在操场转悠的我才有了“决策”：先报上名再说！

学校离村子三四里地远，报名截止的头一天下午，我骑车回村，直奔村支部书记家中。支书听说我要报名参军，说：“中，中，我给你报公社。”又问，“你给家里商量了吗？”我说：“我因着急，先找你报名，这就回家给父母说去！”到了家，我向父母说不出口，因为心虚，连父母的眼睛都不敢看。他们对我不到星期天就回家来很奇怪。母亲关心地问：“取馍吗？”父亲过来说，“取面吗？”我急说：“不取不取。”一头扎进自己的房间，撒谎说“取点东西”便出门骑车而去。

纸里终究包不住火。报名参军终非一件小事，又要政审，又要外调，还要通知到县城体检，父母怎能不知道！但那时，我还认为父母不知道哩！周末回家我装着无事人一样，父母也不说啥。吃罢晚饭睡得早，也是心里有事，天不亮就醒了。我住的厢房紧邻父母住的正房，隔墙就是父母睡房的窗户，竟隐隐约约地听到了父母的对话。先是母亲嘤嘤的哭泣声，接着听她恨声说道：“这孩子也太胆大，这么大个事也不跟家商量！”父亲半天没做声，过一会儿才说：“孩子心里作难呢！”“你愿意他去？”母亲问。“咱咋能不让孩子去哩！国家号召，也关系他的前程哩！人家的孩子想出还出不去，咱能把孩子霸在家里？耽误孩子一辈子你不后悔？”“他走了，家里可咋办，家里一个壮劳力都没有啊！”母亲说。“只要他自己愿意去，咱不拦他，家里有我顶着呢！他妈，你可不敢说那落后话，影响孩子的前程哩！”父亲说。母亲又哭了：“我哪是不愿意他去！我是舍不得孩子啊，他才 17 岁，身子骨单薄，又没出过远门呢！老二宪成没命，去世了，宪云再有个三长两短，咱俩可咋活啊！”父亲没声了，似乎也在流泪。听到这里，我哭了，怕哭出声，用嘴死死地咬住被角。

第二天早饭后，父亲沉静地问我：“听说你报名参军去？”“是，我想去试试。”我声音不大。父亲声音却提高了：“这么大个事，也不跟家里商量！你要干的是正经事，我和你妈能不支持？”“爸、妈，我也是拿不定主意，不好给你们说呢！我就是想报名去试试，也许验不上呢。验上呢，就去；验不上呢，就不去。去不去，我听从爸妈的决断。”我说的是实话。父亲很干脆地说：“去不去，你自个拿主意，这关系你的前程。你要去，我和你妈不拽你后腿！”好父亲啊，这是表态性发言哩！母亲没说啥，一边洗碗，一边站在锅灶旁抹眼泪。我家几代贫农，亲戚家亦都如此，大哥二哥都先后入了党，参军政审关顺利通过。虽然报了名，但我心里仍犹豫不定，身体检查便成了关键的关口。我给父亲说“验上呢就去，验不上就不去”，心里是偏重想去的，但又不忍割舍父母，如果验不上去不成，也不特别的遗憾。我就是在这种矛盾心态下去县城参加体检的。参加体检的人各种心态都有。有怕验上的，故意说自己有多种疾病。有怕验不上的，担心身高不够，量时往上踮脚；担心血压高，量血压前急忙喝几口醋。我没有这些负担，关关都顺利通过了。最后一关时，一个带兵的人拍着我脑袋说：“小伙子，身体不错，准备接入伍通知书吧！”

从县城骑车回村的路上，我心里又兴奋又沉重，反复想着：“我这一去，家里怎么办？父母怎么办？但验上了不去，不就成逃兵了吗？”想得过多，以至进了村口也没觉察，车把竟没拐弯，直冲路旁一个两米见方的井口而去。“咔嚓”，车倒在井台上，我趴在井沿边，差点掉进井里去。我“妈呀”一声双手紧扒井口，侧身翻下井台，才避免了一场大祸。当时月色初起，四下无人，我磕绊着爬起来，揉揉膝盖，没坏，转转胳膊，没掉，摸摸耳朵、鼻子，也都在位，这才放了心。害怕父母担心，我跌坐井口的事只字没提，他们也没发觉。只是问我验兵验得如何，验上没有？我不能再骗父母了，蛮有把握地说：“看来是验上了，人家让我等接通知书呢！”父母似乎早有思想准备，没有任何惊讶。父亲郑重地说："我和你妈商量了，验上就去！自古道'忠孝不能两全'，你替国家尽忠吧，不要惦念家里！"这晚天上的月光格外明亮，我仰望天空，备感圆月的温柔、慈祥和胸襟博大，迟迟没有低头。我怕低下头来两汪热泪夺眶而出呀！

身体也验上了，父母已明确表示支持我去。看来，当兵的事是"板上钉钉"了。没承想好事多磨，村里有的人不知出于什么动机，揭发我虚报了年龄。现在从实招来，我当时真的是虚报了1岁。因为我生于1955年3月，属羊，当年实岁17岁，虚岁18岁，规定是年满18岁。我报的是1954年3月生，属马，正好18岁。这样报也有我的"根据"，因为父亲当年为了让我提前上小学，给我报名时增大了一岁，户口本也相应改过。这样，从户口本上看当兵的年龄够了，实际却不够。既然有人揭发，就得调查核实。虽说年龄不够踊跃参军是爱国行为，但毕竟是弄虚作假啊，查出来那还有好！为此，带兵部队、县人武部也都来了人，还惊动了在文县负责征兵工作的宋洋。宋洋后来告诉我，他到夏家村，一是看望老战友夏家威，跟老战友告个别，再就是核实一下我的年龄。宋洋在文县文化馆内部刊物上看了我发表的小说《红英》，知道我的文笔不错，内心已圈定带我去部队，没承想弄出这么一档子事，他要来亲自核实一下。他们先到村里有几个和我年龄相仿的成员的人家去调查，结果说法不一。也没查出个结果。最后来到我家。我们已事先得到来家调查的消息，大姐怕母亲临时反悔，说出我年龄不够不让我去的话，一再叮咛："妈，你可不能说宪云的年龄不够啊！"妈开始没吭声，后急了，瞪她一眼："我是憨子吗！"父亲显得很沉着，威严地扫家里人一眼："谁也别多说话，有我和你妈呢！"宋洋带调查组的人来了，一行人坐定，带队的宋洋开门见山，说"我们要核实一下宪云的真实年龄"，说完开始询问我的父亲。父亲胸有成竹不慌不忙地说："宪云是1954年生的，属马，就是俺们这里闹入社那一年生的，同年生的本村有小社、小香等，不信你们去打听。”话不多，有根有据有板有眼。宋洋转向我母亲：“大娘，你说说。”母亲捋一捋头发说：“他爹说的是哩，俺家的孩子俺不知道年龄？别听别人瞎嚷嚷，孩子是从我肚里生出来的，我最有发言权！”母亲一席话把众人“轰”的一声说笑了，气氛登时活跃起来。“中，这个兵我带定了！”宋洋学着河南话说。说实话，如果没有宋洋拍板，我这次当兵就泡汤了。

1972年12月17日，我正式接到入伍通知书，换上了崭新的军装。要求21日到县城报到，穿上军装到离家只有三天时间，我是多么想利用这时间多在家待会儿，多在父母身边待会儿啊！但母亲是个礼数周全的人，她给我准备好礼品，一定让我去各亲戚家探望。她说：“你一走好几年哩！离家几千里，离家前再去看一眼你外婆、舅姨和姑姑们吧！”我那几天忙着串亲戚，也抽空到母校去了一趟。我和再有一个月就要离校的同学们紧紧握手，拆开几包烟分送大家抽。同学们说了不少“在部队立功”“多来信联系”之类的话，还送了不少写有火热赠言的笔记本，自有一番惜别之情。

临离家头天晚上，大哥、大姐、二姐都来了。大姐送来了母亲让她给我缝制的家织布衬衣衬裤，还有一个绣有“自力更生”四个字的枕套。年过70岁的大姨，踮着小脚，打着小玻璃灯笼摸黑走了一里多地，送来10个煮熟的鸡蛋。全家围坐在一起有说不尽的话语。父亲一遍一遍地交代我在外要注意的事项，反复给我传授他过去出门的生活经验。母亲一句话也不说，只是坐在那里啜泣，大姐二姐不停地安慰她。

时间过得好快，转眼便是第二天清晨。刚吃完母亲给我煮的送行饺子，村子里欢送参军的锣鼓就响起来了。依依不舍的亲人、依依不舍的乡邻，簇拥着把我送到村东口的公路旁。母亲没到村口送我，她坚持要来，我坚决不让，我怕痛苦的别离再度引发她的伤感。她站在堂屋给我送行，只见她那驼色头巾一闪，我泪眼模糊，便什么也看不见了。

那时村里没有汽车，也没有拖拉机，是村里人骑着自行车送我到公社人武部报到的。毕竟自行车要快一些，当我们赶到了公社，步行而来的父亲、大哥还在路上。得到我们新兵已在公社集合提前向县城出发的消息，正在途中的父亲急了，60多岁的他横穿麦田，一路抄近路小跑，满脸淌汗气喘吁吁地追赶上我们的队伍，急切地从内衣口袋里掏出一卷钱，拉着我的手说："给，这些钱你带上，缺啥了就买！"望着脸上皱纹密布、满头蒸腾热气的父亲，望着勤劳坚强、辛苦一生的父亲，我的泪眼模糊了视线。

12月22日，天空飘洒着碎银似的雪花，我们乘坐汽车从县城出发，到就近的詹店火车站换乘军列。一路跨越六省，行程5786华里，经过郑州、许昌、漯河、信阳、武汉、长沙、株洲、衡阳、桂林、柳州、都匀、贵阳、宣威等十几个大中城市，钻了三百多个山洞，终于在27日早上7点到达贵州盆县火烧铺站下车，换乘汽车于上午10点到达浦安建字四一部队新兵训练地。我分在新兵六连十班。

在新兵连，我除了和其他新兵一样参加政治学习和军事训练之外，还负责办新兵连的黑板报。后来，宋洋告诉我，这也是他跟连指导员提出的，让我办黑板报，是看我肚子里到底有多少墨水，能不能适应到机关搞创作的需要。对此我全然不知。不过，让我办板报确实是发挥了我的长处，把我身上的这个长处挖了出来。我特别爱读书写作，上小学就偏科严重，在初中升高中考试时，语文得了高分，数学却不及格。"文革"时期普及初中教育，我们没经过考试就混了进去。那时候上学管得不严，跟父母说去上学去了，结果是拿一本书到学校附近的柳树上看。一次看小说《烈火金刚》，看到入迷处不小心掉到了树下的河里，人弄个落汤鸡，书也泡湿了，爬上岸顾不上自己的湿衣湿裤，赶快把书晾开去晒。一个村里人路过问我干什么，我说晒《烈火金刚》。他骂道："晒你娘个脚，晒金刚，还是把自己好好晒晒吧，身上像个水鸡似的。"从此，我就有了一个"晒金刚"的绰号。

到了高中，办黑板报成了我的专利。不光办黑板报，还升级办墙报、写标语。那时候"五一""七一""八一""十一"等节日，都要办墙报。我会写文章，又会美化版面，如果版面文字不足，就写几首小诗、读后感填补进去，墙报成了学校的一道风景，后来还把墙报办到公社对面的墙上，到县里去参加比赛。尤其到了1971年，林彪摔死在蒙古温都尔汗之后，各行各业有所调整，人们又开始重视教育，会写文章又受到推崇。我写的文章被语文老师王绍光几次当做范文在课堂上宣读，他尤其欣赏我文章中"月亮照在大地上如水银泻地"这句话，在这句话下面画了一串红圈圈，也画得我心花怒放，但我没敢开放出来，只是暗自在心里得意。

在新兵团，我们六连办的墙报是一流的。在部队办墙报和地方办墙报有很大不同，主要是登上级精神和战士写的文章，不需要自己写。我相当于编辑，我要把这些组合起来，再加些题头、尾花美化版面。板书都是我一个人写，因为我在"文革"中学会了刻蜡版，宋体字写得不错，其他各体也都能写。这些墙报都是我业余时间完成的。政治学习没耽误，军事训练也没少参加半天。新兵连是一个特殊的阶段，人人都憋着劲表现自己，我当然不甘落后。我自小身体弱，同村的夏志武瞧不起我，我要练个样子让他们看看。

"天无三日晴，地无三尺平，人无三分银。"这是人们对贵州天气和地理等方面的描述。我们新兵训练时，天气很少晴过，半个月见不着太阳是常事，当太阳很艰难地赏一下光，新战友们就欢呼起来，有的把帽子抛到半空。在这样的气候下训练，天天是一身泥一身水一身汗。班长喊“卧倒”，我们就齐刷刷地卧在泥水地上，匍匐前进之后，地上是一条条泥道道水印子。更难受的是衣服鞋袜洗了晾不干，身上整天都是湿乎乎的。这还不算艰苦，最苦的是紧急集合和急行军。当过兵的人都知道，紧急集合是部队的重点训练课目之一。常常是新兵们正在吃饭或在梦乡中，紧张、急促的哨音突然响起，在短短的几分钟之内就要全副武装集合完毕。接着拉出去后多半都是急行军，而有时一夜要接连起来多次，是一件最辛苦和折磨人的事。

一天晚上，刚睡下半个小时，突然值班排长吹响紧急集合的哨音，新兵一阵手忙脚乱之后跑到操场上，仅在4分钟内就打好背包、扎好腰带、肩背挎包和水壶并带枪站好队伍报数。连长带队沿浦安县城边上的盘山公路十公里急行军。唉呀妈呀，我这下子可出了洋相。由于穿衣服穿得急，又是黑灯瞎火的，我把腿伸到了外裤和棉裤的夹层中间啦，腿前一层单，腿后两层棉，棉裤裆全在屁股后甩着，像个大尾巴羊。这样一来，跑起来就很艰难，不过我总算跟着跑了下来。还有一次，天还没亮，连长突然说有敌情，带全连去擒特务。一路急行军，跑得新兵们上气不接下气。到了目的地，连长一声喊：“全体新兵，每人找一个障碍物隐蔽！”天色灰暗啥也看不清楚，这里的黎明静悄悄，等天色大亮，妈呀，每一个新兵都守着一个坟头！新兵们吓得魂飞魄散。谭连长是四川泸州人，个头不高，用四川话开始训话：“我晓得你们每个人把着一个坟头不安逸，现在我要告诉你们，这里是烈士陵园，这里的每座烈士墓中都埋着一位解放军指战员。他们是145团的，解放初来这里执行征粮任务，和遭遇的土匪打了一仗，一些人就长眠在这里了。他们是为革命牺牲的，死得光荣，死得值得！现在你们还害怕吗？”“不怕！”喊声冲破了黎明前的黑暗。连长的训话，使我们这些新兵懂得，作为军人就意味着牺牲，军人的价值就在于牺牲。如果祖国和人民需要，我们应当毫无保留地牺牲一切，包括生命。虽然我们是新兵，但我们离墓穴中的战友并不遥远。当了兵，就要时刻准备着。这是我在新兵训练中感受最深的一次教育课。若干年之后，我从战友口中得知，谭连长在一次施工抢险中牺牲了，他用行动践行了自己的诺言。

在浦安新兵训练那三个月，苦不怕，累不怕，我们挂在嘴边的两句话是：苦不苦想想长征两万五，累不累想想革命老前辈。最难受的就是特别想家。前面已经说到，我家情况特殊，家中父母年纪大了，还有二哥留下的两个孩子，妹妹又年幼，我本应留在家里挺门立户的，现在却到五千多里外的贵州，到了部队上。家里咋样了？父母亲身体如何？两个小侄儿哭闹没有？夜深人静时，躺在床上想的净是这些。当兵的人都说，河南兵爱想家。我们新兵团还真有一个活生生的例子。

蓝贤春团长给新兵讲课时就举过这个例子。一天，一个新兵病了，指导员去看他，看他脸上有泪痕，就问道："小陈，想家了吗？"小陈摇摇头，又问想父母了吗？小陈又摇摇头。末了，指导员问："是想媳妇了吗？"小陈呜呜地大哭起来。

蓝贤春说得活灵活现，把听课的新兵都逗笑了。蓝团长说的是真实事例，这个小陈我也认识。小陈入伍前说了媳妇，已过了"好①"，只是没订结婚时间。当兵临走时，双方父母都主张"圆房"，女方怕男方当兵后变了心，男方怕女方收了彩礼变了卦。在两家老人主张下，小陈和对象突击"圆房"。新房门上对联写的是："春风放胆来梳柳，夜雨瞒人去润花。"两性结合的美妙滋味还没有享受够，小陈就被军列拉到贵州来了。

我认识小陈是在县医院新兵体检时，那时体检到有无痔疮这个

① "好"：河南西北部订婚的一种仪式。

环节，让每个人脱光了裤子，趴在地上把屁股撅起来，医生一个一个验过去。小陈刚从厕所跑出来，因为着急，善后工作没怎么做好。我们验过的都站了起来，只剩小陈还没检查，医生掰开他的两瓣屁股蛋，还没检查，就“啪”的一巴掌扇在小陈的屁股上：“妈的，屁股上的屎还没擦净！”旁边观看的人轰的一声笑起来。打那之后，我就记住了小陈，他是我家邻村杨垒村的人。这一次因为想老婆在新兵团出了名。

像一句名言所说，不想家的人都是相似的，想家的人各有各的理由。河南人家乡观念重，人老几辈都在这块土地上生活，寄托着一代又一代人的情愫。想念家乡这种情感是刻骨铭心的。一天我又涌来思乡念头，抑制不住乡愁有感而发写了一首《思乡谣》：

家在豫北小农村，
织机声中长成人。
老娘日夜穿梭忙，
儿女衣着簇簇新。

家在豫北小农村，
戏歌声中长成人。
朝阳沟里风光好，
辕门三炮长精神。

家在豫北小农村，
风箱声中长成人。
清风吹得火苗旺，
一锅香飘满院春。

家在豫北小农村，
布谷声中长成人。
从小辛苦不辞劳，
梦里最喜麦香熏。

家在豫北小农村，
辘轳声中长成人。
年长更被乡愁苦，
井有多深愁多深。

《思乡谣》起初记在我的小笔记本上，后来连里让新兵每人写一份思想汇报，我就把这首诗抄了交上去。没想到这首诗给我惹了祸。

大约在新兵训练过半的时候，支队宣传科副科长侯大全带支队宣传队到新兵团慰问演出。临来时，科长宋洋让他到新兵连了解一下选拔的几个豫剧演员和我的表现，以便在新兵训练结束时选调上来。侯大全了解情况很认真，他听了指导员的介绍，看了我办的板报。当看到我在思想汇报中写的诗歌《思乡谣》时，眉头拧成了疙瘩："这个新兵思想意识有问题呀，国家，国家，有国才有家，国在前，家在后，这首诗把家乡摆放在什么位置呀！要是在部队传开来，还不煽动新兵逃跑嘛！"

新兵训练结束后，文县来的600多名新兵，有的分到了老屋基402大队、火烧铺404大队、月亮田407大队，有的分到沾益总库、两头河安修区队，还有的分到了支队医院。拟分配到支队直属机关的20多人，统一到了警通连，进行进一步的集训和筛选。一个月之后一些人被陆续调入机关。李家驹到了管理科当文书，刘晓栋到医务所学医，袁书泽到军务科当文书，"屎腚子"小陈分到招待二所当炊事员，崔占海到通信科搞收发，郭永旺分到了军人服务社，预备进支队宣传队的如愿以偿，史瑞中会唱豫剧到支队宣传队当了演员，冯志强、周雷祥到支队宣传队拉二胡、板胡。赵震云、韩明雄、魏西安到了支队篮球队。一行人分配完毕，我是“遍插茱萸少一人”，被留在了警通连，和原本就分在警通连的新兵一起分到警通连各班排。警通连是支队直属连队，连队就坐落在支队部左侧的山坡上。全连分警卫排、通讯排、修理排和话务排。话务排又分为话务班和载波班。话务班主要由女兵组成，也有个别男兵。和我一起入伍的伍新生，就被分配到了话务班当话务员，他原本是选到宣传队当演员的，他有一绝是会女声唱法，结果被说成是“娘娘腔”，有领导一句话拍板：那就让他去话务班吧，人尽其才嘛。我和甘肃兵宋立平分到了载波班。载波班技术含量最高，说白了，就是在同一条线路上，通过使用载波技术，可以实现多线路同时通话，这在当时是颇为先进的。分到这个班学技术，一些战友都很羡慕，我心里也找到了平衡，去掉了一些未能到机关工作的烦恼，心里还摽上了一股劲：我在连队也要干出成绩给你们看看！

在连队，我完全融入了兵们的生活，像一片绿叶融入了绿叶丛，战友们好似大地里长出的红灯笼辣椒，脸色红彤彤的难以区分。唯有不同的是我仍然负责办连队的墙报，仍利用业余时间在小本子上创作我认为是诗歌的东西。部队生活开阔了我的视野，乌蒙山区的一草一木给了我新的创作灵感。

我们警通连驻地叫板桥，地名何来不得而知。连队的后面就是一座山梁。四月正是杜鹃花盛开的季节，满山红艳艳的杜鹃花，在松树丛中恣意开放，和松树相伴相依，竟有一种红霞映碧海的感觉。一阵风从山梁上吹下来，万花摇动，犹如一队队婀娜多姿的少女手持鲜花在舞蹈。再向远眺望，绿色的松林像一排排军姿威武的军人在操练，洋溢着动态之美刚劲之美。这个时候的天气，似乎晴天多了一些，阳光不再那么吝啬，日头挂在天上，朝着松树朝着花，朝着我们战士微笑。我特别喜欢在休息时登上山顶，在艳阳的高照下，融入这红花相衬的绿色海洋。我仰身躺在山顶宽阔的草地上，山风轻柔地抚摸着我的脸庞，小松鼠在我的身边跳来跳去，我静静地倾听着，似乎听到了杜鹃花盛开的声音。

朦朦胧胧中，我看到了红军战士经过这里，一队一队的，就在我身边行进着。在连队深入进行的政治教育中，我知道盆县产优质煤，是一块黑色的土地。还知道这里曾经是红军长征经过的地方，也是一块红色的土地。红军的中央纵队、二六军团、九军团都路过这里，二六军团贺龙、萧克还在盆县县城召开了盆县会议。红军部队在盆县得到休整，然后经盆县县城向西，经亦资孔、火烧铺，过胜境关到云南境内。指导员还说，红军来了之后，打开富人的粮仓分给穷人，发动穷人起来闹革命，有的青壮年跟红军走了，没走的也受到影响，在这里燃起了革命的火种。朦朦胧胧中，红军的队伍仍在行进，前不见头，后不见尾。我爬起来追着喊：别拉下我，我和你们一起走！追着追着，心里一急，“噗通”，摔了一跤。这一跤从梦中跌落下来，原来是我在山梁上做了一梦。松树仍在山风中欢舞着，杜鹃花频频点头致意，一切都是这样安然祥和。我被眼前景色激发了创作灵感，随即写下了《过迎红桥》这首诗。

心儿哟噗通噗通跳，
喜泪哟扑簌扑簌掉。
今日又踏长征路，
队伍走过迎红桥。

队伍走过迎红桥，
夜色深沉马未叫。
喜泪滴入桥下浪，
溅起波涛万丈高。

当年红军征战走，
迎红桥含泪把手招。
铁脚踏尽天涯路，
行军水壶装进四海涛。

风风雨雨几十载，
缕缕金辉桥头照。
羊肠道通着长安街，
迎红桥连接金水桥。

见过多少“沙妈妈”，
走过多少“迎红桥”。
革命的情谊阶级爱，
点点滴滴汇春潮！

而更多的诗作则引发于助民劳动。警通连没有矿井建设任务，除了学习、训练、值班外，有不少时间都被安排参加助民劳动。这里是大山深处，不像豫西北平原，大地一望无际，土地平整如镜，田埂竖直如线，除了土坷垃，找不到一个石块。俺娘要找一块压咸菜缸的石头，要托人到百里开外捎来。盆县属于乌蒙山区，部队驻地附近大山连绵，这里的主要作物是苞谷，也有极少的稻田。苞谷种在山上，少有的稻田在山下。贵州的农民真是勤劳，硬是在石缝中点上一窝窝苞谷，在不易存水的地坪上打坝引水种水稻。这里人也不多，大部分青壮年都到矿上上班去了，剩下老弱病残侍弄土地确有难处，我们的到来很受欢迎。当时又提倡农业学大寨，上面下有造梯田的指标，我们这些小伙子便成了生力军，而助民劳动又能密切与当地群众的关系。一举多得，连里常安排助民活动。对这些助民劳动我每一次都积极要求参加。我是农民的儿子，是在土坷垃地长大的，对土地有一种天然的亲切感，对务农有一种本能的向往。况且，大山深处的农业、农村、农家和我们老家完全不同，有一种从未有过的新鲜感。

我和战友们在助民劳动中学会了插秧。先把秧苗挑到水田旁，一把一把抛进水田里，然后挽起裤腿进到水田中，将秧苗一撮一撮插到水土里。刚开始不会，由村民们手把手教几次，也就摸到了门道。插秧是个技术活，也是个体力活，人须弯着腰、弓着背，左手分秧苗，右手插秧，左右配合，既要协调又要快速，两腿还要轮流后退。汗水顺着眼角流进眼里，辣辣的，豆大的汗珠顺着脸颊滴到田里，犹如下雨，浑身都被汗水湿透了，军装紧紧贴在身上。累是很累，累中也有乐趣。云彩飞起来了，天光云彩映在水田中，姑娘小伙的歌声也飞起来了，回荡在我们这些年轻军人的心中。

这不，当地插秧的民歌唱起来了：

一块水田四角方，
哥哥车水妹插秧。
要想秧苗儿醒得早哟，
全凭田里水护养。
啊里格啷，啊里格啷，
全凭田里水护养。

一块水田四角方，
哥哥车水田埂上，
妹妹栽秧水中央。
妹妹心灵手又巧哟，
栽下秧苗一行行，
好像栽在哥哥的心口上。
啊里格啷，啊里格啷，
哪天和妹妹配成双。

村民们唱着、笑着、闹着，两个小伙子因为争阿妹“扭打”起来，浑身都是泥浆。我看热闹脚下一滑，“扑通”一声摔倒在水田里，身上弄得像“泥母猪”，话务班小伍来拉我没站住，也摔倒在水田里沾了一身泥水。我们俩落水岂能让小宋小王清白，脚下一使绊子，“扑通”、“扑通”都栽倒在水田里，个个像泥猴似的。若不是排长和当地姑娘在场，我们这些泥猴子新兵还不知疯成什么样子。

更多的时候是在山上修梯田。把一块块石头用撬棍撬动变成活石移开，把一小块地一小块地连在一起，然后在下方修成梯坝，不使水土流失。那些被撬动移走的石头就成了垒坝的材料，派上了用场。个别撬不动的大石头，就用雷管炸开，炸开的石头也用来垒坝。整个工程都是就地取材，循环渐进。虽然进展有点慢，但一点点积累，终于有了几块大一点的梯田。村民们和我们一起干，一边干一边交流，使我们了解不少当地的风土人情。村里的老大娘还给我们送来了茶水、糍粑，场景感人，我由此浮想联翩，写了诗歌《军民情》，悄悄投进了板桥邮电局的邮箱。

那时受部队和助民劳动等新的环境引发，我诗歌创作的激情正在兴头上。给报社投稿很方便，不用贴邮票，只须将信封剪缺一个角，注上“稿件”两字丢进邮箱就行了。部队驻地小山头上邮电所门前的那个绿色邮箱成了我“亲爱的”，三天两头去约会，有时一天要光顾两次。害怕别人发现“秘密”的羞怯和希冀成功的热望，使我见了那绿色的邮箱便像初见情人般面红心跳，明明将稿件投进了邮箱，却又担心没投进去掉出来，伸手在那只有一条缝的小口上摸呀摸呀，总不放心。我写啊写，军营生活，助民劳动，乌蒙景色，红军长征路过此地留下的传说等等内容，都化作了我笔下的诗行，稿件也一份接一份地投寄。我是农民的儿子，认下这么一个“死理”：只要播种就会有收成。庄稼不收年年种，不信地里不打粮食！终于，我播下的种子有了收成。当年的6月17日，《贵州日报》发表了我的处女诗作《军民情》，共计7段30行，署名解放军某部曾宪云。战友告知这一消息，我不敢相信；拿着登有自己作品的报纸，也不相信自己的眼睛，一个劲地自问：报上的曾宪云是我吗？我叫曾宪云吗？直到翻出留下的底稿对过，才确认是自己的作品。当时心里那个乐啊，战友们也都为我高兴。现在看起来，这首诗很幼稚，也十分粗糙，照录如下算是个纪念：

军民情

老队长后面扶着犁，
小伙子前面牵着绳。
嗬，好神气，
军帽上的五星亮晶晶。

老大娘送茶到田头，
心里一愣怔：
哪来这些小伙子，
拉着铁犁朝前行。

她看那拉犁的小伙憋足了劲，
铁犁如同驾火轮。
后面翻起浪千层，
哎，快又平。

是真的？
是做梦？
再看那牵绳的小伙子，
绿色的衣服红五星。
喔，俺咋糊涂了，
是大军帮咱闹春耕！

新造的铁犁麻拧的绳，
战斗的友谊鱼水的情。
峰顶上青松棵棵绿，
山川里花开朵朵红。

老大娘捧来茶叶水，
小孩子拉住蹦几蹦。
姑娘小伙围成个圈，
春风伴歌声。

歌声唱出阶级爱呵，
曲调凝结军民情。
呵，梯田为弦犁弹调哟，
谱成的曲儿多动听！

《军民情》这首诗见报的第二天，我正在载波班值班，连里通知说支队政治部赵项文主任要见我。一个没见过世面的农村孩子，一个刚到部队半年的小豆子兵，听说支队的“8号”首长要接见，心里着实紧张，“嘣嘣嘣”心跳得像怀揣个兔子。喊着“报告”进了主任办公室，脸上的汗都淌下来了。主任问：“抽不抽烟？”我答：“不会，不会。”问：“喝不喝水？”我答：“不会，不会。”主任笑了：“怎么，连水都不会喝？”我急忙说：“会喝，会喝！”赵主任是看了我发表的诗歌后，特意找我谈话的。他亲切地说：“小鬼，诗写得不错嘛，有基础，以后要深入体验部队生活，写出更多更好的反映时代风貌的作品！”受到首长的鼓励，我诗歌创作的激情更旺盛了。

大约过了一个多月，支队司令部通讯科举办通讯业务培训班，通知我去一个叫瓦场的地方参加集训。没想到刚放下背包，连里便来电话催我返回连队。原来政治部赵项文主任和宣传科宋洋科长得知我去参加集训的消息后，便和有关部门商定让我离开通讯战士的岗位，调到宣传科专事文艺创作。

“八一”节前夕，宣传科科长宋洋找我谈话，说根据赵项文主任的指示，调我到宣传科搞文艺创作。为此事，他还和通讯科“张老歪”科长干了一仗，因为载波班归通讯科管，张科长想培养我在载波技术方面发展。宋科长说：“你这个张老歪，真他妈不够意思，我这人是放在你那里锻炼的，现在得赶快让他回来，上什么通讯培训班，我要派他到盆县参加文艺创作学习班。”硬是从“张老歪”手里把我抢了回来。他还说：“原本想新兵结束就调你到宣传科搞创作的，但有人说你思想意识有问题，散布思乡情绪扰乱军心，故而放在警通连再观察观察。这对你也有好处，可以对连队生活更加了解。你没有熄灭自己的创作热情，坚持写作，用作品证实了自己，也证明我没有看错人。小伙子，继续努力吧！”

我虽然是宋洋科长把我选到部队的，但到了部队之后，不管是在新兵连还是警通连，我都没有去见过他，他也没有找过我。当拟调到机关的新兵大都调走，只剩我一人时，我也没想过去找他。我是河南农村说的那种“犟筋①”，不愿意找什么靠山，而是想凭自己奋斗出成果谋前程。现在如愿以偿，能到宣传科搞文艺创作，我内心中自是高兴。

宋洋科长说：“回去收拾一下。政治部已通过军务科给警通连打了招呼，你找连长办手续。过了‘八一’，正式到宣传科报到。宣传科侯副科长分管部队文化生活，文艺创作、宣传队、篮球队都由他管。你到了科里后要尊重侯副科长，和同志们处理好关系。到科里上班后，先到盆县文艺创作学习班学习一周。我和县委宣传部打招呼要了两个名额，你和宣传队杨文天去参加。”我点头称诺。

“八一”建军节，连队搞了会餐。这是我第一次参加会餐，也是开了眼界。除了日常的几样洗脸盆装的菜之外，还有香肠切片、皮蛋、油炸花生米、生拌凉瓜等，还上了瓶装啤酒，白酒是当地村里买来的苞谷烧酒。由于兴奋，我酒喝的有点多，话也多了起来。我和文县一起来当兵的伍新生、王胜银、刘国政“喷②”了起来。说真的，我在此之前都没有见过香肠、皮蛋、啤酒，更没有享用过。同来的新兵也大都如此。

刘国政说：“啥啤酒，喝着像马尿！我喝了一口，噗地吐了出来，班长还说我浪费！”

王胜银接过茬：“你在家乡喝过马尿啊！”“你他妈的才喝过马尿呢！”两人笑着扭打起来。

---

① 犟筋：指性格执拗。

② 喷：河南方言，吹牛、说大话。

小伍说:“那鸡蛋咋是黑的呀！那下这鸡蛋的鸡得多黑呀!”我告诉他:“听班长说这是鸡蛋腌制的,先用泥土拌石灰裹着,等熟了就是黑的了。”其实我也说不清楚。

战友们都散去了,只剩下我和小伍两个,两人聊起了体己话。我在载波班,他在话务班,工作室就隔一堵墙,出操、就寝都在一起,又是同年入伍的老乡,走得自然近些。

我把我节后要离开警通连去支队宣传科的消息告诉小伍,小伍的眼圈红了:“我在连里就你这么个老怀①,我有啥心里话,都没地方掏呀!”虽然入伍后才认识小伍,但还是比较了解他。他平常说话“女里女气”的,有点娘娘腔,战友们都不愿意搭理他,一些人还背后嘲笑他。但我却知道小伍有一颗金子般善良的心。一次,我和他去龙硐村访贫问苦,到了一户人家,看到一个破被子下藏着几个小脑袋瓜,连穿的衣服都没有,其中有两个女孩羞涩地低下了头,她们身上连裤子都没有穿。一下子震惊了。小伍回去后立即向同班女战士募集衣服,自己把当兵时姐姐送他的一件毛衣也放在一起送去了。从此之后,小伍常常去那家贫困户看看,不时送去一些穿的、用的,把自己的津贴都搭进去了。

我安慰小伍说:“咋没地方掏,我也没腾云驾雾跑多远。”

小伍说:“我看明白了,你这人心野,能干大事,咱这里是拴不住的。我何尝愿在这里当话务兵,我也有自己的梦想,但我离不开啊!”

“怎么离不开,离开你天就塌了?”

“那倒不是,但你真的是有所不知。”接着小伍跟我道出心中的秘密与痛苦。

“你知道,我是按豫剧演员招进来的。我父亲是一个小戏班的班

---

① 老怀:河南方言,老伙计、知心朋友。

主，从小培养我男扮女装，在我身上没少下功夫。他的目的倒是达到了，但人家说我女里女气演不了阳刚气十足的英雄人物。在部队当话务员也挺好，岗位重要，还风吹不着雨打不着。但你知道为什么让我当话务员，你知道我有什么苦衷吗?”

我摇摇头，这两个问题我确实答不上来。

小伍接着说:“我当了话务员才知道是为了啥。到了晚上值班，社会上和部队中一些思想不健康的人就会通过转接电话进行骚扰，一些话让人恶心、说不出口，有的女兵都气哭了。比如，对方接通了，你问他要哪？他就说我要你！你问他接哪里呀？他就说接你那个地方！你说，女孩子咋能受得了！一些打骚扰电话的，误认为我是女的，就能替女战友们挡一挡，也伤害不着什么。但心里就是恶心，觉得社会上怎么还有这样的人。还有就是矿难经常发生在晚上，发生紧急情况时，有的女话务员很害怕，也容易出错，因此，我基本上要求值机都在晚上，有我值机，女话务员就能享受更多的宁静。不瞒你说，要不是为了这个，我也要求到矿建连队了，咱们是到部队保家卫国来啦，能躲在这里享清福?”说着，说着，小伍倒宁静下来了，我却心头一片火焰升腾:“多好的兄弟多好的战友啊!”两双手紧紧地握在一起，是惜别，也是互相鼓励。

节后到宣传科报到之后，我就坐上部队经县城到各大队的通勤车，到盆县参加文艺创作学习班。1972 年下半年开始，在揭批林彪之后，国家各个方面都在逐步恢复正常。为了满足人民群众欣赏文艺作品的需要，各地出现了所谓的“文艺回潮”。出版工作开始恢复，《沸腾的群山》《枣林村集》《红花满山》等小说和诗集陆续出版。一些内部文学刊物相继推出，1972 年 9 月，曹谷溪、路遥等在陕西延川创办了文学小报《山花》，我老家文县办了《青峰岭》，部队所在盆县办了《盆江文艺》。一个时期以来，文学潮流涌动，文学又受到人们的青睐，甚至一些人找对象说到特长，也说“热爱文艺”，一些文艺青年在久旱遇甘霖的雨露滋润下，开始从石头缝里生长出来，显示出强劲的生命力。盆县这次“文革”后首期文艺创作学习班是“好雨知时节，当春乃发生”，受到了从未有过的重视。盆县历来文风炽盛，文化底蕴深厚，县里的文庙建于明朝，远近闻名。进入60年代之后，这片文化沃土上又融入了新的因素。三线建设开始后，全国各地支援西南煤矿建设，盆县是重点中的重点，一下子涌进了10个工程处几万人的建设队伍。而基建工程兵41支队的组建，也为这里的文学创作注入了新的因素。这一切融合激荡，都使这里的文学创作开放出夺目的花朵。

负责办这次创作学习班的是县文化馆的舒强和韦之超二人。两人负责主办《盆江文艺》，学习班也由他们二人张罗。舒强是安顺人，贵阳艺术学校毕业后到盆县支援三线建设；韦之超厦门大学毕业后，响应三线建设到了大西南，分配到盆县文化馆。舒强胖一些，矮一些；韦之超瘦一些，高一些。舒强头戴一顶黑呢前进帽，穿对襟服装；韦之超喜欢穿正装、风衣。舒强神情忧郁一些，因为谈好的对象嫌三线建设艰苦，临到毕业时“吹灯”了。韦之超大学毕业还没找对象，到处都是鲜花和明媚的阳光。两个人的共同特点有三个：一是喜欢好作品；二是喜欢好酒；三是都爱弄些小幽默，让人笑得捂不拢肚子。一次韦之超到峨眉山登上金顶，看见一首郭沫若咏峨眉山的诗，同行的人也让韦之超吟一首和郭沫若比试比试，韦之超脱掉风衣，把眼镜摘下来擦一下镜片，诗就吟出来了：“人说峨眉风光好，我说峨眉好个球。若非郭老吹大牛，哪个龟儿到此游。”

舒强的幽默和韦之超不同。他说一口安顺普通话，慢悠悠的，说出来的净是些群众语言。在给我们授课时，重点讲文学语言形象性。他说文学语言不应概念化，而应追求形象化。比方说“圆”，下面这几句话，没说一个“圆”字就把圆字表现出来了：正月十五背个盆盆，一跤摔到磨盘坪坪，地下一摸捡了个烧饼。还引用两副对联阐述语言形象性：

是夫妻就配对对，是核桃就挨捶捶。

麻核桃瞪眼睛骇的哪一个，锄头把翘起腿踢的谁一脚？

舒强讲完，韦之超问大家讲得怎么样？我说了一句调皮话："光屁股坐板凳，有板有眼。"学员们哄堂大笑。舒强说："瞧，这才是我的学生！"我和舒强在此前就认识了。他虽然比我大近十岁，但两人不分大小，他视我为兄弟。大家看军人都这么放得开，登时便活跃起来。

我们这个学习班还真是藏龙卧虎，20多人中大多数发表过作品，有的还在全国有影响。像盆江矿务局的老张，是从辽宁抚顺煤矿到盆县支援三线建设的，他过去发表的《鸭绿江上放木排》名扬全国。还有一个女诗人吕美，不仅诗写得清新秀丽，散文也写得婀娜多姿。她是随父亲从河南来支援三线建设的，才19岁，在矿务局设计室画图纸。个头不高，眉清目秀，说话慢条斯理，吃饭也慢条斯理地吃，不像我们风卷残云。我在这些作者中独对他俩印象深刻，除了认可他们的作品，还在短短的一周内有一些私交。当时我们住在盆县县委招待所，我恰巧和老张住一个房间。他晚上给我们几个讲《一双绣花鞋》《绿色女尸》，我也学会其中的一些章节，给我印象最深的是开头："在刚解放的重庆，天还在夜幕中，在一栋常年不住人的小楼里，突然有亮光闪过。更夫敲锣从街上走过，发现异常就进楼内查看，一边敲锣壮胆一边拾级上楼，突然看到恐怖的一幕，人吓晕了过去，锣和锣槌都掉在地上。等清醒过来，瞪着一双恐怖的眼睛说：绣花鞋，绣花鞋，我看到了一只绣花鞋！"故事就此拉开序幕。后来我把这些搬到部队去讲，赢得了"故事大王"的美誉，也给我招来了祸端。和吕美的私交，是我讲了《军民情》的创作体会之后，她在没人时对我说："我有一个请求，不知当不当讲？""讲嘛！"我用刚学会的盆县话回答。"好，我就讲了哟，我特别喜欢军帽，你能否送我一顶？""可以啊！"答应完，我就后悔了：我才两顶军帽，送出一顶就没得换洗的了。但君子一言驷马难追，我爽快地把备用的一顶军帽从挎包里拿出来给了吕美。文静的吕美戴上军帽还真是好看。我说："赶快藏起来，再有人跟我要，我可没得啦！""要得！"吕美跑了，娇小秀美的身影留在了我的记忆中。

这次到盆县县城参加文艺创作学习班一周，使我有时间仔细浏览一下县城的布局和自然景色。盆县地处云贵高原中段过渡地带，境内地势西北高、东南低，中部隆起。由于地势的间隙抬升和南北盘江支流的切割，形成了层峦叠嶂、山高谷深的高原山地。这里还是典型的喀斯特地貌，喀斯特地貌的特点是山下有暗河。盆县县城边上有一个著名的溶洞，洞有几层楼房高，洞顶上有石笋，石笋如倒挂的老玉米，云雾在玉米中间缓缓穿行时隐时现，故名碧云洞。明朝著名游记作家、探险家徐霞客曾到此探访，留有游记文字。盆县县城像一个大木盆，四周高山环绕，像高高的盆沿，县城坐落在盆底。这里煤储量丰富，从明代以前就开采利用，有"聚宝盆"之称，县城的名字即由此而来。县城有两条河流经过，呈V形，人们大都分布在河岸居住，商铺也在河边一字展开。河水清澈，河中有游鱼，人们洗衣服洗菜沿河边石阶而下。河里的水常年流淌，不知所来，也不知所终，润泽着这里的百姓。盆县上连滇黔线刘官屯，下接板桥到我们支队部，一条大道穿县城而过，前后又有两条街顺行。右侧一条街向北有城门洞，城门洞上有城门楼，两侧延伸有古城墙，城墙上有马道。城墙称"浦安卫城墙"，由此可见是"云贵襟喉"。浦安卫驻军数量是贵州24卫中人数最多的一个。解放战争时期，人民解放军兵指西南，杨勇带部队兵临贵阳时，国民党贵州省政府、贵州省警备司令部曾迁到盆县。最终贵州省政府就在这里消亡，贵州警备司令部也是在这里遣散的。1966 年 7 月 1 日至 9 日，中共中央西南局三线建设委员会在盆县召开六盘水地区综合规划会议，西南三线建设委员会副主任程子华、彭德怀出席会议。程子华主持会议，参加会议的有国家计委、国家建设委员会、煤炭部、水利电力部、铁道部、化工部、建材部、交通部、云南省委、贵州省委及两省有关厅局、有关地委和六盘水地区重点企业的领导及技术人员共计 200 多人。我听舒强说，因为会议空前重要，县里专门搞了一场文艺节目，与会人员前来观看。正观看间秘书给彭德怀送来一张“批海瑞罢官”的报纸，彭德怀看了之后勃然大怒拂袖而去。红军长征时，彭德怀曾在盆县路过并停留，此次以戴罪之身到西南从事三线建设，现在又惨遭诬陷，其经历令人不胜唏嘘。

随着三线建设大军的涌入，盆县县城改变了清一色的装束，人员成分开始驳杂起来，从偏僻的小县城发展成为人迹接踵的闹市，开始有“小上海”之称。而我们这支 2 万人的部队，每天都有干部战士进到县城，军绿色成了县城一道耀眼的风景。

回到科里向宋洋科长报到，宋科长又更深入地跟我谈了一次话，说我在省报上发表的《军民情》已改编成小演唱《大军帮咱闹春耕》，由支队宣传队演出后效果很好，今后在创作中要侧重给宣传队写节目，尤其要反映矿山建设生活，通过演出在部队内外产生大的影响。因为侯副科长负责管理宣传队，让我在创作中多向侯副科长汇报。

侯副科长是带女子篮球队出身，先是教练，后是队长，以后又当了副科长，对文艺创作并不在行，但他是我的领导，我必须听他指挥。但是，由于没有经验，我和侯副科长的关系还是没有处理好。

侯副科长安排我住在电影放映队。电影队郭队长说，我们放电影的成天叮叮咚咚，人家是搞文学创作的需要安静，那怎么办？司政办公楼中有宿舍，但那是干部住的，住进战士不合适。郭队长建议住大礼堂右侧旁一个长期废置不用的杂物室。我过去拧开拴门的铁丝一看，里面全是废弃的标语牌等旧物。电影队小莫、小田、小孙帮我收拾出来。这里空间很小，只容纳一张单人床、一个办公桌，桌旁放一张椅子放物品，虽然狭窄也勉强能住人。侯副科长过来看了，点点头算是认可。我用报纸糊了窗户上已打破的玻璃，去管理科领了一把锁头，进出房间不再用铁丝拧来拧去。这里确实适合搞创作，静悄悄的。我成了一个头人，有了自己的领地。晚上躺在床上，大风呼呼吹打着窗户，我也不用害怕。因为除了外面进出的门，内侧还有一扇木门开在大礼堂的舞台上，舞台另一侧是支队广播室，广播员是一个湖北老兵，名叫鲁汉森，广播室紧邻舞台深处一侧是搞绘画的刘东申。刘东申不是军人，是随队职工。他是北京美术学院毕业来支援三线建设的，唐山人，因为家里成分高，没有被批准入伍。刘东申擅长画人像，尤其擅长画毛主席像，“文化大革命”开始后，许多单位都请老刘去画毛主席像。一次，矿区一个造反派头头发现了“问题”，说老刘画的毛主席像脸上都有阴影，是丑化毛主席，要组织批斗刘东申。那时部队整编组建不久，急需刘东申这样的人才。宣传科科长宋洋把那个造反派头头一顿训斥：“你们懂个屁，这是绘画，绘画是艺术，要有光线，你回去看看你爸你妈的像有没有阴影，你看看天安门上毛主席像有没有阴影！不懂装懂，纯是瞎扯淡！你们不要老刘，我们部队要！”老刘不仅避免了一场灾祸，而且进部队宣传科当了随军职工。小鲁老刘对我的到来表示欢迎。小鲁送我一摞书，他分管科里资料发放，送我的书中有马克思《共产党宣言》、恩格斯《自然辩证法》、列宁《国家与革命》、斯大林《苏联社会主义经济问题》和《论反对派》，还有理论著作《黑格尔逻辑学一书指要》，新出版的小说《巍巍的群山》，也有很受部队干部战士欢迎的《军语》《雷锋的故事》等。其中一些书不怎么看得懂，但心里仍洋溢着几多感激。老刘送我一个洗脸盆架，从此我不再弯下腰洗脸了。就这样，我在“一人空间”安营扎寨，开始了自己心爱的创作生涯。

一天，我正在琢磨给宣传队写个相声，突闻电影队小莫在二层阳台上喊我：“曾宪云，曾宪云，宋科长来电话让你去他办公室一趟！”

到了宋洋科长办公室，他笑眯眯地说：“小曾坐。”我坐下后局促不安地问：“科长有事？”他拿出一封信，用手捻了捻信封：“咦，这封信还不薄呢，里面还有照片，我可以看看吗？”

我不知谁人来信，也不知宋科长何意，连忙说：“可以，可以。”

宋科长撕开信，一张照片掉到桌子上，原来是一个女孩子戴着军帽照的照片，我突然想起了吕美。“啊，这是吕美的照片！”

“怎么认识的？”

“在盆县参加文艺创作学习班认识的。”我一五一十地说了认识吕美的经过。

宋科长笑了：“咦，还蛮漂亮的，蛮有气质，年轻男女交往我理解，爱美之心我也理解。但我要告诉你，部队是有纪律的，战士不准在部队驻地谈恋爱，千万不要因为这些事影响了自己的发展前途。我去过你家，你父母眼巴巴地盼望你在部队有出息哩！假如你回家种地，人家还会和你通信吗？”科长说完，把信还给了我，他并没有看信的内容。

“科长，你放心，我不会和她通信，我在老家还有自谈的对象哩！”我坦诚地说。

“噢，那就更不能脚踩两只船。革命战士要处理好工作和恋爱的关系，年纪轻轻的，把心操到工作上，面包会有的，好姑娘也会有的。”宋科长诙谐地说。

遵从科长的告诫，我心无旁骛，专心致志地给宣传队写节目，先后写了相声《煤海战歌》、快板书《地心深处的祝福》,送给宣传队负责指挥和编导的杨文天,杨文天连声叫好,尤其欣赏相声开头的几句:

什么东西会冒烟?

"嘭"的一声飞上天。

两位演员的对话,从爆竹讲到炸药,由炸药引到煤炭,讲到我们部队战士的贡献和自豪。

给宣传队写节目的同时,我创作了短篇小说《一件军大衣》。故事情节是唐团长到北京开会回部队的火车上,有一个老大娘带两个孩子在寒冷的车厢中受冻,就把军大衣披在了奶孙三个身上。等大娘醒来发现时,唐团长已下车。大娘把大衣交给女列车员,女列车员看了一会儿,认出上面品字形的特殊补丁,是她妈妈缝上的。当年在延安,遇敌机轰炸,是唐团长救了小女孩的命,母女俩到处在找救命恩人,竟通过军大衣找到啦。改了几稿,待基本满意时准备投稿出去。

一天在司政大楼门前,碰到赵项文主任,他问我:"小鬼,最近又写什么东西没有?""写了一篇短篇小说。"我说。"可以让我看一看吗?"赵主任说。"我这就去拿给您!"

赵项文主任看得很仔细,还拿回家征求他爱人王桂琴的意见。一天晚饭后,赵主任的通讯员小孟来叫我:"赵主任让你去他家一趟。"

在赵主任家,主任和他爱人王桂琴阿姨,他们的儿子赵军都提了很好的修改意见。赵主任说:这篇小说要下发到各个连队,进行革命传统教育,推动部队文艺创作活动开展。

第二天上午,我把修改后誊清的稿子交给赵主任,赵主任在稿子首页上方空白处批示:"宣传科,请印发各连队。稿子前附一按语,进行推荐。"

我拿着写有赵项文主任批示的稿件，兴冲冲地去找侯大全副科长，侯副科长看了批示和稿子，却是一脸的阴云，冷冷地说："先放我这里吧！"

一连过了几天没有动静。又过了几天，侯副科长找我，脸已放晴，说："小曾，小说写得不错，按语我也让他们写好了，宋科长也同意下发，我叫你来商量一下署名问题。你是部队培养的，专职从事创作，革命战士一不为名，二不为利，你看你自己还署名吗？"

"不署，我同意不署！"

"好，那就送打字室打字去吧！"我得令而去。

稿件在校对中，几个战友都传看了。他们劝我署名，说："好不容易下了一个金蛋，连个动静都没有，图啥哩！"又有的说："人家《解放军文艺》上发表小说都署名哩，你咋不署？"我一时拿不定主意，赵主任去北京开会去了，我就到他家求教王桂琴阿姨。王姨说："署名，怎么能不署，署名也是一种责任，表示对作品负责呢！"我没敢把侯副科长不让署名的意见告诉王姨，只是担忧地说："只怕侯副科长会有意见哩！"王姨没说什么，叹了一口气说："我家老赵原本和侯大全一个部队，两人也都熟识。大全想提宣传科长，老赵没提他，却提议提了宋洋当科长，侯副科长对老赵和宋洋心里憋着一股劲呢！"王姨这么一说，我知道了事情的原委。

从内心讲，我也是想署名的，好不容易写个作品，不署名算咋回事？我还要向刊物投稿哩，那也得署名呀！决心下定，我偷偷在校对稿上加上"战士曾宪云"的名字。打字员房俐按修改稿打印了120份，装订好后，下发到了连队。小说前附有"按语"如下：

按语

在毛主席革命文艺路线指引下，几年来，我支队群众性的文艺创作，有了一定的开展。不少文艺爱好者在战备施工的空隙，以他们的切身体验，创作了各种形式的文艺作品，热情的歌颂了毛泽东思想，歌颂了毛主席的建军路线，反映了我支队先进人物的先进思想和模范事迹。但是，距当前的革命形势发展对我们的要求，还相差很远，我们必须努力赶上。

《一件军大衣》这篇小说，我们认为写得较好，情节生动，思想性强，描述了一位老干部唐团长的高贵品质，反映了军民之间的鱼水深情和人民军队的光荣传统，现推荐给同志们一读。

今后，为了进一步推动文艺创作工作的开展，活跃部队的文化生活，我们还将继续选编。希望同志们为革命拿起笔杆子，利用业余时间，多创作一些好作品，来反映我们基建兵战士的英雄形象和战斗生活，并请对《一件军大衣》提出批评意见。

第四十一支队政治部宣传科

一九七三年十一月二十八日

不久，《一件军大衣》在《盆江文艺》刊出。加上那一段时间，我不断在《贵州日报》《云南日报》、昆明军区《国防战士报》发表诗歌、文章，一下子成了支队机关的名人。

贵州的十一月，天气开始冷起来，太阳出奇地少，风冷飕飕的。写东西有些冻手，我到管理科领了一个焦炭炉，又领了一些焦炭，把焦炭炉生了起来。贵州的煤炼成焦炭真是好，烧出的火苗蓝格盈盈的，也没有什么气味。一天上午，我正在生焦炭炉，电影队小莫在二楼阳台叫我："曾宪云，侯副科长让你去一趟！"我急忙整装前往，这一段时间宋洋科长到兵种参与起草一份重要文件，科里全面工作由侯副科长负责。我到了侯副科长办公室，他脸上阴云密布，语气极其严肃地说："我今天要认真地指出你几点错误：一、名利思想严重，口是心非，擅自在作品上署名；二、不注意领导之间的关系，不注意主任和科里的关系，不注意科长和副科长之间的关系，影响团结，不考虑后果，遇事不按级别请示，随便去找主任，造成领导之间的矛盾；三、写的小说内容有严重问题，唐团长怎么能穿破军大衣呢！现在穿破军大衣不是给部队抹黑吗？四、一个战士单独住一个房间。戴支队长都说过两次啦，一个战士怎么能单独住一个房间，影响不好！"

我有点发懵，一时反应不过来，只捡听清楚的回答："科长，我住礼堂耳房搞写作，不是你同意的吗？"

"我同意过吗？我有签字批示吗？"侯副科长一推六二五，不认账了。

我又说："至于唐团长穿破军大衣，作为特定环境是允许的，这是他珍爱的物品，凝结着军民情谊，作为纪念偶尔上北京开会穿穿也是说得过去的。"

侯副科长眼一瞪："你说的是艺术问题，我说的是政治问题。对上述问题，你必须认真认识深刻检查！"说完又嘲讽地一笑："别以为谁能救得了你。赵项文调到北京兵办去了，调令都下啦！"从侯副科长口中，我知道赵项文主任调北京了，也知道了侯副科长态度蛮横气焰嚣张的原因。

我当然没有认错，我也不知道认什么错！但通过这件事知道了世态炎凉和人性的善恶。

一段时间我的情绪很有些消沉，礼堂的耳房不能住了，我去哪里呢，侯副科长会把我放到哪里？听说他的意见是让我到矿建连队去，边改正错误边体验生活，表现好时再回到机关。关键时刻还是宋洋科长帮助了我，他从北京给参谋长乔山田打电话。乔参谋长对侯副科长说："宣传队不是需要写节目的人吗？就让小曾到宣传队去吧！

在那里接受改造锻炼也是一样的。”

就这样，我就结束了在机关宣传科的创作生活，打起背包提了脸盆去宣传队报到。临行前，刘东申带着我去找侯副科长替我求情：“小曾是搞创作的，需要安静环境，宣传队那帮人整天叮叮当当的怎么写东西？”

“那他们的业务就是那样，谁还能拦住！”侯副科长说。又说：“搬到上面还是搞文艺创作，和宣传队一起学习、集体生活。”

“那吃饭呢？”刘东申问。

“就在宣传队吃，宣传队伙食不错嘛。”

“那供应关系呢？”

“也迁到宣传队去。”

我听着两人对话，知道“寡妇死儿——没指望了”，就插进来问侯副科长：“那我什么时间搬家？”

侯副科长说：“明天你就搬吧，我已跟指导员说好了。”

“行，明天就搬！”

“你搬家时把桌子也搬上去，你写东西不能没桌子。”侯副科长也表现出对我的关心。

第三章　支队文艺宣传队的俊男靓女

支队宣传队，全称支队文艺宣传队。1966 年部队创建时，第 41 支队就成立了战士演出队。10 月，支队举行文艺汇演后，正式成立文艺宣传队。那时“好人好马上三线”，这里聚集了一批文艺人才，以他们为中坚，又从外面引进了一些演艺高手，故宣传队实力雄厚，在六盘水矿区和贵州省内外都享有盛誉。宣传队成立第二年，时任副支队长的戴兴泉带宣传队赴云南铁道兵第一、第七师慰问演出。铁道兵部队的老首长老战友拍着戴兴泉的肩膀说：“老伙计，青出于蓝胜于蓝啊！”以后支队宣传队还代表贵州省军区，到农村、厂矿慰问演出，也曾代表基建工程兵，参加全军各大军区、军兵种文艺调演，《战火海》等歌舞节目获昆明军区分赛区特别优秀奖，并在云南省各地巡回演出。1969 年，宣传队在贵阳市招收一批文艺兵，其中有八名是贵阳艺术院校毕业生。从此，这批兵成为宣传队主力，经过历年增补骨干，至 1973 年，宣传队达到全盛时期，演员阵容强大，演出水平高超。1973 年 12 月份我到宣传队报到时，仍处于鼎盛阶段。

宣传队住在支队第二招待所。二层小楼的一半多被宣传队占用，除了住人，还要排练节目。大型排练去支队礼堂，小节目的排练就在招待所饭堂。那天我到宣传队报到时，正赶上女兵们在排练节目，排练的是女声小合唱《毛主席著作闪金光》：

东方升起了红太阳，
哎咳升起了红太阳，
手捧书本心向党，
心呀么心向党哎，
嗨心呀么心向党哎。
要问我，要问我，
要问我读的什么书哎，
毛主席著作闪金光哎，闪金光。

毛主席著作是宝藏，
哎咳是呀么是宝藏，
句句话儿记心上，
记呀么记心上哎，
嗨记呀么记心上哎。
要问我，要问我，
要问我得到多少宝哎，
千车万船装不下哎，装不下。

毛主席著作放光芒，
哎咳放呀么放光芒，
心里永远亮堂堂，
亮呀么亮堂堂哎，

嗨亮呀么亮堂堂哎。
要问我，要问我，
要问我干劲有多大哎，
千斤的铁锤当针拿哎，当针拿。

毛主席著作指方向，
哎咳指呀么指方向，
道路指得明又亮，
明呀么明又亮哎，
嗨明呀么明又亮哎。
要问我，要问我，
要问我走的那一条路哎，
永远革命跟着党哎，跟着党。

毛主席著作传四方，
哎咳传呀么传四方，
革命烈火高万丈，
高呀么高万丈哎，
嗨高呀么高万丈哎。
要问我，要问我，
要问我威力有多大哎，
五洲四海红旗扬哎，红旗扬。

这个节目，女演员悉数参加，我有幸一睹她们的风采。

整个合唱激情饱满动作协调，声音清脆和谐，领唱和合唱相得益彰。领唱的女演员格外出彩，中等个头，秀丽的脸庞，甜美的声音充满青春的活力。我认得她，名字叫宋宁琪。在给我们新兵连演出时，她演《沂蒙颂》中的红嫂，给我留下深刻印象。

宣传队指导员张志和是河南清丰县人，一口河南话，他对我的处境很同情，真诚地说："小老乡，这里条件差，先住大房间，以后再调整。先把东西放下，过几天宣传队就要去重庆、宜昌、韩城巡回演出，到时咱们一起出去走走。你也和大家熟悉熟悉，适应每个人特点写节目不是更好嘛！"

宣传队在紧张准备外出巡演的节目，有的是过去演过的要复排，也有新排练的。移植的剧目有：《处处有亲人》《龙江颂》《沂蒙颂》，自编自演的有《大军帮咱闹春耕》《战火海》《煤海战歌》，还有景颇族民兵舞等。由于要外出演出，还要准备道具箱、服装箱等，大家都在忙碌着。此时，我也在做出发准备，向往能和战友们一起顺道去游览长江和祖国各地的大好河山，心中满是憧憬。

正在此时，侯大全副科长打来了电话。

张志和指导员接的电话，我只听在电话中说："不是都说好了吗？他出发准备都做好了呀！"对方说了几句什么，指导员把电话交给了我。

"小曾啊，这次宣传队去重庆、宜昌等地演出，你就不要去了！"电话那头是侯副科长。

"噢，那我这一段做什么呀？"

"下部队去体验生活吧！到矿井连队锻炼半个月，下下井，了解一下施工情况，回来给宣传队写一个节目。"

"去多长时间？"

"半个月，半个月过后，宣传队就回来了。你正好写个节目让他们去演，要抓紧噢！"侯副科长给我下了任务。

"那我去哪里啊？"

“我都给你联系好了，去 402 大队，我和政治处肖主任谈好了，让你到矿建连队。到了听他们安排。对你提出三点要求：一是团结，二是作风，三是谦虚。中间没什么事不要打电话，需要回来时我会给你打电话。”听了侯副科长的话，我心一阵冰凉，那也只好服从。就在宣传队的大车出发时，我背着背包下到了老屋基 402 大队。

老屋基矿位于盆县拖长江右岸陡崖下一个宽阔平台上，平台上方是大山镇平坝村。井田南北走向长 7.6 公里，面积为 13.7 公里。该矿由水城煤矿设计院设计，采用竖井开拓方式，设计年产煤 90 万吨。开采煤种为肥煤、气煤，除供应攀枝花钢铁厂之需外，也供应昆明、柳州、广西钢铁厂。1966 年，第 41 支队 402 大队和 407 大队承担了老屋基矿建设任务。其中，第 402 大队承担矿建任务，第 407 大队承担地面工业和民用建筑的建设任务。等我去老屋基时，第 407 大队承担的任务已大部完成，402 大队的矿建任务正处于紧要关头，下属的 4 个区队 16 个连队，在 500 米深的井下分不同区域轮班鏖战，务必于 1975 年建成投产，真个是时间紧、任务重、困难重重，但指战员们斗志不减，敢与困难争高下，不向魔鬼让半分，一天一天、一米一米地向目标挺进。

坐支队通勤车穿盆县县城，经刘官屯、两头河、瓦厂，渐渐转入矿区的路，过了 402 大队汽车连，再往前走一段便看到了拖长江。时值枯水期，江流不大，江面较广阔。过了桥，沿右岸前行，到 402 大队大队部我下了车。

找到政治处肖主任，向肖主任说明来意。肖主任个头不高，很精干，是 66 年的四川兵。他笑着说：“欢迎大文豪下基层体验生活。你去九中队怎么样？九中队刚好打开一个新的掘进面，日进度破纪录，有不少动人事迹。”

“好的，听从肖主任安排。”

在九中队，夏副中队长、龙副指导员接待我。夏副中队长说："左队长正好探亲去了，你就住他的铺，下井呢，就用他的水鞋、工作服。刚来休息休息，不急下井，下井时我让文书陪你下去，要不你摸不着道，下面可是有危险哩！"

第二天我就下了井，上的是晚班。文书陪同我登上去竖井口的卡车，车上已经上了几十个战士，有一个排长带队。连队共有4个排，4个排四班倒，每班在井下6小时，24小时轮转，每个掌子面的掘进一刻也不停。

到达竖井附近，先到矿灯房领矿灯，我用左队长的号牌领了矿灯，全副武装地来到井口。只见高高的井架耸立着，井架上挂着一幅白底红字大标语"大干三十天，向十大献礼"的大幅标语。位于井架中央的罐笼上上下下，不停地运料、送人，一派繁忙景象。

我们一拨人分批坐上罐笼，我也在其中。此时心中并不害怕，更多的是惊奇和好奇。吊笼下行了，还没有反应过来，双腿被蹾了一下，到了井下了。

这时的井下，已经实现任务过半，已建成的主巷道四通八达。战友们一下罐笼，就像猛虎下山一样扑向掌子面。步伐哒哒，矿灯闪闪，矿车隆隆，这一切像钢铁一样敲击着我的心弦。

文书领我参观了三区队负责的施工区域，看了通风、照明等井下设施，这里有小泵房、小仓房等，然后领我到了九中队的掌子面。

在施工现场看了一阵，我大体上知道了井下掘进的几道工序：打眼、装药、放炮、清理矸石、架棚、钉道。完成一个循环后收尺，看看进度。在这些工序中，打眼是关键的一环，一个断面打多少眼，以及眼的深度、角度、装药量都很有讲究。装好药，安好雷管，接通电爆器，指战员们就躲在巷道拐弯处或巷道中预留的安全通道内。引爆过后，冲进掌子面清理矸石，装进斗车中运走。我刚来乍到，不会干什么，就帮着推斗车、拌砌碹用的灰浆。掌子面灰尘煤尘飞扬，战士们汗流浃背，矿灯下的每一张脸，都被汗水冲出道道沟痕，就像涓涓流淌的溪流，眉毛、鼻尖，全挂着掺杂煤灰的汗珠，衣服都被汗湿透了。

“你不要命啦！”我正撅着屁股推斗车前行，突然听到一声大喊。

“咋啦？”我问。

“推斗车要在斗车侧后用力，你站在斗车后，后面的斗车来了控制不住，一下子就会怼死你！”

“你是文县兵？”我从他的讲话中听出了文县方言。

在交谈中，知道他叫朱北方，我们一起当的兵。他年纪比我大三四岁，中学毕业后回乡务农。

提起朱北方，他在我们文县曾经很有名气。“文革”时，他是县一中一二九红卫兵总部的头头，曾带着一帮红卫兵把从郑州到文县武装部抢枪的“省肉联”造反派打得抱头鼠窜。我没想到在这里遇见他。

“那你认识任全科吗？”我问他。任全科是我到部队后，经支队服务社郭永旺介绍认识的战友。

“认识呀，太熟了，他也是我们‘一二九’战斗队的，会耍笔杆子，他在哪？”

“他在安修区队，是一名车工。”我说。

“太好啦，哪天会会。我们老伙计要在部队重逢啦！”朱北方一拳砸在斗车上，显出无比的兴奋。

从井下上来，已是深夜零时了，我们一排人坐上卡车回连队。在井下工作六小时的战士们似乎不觉得疲劳，笑着、打闹着，在颠簸的山路摇动的大车厢内疯闹着。

到连队冲完澡，吃完夜餐，浑身疲劳却没有睡意，我在日记本上记下了第一次下井的感受：“今天下了一次井，‘唰’地一下，绞车把我们开进了地球深处。巷道中，矿灯闪闪，如银河里的星星降了下来。

战斗的场景，给我留下了深刻的记忆。卧龙藏虎，过去只是神秘莫测的一句空话，可是，在这地球深处煤海里面，确实出现了‘龙’和‘虎’。你看那战士们个个生龙活虎，不怕苦不怕累，一心扑到矿山建设上。什么是幸福？为革命吃苦就是幸福。想到此，我不由感慨万分，大声说道：煤海深处的战士是最可爱的人。”

第二天，我给宣传科侯副科长打电话简要汇报了情况。

“你下井了没有？”他问。

“下了，昨天晚上下了一次。”我答。

“对！要经常到井下去，熟悉情况，不一定每天都去，半个月三四次即可。”

“好的！”

“要和领导搞好关系，多向连里请示汇报。要多走走看看，搜集创作素材。”侯副科长一再叮嘱。

过了两天，我又下了一次井，并在日记中记了下列感受：“今天又下了一次井，上井后四处参观一下，传说中的云贵高原，给人一种神秘的感觉。今天却楼房林立，厂房高竖，烟囱天上有，机吼云中来，我心中涌起了欢腾的浪花。不消几日，云贵高原将更加美丽。我爱云贵高原，我爱宏伟的建筑，但更爱可爱的战士。他们像一头头牛，勤勤恳恳地为党工作，不为名，不怕苦，虽然天天和岩石、矿渣打交道，但心情愉快，回来照样乐观。我心里总想找一句合适的话褒扬他们，想了半天才说出一句：战士们是支撑国家大厦的栋梁！”

在下了几次井之后，我建议召开一次座谈会，让战士们提供一些创作素材。左副指导员主持会，参加座谈的战士纷纷发言。

一个操甘肃话的战士说：“哦提供一点。一次哦正往顶棚上钉钉子，班长拿来一把用废钉子敲直了的‘拐角钉’，哦接过来一看，气得一把扔了说：要新钉子，国家搞建设还差这几个钉子，太小气啦！下班后班长教育了哦，说我们国家还不富裕，能节省一点就节省一点，从此以后我们能利用的就利用，不再大手大脚了。”

同乡战友朱北方也参加了座谈会。他说：“有一次倒石渣，不小心把矿车上的插销弄丢了，等倒了许多车才发现。大家硬是用矿灯照着，把插销从石渣里捡了回来。乖乖，要是再晚一些，可就找不回来喽！”

炊事班一个战士说：“我们炊事班长岳长青是个贵州兵，他发现我们烧的灶有些费煤，就在那鼓捣改灶。我劝他：咱身在煤海，这煤不是小鼻子他爹——老鼻子啦，你还那么小气干啥！他不听，硬是改灶成功，每月节煤一吨多。”听他说完，我眼睛一亮。

晚上躺在中队长的铺上，我在脑海中把几个节约的小故事过滤一遍，反复琢磨，确认哪一个写成节目更合适一些。我想：矿井建设是百年大计，还是用新钉子保证质量为好；在大量矿渣中捡回插销，如果浪费人力太大，似乎也不划算。而“改灶”这个题材好，身在煤海“改灶”求节煤，表现了战士节约的美德，在矿区建设中又有现实意义，而且“改灶”也内涵着思想上的“改造”，周总理不是说“活到老、学到老、改造到老”吗？朱北方不同意我的看法，拧着脖筋和我犟：“找插销这个素材好，把一千车一万车矿渣扒拉开也值得，我们就是要追求一种精神。你的想法太庸俗、太庸俗了，算小账，不算大账，我不同意！”我第一次领略了他的犟筋。

快到了回支队宣传队的时间，我给侯副科长打电话。

侯副科长问：“你现在在哪里？”

“九中队。”我答。

“素材搜集的怎么样了？”又问。

“反映部队生活的有一点。”我答。

“明天回来吧！”侯副科长指示。

“怕找不到车。”我说。

“有车,迎新兵的宣传车从酒基回来,明天路经 402 大队。”

“好的,我明天回,还有什么指示没有?”

“回来再说吧!”侯副科长挂了电话。

在九中队生活了半个多月,就要回去了,真有点恋恋不舍。连队的干部是热情的,连队的战士是可爱的,他们在各个方面对我无微不至地关怀,体现了革命大家庭的温暖。来,欢迎;走,欢送;中间,关心照顾。我无以回报,只能用我笨拙的笔去反映一线指战员们的精神风貌,多写出一些受战士欢迎的作品。

临行前,我算了伙食账,交人民币 8.55 元,粮票 22.5 斤。左副指导员送给我一块风筒布,说:“留给你做个纪念。”我说:“连队的东西我不能要。”他真切地说:“这是用往井下送风的废弃风筒布裁的,铺在褥下能防潮,我们战士铺下都有,你回去铺在床上隔潮气吧!”我只好收下来,这也是我第一次下井的一个纪念。

离开九中队,我在朱北方的陪同下,去大队部看了和朱北方同村的朱仁刚。朱仁刚在宣传股报道组,我们以前通过电话。我向他问了夏志武、夏志文兄弟俩的情况。朱仁刚说:夏志武在一中队,表现沉稳,话不多,干活很卖力,在井下搞掘进,一个人顶两个人。上半年连里提出嘉奖一次,给团政治处挡住了,说等观察观察再说吧。夏志文在一区队当文书,现在成了学习毛主席著作积极分子,到处讲用,出了不少风头。大队阎副政委将他树为典型,现在成了新兵们的标兵。朱仁刚说:“志文现在到处去讲用,不一定在,我带你去看看志武?”我说:“这次时间有点紧,下一次吧。”

回到支队,我去宣传科向侯副科长汇报。

“侯副科长,我回来啦!”

“下了几次井?”

“四次。”

“好，要下就真下，别像井面上的皮球，上面看下去了，下面看还是漂浮着的。”

“是！”

“有人反映，你在连队深入不够，到这里抄一段，到那里抄一段，有抄袭现象。”

“我抄袭什么啦？你让我下去搜集素材写节目，我把连队墙报上的内容抄下来参考，这算抄袭吗？”

“那你抄了对不对？”

“那不叫抄袭！”

“你在下面搞特殊化，睡在中队长床上，还吃小灶，有没有这回事？”

“别的地方没空床，正好中队长回去探亲，我就住上了。伙食都一样，是文书打来一起吃，并没有单做，怎么叫吃小灶？”

“下去就该和战士同吃同住同劳动嘛，怎么能搞特殊呢，今后要注意！”

侯副科长一顿闷棍把我打得懵头转向。自认为这次收获很大，也搜集到了素材，正酝酿写节目，兜头一盆凉水，把我心中的火苗浇灭了。

“你说的《改灶》这个节目还不错，抓紧写出来送我看看。”侯副科长指示。

我心里沮丧到了极点，从支队司政楼出来，向左侧山包上的第二招待所走去，脚像灌了铅一般。宣传队的人因为增加了慰问演出任务，还没有回来。我躺在有十几个铺位的大房间里，就像沉浮在虚空中。二招炊事班的小陈和我认识，就是在老家当兵前“圆房”的“屎腚子”小陈。他看我情绪不高，弄了几个菜，找在服务社工作的郭永旺，两人陪我喝了一瓶三花酒。我喝得腿软了，舌头硬了，睡了两天才缓过劲来。

六七天之后，侯副科长来电话——

“小曾，我让你搞的那个节目，你搞出来没有？”

“啥节目？”我问。

“改灶啊，十天你还没搞好！”

“没十天，才一星期。”我辩解。

“几号交待你的？5号？”

“不对，是9号。”我答。

“你干啥就是太慢，宣传队等演，演出前还要看，不要拖拖拉拉！”侯副科长语气严厉。

“好，我抓紧时间写完了送给您！”

对方“啪”的一声挂了电话。

三天之后，我写出了节目《改灶》，在侯副科长规定的时间内完成了任务。侯副科长让打字室打了几份，送支队首长征求意见。

宣传队巡演回来之后，侯副科长到宣传队正式宣布成立宣传队创作组，由杨文天、刘文先、曾宪云三人组成。杨文天任组长。为了给我们创造创作条件，让我们三人搬住在一个房间，以便讨论和切磋。侯副科长临走时看着我说：“有的同志一瓶不响，半瓶晃荡，真叫他拿一个节目，他拿不出来了。”说者有心，听者在意，我的脸上马上升起一阵火烧云。

杨文天是贵阳人，69年兵，贵阳艺校毕业后直接入伍，比我大四岁，显得老成持重。他是宣传队男一号，既会指挥，又能当演员，还会乐器。人又精神帅气，一米八的个头，长就一副笑模样，一天到晚乐呵呵的。做起乐队指挥来刚柔相济，恰到好处，不像有的指挥，一会儿歇斯底里大发作，一会儿迷迷糊糊没睡醒的样子。在《沂蒙颂》中他演负了伤的排长，人物性格刻画得好，生动感人，和演红嫂的宣传队女一号宋宁琪配合得云水相依，每次《沂蒙颂》演毕都获得一大片掌声。杨文天和宋宁琪以优异演艺成绩获得部队内外观众青睐。杨文天的父亲是南下干部，也在部队从事过文化活动，“文革”中被打倒前曾担任黔贵文化局副局长，母亲是黔剧团演员，家中的文化艺术熏陶，使杨文天养成了温文尔雅的性格，平时谦和待人，对战友能帮则帮，能助则助，虽然在宣传队年龄不是最大，但大家都把他当成老大哥。我和他在参加盆县文艺创作学习班时相识，他带我认识了不少从事写作的同行。以后我为宣传队写节目，在报刊上发表了文艺作品，他都鼓励肯定我，丝毫没有同行间的嫉妒。现在能和他一起搞创作，我自然乐意。

创作组另一组员叫刘文先，71 年兵，湖北人，高个头，适合打篮球，却到了宣传队。他在乐队拉手风琴，会写节目，写的节目《战火海》还在昆明军区得过奖励。刘文先为人和善，喜欢玩闹，对什么事都是一副毫不在乎的样子。我认识他时，大概是他身上爆棚的荷尔蒙在起作用，脸上长了一片疙瘩，他对这些疙瘩没办法，只能把气撒在日益昌盛的胡子上，不演出不写作时，就用一个夹本子的铁夹子，一夹子一夹子地拔胡子，仿佛把它们全拔光才解气。

我们三人凑在一起，又有同住同写作品的空间，没有谁“太隔路”，便成了无话不谈的战友。我的处境和苦恼很快被他俩知道。人有时候心中有苦恼，想掩饰也掩饰不了，何况我是个直性子，一团乌云都飘在脸上。我到部队一年来，总的看是顺利的，但在取得成绩显露头角时，却被各种“莫须有”罩住了，城府不深的我深陷于苦闷中。一向睡眠很好、起夜后还能把梦续上的我，开始失眠，睡不好觉，记忆恍惚，手中拿着钢笔却四处寻找。头发开始大把大把地掉，像遇到了鬼剃头，羞愧得什么场合都戴着一顶军帽。

所有这一切，都被杨文天看在眼里。一天，刘文先不知去哪儿拔胡子去了，杨文天笑着回到房间，从黄挎包里掏出一个人形的植物根茎，摆放在办公桌上对我说："小曾，你看这是哪样？"我摇摇头："哪样嘛？""这是我从山上挖出的何首乌，听说何首乌可以生发、黑发，你可以试一试。切了片泡水喝，看看有没有效果。"见我没吭声，回头一瞧，我正坐在床边淌眼泪，他就抓过毛巾塞给我："别难过，别难过。"等我稍平静，杨文天坐在我对面的床上说："嗨，谁还不遇到一些烦恼，遇事想开些，莫说你新兵，就是我，也有揪心的烦恼呢。"说罢，一向并不多言的他向我打开了话匣子。

杨文天向我说出了他的烦恼，听得我目瞪口呆。

杨文天的烦恼和宋宁琪有关。宋宁琪出生在京剧世家。她爷爷是著名京剧演员，抗战爆发后，大批文化名人南迁，爷爷就带着全家到了贵阳，本来是要到重庆去的，但当时重庆正遭遇日机轰炸，便在贵阳耽搁下来，这一耽搁就是几十年。爷爷去世后，父亲子承父业，在贵阳京剧界是头把交椅。"文革"前，担任过黔贵京剧团团长，和妻子俩从小就教宝贝女儿学戏。得京剧真传又勤学刻苦，宋宁琪在贵阳艺校毕业时已是青出于蓝。她演的李铁梅一下子从几十个李铁梅中活脱脱跳出来，让人过目不忘。当时演唱革命现代京剧是时髦的革命行为，北京和省里的一些文艺团体都来招人，开始都相中她，但因为她父亲被定为贵州省十七年文艺黑线人物，到拍板时却没人敢要。这一年宣传科科长宋洋去贵阳艺校征兵，他一看宋宁琪的条件，简直是"天上掉下个林妹妹"，赶紧给肖红述政委通电话，政委拍板后，宋宁琪就到了41支队。到了宣传队，正赶上排练现代革命京剧《龙江颂》，一试装，"江水英"非她莫属。《龙江颂》在部队内外演罢，观众都知道41支队有个"江水英"，这个"江水英"比那个原版"江水英"一点都不差，还比那个原版的年轻漂亮。江水英，江水英，女人是水做的嘛，越年轻就越漂亮。许多人看《龙江颂》就是看“江水英”来的，宋宁琪一时名声大噪。此外她还演过《红灯记》中的李铁梅、《杜鹃山》中的柯湘、《沂蒙颂》中的红嫂，成了宣传队人人竖大拇指的“台柱子”。1972 年下半年从中央到地方，一批所谓“文艺黑线人物”开始恢复名誉落实政策，宋宁琪的父亲也在其列，他又回到黔贵京剧团担任团长。为了给女儿创造更好的从艺环境，他给肖红述政委写信，希望女儿复员回贵阳，到贵州京剧团当演员。肖政委自是不会放人，找朱副政委、赵项文主任一起研究后，派宣传科长宋洋去做工作。宋科长到贵阳宋家见了宋老先生，说明部队领导留宋宁琪的恳切愿望，并说部队领导已经决定马上给宋宁琪提干，以便更好地发挥她的才干，同时也方便有探亲假回去探家看望老人。宋老先生看事已至此，不好再说什么，就说：“我就这么一个女儿，留在部队可以，但你们要留心给她找一个好对象，让她早日成家，我和她母亲方可安心。”宋洋应诺，回到部队如此这般向肖政委做了汇报，从此宋宁琪的婚姻大事就提上了部队领导的重要议事日程。

宋宁琪成了从贵阳招的这批文艺兵中第一个提拔的干部。在宣传队没有人不服气，因为她出类拔萃，确实应该提干。宋宁琪提干后确实“鹤立鸡群”，一些暗恋她的人，一些想找她谈恋爱的人在宣传队内外消失了不少，因为她规格高了，得有相当的规格来配套。没有金刚钻就不要揽那瓷器活。况且，宋宁琪是支队首长们看护着的，你要去尝试尝试，要通过支队首长这一关。支队政治部组织科朱干事想“照量照量”，给宋宁琪写了一封求爱信，被朱副政委知道了，说：“脸长得疙疙瘩瘩的，不般配！”本来支队首长给宋宁琪提干，是为了解决她的婚配问题，没承想，却给她设置了一层障碍。好在提干后就有了在部队内外找对象的资格，不再受“战士不得在驻地附近谈恋爱”的束缚，可放宽眼界找寻中意的恋人，那时叫“全面撒网，重点抓鱼”。那么,宋宁琪的“鱼”在哪里呢?

宋宁琪眼里的“鱼”远在天边,近在眼前,就是常和她演《沂蒙颂》配戏的“排长”杨文天。她和杨文天一起当兵入伍,对他的情况了解。杨文天的表现和品质在宣传队男兵中出类拔萃,人又长得精神帅气,为人善良和气,这还不算,更重要的是宋宁琪在和杨文天配戏演《沂蒙颂》时动了感情。《沂蒙颂》讲的是山东沂蒙山区一个大嫂用乳汁救活了一个解放军伤员的故事。这是一个感人至深的真实故事,在解放区广为传颂,后被改为各种戏剧形式,“文革”中被改编成革命样板戏《沂蒙颂》。这出戏一直是宣传队的保留节目。从宋宁琪、杨文天入伍开始,两人就分演红嫂和负伤的排长,一直在一起演了几年,配合得极其默契。在这一次一次表演中,宋宁琪动了感情。为了演出方便,戏中把给战士“喂乳汁”的情节,改造成了“熬鸡汤”:

> 天已暗,夜未光,我为亲人熬鸡汤,添一把沂蒙柴炉火更旺……

在唱了一段唱词之后,红嫂把鸡汤端到伤员跟前,一匙一匙喂到嘴里,这里也有唱段。唱完还要掖一下伤员身上的被子。一次,宋宁琪演红嫂时走了神,竟在掖被子时抓住了“伤员”杨文天的双手迟迟不肯松开。对此观众有所察觉,但认为红嫂对战友用情太深,眼里流出了更多的泪水。这一点杨文天也感觉到了:“小宋今天怎么啦,病了吗?”但他无法睁开眼睛去察看宋宁琪的脸色,因为剧情规定他这时只能闭着眼睛,这才符合伤员的身份。宋宁琪知道,自己在戏中失态了,她借演剧传递了控制不住的情感,但宋宁琪是个舞台经验丰富的演员,她巧妙地把这一幕掩饰了过去。

一天,朱副政委路过大礼堂,在礼堂门口遇到去礼堂练功的宋宁琪，就拦住她说："宁琪，我给你介绍一个对象？"

宋宁琪和朱副政委熟识，也知道是首长关心自己，就开玩笑说："听凭首长发落。"

"军务科张参谋如何？昆明军区调来的，军事素质好，五项全能，操练队伍全支队第一。"

宋宁琪摇摇头。

"政治部王秘书怎样？大学毕业生，人很干练，文章也写得好。"

宋宁琪又摇摇头。

"后勤部卢助理也不错，爱岗敬业，是咱们兵种的标兵。"

宋宁琪摸摸衣服上的扣子，又没有出声。

"宣传队杨文天和你般配，又一起来的，知根知底，你觉得如何？"

宋宁琪仍没有说话，但明显地点了点头，脸上布满红云向礼堂跑去。

朱副政委心里有了底，就去找杨文天，单刀直入地说："文天，宋宁琪对你有意，我给你俩保个红媒如何？"

杨文天一下子愣住了，他显然没有这个准备："副政委，我还没有考虑个人问题。"

"岁数不小啦，可以考虑啦。"

"我是战士，不能在部队驻地谈恋爱。"

"这个你不用考虑。"

"我……"

"好啦，等你考虑好告诉我。"

朱副政委走了，杨文天心中的一团乱麻还没有理清。他的恋人早已确定，就是宣传队燕黔兰。燕黔兰身材瘦削，眉目清秀，学舞蹈的，身姿轻盈，人称"小燕子"。杨文天和燕黔兰在贵阳艺校就对上眼了，还交换过礼物，到了部队之后有"战士不准在部队驻地谈恋爱"的规定，只能把相互的爱默默压在心底，没人发觉，也没人想到两人是一对恋人。

“我怎么办啊？”杨文天拿不定主意，“我怎么能因为朱副政委介绍，就背离燕黔兰呢？我俩可是青梅竹马长大的啊！如果不应允，怎么给朱副政委回话？得罪了领导可不是闹着玩的。”实在拿不定主意，就去找宣传科科长宋洋。宋洋把他从贵阳艺校招来，很关心他。跟老领导讨个主意吧。

宋洋听了后沉吟半天，说：“确实是个难题。支队首长为了留住宋宁琪这个台柱子，煞费苦心，但找对象这件事还要看个人意愿。这样吧，我给你出个主意，从明天开始，你在宣传队就公开和燕黔兰的关系，让所有人都知道你们是一对恋人！”

“这？”

“这什么？”

“部队不让战士谈恋爱啊！”

“你们不用管！”

“那朱副政委处？”

“你们也不用管！”

……

过了两天，杨文天和燕黔兰在宣传队成双入对起来，两人在一起打饭，一起用餐，你帮我打饭，我给你洗衣服，俨然一对恋人的样子。

这个情况传到分管宣传队的侯副科长耳朵里，侯副科长大发雷霆：“战士怎么可以谈恋爱！”他在电话里对张志和指导员吼道：“你给他们谈谈，再不收敛，就处理他们退伍！”他还向朱副政委做了汇报，朱副政委也大为恼火：“这个杨文天，怎么回事，不行就处理退伍！”

杨文天、燕黔兰要被处理退伍的消息在全宣传队传开，像一声炸雷，人们都不相信：杨文天是男一号，又是乐队指挥，宣传队离不开他呀！小燕子在舞蹈演员中数一数二，多少舞剧等她带大家排练呢！

首先站出来为杨文天、燕黔兰说话的是宋宁琪。她去找宋洋：“宋科长，杨文天不能退伍呀，小燕子也不能少呀！怎么能做这个决定！”

“这是朱副政委做出的决定，你去找找朱副政委，也许有挽回余地。”宋洋说。

聪明的宋宁琪反应极快：“一定是朱副政委跟杨文天谈了让他和我处对象的事，文天没答应，又不好办，才公开了和小燕子的恋情。我是喜欢文天，但那是我不知道他们的恋情，我怎么能拆散这两个人呢？也怎么能因为自己毁掉两个战友的前程？”想到这里，她匆匆告别宋洋，去找朱副政委。在司政办公楼朱副政委办公室，一听说杨文天，朱副政委仍是气呼呼的：“这小子也太不像话了，我给他介绍你宋宁琪，他不应允也便罢了，还弄出这么一出，看我怎么收拾他！”

“首长息怒，息怒！”宋宁琪一脸笑容。

“你还笑，不都是为了你！”

“首长错了，我根本就不喜欢杨文天，是您会错意了！”宋宁琪说。

“这是真的？”

“骗你是小狗！”宋宁琪把朱副政委逗笑了。

“那我再给你物色，好男儿有的是，部队内外撒开网就是，我就不相信掏弄不来！”

“不用啦首长，我已答应组织科朱干事了。”

“那怎么能行，他配不上你！”

“他人挺好的，他喜欢我，我也喜欢他，我俩决定了，很快就要结婚了！”

“既然你喜欢，我就不说什么了。啥时结婚，我给你主持婚礼。”

“不用，领导批准我婚假即可，我和朱干事回贵阳旅行结婚，回家里看看爸妈。再一次谢谢首长关心!”

从朱副政委办公室出来,宋宁琪去了政治部组织科朱胜利办公室。见了宋宁琪,朱胜利一脸愕然。宋宁琪郑重地说:“朱干事,你写给我的信我收到了,经过慎重考虑,我决定嫁给你!你如果没什么意见,我们就向组织打报告,去办结婚手续。”宋宁琪说完,没等朱胜利回话,就匆匆带上门走了。

朱干事一脸茫然,他拍拍自己的脸,有感觉,急忙推开门看去,正好看到宋宁琪转弯下楼的背影。这一切都是真的,我没有做梦,我没遇到仙女下凡,自己这个“癞蛤蟆”,真是吃上天鹅肉了。他高兴得在屋里连蹦三个高,有种飘飘欲仙的感觉。

宋宁琪要和朱干事结婚的消息在全宣传队传开,在司政大楼传开。杨文天知道这个消息的当天晚上,约宋宁琪到招待二所边的一个小山包下,两人谈了一次话。

“宁琪,你为什么这么做?这不是牺牲自己吗?你并不真爱朱干事啊!”

“文天,我真心爱你,对你有感情,但我并不知道你和小燕子相爱了,我怎么能为了自己,毁了你们两个的爱情,毁了你们的前程!”

“我和小燕子谈恋爱并不是现在的事,其实我们俩在毕业前已经相互订了终身,只是因为部队有纪律才没公开罢了。不过还是要谢谢你,宁琪!但你做出的牺牲太大了,我真不知道怎么感谢你才好。”

“没什么,在部队这些年,我懂得了一个道理,人不能事事皆如自己的心愿,有收获,有荣耀,也有付出和牺牲。我们不能建立爱情,还有浓浓的老乡情、战友情,我真心地祝福你和小燕子幸福!”两双手紧紧地握在一起,传递着美妙而又纯洁的感情。天上的流星一闪而过,好似一声赞叹。

杨文天刚讲完自己的故事,刘文先就回来了,他手里捏着一张纸，说:“我去张罗为老曲的女儿小雪捐款去了。”

老曲叫曲老三，山西人，是从山西阳泉矿务局来盆县支援煤矿建设的，因他会吹笙，组建宣传队时就被吸纳进来。他的爱人和女儿小雪、儿子小刚在山西原籍，按照条件还不能随军，但组织上同意他想回山西原籍可以复员。但是老曲坚持不回去。他在宣传队年龄最大，是工改兵，却是宣传队最任劳任怨的一个，脏活累活都抢着干，有时还当布景、搬道具，在舞台上忙活着。老曲最大的特点是“爱吃醋”，每天吃饭都把醋瓶子拿来，先吃上三调羹。战友们嘲笑老曲“爱吃醋”，老曲说:“你懂个球!”就一五一十地把山西人爱吃醋的来由讲了一遍。山西人爱吃面，山西的面食有花样多、原料杂两个主要特点。由于山西生产各种小杂粮，从面的花样看，有长条的刀削，短的揪片，圆圆的栲栳，扁扁的面鱼;从面的原料看，饸饹是豌豆拉的，顿顿是莜面做的，猫耳是荞麦揉的，窝窝是用白面捏的。这些在山西统称为“面”。老曲自豪地说:“你若在山西连续一周顿顿吃面，俺可以保证没有一顿重复的!”山西地处太行、太岳两座大山的腹地，水土多呈碱性，用陕西的话讲就是“水土硬”。醋的酸性正好能综合碱性，维持人体内酸碱平衡，多吃点醋有益于身体健康。再者山西气候干燥，醋有生津润肺的效用，多吃醋可以有效缓解干燥气候的损害。老曲讲完山西人爱吃醋的由来，大声宣布:“老曲我只喝醋，不喝酒，为喝醋干杯!”但细心人注意到，老曲近一段以来，不怎么喝醋，倒喝起酒来。一次在宿舍喝得酩酊大醉后还哭了起来:“小雪，爸爸对不起你呀!”细问之，才知道女儿小雪在山西老家被诊断为急性淋巴细胞白血病。老曲在去外地巡演之前就知道这个消息。家里最近来信告知，说小雪的病越来越严重了，老曲寄回的钱用完了，家里爷爷为给小雪看病，把老宅子都卖了。宣传队战友们知道了这事，都为小雪的病着急，有捐钱的，有捐粮票的，但凑起来还不够多。我和杨文天各捐了

10元钱。我说:"是不是在司政后机关发动一下捐款?"杨文天、刘文先赞同。杨文天让我和刘文先到政治部直工科找魏科长请示。魏科长是东北人,从抚顺来支援三线建设,工改兵入伍。他和老曲工改兵前在一个工程处,对老曲女儿患病很是同情,说:"得这病麻烦,花钱得老鼻子啦!我请示支队领导后在全机关开展募捐。"

说完这件事,魏科长对我和刘文先说:"正好你俩来了,给张志和指导员带个话,田亚静当兵的事还是没有批下来,只有等到下次征兵啦!"刘文先一听急了:"那怎么能行?小田都穿半年花衣服了,就等批下来换军装呢!""做做工作嘛,有什么办法呢!"魏科长说。

在回宣传队的路上,我问刘文先:"谁是田亚静?""就那个个子高高的、白白净净的,整天穿着花衣服,去吃饭时排在队尾那个。""我以为是来实习的呢!""什么实习,是咱们宣传队正式调来的,人家可是水城矿务局的台柱子,别看年纪小,会演多个节目呢!当时侯副科长亲口答应,如果到部队试用合格,马上穿军装。现在过半年啦,又说没批下来,这不是骗人吗?女孩子进了宣传队,不给人家穿军装,跑操、吃饭都穿花衣服在队列里,让人指指点点,不伤人自尊吗?"

到了我们兼宿舍的创作办公室,正好张志和指导员在和杨文天说事。刘文先带着不满的情绪讲了魏科长捎来的一番话。

张志和长相面善,心地也和善,听后叹了一口气说:"怎么办呢?"

杨文天说:"小田盼穿军装都盼疯了,等了半年等来了这个消息,受到的打击太大了!"

刘文先说:"太不公平,凭啥一起演出,人家就穿不了军装,入不了伍?现在一些领导干部子女走后门当兵容易得很,为什么我们宣传队招一个兵就这么难呢!"

张志和指导员沉思良久说:"田亚静同志到我们宣传队半年了,她的表现大家都看到了。这次巡回演出,既能参加集体演出,又能单个演节目，后起之秀，是个好苗子，我们宣传队需要啊！她是随父亲从唐山矿务局来支持矿山建设的，难道就因为她是普通工人的子女，就没办法批准入伍吗？”

沉默了半天，张志和指导员严肃地说：“我是宣传队负责人，我来出个主意，你们几个配合我，出了问题我负责！”

张指导员的主意是：“就告诉小田参军的事已经批下来了，先给她发两套军装。军装先从燕黔兰、王冰洁处各借一套，包括内衣内裤、鞋袜一应俱全，不露半点破绽。等到正式批下来，就是小田知道我们糊弄她，也没什么大事。”

“如果支队首长和政治部一些人问起来怎么办呢？”刘文先问。

“就说小田穿的是演出服，没来得及卸妆呢！”

“这样好！我找燕黔兰和王冰洁借军装。”杨文天积极响应。

“要和燕黔兰和王冰洁讲清楚真实情况，同时告诉她俩绝对保密，不走漏一点风声。”张指导员交代。

就这样，田亚静“入伍”了，直到半年后被批准正式入伍，没有人走漏半点消息。

就是在这样一个祥和的队伍中，我逐步缓解了受到伤害的痛苦，开始振作起来。而真正使我振作起来的是得到了雷大队长的开导和帮助。

到了宣传队之后，就在我满腹郁闷得不到排解，在宣传队外出巡演，从矿井回来一个人困在宣传队的时候，在我们住的第二招待所里，一天傍晚，我看到了一个老军人在院子里散步。他约莫五十左右的年纪，穿一身洗得发白的军装，绷着古铜色的脸，一脸严肃，见谁也不说一句话。我问了在军人服务社工作的战友郭永旺，知道这个老军人姓雷，外号“雷黑子”，当过大队长。郭永旺负责每月给他送日用品，和他熟悉。一天，郭永旺说：“我去雷大队长那里送日用品，带你去认识一下。这可是个老英雄，上过上甘岭哩！因为犯了错误，组织上让他在招待所闭门思过。”郭永旺的介绍勾起了我的好奇心，一种写作的欲望也在心中升腾，也许能挖掘到好的创作素材呢！

一天下午，天气有点阴沉，小郭带我去招待所一楼的一个房间拜访雷大队长。这是一个普通的房间，除床上的军被叠得整整齐齐外，其他物品都散乱着，地上的酒瓶，饭盒里吃剩的馒头，显示着房主人散乱的生活。

小郭引我上前见面。我说：“雷大队长好！”

“什么雷大队长！早让他们撤职了，就叫老雷，老雷！我叫雷明，毛主席的好战士雷锋是我弟弟，《杜鹃山》里的雷刚是我哥哥！”一听他是在开玩笑，我就不再拘束了。

说话间，小郭和老雷已经摆上了象棋。看来两人是老对手啦，每次见面都杀上几盘才罢休。观棋不语是君子，我在一旁默默观战。

战局一开，立马就有了鏖战的气氛。

老雷率先出子，上来就是当头一炮，小郭出马，大炮轰来轰去，马跳来跳去，车横冲直撞，卒勇往直前，两人杀得马仰车翻，不可开交。青枫木车成的棋子壮硕圆润，在棋盘上移来移去，“啪啪”有声。这种青枫木做的象棋在我们部队非常流行。盆县盛产青枫木，安修区队又有车工，支队、大队首长们玩的象棋都是车工们的杰作。老雷的这副象棋的棋子大于我见到的其他青枫木棋子，看上去粗壮笨拙，已磨得锃光油亮，看来也随老雷历经沧桑，历经了乌蒙山区风雨的浸润。

我从小也跟父辈们学下过象棋，懂得象棋的一些技法。从旁观之，老雷攻势凌厉，但粗中有细，谋求速战速决，招招欲置人于死地。小郭不温不火，以柔克刚，处处在寻找对手漏洞以反制，两人可谓棋逢对手。我初见老雷，站在一旁观棋，心中有想法不敢道出，便刻意转移视线。目所及处，我被墙边书架上的一架子书吸引过去。让我不解的是，文化程度不高的老雷怎么会对《煤矿施工法》《矿井的瓦斯防治》《地质测量学》《新技术在煤矿建设中的应用》这一类书感兴趣，更深奥的还有力学、地矿学、地层构造等专业类书籍。这是矿建工程师和技术员才常用的书呀，难道老雷也是工改兵吗？他为什么会对这些图书感兴趣？热衷于搞写作的我，喜欢看诗词歌赋等文学书，对这类书是从不涉猎的。闭门思过的老雷为什么对这些书情有所钟？我心里泛起一个谜团。正在思考间，突然听到老雷一声呐喊："将！"小郭急忙闪帅躲过一劫，又一声"将"，老雷把棋子"啪"地拍到棋盘上："完犊子啦！"小郭说："我还没死定呢！""别扯犊子啦！你瞅瞅还有救吗？"小郭说："真的没救啦！""我就不信整不死你！"老雷一阵哈哈大笑。

"首长，听口音你是东北人？"我趁着老雷胜利的喜悦，插一句问道。

"黑龙江宁安那疙瘩的！"

"你是哪里人？"老雷问我。

"报告首长，我和小郭都是河南文县人。我们县是陈式太极拳发祥地，《三国演义》中司马懿就是我们文县人。"我说。

"噢，司马懿我知道，我在戏中见到过。打仗爱用计谋，在生活中爱搞阴谋诡计、爱装病，装病像真的一样。"老雷说。

"那可是谋略家。"我替司马懿辩解。

"别跟我咬文嚼字！爱搞阴谋诡计终归不好，一弄就装病终归不好，我不喜欢这号人。你们两个文县后生，不会像司马懿一样吧！"老雷开起了玩笑。

从老雷处出来，我对小郭说："雷大队长说得我脸直发红！"

小郭说："咋啦，为人不做亏心事，半夜不怕鬼叫门，你脸红什么？"

我跟小郭坦白说："我真是装过一回病哩。我刚分到警通连那阵，特别想吃面条，连队的伙食顿顿都是硬米饭，菜也不可口。我想面条想得不得了，就装病了，病得起不了床，这才吃上一碗病号饭——西红柿鸡蛋面。那面条好吃极了，至今都忘记不了！”

“我也有这个经历哩！我们在新兵连训练时，很不容易吃一次面条，是用大米到一个老乡家里换来的。吃面条那天，面条盛在大铁盆里，一个排一盆。新兵都是咱河南兵，轰的一下就扑到盆上了，你争我抢，有的耳朵上挂着面条，衣服上洒满面汤，有的军帽都挤掉在盆子里。我外出执勤回来迟了一步，地上一片狼藉，只剩一个空盆放在那里。回到班里，同村的小邢拿出茶缸，说，我好不容易帮你抢来的，我看时只有一缸底，里面不多的几根面条还坨成了一块，我的眼泪扑簌扑簌地就掉了下来。后来也是装了一次病，才吃了一碗面条，算是把那次亏欠补了回来。”小郭的坦诚感染了我。

我说：“莫不是有遗传，司马懿会装病，擅装病，我们学会了不成？”

“不能那样说，人是受环境影响的，生活中略施小计是常有的事，不失大节即可。”小郭在家时就是民办教师，比我见多识广。

“这个雷大队长好奇怪，你可否讲一讲他的经历，给我作为创作素材？”

“我大体上知道个皮毛，也说不仔细。你可以多去看看他。别看老雷表面严肃，像个雷公，心里善良着呢。你找他，就胡同里抬竹竿——直来直去，就说采访他是为宣传队写节目搜集素材，他金口一开，你备不住挖出一个金娃娃哩！”小郭老成地给我出主意。

过了几天，我一个人去找老雷。这一次我没有空着手，提两瓶贵州产的习水大曲，还有一包花生米。见了面，我就直言相告：“雷大队长，我听说你是个老英雄，我想采访一下你的事迹，想为宣传队写节目搜集素材。”

老雷紧绷着脸说：“采访什么老英雄，谁是老英雄，你这是提着猪头进寺庙——找错了门!”老雷拒绝了我。

“我来找你喝酒还不成吗? 我来给首长汇报思想还不成吗?”

“算你小子聪明! 我被撤职后,关在这里坐了冷板凳,一些人躲得远远的,你个新兵蛋子还来看我。坐下吧!”老雷招呼我。

我打开一瓶刁水大曲,倒进两个茶缸,连同花生米,放在老雷摆放象棋的小桌上。我端起茶缸:“向首长敬酒!”老雷一饮而尽。就在我俩喝酒中,老雷打开了话匣子。

“话从哪说起呢? 就从这酒说起吧! 我老家是宁安三家屯开烧锅的,我家产烧酒。东北烧酒销路好,需求量大,为啥? 天冷呗! 俺那疙瘩,冬天冷得邪乎,说边尿尿边用棍子敲尿出来的冰溜子,那是假,但擦把脸把洗脸水倒出去就能结成冰,那是真的。天气冷了,我们就猫冬,躲在屋子里嗑毛嗑(葵花籽)、榛子、松子,捏儿两小酒。那时虽不富裕,但能种地,能上山打野味,采榛蘑、松蘑,又能喝自酿的烧酒,小日子过得满自在。没承想这日子被小日本打破了。日本鬼子来了,为了困死抗联队伍,就搞撤村并屯,建立什么集团部落。乡亲们不从,鬼子就放火烧毁了我们屯,还捣毁了我家的酿酒烧锅。我娘我妹妹也被鬼子祸害了。为了报仇,父亲和我一起上山投了抗联。我们在山上建立了许多密营,常年和鬼子周旋,瞅冷子就干他一家伙,把小鬼子弄得晕头转向,损兵折将。我们抗联战士也受了不少苦,遭了不少罪。我那时二十郎当岁,不怕死,就怕饿,日本鬼子封山封屯,粮食到不了山里,我们只能吃野菜、野果充饥,浑身浮肿,看着啥都想吃,能逮住的野物,都被我们吃光了,肚子里整天是空的,像鼓一敲嘭嘭响,后来肚子瘪下去,想敲都敲不动了。一天,实在饿得受不了啦,我违反了一次纪律,却立了一次大功。”

“怎么回事?”我问。

“实在饿得扛不住,我就下山啦,想吃顿饱饭,再弄些粮食上山。

在一个集团部落里，我找到了过去给我家烧锅供应粮食的刘伯。刘伯让儿媳妇给我做了一顿二米饭，我可劲造了一顿，还喝了几口我家酿的烧酒。刘伯说，过去存的，想留个念想，不会有啦，给你喝了吧，好上山有劲打日本鬼子。临行前把家里仅剩的一点高粱缝在我的口袋里，让我带上山。我混出集团部落向山上蹽去。那时大雪封山，又是日本鬼子频繁围剿的季节。我向密营走去，一边走还得用树枝划拉掉我的脚印。快接近营地时，我突然闻到一股异味，这异味又熟悉又陌生，这是一种什么味道呢？这么强烈地吸引着我的嗅觉。这时，我像一只警犬，在茫茫山野中寻味而去。到了几棵大松树后，我看到了吸引我的异味竟是几堆大便，大便还是新的，边上扔有擦腚的手纸。由于饥饿，我都忘记了大便的味道，怪不得有陌生的感觉。我突然觉得好笑，真想哈哈大笑几声来嘲笑自己的所为。但还没笑出声，脑袋就咯噔一声：谁会在这里拉屎，屎还这么臭！只有吃粮食才会拉下这么臭的屎，还有擦腚的纸，山里这么困难，擦屁股能用上树皮、草叶就不错。'腾'的一声，我马上醒悟了：不好！一定是鬼子伪军来偷袭营地来了！他们就在附近，正在向山上的抗联营地围剿。阴险狡诈的日本鬼子正在张网和收网，我们的营地危在旦夕。我急忙绕过这一段路寻一个密道蹽上山去。由于报告及时，住在密营的抗联战士立马转移。师长说我救了一百多个抗联战士的命，宣布给我记大功一次。"

"那后来呢?"我给老雷茶缸里斟上酒，急切地问。

"后来根据上级指示，我们剩下的抗联战士撤到了苏联边境内。抗战胜利后，我们跟着周保中回来参加了东北抗日联军，后来我又参加了抗美援朝。"老雷说。

"听说你参加过上甘岭战斗?"我问。

"参加过，那个仗打得邪乎。我是营长，一个营就剩下 27 人，好胳膊好腿的还没几个。”老雷想起了牺牲的战友们，话不再多说。

“听说你是电影《英雄儿女》中王成的原型?”我问。

“瞎××说!”老雷勃然大怒，“战友们牺牲了，让我去享受荣誉，都是你们这些耍笔杆子的小白脸吃饱撑的!”

话不投机，我也不敢再多问了。看到老雷也不想再说了，我便乘着酒劲转换了话题，把自己当兵后成长的历程、遇到的苦恼，一股脑地端了出来。面对老雷，像遇到了老父亲，我竟像受到了天大委屈，呜呜呜地哭了起来。

老雷没有安慰我，却哈哈哈地大笑起来:“操，多大个事！遇到这点事就挤猫尿，这就是你们文化人的出息！人生在世，谁不遇到挫折，谁不在油锅里滚三滚。你以为谁都是一帆风顺的!”

我停止抽泣，擦了一下眼睛。

“你知道我是为什么被撤掉大队长职务的?”老雷问。

“不知道!”

“唉，我现在也是走麦城、走背字的时候。组建支队时，我在福建前线，军区说要调一批军事素质好的干部参加组建基建工程兵，我就到了41支队，被任命为401大队大队长。401大队担负火烧铺矿建设任务。这是国家给咱们部队确定的第一个建矿重点项目，却迟迟开不了工。为何开不了工，和火烧铺矿的煤层构造有关，火烧铺为啥称火烧铺？这里的煤层浅，有些地段的煤层极易燃烧，这些燃烧的煤层又容易引起瓦斯爆炸。燃烧的煤层成了拦路虎。火烧铺矿设计能力年生产原煤120万吨，采用斜井、平峒开拓方式。大队所属四个区队兵力全部投入，一区队负责斜井井筒和主平峒的开拓工程施工，二、三区队负责采区井巷开拓及井下安装任务，四区队负责地面部分土建工程。支队为了打响第一个重点工程，还成立了火烧铺矿建设指挥部，派其他大队承担铁路专用线建设任务。一切就绪，却不能按时开工，是因为位于斜井和平峒中间的裸露煤层暗火燃烧，这个燃烧煤层不解决，施工队伍头上就悬着一把利剑，一旦发生事故就会矿毁人亡。那时候，‘文化大革命’刚刚开始，地方的矿建专家都靠边站了，刚组建进入部队的工程师都不敢说话。大家都盯着我拿主意。我当兵打仗几十年，又是从前线下来的，屌毛灰！这个障碍算什么！在革命战士面前没有拿不下的拦路虎。简单听取意见后，我决定采取从燃烧煤层中间挖通道隔离阻燃的办法。挖一个通道，阻燃一片，挖多个通道全都灭火。按照这一方式，一区队全部兵力投入，我在现场指挥。一天刚回指挥部眯一会儿，就发生了大事。等我接到消息赶到现场，瓦斯爆炸事故已经发生，施工现场16位战士的尸体摆了一排。”说到这里，老雷眼含泪水，心中异常悲痛。

顿了一会儿，他接着叙说：“这是咱们这支部队组建以来发生的第一次重大事故。一次死了16个人，真是不按科学规律施工害死人啊！我被撤了大队长职务，犯了这么大错误，怎么处理我，我都接受。但那时正在搞‘文化大革命’，部队内外一些人把我揪上台批判，说我反对伟大领袖毛主席，破坏战备煤矿建设，我决不服气！一次在支队党委会上，有的人又提起这个罪名，我控制不住拍了桌子：说我反对毛主席，我一千个不答应，一万个不答应！肖红述政委劝我冷静，我也和他翻了脸：要杀要剐随你们的便！从那时到现在七个年头过去了，我闭门思过七年，很多事情也想开了，16个战友的生命在我手上消失了，面对他们，我还有什么委屈不能承受呢？”

通过这次深入交谈，我了解了老雷的身世，也增加了对他的敬意。和老雷相比，我这点挫折又算得了什么。我们成了忘年交的朋友，我有了什么想法和烦恼都爱找他倾诉，遇到想不通的问题，就去向他求教。

一次，我问老雷：“咱们部队都是百炼成钢的老军人，精挑细选的新兵，怎么会有一些品质不好的人，专门整人的人呢！”老雷笑呵呵地说：“林子大了，什么鸟没有呢；湖水浅了，什么乌龟王八没有呢！”

我知道老雷爱嗑葵花籽，就常常弄一些送去。

老雷说：“这些毛嗑好，多弄些！”

我问：“为什么把葵花籽叫毛嗑？”

老雷略有所思地说：“东北人因为俄国人毛发重而将他们称为‘老毛子’。据说，老毛子对嗑瓜子很在行。他们嗑瓜子的方式，是把一整把瓜子扔进嘴里，不一会儿，就吐出一堆瓜子壳。于是东北人就称葵花籽为‘老毛子嗑的那个东西’，后来简称毛嗑。”

和老雷的交往平复了我内心的创伤，但真正使我振作的是，我创作的说唱节目《改灶》受到了支队首长的肯定。肖红述政委说：“这个节目有咱们部队的特点，反映了战士们以国为家的精神面貌。”朱副政委说：“这个节目稍做些压缩，就可以演出。”侯大全副科长很是兴奋，到处讲这个节目是他亲自抓的，积极组织宣传队排练。不负众望，这个节目获得贵州省文艺汇演一等奖。由此，我也开始走出入伍后人生的第一个低谷。

第四章　“小钢炮”成了“倒霉蛋”

时序进入 1974 年度。

这一年部队施工任务更加艰巨，上级要求 41 支队担负建设的老屋基矿、火烧铺矿、月亮田矿、大田坝矿、土城矿，除已有两座投入使用外，其余三座完成矿建主体部分，于明年建成移交。盆县矿区通向攀钢的铁路已由铁道兵修通，这里的煤炭开始向攀钢供应。随着攀钢年产量的增加，对盆县优质煤更加渴求，处于嗷嗷待哺的状态。

过元旦时，戴支队长带宣传队到攀枝花进行双拥慰问，借这个机会，参观了钢铁生产车间，看了生产线。当看到盆县优质煤添进炉膛熊熊燃烧，内心有一种喜悦，也有一种为没有供应更多的燃料而产生的内疚。

在国家三线建设中，作为重点的攀钢已经颇具规模，在我国钢铁企业行业中显露英姿。把战时最大的钢铁企业建在攀枝花，我国当时的决策者们付出了心血，也显示了他们富有远见的战略眼光。攀枝花位于四川、云南两省交界处，面临金沙江，有丰富的铁矿资源，钢铁冶炼所需要的所有矿物几乎都能够找到，都能够开采出来。中央决定在四川建立钢铁基地后，国家有关部门和四川省提出了几个选址方案，经过反复论证，最终选取了在四川乐山和攀枝花两个方案。两中选一，由于意见不一致，论证工作迟迟不能定案。在这种情况下，周恩来带领李富春和薄一波去向毛泽东汇报。毛泽东听后大为不满，说：乐山地址虽宽，但无铁无煤，如何搞钢铁？攀枝花有铁有煤，为什么不在那里建厂？钉子就钉在攀枝花！毛泽东对攀枝花情有独钟，在于他对实际情况的掌握和有着惊人的记忆力。1954 年 6 月，南京大学地质系一位教授带学生进行暑期普查找矿实习，发现在川滇交界金沙江畔的兰家火山一带蕴藏着丰富的钒钛磁铁矿，估计储量在 1 亿吨以上。这一惊人的发现立即引起了云南地质局的重视，即派人进行复查。经过几番考察终于确认：这一区域蕴藏的矿产不仅比此前估计的还要丰富，而且发现了朱家包包、公山、纳拉箐等另外三个矿体。这座庞大的矿体，铁矿石储量在 7 亿吨，二氧化钛储量在 800 万吨，五氧化钒储量在 200 万吨。同时，在西昌太和、米易白马、会理禄谓等地还有数十亿吨的远景储量。这一发现惊动了当时的地质部部长李四光，他在 1956 年初将此事汇报给毛泽东。在攀枝花广为流传的一个说法是：毛泽东听了汇报问道，“那里叫什么名字？”众人都回答不上来，只知道这里有七户人家和一棵大树，树的名字叫“攀枝花”。毛泽东说，那就把这里命名为“攀枝花”吧。攀钢建在一个突兀的叫作弄弄坪的山坡上，传说这个名字和周恩来有直接渊源。当年，在地无三尺平的裂谷之中为攀钢建厂选址，让专家们伤透脑筋。周恩来指着专家出示的地形图坚定而从容地说：“弄一弄就平了嘛！”于是那片荒芜的地方就有了“弄弄坪”这个有特殊意义的名字。从那时开始，许多领导人都为攀钢的建设倾注了心血。李先念是两代领导集体成员中参加三线建设全过程的领导人，直到他病重期间，还叮嘱要“在四川建设一个大的冶金基地，用贵州的煤，炼攀枝花的矿，综合开发，推进整个大西南经济的发展”。

戴兴泉支队长深知肩上重任，在攀钢，他被攀钢人创造的英雄业绩震撼了，暗自下决心：必须加快盆县矿区建设步伐，用号称“天然金块”的优质煤确保攀钢的生产需求，让乌金像流水一样流向攀枝花，流向祖国需要的地方。

1974年1月5日上午，一年一度研究支队全面工作任务的支队党委会如期召开。肖红述政委主持，戴兴泉汇报了去攀钢的见闻和感受，使与会人员增加了责任感和紧迫感。一个矿一个矿地研究进度，提出重点任务，落实责任，要求所有指挥员靠前指挥，发扬“特别能战斗”的精神，务必在年内完成各项工作任务，实现明年全部移交投产。会议开得紧张、热烈，一切有条不紊地进行。

然而，全国范围内的一场政治风暴却随高空寒流而至，笼罩在乌蒙山区，也影响到在深山里从事战备施工的部队。这就是席卷全国的批林批孔运动。

这次运动来势凶猛，是许多人始料不及的。上级下发文件，要求把批林批孔运动普及、深入持久地进行下去，作为各项工作的总纲。

擂响进军鼓，
吹响冲锋号，
高举批判的大旗，
批林批孔掀高潮。
砸毁“孔家庙”“林家铺”，
把它们的毒根全拔掉。
永远高举革命旗，
直到五洲四海红旗飘。

批林批孔受到部队领导机关的重视，为了两手抓两不耽误，支队领导分成两个班子，肖红述政委主抓批林批孔运动，戴兴泉支队长主抓部队矿建施工，两方面都配备了相应的人员。支队政治部成立了批林批孔办公室，从宣传队借调六个人，其中有杨文天、刘文先、周敏、任周祥、史瑞中和我。他们几个分在文艺组，天天编排批林批孔的文艺节目，我分在宣传组，参与给领导写讲话稿和组织批林批孔的宣传报道工作。

支队对批林批孔各项工作布置之后，却迟迟不见动静，也许在等上头精神，也许支队领导在把运动和施工生产如何结合上尚未考虑好。外面的批林批孔运动如火如荼，支队这里却没有动静，我以一个革命战士的觉悟，觉得这不正常，应该促进一下。我把这个想法给司令部管理科文书李家驹、电影队放映员莫九田一说，他们也都以为我的想法对。其实，我们都想借这次行动出出风头，让领导注意自己，让久沉在水下的头颅露出水面。那时，我们刚刚当兵一年多，面临着入团入党和可否被作为干部苗子培养，大家都争着出头，急于表现自己，也有的做出了不当或不合时宜的表现。和我们一起当兵的谷小雨，一次打猪草，回来背着一背篓猪草，正赶上连队集合队伍吃饭，连长做饭前训话。谷小雨不走队伍后面，也不走连长后面，而是走在连长和队伍中间，那只背篓给我留下深刻印象，也成了一个笑谈。也有的抢着搞卫生，扫地。一次，大家饭还没有吃完，我们同年当兵的小田就抢起扫把扫地，气得排长直骂："龟儿子，吃饭都不让吃完呀，扫你妈个鬼哟！"

我没干过这种事，但在警通连时也将差就错地吃过一次"甜头"。有一天晚上轮到我站岗放哨，上一班把枪交给我时，我让他放床边，我马上起床即去上岗。没想到困觉睡过了站，等睁开眼时，天已麻麻亮："妈呀，坏菜了！"我一骨碌爬起来，急忙提起枪就走向哨位，这时已错过了几班岗。我知道犯了大错，要么向班长承认错误，要么设法掩饰。怎么办？我突然急中生智，把枪背在身上，就拿过一把大扫帚扫起连队平常吃饭、玩时打球的场地来。“哗啦哗啦”的扫地声吸引来了值班的连长。连长认识我：“小曾，这么早就起来扫地呀！”我红着脸不知如何应答。“哟，还背着枪，敢情是站了几班岗还不休息，又来打扫卫生了！”我将错就错地点点头。为此，连长在点名时表扬我：“载波班小曾，为了让战友们睡好觉，替大家站岗，还不辞辛苦地打扫卫生，特表扬一次。”上半年总结时，我还因此得了一次连嘉奖。这次连嘉奖始终是我的一个心结：我欺骗了组织。虽然没有人知道，但于心有愧。我是农民的儿子，从小父母就教育我做事不可亏心。这次我做下了亏心事，心中很是不宁，但同时也暗为自己庆幸，若是组织上知道了，也许会给一个批评或处分，那可就糟了。这件事一直纠缠我很长时间，一直想真心地为组织上做件事又能出一下风头。这不，批林批孔机会来了。

我和家驹、九田开始谋划并说干就干，我们要做一件让支队部机关震惊的事：这就是率先匿名出一期“批林批孔”的墙报，吸引全体机关人员的目光，把支队的批林批孔高潮掀起来。我擅写文章，从不同角度写文章多篇，还写了几首诗歌活跃版面；李家驹是文书，字写得漂亮，正因为一手好字调到了机关，他那里又有笔墨纸张；莫九田负责熬浆糊搬梯子等后勤保障。出墙报的准备工作神不知鬼不觉地进行。四天之后的一个清晨，我们三人鬼鬼祟祟地来到大礼堂进门的大厅前，大门的中央是个硕大的语录牌，位于进出大礼堂的两门间，上面写着毛主席语录：“备战备荒为人民。”我们选的批林批孔墙报的位置就在这里。把写好的文章按纸上标的顺序在地下展开对接好，然后一张一张往上贴。上方是一条横幅：“坚决把批林批孔斗争进行到底。”左右侧是一副对联：“打倒孔家庙，火烧林家铺”。李家驹会写美术字，每个标题都有变化，空白部分还有插图，看起来文图并茂。

一切就绪，就要往标语牌上贴，李家驹一拍大腿说："坏啦，不能把这些写有文章的白纸贴在毛主席语录上！"我和九田一叫："是呀，这可咋弄哩！"还是年纪大些的李家驹有主意，他说："我回去取图钉去，用图钉往上订！"说罢，身体在黑暗中一闪，潜回管理科去了。

我和莫九田按着地上的20多张白纸，就像按着一枚定时炸弹。礼堂正对着的司政大楼门口有人站哨，通往支队道路上方，位于警通连的位置，有一盏路灯闪烁着亮光。天还未透亮，远处山影，近处楼房，一切都影影绰绰，我和小莫紧张得能相互听到心跳的声音。

李家驹终于回来了，拿来几盒图钉，我们开始往语录板上钉。家驹提醒说："钉时要避开'备战备荒为人民'那几个字，要是钉到毛主席语录上，就是政治问题！"我们小心翼翼地钉着，心中又兴奋，也有恐惧；有怕被人发现的心理，也有希望叫人发现的希冀。然而一切都又没有发生，在机关列队出操前我们完成了墙报拼装上墙。这时天还未亮透，我们潜回了各自住的地方。那时为抽调在机关工作方便，我已搬离宣传队宿舍，和小莫、小田住在电影队宿舍楼上。

起床号响了，我们装束停当出来跑操。用眼睛余光瞅去，那墙报完好无损。我和莫九田若无其事地站在队列中。在司政大楼和大礼堂之间的大操场上，我们跑了一圈又一圈。左侧是一个小山包，小山包上耸立一个献忠台；右侧上方就是进出支队的山路。支队部坐落在一个小盆地里，隐蔽在周围的大山中间，当时的政治氛围笼罩着这里，给人神秘莫测的感觉。

下操后返回电影队，必须经过大礼堂门前大厅，电影队的门就开在大厅的侧面，从一楼进去上楼梯，我们的宿舍在二楼。

我和小莫刚走到大厅，就看墙报前站着几个人，有肖红述政委、朱副政委、政治部孙副主任、宣传科宋科长、侯副科长，还有一些什么人，大家在饶有兴趣地看着墙报。

突然听到一阵骂娘声：“妈拉个巴子的！部队搞不搞批林批孔，怎么搞批林批孔，上级自然会布置，领导正在研究，出他妈的什么风头！查，查他个水落石出！”这是朱副政委的声音。

“下面的同志促促也好嘛，这说明群众走到运动前头去了。对这样的行为要表扬，要肯定。孙副主任，让宋科长了解一下是哪些人出的墙报，注意发挥这些同志的积极性！”

“可否组织机关各科室来参观一下，促一促机关的批林批孔运动？”孙副主任向肖政委请示。

“可以，批林批孔现在是大局，促进一下也好！”肖政委同意。

按照肖红述政委的指示，宋洋科长开始了解是哪些人出的墙报。他是个聪明人，善于分析问题。从字迹看，他判定是李家驹所为，从文章和诗的风格，他判定是我所为。但没抓住什么证据，不好找我俩了解。他想到了电影队。电影队一定有人配合，往高处贴需要梯子，梯子只有电影队才配备，那么电影队是谁呢？他想到了小莫，小莫和小曾、小李是同一年兵，又是老乡，走得很近，又有一般新兵的表现欲望。他把突破口选在莫九田身上。

当时莫九田刚递交入党申请书，宋洋找他谈话，就从这里入手：“小莫呀，积极要求入党是好事啊。要求入党，就要对组织上诚实，不能有半点隐瞒。我就问你一点，贴墙报你参与没有呀？”

莫九田入伍前有工作，在县委当通讯员，来部队想入个党镀层金就回去，没想在部队长干，因而对入党的事特别上心。听到宋科长询问，立马来个竹筒倒豆子：“科长，这事我参与了，只是参与者，是曾宪云找我的，他说积极批林批孔是好事，我就……”宋洋科长鼓励他认真改造思想，积极表现，努力创造条件，争取早日入党。

而当把我找到办公室问话时，就没有对莫九田那么和颜悦色了。

他一反过去的亲切,极严肃地说:“出风头,典型的风头主义！你已借调到机关批林批孔办公室,为什么不光明正大地办墙报,向领导建议！就你会办墙报,就你积极批林批孔,你们这么做会给组织上带来多少麻烦,也会给自己带来麻烦。小莫入了党就回家,小李是司令部的,咱们管不着,你是政治部的,又想长期在部队干,你知道这有多么严重的后果吗?”

“我们这也是响应上级号召,推进部队批林批孔运动啊!”我有点不服气。

“幼稚！太幼稚！你以后吃到苦头就知道了。”宋洋科长一副恨铁不成钢的样子。

因为办墙报促进部队批林批孔运动有功,经孙副主任提议,让我当批林批孔办公室宣传组副组长。虽然不是干部,但身上也有了头衔。而我一当上这个副组长,政治部包括宣传科在内的各科室人员,看我的眼神就有点异样。一起入伍的战友,看我的神色也怪怪的。

没过几天,礼堂大厅的墙报就被撤除了。是侯大全副科长提出撤除的,他说:“把墙报放到毛主席语录上极不严肃,有极坏的政治影响!”

几天过后,一切都风平浪静。我虽然感到周围的一些异样,但浑身充满了批林批孔的革命激情,积极认真地履行批林批孔办公室宣传组副组长的职责。说是副组长,但我是战士,指使不动任何人,任何工作都要亲力亲为,还被派比别人更重的任务。

我负责办司政机关两侧新设的大批判专栏,从拟文、选稿到刊出全面负责。政治部郑干事说:“小曾这下大有用武之地啦,不用再偷偷摸摸地,像日本鬼子进村一样啦!”我闻之脸红如布。

我负责联系各科室和机关下属单位,去录那些批林批孔的发言,交给机关广播室新开的“批林批孔”节目播出。白天带录音机去录音，晚上整理录音，睡眠严重不足。

我要下机关所属各单位采访，发现批林批孔先进典型，及时在军内外报刊上发表出去，展示部队批林批孔的成果。若几天没刊登部队批林批孔的消息，机关就有人说：小曾这门小钢炮，怎么哑火了呢？

孙副主任让宣传科汪干事写一篇批判“克己复礼”的文章，汪干事也交给了我，说：“能者多劳，小曾替我代劳吧！”

批林批孔运动要进行阶段性总结，为朱副政委写报告的任务落到我头上。按照朱副政委口述的意见起草之后，连写五稿他都不满意。我没有办法，只好又把第一稿递给他，他看了看，用稿子敲着桌子说：“这一稿才像个样子嘛，早干啥去了？”

无论工作压力多大，受多少窝囊气我都忍住，一心不辜负组织上的信任，为部队的批林批孔做出贡献，也做出点成绩，弄出点动静，让嫉妒我整我的那些人瞧瞧！没想到，动静还真让我弄出来了，在全国都弄出了响动。

批林批孔运动开始不久，报纸上组织批判《三字经》，在全国产生很大影响，许多单位都效仿组织批判，弄出了不少经验。上级发来参考材料，也让我们组织批判，任务落到我头上。我想，再批《三字经》已经没有什么意思了，吃别人嚼过的馍有什么味道呢？便琢磨新点子，突然想到组织批判《千字文》，在全国带个头。我到盆县图书馆找到《千字文》，油印了几十份，带着就去了位于老屋基的402大队17中队。17中队廖指导员在新兵连时当过我的指导员，比较熟识。他问：“秀才来干什么？”我说明来意，廖指导员说：“好，批什么都是批，我给组织人就是。”材料发下去，两天后我在廖指导员支持下，召开了连队干部战士批判《千字文》座谈会。说实话，那些天天下井的干部战士，没有几个知道《千字文》，但在我的引导下，个个义愤填膺，批判味比炸药还浓。我将他们散乱的、前言不搭后语的、自相矛盾的发言，归纳为批判《千字文》的系统观点。回到支队部，马不停蹄地撰写批林批孔重磅稿件——《解放军某部十七中队党支部带领干部战士，狠批宣扬孔孟之道的〈千字文〉》。

稿件寄到各大报刊后，很快被采用，有的还上了头版头条，一下子引起了部队内外的关注。主抓批林批孔的肖政委、孙副主任很高兴，也有不满的，在后面散布说：都是小曾那小子吹的牛皮！批判经典是要遭报应的，骑驴看唱本——走着瞧吧！

此时我的心里自是喜滋滋的，乐滋滋的。本来就没有城府，此时取得了一点成绩，脸是紧绷着的，但得意之色不经意之间就会显露出来。我那时仍住在电影队，从电影队到机关食堂吃饭，要横穿操场，走300多米距离路程，一些人造我谣说：这小子骄傲得很哩，你看他走路，脸都朝上端着。这个可真没有，我是因为个子低，尽量挺胸抬头，显得高一些，并没有骄傲在其间。但每当我这样走路，就被当成严重骄傲的姿态，有的人站在楼上的窗口对我指指点点。我对此有感觉，心里也很苦闷烦恼。

杨文天、刘文先他们组成的文艺组，下各部队去选批林批孔文艺节目，这时各大队各直属区队的批林批孔运动都开展起来，也组织排练了一批文艺节目，他们选了一些上来汇演。我所在安修区队的同年兵、好友任全科参加演出的节目，也被选了上来，还得了二等奖。任全科比我年长三四岁，社会阅历多，社会经验较我丰富。我把最近遇到的遭遇和烦恼说给他听，全科一拍大腿说："坏了！你成了出头鸟啦！俗话说枪打出头鸟。咱老家也有一句话：出头的椽子先烂！"

"那怎么办？"我求教于他。

"你想想，你这个才当兵一年多的新兵，就这样显露头角，不知多少人端枪等着打你哩，还是眯着一点好！"

"那我总不能学咱老家的司马懿，装疯卖傻吧？"我说。

“那是两回事。祸兮福所倚，福兮祸所伏，不是我吓唬你，你的祸根已经种下了，注意防范吧，别像傻狍子似的！”任全科告诫我。虽然我也有担心，但没想到事情会多严重，更没想到明枪易躲暗箭难防，我又一次遭遇到人生的陷阱。

运动在深入进行，要求批林批孔要结合个人思想实际，解决思想深处的不忠不纯问题。干部战士开始在发言中联系自己，尽管反复号召“狠斗私字一闪念”，但大家联系自己还是不深不透，尽说些浮在表面上不痛不痒的鸡毛蒜皮之事。有检讨自己拿粮票去村中老百姓那里换鸡的，有说下连队忘记了交伙食费的，也有的说去山上打猪草时，误把老百姓种的芭蕉当猪草打回来的。联系实际的会进行不下去，协助肖政委分管运动开展的曲副政委建议开展批评和自我批评。怎么开展？就是在各单位增设批林批孔意见箱，号召人们把看到的听到的一些事，写成文字投到箱中来，收集整理后，再集中帮助那些大家意见比较大又有严重问题的人，实际上就是让人们互相揭发检举。

这一招很灵验，一些人把对另一些人的“意见”投入了意见箱。司政后机关都设置了意见箱，常见某些人的身影在意见箱前闪现。

半个月之后，由支队批林批孔办公室统一开箱查验，对意见进行整理，确定运动中需要帮助的重点人。

真个是撒过千重网，网网都有鱼，这一网网上来四条大鱼，我不幸被网在其中。

这四条鱼，分别是支队首长朱副政委、政治部宣传科侯大全副科长、机关卫生所所长周秉义和我。我们代表机关批林批孔中不同层次的对立面。朱副政委代表了部队首长，侯副科长代表了司政后机关中层干部，周秉义是专业技术人员和工改兵的代表，我则代表在机关工作的大头兵们。

所谓重点帮助人，就是批判的对象，是在批林批孔运动中上挂下联的人。享受这个待遇，就一定有享受这个待遇的条件。但对我们四个来说，蒙受不幸是相同的，蒙受不幸的原因却各不相同。

朱副政委的罪名是攻击革命样板戏，说："样板戏唱得像驴叫唤。"

侯副科长的罪名是攻击毛主席党中央的援外方针，说"穷得要饭花，支援亚非拉"，还有"嫁屁与人"的问题。

周所长的罪名是：记者去采访他，说你工改兵入伍后为什么表现这么好？他说："我入伍前也是这样，在旧社会也是这样。"

我的罪名更多更严重，有读黄色书籍、偷听黄色歌曲、传播恐怖故事等。

曲副政委把我们四个的情况向肖政委汇报，主张在机关召开批林批孔会进行揭发批判。肖政委说："还是先核实一下，把问题砸实。我们过去教训不少，一弄就捉风捕影，运动过后还得给人家平反。我看慎重为好。要不这样，由你主持机关批林批孔办公室人员会议，我也来参加，把问题端出来，看看当事人怎么说，兼听则明嘛！老曲，我们过去还有一个经验，在运动中总有人趁乱摸鱼，我们对此要警惕！"

作为批林批孔办公室一名成员和问题嫌疑人，我参加了此次会议，目睹了会议的全过程。

第一个点的是朱副政委，曲副政委说："老朱，你说唱样板戏像驴叫唤，有没有这回事？"因为同一级别，曲副政委资历也浅些，说话还比较客气。

"扯他妈的蛋！我啥时说唱样板戏像驴叫唤啦！去年冬天，六盘水地区慰问团到部队慰问，我和乔参谋长负责接待。在宴会上喝多了酒，他们非要让老乔唱样板戏，说他像郭建光。老乔没办法，硬扯着嗓子唱了一句'朝霞映在阳澄湖上'，就唱不下去了，我为老乔解围说：别唱了，别唱了，唱得像驴叫唤！我说老乔唱得像驴叫唤，啥时说唱样板戏像驴叫唤啦，他娘的，反对革命样板戏的罪名扣不到老子头上！”朱副政委怒不可遏。

看到肖政委示意，曲副政委转问下一个：“侯大全同志，你为什么攻击我们国家援外方针，说‘穷得要饭花，支援亚非拉’？怎么回事？”

侯副科长以一贯正确自居，没想到这次火烧到自己身上：“我没说过‘穷得要饭花，支援亚非拉’，说过‘衣服像要饭，还要搞外援’！”会上的人交头接耳，没想到侯副科长会承认。

“你在什么场合说的？”曲副政委问。

“一次宣传队演出相声《友谊颂》，内容是说援修坦桑尼亚铁路的，我在下面听，有感而发说了这句话。”

“有人揭发你嫁祸于人，说一次你带宣传队去贵州省军区汇报演出，和几个女兵一起从招待所下楼时，突然放了一个屁。大家听得很清楚，就是你放的，你脸挂不住了，指着女兵们说：‘以后注意点，真没有教养，在公共场合，有屁也要憋着。’你说，你这不是嫁祸于人吗？”

“胡他妈扯！根本没有这回事，这是有人作践我，屁大点事至于吗？”侯副科长脸憋得通红。

参会的人笑了，从此“嫁屁与人”这句调皮话在部队成了掌故。

接下来是周秉义所长。大家对点周秉义名没有想到。周秉义就是个医务人员，救死扶伤，天天笑呵呵的，招谁惹谁啦？况且了解周秉义参军经过的人，无不对他肃然起敬。周秉义是北京门头沟人，出生于中医世家。周氏中医起源于清末周氏先辈周文兴，那个年代尤其是门头沟的山里缺医少药，周文兴常常上山采药，背回家制成中药为当地人治病。周文兴为何会医病？有说他是从门头沟妙峰山仰山栖隐寺著名禅僧希明处得到真传。周氏中医以骨伤科、中医内科、中医妇科、中医针灸科为主，有着自己的诊治手法和方药，尤其以中医骨伤科最为有名。设在门头沟的“周先生药铺”在抗日战争时期医好了许多抗战将士，这其中据说就有张学良的哥哥。周秉义的父亲周先达，最擅长中医骨科，而且身有一绝，谁要扭伤了腰，见了周先达都能治好。他让病人站在那里，拄一根拐杖在你周围转来转去，趁你不注意，一拐杖指你伤处，只叫患者“哎呦”一声就恢复如初。这一手法被誉为“一指灵”。周先达有两子，长子秉仁，次子秉义。两子自幼习医。秉仁参加京西地下党工作，不幸牺牲。解放后，秉义长成大人，父亲送他上北京中医学院深造，毕业后分到了门头沟矿务局医院。支援三线建设时，他报名来到贵州盆县。整编基建工程兵部队那会，他积极报名参军，其时，父亲年迈，希望他回去继承祖业，在门头沟把周氏中医再振兴起来。但周秉义还是决定留在部队里，因为他擅长中医骨伤科，能为在这里施工的战士们解除病痛。周秉义没有学会他父亲的“一指灵”，但他治疗腰扭伤也有绝招：他个头大，有力，面对面紧紧抱着伤者的腰，弄清损伤位置之后，他抱着患者的腰直立站着，突然一发力，“嘎嘣”一下，伤者伤处就已复位。此中有何诀窍不得而知，反正灵验得很。一次，我熟识的战友朱北方在施工中伤了腰，来到支队医院看病，我领他先到支队卫生所找周秉义所长试试。亲眼见周秉义抱住朱北方，胳膊在背上悠来荡去，两手突然箍住腰，猛一发力，就治好了朱北方的伤。可以说，在我们支队机关，对周秉义有口皆碑，称之为善人。他怎么会也被举报呢？事后听说，曲副政委的女儿想从支队医院调支队机关卫生所，被周秉义拒绝，才有此一劫。

面对曲副政委的询问，周秉义坦陈记者来访时，他说过这样的话。他从不愿意接受记者采访，认为救死扶伤是医务人员的本分。那天正急着处理一患者的伤处，记者缠着他问，他才这么说的：工改兵入伍前是这样，入伍后也是这样，解放前是这样，解放后也是这样。“我们家是世代行医的，无论哪朝哪代都要给人医病，我说这话有什么错！”周秉义承认说过这话，但却不承认错误，会场一时气氛尴尬。

当火力转向我时，我竟然事前毫无知觉，面临突然袭击却没有一点思想准备。

“曾宪云，你务必如实回答几个问题！”曲副政委严厉地说。

我一下子懵了，抬头向人群望去，当接触到大家齐刷刷的目光时，才意识到“曾宪云”就是我自己。

“为什么不回答？”

“是！”我诚惶诚恐地答非所问。

“第一个问题，有人揭发你读封资修黑书，你读过没有？”

“我不知哪一类是封资修黑书，能否点一下书名？”

“就是那个大卫伯非尔什么的！”

我明白了。“是《大卫·科波菲尔》，读过。”我如实招来。

“从何人手中借来？”

“从盘县图书馆借的。”

“还从盆县图书馆借过什么书？”

我想了想，回答：“有《太平乐府新声》《宋词一百首》等，是通过文化馆舒强借阅的。”

“第二个问题，你从没从盆县文化馆借留声机，听反动黄色下流歌曲？”曲副政委紧追不舍。

“借过留声机，和卫生所曾医生、后勤王文常听过歌曲，但那不是黄色歌曲，记得有《珊瑚颂》《苦菜花》插曲、《洪湖水浪打浪》……”

“有没有《马儿呀，你慢些走》？”看来组织上对我的活动掌握得十分精确。

“有，就是马玉涛唱的‘马儿啊，你慢些走，我要把这美丽的景色看个够’那首，我不知有什么问题？”

“什么问题？让社会主义的马儿慢些走，这不是问题吗？”曲副政委善于上纲上线。

“第三个问题，你在宣传队和其他一些人中间，讲没讲过《一双绣花鞋》《绿色女尸》等？”

“讲过。”我承认，同时又辩解说，“这是我公安局破获敌特组织的故事，我讲不太全，是听了别人讲后摆给战友们听的。”

“第四个问题，你是不是议论过毛主席身上的军装不合适，为什么要攻击毛主席？”

“没有，我没有攻击毛主席！”

“那为什么对毛主席穿的军装说三道四？”到这时，我才想起是我写的一封信惹了祸事。我必须沉着冷静地把这件事讲清楚：“报告曲副政委，这件事的来龙去脉是这样的：去年，《解放军文艺》第 8 期上，刊登了一幅毛主席和解放军某部炊事员谈话的照片，时间是 1958 年。照片上毛主席的军装和我们穿的一样，都是红领章红帽徽。我查了一下资料，发现 1958 年时，我军的服装还是军衔制时的制式，1965 年时才改为现在的式样，照片是否搞错了？如果没搞错，这是怎么一回事呢？如果失真就会影响到人们对照片真实性的认识，这可是严肃的问题。为此，我向《解放军文艺》去信询问这件事情。《解放军文艺》把我的信退了回来，既没回答问题，也没作任何说明。宣传科的同志以为是退稿，就拆开来看，却是这样一封信，于是大家都知道了这件事。我这是关心刊物刊登毛主席照片的严肃性，就不明白问题进行请教，怎么能说是对毛主席穿的军装指指点点，成了一条攻击毛主席的罪状呢？”我据理力争，尽量把事情说得清清楚楚。这件事我必须当着众人的面讲清楚，否则就是跳进黄河也洗不清了。反对毛主席这个罪名我可背不起，一旦背上这个罪名，我这一辈子就完了，我深深知道这个后果。在现实生活中，一些人就是被安上这个罪名永世不得翻身。再说，我怎么可能反对毛主席呢，我家贫农出身，是毛主席让我们翻身得解放，过上好日子，我怎么会恩将仇报呢！看来我的辩解起了作用，会场响起了一片嗡嗡声。听到有人在议论："真不像话，这不是栽赃陷害吗？"又听见有人说："一个小兵招谁惹谁了，给人下这么大的套子，不是下死手吗？"

曲副政委一看有点快控制不住局面了，就匆匆讲两句，结束了这天的会议。会后，曲副政委把我们四个留下来说："毛主席教导我们说，有则改之，无则加勉，言者无罪，闻者足戒。你们要正确对待来自群众的批评意见，正确认识自己的问题，等待组织上的甄别。"我看了一眼另外三个人，朱副政委满脸青筋气呼呼的，周秉义一脸满不在乎的神情，侯副科长脸色沮丧，本来就呈黑灰色的脸更加灰暗，不复有面对我时那种蛮横的神气。

面对突如其来的打击，我快要被击倒了。组织上不再安排什么事让我做，而事实上我也做不了，过去犯过的神经衰弱病复发了，精神恍惚，惊悸怔忡，夜里怪梦，梦里多是从山顶上跌落下来，或被一块大石头砸中脑袋，然后是大汗淋漓，浑身无力。宋洋科长来看过我，鼓励我正确对待挫折，相信组织上会正确处理。侯副科长这一段倒没有给我发什么指示，他自顾不暇，正在为"衣服像要饭，还要搞外援"做检讨。我住在电影队宿舍，郭队长、小田、小孙、小莫都很关照我。我吃不下饭时，小莫就给我熬大米粥。广播室鲁汉森还送来了慰问团来时赠送的两瓶桔子罐头。

在等待甄别期间，我唯一能做的一件事就是将养身体。电影队和支队卫生所就隔一条路，我大部分时间就在卫生所里。周秉义所长很爱读书，对诗词也很感兴趣，他曾抄录豪放派词人辛弃疾的一首药名词《定风波》给我看。这首词含有若干药名，读来饶有兴味：山路风来草木香，雨余凉意到胡床。泉石膏肓吾已甚，多病，提防风月费篇章。孤负寻常山简醉，独自，故应知子草玄忙。湖海早知身汗漫，谁伴？只甘松竹共凄凉。词内每一长句含一个药名，分别是木香、禹余粮、石膏、防风、常山、栀子、海藻、甘松等，既表达了词意，又不显得牵强。有共同的爱好，这一次又成了“同一战壕的战友”，颇有点惺惺相惜的感觉。他开贵阳德昌祥制药厂的朱砂安神丸给我服用，治疗我的心经血虚、思虑伤神、心火热盛，同时施以“中医针灸疗法”，这是他们家的祖传。我本来是讨厌针灸的，看到人身上扎那么多针像个刺猬，现在为了治病，也管不了那么多，任由周秉义在穴位上实施扎针疗法。周秉义扎上针后忙别的事，就让蓝桂荣医生来看护我。蓝医生个头不高，脸型圆圆的，聪慧精干，说话甜美，我们背后都称她“蓝月亮”。她也是个文艺青年，爱读诗写诗，我们有共同语言。周秉义让她多陪我，实际上是实施心理治疗。聊得多了，我知道“蓝月亮”是部队送到贵阳医学院培训后又返回部队的，她谢绝了留在贵阳的安排，说自己的职责在矿山，离不开部队和战友。我还知道她已结婚，爱人在长春空军二航校工作，已经几次让她调到长春，有一次把手续都办好了，但她就是不想走，放弃了夫妻团圆的机会。她把她几年前写的诗给我看，里面洋溢着对三线建设的激情。她对我说：“工改兵前，我是火烧铺矿医院的一名护士，入伍后进了医疗培训班，又被选送到贵阳医学院培训，舍不得离开这支能工能战、为人民造福的部队。”我在卫生所冯医生口中听到的却是另一个版本。蓝桂荣在支队医院工作时，一次抢救井下伤员，认识了一个负了伤的中队长，这个中队长是为了救战友砸伤的，蓝桂荣崇尚英雄，决定嫁给他，结果家里不同意，非让她找一个盆县县领导的儿子，两人结婚以后感情淡漠，这才是“蓝月亮”不愿离开部队调走的真实原因。了解了这一真实原因之后，我对“蓝月亮”有了更多的好感。

在周秉义所长和“蓝月亮”等医护人员治疗下，我的身体状况渐趋好转，但内心受到的打击远没有平复，就像被污染的土壤，从表层看已经恢复，但要全面恢复原貌不知需要多少年时间。

在我治疗休息这段时间，支队党委在第一招待所召开了党委扩大会，对前一阶段的批林批孔运动进行总结，纠正了存在的问题。肖政委在大会的报告中说，批林批孔不能走偏方向，不能把矛头对准干部战士，更不能激化矛盾，影响部队的安定团结。戴支队长说："今年是矿建施工攻坚年，前方战事吃紧，我们不能坐在机关空对空批林批孔，要把批林批孔和战备施工结合起来，通过批林批孔促进战备施工，部队实现今年矿建任务指标，才算批林批孔有成效，否则都是瞎扯淡！"大家在会上取得一致共识：部队的批林批孔运动不能这么搞下去了。杨文天、刘文先在党委扩大会上搞服务，了解会议内容，在来看我时说了上面这番话。杨文天还告诉我，肖政委还在会上说："咱们看任何事情都要实事求是。宣传科小曾对一张照片上毛主席穿的军装的样式有疑问，就说人家反对毛主席，这怎么得了！今后咱们部队再也不能发生这样的事情！"文先说："这是给你小弟平反呢，你出头的日子到了！"

果然，没几天，政治部孙副主任和宣传科宋洋科长一起找我。孙副主任说："你在批林批孔中表现突出，经受了锻炼，过去对你的一些指责，组织上不予认可，你不要有什么思想负担！我们下一步要把批林批孔和部队施工紧密结合，机关干部战士都尽量到一线去。经研究决定，你到402大队去当战士，深入第一线为宣传队写节目，创作文艺作品。你是可造之才，不要辜负组织的期望！"

同时被派到402大队当战士的还有杨文天、刘文先，我们是一个创作组的，一起下去。宋洋科长给我们三个谈话时说："我们是施工部队，第一线在矿井，只有下去体验生活，才能写出鲜活的有生命力的节目！下去之后，你们就是普通战士，和战士们同吃同住，没有任何特殊。希望你们在基层连队百炼成钢，成为坚强的文艺战士，写出更多的优秀作品！"

后来我听宋洋科长说，支队首长专门为研究我的问题开了一次会，为一个战士开一次会，这在部队组建以来的历史上没有过。会上，有提出处理我退伍的，乔山田参谋长坚决不干，说："这么好的兵，你政治部不要，我司令部收了！"戴支队长说："这个兵素质好，是块好材料，送到基层连队去锻炼，一定会成为一块好钢！"肖政委说："安排下去好，不下去去不掉身上娇骄的毛病。但要多安排几个人和他一起下去，不要让他感到是受了惩罚才下去的。杨文天、刘文先不是拟提干吗，派他们一起下去，三人下连队也好有个照应，还能一起研究节目，取长补短。"肖政委一锤定音，我们三人一起下连队当战士的事情就定下来了。

俗话说，福无双至，祸不单行，就在我被一棒子打回原形，在成长中遭遇挫折的同时，我生活中的挫折也接踵而至。

这件事，就是我在老家自谈的对象杨兰芳"另寻高枝"，给我写了一封告别信。信中说，你在部队，我在农村，两人年纪都还小，还处于奋斗阶段，不应该被婚姻和感情羁绊，应该努力去闯，闯出一片新天地。在我们河南农村，谈恋爱结婚姻有媒人介绍和"自谈"两种。所谓"自谈"，就是男女自由恋爱。我和杨兰芳是"自谈"的，但这个"自谈"有点特殊。我们上高中一个班，两人互有好感，但我当兵时走得仓促，没来得及把话说透亮。当兵之后，我和一起当兵的同班同学夏天顺说起过这件事，那时还是在新兵连，夏天顺说他也对我们班赵社珍"有感觉"，希望我从中"说合"。这样，我和夏天顺就承担起互相为对方"说合"的角色。我给赵社珍去了一封信，说夏天顺对她有意思，希望玉成秦晋。夏天顺给杨兰芳写信，也把我的想法如实端出。这样做既避免尴尬，又可以"火力侦探"。结果是双双成功，我和杨兰芳通信建立了恋爱关系，夏天顺和赵社珍成了一对热恋对象。这种关系已维持一年多，正在向更甜蜜的方向发展。没想到夏天顺这里出了

“岔头”。夏天顺现在在406大队当战士，在给我的来信中说，赵社珍嫌弃他在部队钻山沟，打山洞，复员后没特长，另在县粮库找一个对象，很快就要结婚了。他在信中愤愤地说：“什么打山洞没技术，在粮库工作就有技术了？是嫌咱们太远借不上光罢了！”就在我为自己感到庆幸之时，没想到也出现了“岔头”。开始我没有在意，还回信说：“你信中提到的观点我是同意的，赞成的，年轻人应该把精力放到人生奋斗上，相信你我的理想一定能够实现！”后来连续收不到杨兰芳来信，每一次盼信都空手而回，我才慌了。让我妹妹找人打听，才知道杨兰芳已嫁给我的同班同学何全茂，因为何全茂的父亲在县商业局工作，给杨兰芳在县外贸公司找了一个工作。我这里还在苦盼苦等，她那里已是“洞房花烛结同心”了。妹妹来信劝我想开些，但我真的想不开。一年多的甜言蜜语可以船载车盛了，怎么一下子就化为乌有了呢！虽然说毕业后才通过信件建立了恋爱关系，但在上学时我们就互有情愫，被别人说为“天生一对”了呀。兰芳性格直爽，活泼有朝气。那时农村还没有的确良裤，兰芳的母亲给她用日本尿素袋缝制了一条裤子，穿在身上，风过时，像绿绿的两面旗迎风展开。而她在高中宣传队演的“小铁梅”更是给我留下了深刻印象。我在下面观看时，兰芳唱得更欢实，两眼扑闪闪转得更有神采。现在绿色的旗飘向哪里，“小铁梅”又在哪里？我心中有气恨，有愤怒，也有无奈。唉，认命吧！我像林黛玉葬花一样，含泪写了一首长诗，埋葬了我梦想中的爱情：

初　恋

——草于云贵高原

当漫山的杜鹃花遍野开放，
当美丽的映山红点缀绿装，

不管在地心深处的巷道，
还是在刃光闪闪的练兵场，
甚至在甜蜜的睡梦里，
我都念叨着——兰芳。
我们虽然相处很短，
共处于学校的房舍短窗，
没有过亲密无间，
没有过眉来色往，
只不过是在平凡的学生时代，
有所接触，互学互帮，
上学同走一条路，
吃饭同搅一锅汤。
在广泛而又平凡的相识中，
经过了多少次分辨，多少次思想，
你曾为我某种缺点加以掩盖，
我也曾对攻击你的人怒目相向。
多情的男女总是这样，
对别人嘀嘀咕咕，度人心肠，
把咱俩当作闲谈的笑料，
添枝加叶，说短论长。
老实说，我为什么爱你？
难道你身上有奇宝异草、黄金万两？
我不爱你美丽的眼睛，
我不爱你美丽的衣裳，
你没有多高的才华，
只不过会跳舞歌唱。

的确，
你的身段有些好看，
你的性格无比开朗，
你的脸蛋逗人喜爱，
你的歌声刚劲嘹亮。
但是，
正如哪部电影上有一句名言，
好看的脸蛋也长不出大米来，
难道脸上的酒窝能涌出诱人的米香？
你种种的无限变幻呀，
犹如古人所说：蝴蝶梦长。
想往昔，春蚕吐丝情绵绵，
看今天，风雨飘渺两茫茫。
虽然你已经自择道路，大步前往，
也可能别人的嘴唇呀，
已经吻过了你美丽的脸膛。
但你不要怕，
我从不干扰别人的自由，
要的是昔日的梦中理想。
入伍后，
曾经给你写过信，
隔山隔水，纸短情长。
盼呀盼，
春燕去了又归回，
韭菜割了又生长，
终于盼来你的信。

信上说感谢我对你的期望，
只不过是年纪尚小，道路且长，
三年，五年，唉，
得到无情的打击，
心情是无限的凄凉。
月夜灯光下，
读此信，更想念司马懿的故乡。
以后又寄去信一封，
把自己的感受全写上，
谁知道石沉大海，
你竟是那样的心肠。
投入到别人怀抱，
害得我空相思一场。
去他妈的：昔日的情丝不要缠我，
算咱是一刀两断，各走各路，孤燕独鹤，
各找巢，自行路，不再彷徨。
我这样做，也这样想。
风萧萧，天苍苍，
昔日美梦好凄凉。
梦里泪珠化作雨，
随着长江下海洋。
转来日月如流水，
乌蒙山区的鸟儿呀，
在树上高叫：
好梦凄凉，
好梦凄凉——

……

这首诗最终没有写完，我心里悲伤得写不下去了。我想把它寄给杨兰芳以明心迹，但事已至此，无可挽回，她已嫁做他人妻！痛苦惆怅，我经历了人生第一次失恋的打击。诗已诉我心，谁解其中意？我把诗稿撕毁、丢弃，彻底埋葬了我心中的初恋。万没想到，天下真有奇迹发生，这首诗在几个月之后又回到我的手中。

第五章　棋盘坪上的祭奠

又是杜鹃花热烈茂盛开放的时节，我的心情却茂盛热烈不起来。我和杨文天、刘文先要下连当兵去了。临行前，我脑海里常浮现豫剧《朝阳沟》银环的唱段：

我往哪里去呀，我往哪里走？走一步退两步不如不走。

银环可以在城市和朝阳沟选择去向，我却不能。我是人民解放军战士，是战士就要服从命令。领导要我去矿建402大队一中队当兵，我只能服从。

出发那天早上，老乡小陈为我送行，我背着背包，他帮我提着脸盆等杂物，还有一个小书箱。走在通往支队门口的大彩门去等待机关通勤车的路上，小陈告诫我："人家说河南兵不怕吃苦，就怕受气，也有的说河南兵吃得了苦，受不了气。你个性强，受不了气，到了连队，遇事搂着点。凡遇到不高兴的事要忍着，忍字心头一把刀，忍不好受，那也比窜出火来吃亏强。"小陈大我四岁，懂得比我多。当个炊事员，脸上成天笑得像一朵花似的，落一个好人缘。我到宣传队后和他走得近，我苦闷时，他炒菜弄酒给我喝，就像对小弟弟那样对我好。就要离开了，他不放心我，反复叮咛。我想告诉他，这个道理我懂，就在出发前一天的晚上，我把唐伯虎怀着悲愤心情写下的《百忍歌》摘录在笔记本上，作为自己的“座右铭”：

百忍歌，百忍歌，人生不忍将奈何？
我今与汝歌百忍，汝当拍手笑呵呵！
朝也忍，暮也忍；耻也忍，辱也忍；
苦也忍，痛也忍；饥也忍，寒也忍；
欺也忍，怒也忍；是也忍，非也忍；
……
好也忍，歹也忍，都向心头自思忖。

懂得是一回事，但遇事能不能搂住又是一回事。许多人都是这样，说道理明明白白，但遇到事还是犯糊涂，这是性格决定的。性格决定命运，我的性格决定了我的命运，我的命运摆布了我的人生。既然命该如此，我还郁闷什么呢？想到这些，我似乎轻松了起来。

燕黔兰来送杨文天。两人已是恋人一对，这在支队机关已是对着窗户吹喇叭，名声在外。两人的恋情公开之后，在支队机关掀起一场波澜，稍微平息后，侯副科长仍坚持让他们复员退伍，因为他们违反了纪律，在战士中间带了坏头，如果不杀一儆百，宣传队正值青春期的男女战士们就会乱成一团。侯副科长振振有词，说得头头是道，科长宋洋却坚持说他们入伍前就是一对恋人，与纪律规定的现象有所不同，可以网开一面，以后严格要求就行了。两人意见很不统一，无奈之下，宋洋找到肖红述政委汇报此事。肖政委沉吟一下说：“我就问你一句话，宣传队离开离不开这两个人？”宋洋说：“离不开！”还要讲理由，肖政委打断他：“那就留下，有错误可以批评教育，尽管他俩是入伍前谈的恋爱，但这里毕竟是部队，既然部队有纪律要求，就要严格遵守。告诉他俩要有所收敛，好好表现，等提了干再恋爱结婚。”宋洋传达了肖政委的指示，杨文天和燕黔兰退伍的事才算平息下来。今天，两人在一起有点难舍难分，但也不敢表现太过分。过去下部队体验生活，一般是十天半月就回来，现在是到连队当兵，天天下矿井就有危险性。离我们等车不远的棋盘坪山头上，就有41支队烈士墓，那一百多座烈士墓里，躺的多数是矿建连队的干部战士，死因有瓦斯爆炸的，有塌方冒顶的，有地下水浸灌掌子面的。燕黔兰紧紧拉着杨文天的手，她的担心并非没有理由。

刘文先还是一副大咧咧的样子，但也穿得衣帽整齐，像个当兵的样子。此时不再用铁夹拔胡子，脸上被剃刀刮得锃亮，有一副上战场的气势。他背着一架手风琴，这是他的宝贝，到哪都不会离身的。女兵田亚静帮他背着背包，不远不近地跟在后面，显示一种说不清道不明的关系。

我们站在支队大彩门外等待通勤车的到来。大彩门是第41支队机关的重要标志。从处于盆地的司政后机关上来，盘几道弯，经警通连、第二招待所上到一座被削平的小山头的路口，就看到了大彩门。彩门左右是硕壮的水泥柱子，两柱之间上方用钢架做成拱形，拱形钢架上方有“人民解放军是一所大学校”几个铁皮红字。大铁门由安修区队负责承建，上面的字则是刘东申的杰作。刘东申告诉我，就为做这几个字，用坏两把放大尺。要把文字很小的毛主席的这句话放大，不能有一丝走样，可是花了不少劲。彩门的左侧是山包，右侧是深谷，成为41支队机关干部战士通向外面的唯一通道，来往进出久了，也濡染着大家的感情。而从这道门出发，有一种就要出征、离家的感受。我在这里生活一年多，多次进出彩门，今天却心有别样，既有无尽的留恋，也有一刀斩断的决绝，似乎有“男儿今日出乡关”的悲壮。

通勤车经烈士墓、盆县县城、刘官屯，在一路颠簸中驶向老屋基402大队。在车上，我闭着眼睛似睡非睡，头脑中回放孙副主任和宋洋科长与我们仨谈话的场景，他们的声音，在我耳畔一遍一遍响起。

孙副主任先领我们学习了毛主席关于培养革命事业接班人和参加生产劳动的“语录”，告诫我们：不要怕劳动，不参加劳动锻炼，就没有贡献，还会犯错误；到艰苦的地方，锻、打、炼、烧，在各方面锻炼，把身上不好的东西统统抛弃掉。到井下，到第一线，任务比较艰巨，有艰苦的考验，还有生死的考验，要虚心向战士们学习，要树立一不怕苦、二不怕死的革命精神，把自己锻炼好。锻炼是第一位的，特别要强调一点，要做好长期在下面锻炼的思想准备，锻炼好了再上来。最后，点名说：杨文天、刘文先可以教战士唱歌，但就在本连队，不要往上抽。曾宪云搞创作写作品要利用业余时间。任何人都不能脱离连队，脱离施工生产。

宋洋科长说：让你们三人下到矿井连队，这是党组织对你们的关怀，是真正的培养和教育。认识到了下连锻炼的重要性和必要性，行动上才会自觉。要更好地向连队战士学习，学习劳动知识，学习施工技术。要通过锻炼在思想上成熟起来，在业务上有所提高，在意识上更纯洁，树立一个崭新的精神风貌。精神面貌变了，思想感情就变了，才能反映战士的感情和生活，写出受战士欢迎的文艺作品。特意交代说：你们三个，一个月由杨文天召开一次碰头会，此外，星期天、节假日三个人不要在一起。何时锻炼好上来，听从组织安排。

尽管孙副主任有“锻炼好了再上来”的话，宋洋科长也留有让我们回机关的“活口”，但我已不抱任何希望，下决心在连队老老实实、认认真真当一名战士。我知道被机关“踢出来”了，和机关没有债务纠葛，没有情感纠葛，“赤条条来去无牵挂”，我还回来干什么呢？再就是我从内心认同只有深入生活、深入连队才能写出好作品的见解。我发表《一件军大衣》之后，赵项文主任鼓励我深入连队生活，告诉我只有深入连队，才能写出优秀作品。我们部队是搞煤矿建设的，我只有深入井下，才能写出反映部队生活的力作。在自觉不自觉中，清醒不清醒中，我给自己定了位：无论别人如何，我的岗位在井下，我创作的矿脉在井下。杨文天是乐队的指挥，是带着指挥棒下来的；刘文先有特长，是背着手风琴下来的。我有什么呢？我什么也没有，是兜里揣着一支笔下来的。

下午到402大队一中队，我被分配到四排14班，杨文天分在一排3班，刘文先被分配在二排6班。

第二天我就下了井。我们一中队是矿建掘进连队，任务就是打巷道。按照设计路线，沿已开凿巷道向前掘进，向前掘进的地方叫掌子面。因为下过井，掘进的施工程序我知道，但我并没有受过专门训练，不掌握任何一门技术。在井下，班长郑振汉让我排渣、推车，就是把炸掉的石块装进矿车推走。这个活不用技术，有力气就中。此外就是和和灰浆、往上递递石料，都是一些技术含量不高的活，大家都能干，不需要专人负责。我处于“打补丁”的位置。“我能干什么呢？”下了几次井，我一直在琢磨这件事。很快被我看出门道：抡大锤打炮眼不需要技术，下力气就中！我跟郑班长要求道：“让我抡大锤打炮眼吧！他们会用风镐、风钻，我不会，但一些死角需要用铁锤钢钎打眼，我有力气，就让我负责这项工作吧！”郑班长听我说得诚恳，没有再说什么，将一把大铁锤递给了我。从此之后，这把铁锤就成了我的“好伙伴”，在井下我使用它，在井上我也背着它，除了睡觉、休息，成了处处不离身的“金箍棒”。

其实，没人知道，要求抡大锤，也藏着我心底的秘密：除了技术含量低，不用揣摩太细，更可以尽情宣泄我的感情。我没命地一锤一锤打着钢钎，每打出一次，心里就舒坦一次，我要把对某人的不满，对某人的仇恨，对事业的挫折，对失恋的痛苦，一锤一锤地宣泄出来，没有人能阻拦我，没有人能剥夺我，我心里因此而平衡，因此而快意。而在外人看来，我不怕苦累，不惜力气，是真心实意改造自己，是为矿山建设做贡献，渐渐地在心里接纳了我。

一天抡完了大锤，去连队浴池洗澡。在矿建连队，浴池是必须有的，也是所有设施中最豪华的。矿建连队四班倒，每一班下来第一件事就是洗澡、换衣服，这是必不可少的。一个大锅炉、一个镶了瓷砖的水泥方形大池子，就是我们每天下班后必须去光顾的地方。一班下来，满身灰汗，一脸粉尘，洗掉了这些就洗掉了一身疲劳。连队没有女人，不用回避什么；说话粗野，也没人计较什么。在浴池里打闹更是家常便饭，成了战士的娱乐节目。我初来乍到，在池中没人跟我玩闹，一是不熟，二是脱了衣服，我和大家下到池子中，肤色明显不一样。战士们肤色有古铜色的，有绛红色的，有黄褐色的，我肤色发白，就像浪里白条，一看就是在办公室养尊处优不劳而获的主。我对此感到无比羞愧，深知离一线战士还有很大距离。故此，我每次下去洗浴，都是默默跳入，静静跳出，离群要单，不敢和战士们挤在一起。

一天，我又在洗澡，忽听背后有扬水声冲我而来，回头看时，见有人把头埋在池水中做闭气状。这个身影我很熟悉，过去在我们村西头排涝水坑中，村里的孩子们常来此处扑腾。我就是这个坑里学会的“狗刨”。

“夏志武！”我一掌拍到这人脊梁上。

“噗！噗！”夏志武头摇着从水中钻出来，一把搂住我的脑袋：“今天叫你喝个够！”

我挣扎着，但哪里是他的对手，硬是被灌了几口水。

“啥他妈人！下连了也不说一声！我还是听杨指挥说的！”他把杨文天叫杨指挥。杨文天到了后，指挥他们唱了几次歌。

“你怎么样啊？”我问。

“还行！”夏志武答。

“听说都当了班长啦？”我问。

“嗨！瞎胡混呗！”夏志武看人多，给我使了一个眼色，我就简单冲一冲随他穿衣而出。他跑到厨房抓了几个冷馒头，送给我两个，我俩向营房左侧的拖长江走去。一中队位于拖长江边上一个山包上，当初把山包推平，建成了营房。从正门进去须拾级而上，进到院内是四合院式的平房。连部前排居中，左右后侧为各排宿舍，后排中间有通道出去，经浴池、厨房、仓库等，顺仓库向下就到了拖长江边。我们夜晚躺在宿舍中，能听见拖长江哗哗哗的流水声。

新兵连分别一年后我俩在连队见面，很是亲切。我和志武、志文相互熟识，虽然过去也有互相瞧不上的时候，但在离家几千里的部队连队，能碰上儿时的伙伴，的确是一件使人兴奋的事，以前的一切不快都已成为过去。也许志武已听到了我的人生遭际，对我不再用嘲讽的口吻说话。

我由衷祝贺他的进步，询问他进步有什么经验：“快说说，给我传授传授！”

“哪有什么经验！我不像你有文化，会写文章，也不像志文那样会耍嘴皮子，只能出苦力、干实活。每次进掌子面，都是第一个进去，最后一个出来。”

“还有呢？”

“没有了，真的没有了。人家一次扛一袋水泥，我扛两袋；人家一次抱一块料石，我抱两块。我练过武，身上力气大，就是这么一点能耐！”

志武说的是实话，他在农村就是因为能吃苦、肯下力得到好评，在村里青年中被选拔当上民兵营副营长的。

“志文怎么样？”我问。

“在一区队当文书哩。我也很少见到他，人家到处背语录，四处讲用，会耍嘴皮子哩！两片嘴一吧嗒，哄死人不偿命！”志武隐含着对志文的不满。

“你是不是还记他在新兵连告发你的仇哩？”

“那倒不是。我那时太幼稚，他告我是为我好哩，要不然我还会把天捅出更大的窟窿！你知道，志文从小就华而不实，嘴皮子耍得好，现在又被营部树为学毛著标兵，大队阎副政委看上啦，让他到处讲用，把他当成苗子培养哩！”

“唉，人各有志，猪往前拱，鸡往后刨，各有各的道！”我替志文辩解。

志武不服：“什么人各有志，什么各有各的道，咱们是施工部队，是搞国家建设的，巷道是一米一米掘进出来的，不是吹出来的，都像他那样天天耍嘴皮子，猴年马月才能把矿建成？”

“啥人啥命，啥虫拱啥木头，由他去吧！”我说。

“嗨，我这不是怕他吃亏吗！俗话说，老实人不吃亏。你和他走得近，好生劝劝他，别天天云山雾罩啦！”

“说说你吧，你这个小秀才怎么样呀？”志武问。

“麻绳穿豆腐，提不起来啦！转来转去，咱们不都又转到一块了吗？还不是天天去掌子面抡大锤！”我说。

“抡大锤怎么啦？抡大锤就被别人看不起吗？咱们搞矿山建设，不也是保家卫国吗？”志武开导我。

听了志武的话，我心里涌上一丝愧疚。我才抡几天大锤，那些战士们不是天天都在掌子面掘进吗？部队 1966 年建队以来，有多少战士在矿井下掘进，有多少人为了让盆县煤炭基地早日建成致伤致残，甚至献出了宝贵的生命。我现在天天抡大锤，那是在发泄心底的不满，我真为自己的思想意识感到羞愧。

为了掩饰内疚和羞愧，我转移话题说："等志文讲用回来，我们三个在节假日聚聚吧！"

"中！到时好好谝谝[①]！"志武爽快答应。

渐渐地，我、杨文天和刘文先同部队的干部战士熟悉起来。杨文天发挥特长，在连队教歌、指挥唱歌，大家都认识了他。刘文先施工回来，一有空，就拉起他的手风琴，唱着欢快而又忧郁的调子。肩扛着大锤的我也让大家认得了，他们说，四排14班来了一个啥也不会干，就会抡大锤的人，"大锤曾"因此得了名。

我们三人也逐步了解了连队的情况。原中队长姓魏，是工改兵入伍的，我过去下连时见过，大伙都叫他老魏。老魏一次在井下带班，放炮时出现了哑炮。众人争着去排炮，老魏不让，一猫腰进了掌子面，刚接近，轰隆一声，哑炮响了，一阵乱石奔涌而来。听到炮响，战士们都以为老魏完了，老魏光荣了。冲过去一看，老魏贴着一块大石头躺着，被石头推出七八丈远。大家赶快摇醒老魏，老魏睁开眼骂道："龟儿子开什么玩笑，把老子推这么远干啥！"原来一块巨石把老魏推出了掌子面，他被震晕了。老魏命大，大家开玩笑说，大难不死，必有后福。果然老魏立三等功一次，被提拔为一区队区队长，成了营级干部。接替老魏当中队长的姓周，名叫周树成，四川宜宾人，1966年兵，是第一批义务兵。高个头，是四川人中少见的大个头，身材笔直，军事素质好，喊口令在全大队有名，多年在井下掘进，积累了丰富的施工经验，由他接替老魏，大家服气。指导员姓姚，东北人，是铁道

---

① 谝谝：河南方言，聊天、闲谈。

兵过来的，说话大嗓门，声音能震屋瓦，排解战士间矛盾，爱说“不要‘几个浪几个浪[①]’的”，大家背后就叫他“几个浪”。副中队长姓冯，懂技术，是工改兵时由工程师改过来的。副指导员姓王，是69年的贵州兵。连队还有两个特殊人物，一个是吕家瑞师傅，因在工改兵时年纪超了，穿不了军装，就自愿在连队做了随军职工。他有一手修理器具的好手艺，井下用的什么物件坏了，没有到报废的程度，就由他一一修好。还有一个是“老谷头”，大名谷春雨，是上面派下来接受锻炼改造的老干部，不用跟班劳动，有时候跟吕师傅下井转转，拿一些物件上来，搭把手修修，或在地面上干一些杂七杂八的活。没事就读书看报，看来肚里有学问。

我们仨下连队不久，就听大队阎副政委传达了基本建设工程兵整编试点经验交流会精神。这次会议经国务院、中央军委批准，在北京国务院第一招待所召开。国务院、中央军委领导同志，各部委负责同志，基建工程兵部队团以上干部、老工人、老战士代表共300人参加会议。会议用11天时间认真总结了部队整编试点以来的经验，一些单位做了典型发言。与会人员用一分为二的方法分析问题，既肯定成绩，又指出不足。认为基建工程兵是一支特别能打硬仗的部队，是一支国家基本建设的生力军，在国家大型建设项目和三线重点项目建设中发挥了骨干作用，为国家创造了重大效益，赢得了荣誉。同时也有劳动生产率不够高、施工任务完成不够好、经济核算不够严、组织纪律军容风纪不够严整、思想工作薄弱等问题。更加明确了新的一年工作任务和奋斗目标，要求大力提高劳动生产率，加快重点建设项目建设步伐，能建成早建成，能移交早移交。要求41支队老屋基、火烧铺、月亮田三对大型矿井必须如期移交。每个矿建大队必须保

① 几个浪：东北方言，闹矛盾、吵嘴。

证年施工 280 天以上，年掘进巷道突破万米大关。为了坚决完成上级下达的建设任务，第 41 支队党委决定成立平田煤建指挥部，统筹指挥老屋基矿、老屋基矿洗煤厂及相关配套设施建设，提出在 1975 年国庆节准时移交的奋斗目标。戴兴泉任总指挥，乔山田任副总指挥，司政后各调一部分人员到指挥部工作。老屋基矿建成投产成了重点中的重点。

402 大队作为主力部队全员投入紧张施工，一派鏖战景象。明确要求部队一年内突破万米成巷，提出“大战红五月、全面超指标”的动员口号。任务指标分解后，要求一中队五月份月掘进、成巷必须达到 150 米：这是一中队建队以来承担月任务最重的指标。

150 米，这并不是一个太长的距离。一个人跑步，也就是 20 多秒时间；按一个人散步的速度，也只需要 2 分钟左右。如果打一口窑洞，两天就可以完成。如果是挖一个我们老家的红薯窖，半天时间就可以完工。但这是在地心 500 米以下，横向在青石岩上开凿。在机械化还不发达、主要靠人力操作的情形下，掘进 150 米，谈何容易！贵州的山都是青石山，贵州的地下也是青石岩，硬度强，不易开凿，却易破碎，稍一不慎就有塌方危险。巷道通向煤层，常有瓦斯积聚，如果瓦斯超量，就会引发爆炸，发生矿毁人亡的灾难。贵州又是喀斯特地貌，地下潜藏暗河，如果打通暗河大水涌出，瞬间就有灭顶之灾。在这种情况下，在井下掘进 150 米，就是破纪录的速度。全连实有下井人数也就 150 人左右，月人均才有 1 米进度，而这 1 米便是战士们的血汗甚至是生命铸成。

我牢牢地记住 5 月 19 日这一天。

这一天我是下午班，中午 12 点下井在掌子面掘进。·阵炮声响过之后，我们几十人冲进去，清理刚刚崩落的碎石矿渣，矿灯闪闪，烟雾腾腾，手搬锹铲，一秒钟都不敢耽误，大家说话的时间都没有。大的石头搬开，我低头划拉碎石块。突然一声响动，尚未反应过来，班长郑振汉一把把我从掌子面拽出来，“轰隆”一声，一块千斤巨石夹带石雨呼啸而下。好悬，我惊出了一身冷汗，回头看看，郑班长冷静沉着，没说一句话。如果不是郑班长拉我一把，我定会命丧掌子面，被称为第41支队“八大队”的烈士墓就多了一块我的墓碑。郑振汉是广东汕头人，71年兵。他跟我说过，刚刚到部队时，几个广东兵见到井口就跑，他也是其中之一，后来竟爱上了矿井，成了一名地下尖兵。当时不及言谢，以后谢郑班长时，他已淡忘此事，说井下险情很多，你拉我一把、我拉你一把是常事，不必挂在心上。这使我想起我的一个堂叔。我小时候在村中的水坑戏水，坑并不深，但不知是谁在坑底起土，形成一个个窝坑。我在水里行走，突然掉进一个窝坑里，水没过头顶，自己干扑腾就是出不来，正在慌神之际，我的堂叔正好路过这里，一把把我揪了出来。若干年后我见到堂叔，说起救命之恩，堂叔抹拉抹拉脸说，不记得有这回事了。人之间就是如此，有对人有救命之恩却不言报者，也有给人家做一点锱铢小事，就整天挂在嘴边叨叨咕咕者，云泥之分可见。郑振汉班长忘记此事，也许是井下的险情太多了，这件事在他看来微不足道。

那几天，我常常唏嘘感慨：如果不是为了国家三线建设，为了国家强盛，这些二十几岁的小伙子，有谁愿意在这乌蒙山区的地心深处玩命呢？我们常说谁是最可爱的人，在和平年代，这些钻在地心建矿的战士，这些我朝夕相处的战友，不就是最可爱的人吗？我是这个队伍中的一员，想到这一点，心中也有几分自豪。我们常说文艺作品要写英雄，塑造英雄，但在现实生活中，英雄的形象更高大、更丰满。我们连战士许际执在我遇险获救没几天，就谱写了一曲舍身救战友的英雄壮歌。

许际执是四川巴中人，和夏志武一个班。夏志武分到班里时，

1971年入伍的许际执已是一个老战士。那时时兴“一帮一，一对红”，他和夏志武结成对子，实心实意地帮助这个新兵伢子。不光教他技术，更注意在思想上启迪他。许际执的家乡是“通南巴”川陕红色革命根据地。他的父亲是革命烈士，爷爷曾在川陕省苏维埃政府任职，红军长征离开川陕后，遭受白匪迫害四处流浪。许际执小时母亲就不知去向，爷爷奶奶去世后，沦为孤儿的他被一户好心人家收养。他打内心里感激党，是党让他一个穷孩子过上了好日子。他特别崇拜张思德，张思德是毛主席的好战士，是家乡人的骄傲。1915年，张思德出生在巴中，后来因受不了狗地主的压迫，才逃荒到仪陇县六和场谋生。许际执小的时候，最爱听人讲张思德的故事。读初中时，他怀着对英雄无比崇敬的心情，跟同学们一起去访问张思德的妈妈，听张妈妈做报告，他立志做张思德那样的人。到了部队之后，他写下了“生为革命谱新曲，死为人民写壮歌”的誓言，处处身体力行，还把这种精神能量传递给新战士夏志武。他看夏志武诚实忠厚，吃苦耐劳，是一个有培养前途的好苗子，就着力帮助他，从各方面关心他。两个人投脾气说得来，私下建立了师徒关系，看着志武一天天进步，还走上了班长的岗位，许际执打心眼里高兴，他以一个老战士的实际行动支持新班长的工作。凡是班长交办的事项，许际执都以“要得”相应，把事情办得“很巴适[1]”。夏志武也注意发挥许际执在班里的顶梁柱作用，两人逐步建立了亲密无间的兄弟情谊。“红五月大战”开始后，许际执更是处处走在前头。他刚刚递交了入党申请书，决心在“万米巷道”突击中接受组织考验，让似火的青春开出更鲜艳的花朵。

长长的巷道在延伸着。五月下旬的一天下午，许际执所在的班排又投入了井下施工战斗。工地上，车来人往，矿灯闪闪，战士们意

---

① 巴适：四川方言，妥帖、舒适。

气风发，斗志昂扬。许际执一直战斗在最前头，他忽而争着打风镐，忽而忙着递料石，越干越有劲。突然，排长祝景福发现施工巷道顶板的裂纹开始扩大，凭经验判断，这是一次大塌方的预兆。祝景福指挥战士们立即撤出工作面，只留下自己和班长夏志武一起打“穿干眼”，准备“刹顶”，防止塌方。还没等这项工作做完，一场罕见的塌方发生了，几十吨重的风化石掺着地下水倾泻下来，压塌了刚刚砌好的石拱碹，压断了支撑的木架，埋住了祝景福的两腿和夏志武大半个身子。许际执看到这一情景，高喊道：“同志们，快抢救战友！”边喊便抱起一根木头，“嗖”地冲进险区，和战友们一起，拼尽全力，扒拉掉压在排长祝景福腿上的碎石，把他救了起来。接着又去抢救班长夏志武。

此时，夏志武被几百斤重的铁拱压住了右腿，一阵剧烈的疼痛，他昏迷了过去。朦胧中，他听到许际执呼唤自己那亲切的声音，顿时，一股暖流涌遍了他的全身。压力在增加，塌方还在继续。为了避免更多的伤亡，副排长王长安命令所有战士撤出险区，许际执却继续在尽力挪动压在夏志武身上的碎石和铁拱。王长安高声命令许际执：“许际执！太危险了，你赶快退出去！”许际执回答：“不！我一定要救出夏志武！”

这时，夏志武头顶上一块巨大的岩石眼看就要塌落下来，时间不允许王副排长做更多的考虑，他急忙拿着一截木头冲进险区，要把木头架在夏志武头顶，但架了几次都被石块冲倒了，情况十万火急。就在这千钧一发之际，许际执冲了上去，他两腿半蹲着，左肩扛起了木头，用身体抵挡着不断塌落的石块，保护着夏志武的头部，右手使劲地扒着周围的石块，把自己的生死置之度外。

夏志武目睹了许际执这种舍己救人的英雄壮举，感动得止不住热泪扑簌簌往外淌。他清楚地知道，头顶那块千斤巨石掉下来，将会给保护着自己的许际执带来什么样的后果。他万分焦急地催促：“际执，别管我，快退出去！要牺牲就牺牲我一个……”许际执回答：“不！我一定要把你救出来，就是死也要死在一起！”

“轰隆！轰隆！”碎石不断地倾泻下来，埋住了许际执的全身。前来抢救的战友们高声呼唤着：“小许！小许！……”

塌方消息传出，部队首长闻讯后火速赶来了，附近矿务局的工人救护队及时赶来了，其他区队的战友们从四面八方赶来了。经过紧张的抢救，排长祝景福和班长夏志武得救了，许际执却壮烈牺牲了。他以自己的鲜血和生命，谱写了一曲惊天地泣鬼神的壮丽颂歌。当战友们找到许际执的遗体时，只见他两腿仍然半蹲着，左肩扛着木头，身体保持着保护夏志武头部的形态，右手的五个指头已经血肉模糊。战友们都泣不成声，默默地向他致以崇高的敬礼。

许际执牺牲后，部队立即开展学习英雄活动。在老屋基矿巍峨井架旁，几千名干部战士面对许际执遗像，庄重向党和人民宣誓：“生为革命谱新曲，死为人民写壮歌。”牢记英雄生前的钢铁誓言，艰苦奋斗，勇于献身，生命不息，战斗不止，为保证战备煤矿如期投产，宁可前进一步死，绝不后退半步生！

在一中队，许际执的牺牲更加激发了干部战士的斗志，他的精神成了大家奋力掘进的顽强动力，到月底统计，夺得了全月大断面岩巷独头掘进209米、成巷170米的前所未有的好成绩，受到大队党委的通令嘉奖。

全大队在许际执精神鼓励下，“红五月大战”战果辉煌，年万米成巷实现任务过半，为完成全年任务奠定了坚实基础。

在为“红五月大战”庆功之时，继许际执之后，又一个英雄倒下了。

从今年年初开始，402大队大队长冯国忠就觉得肝部不太对劲，肝区有些隐隐作痛，家属让他去医院检查一下，被他拒绝了。今年是老屋基矿井下施工的关键一年，制订年度计划时面临兵力不足，技术力量薄弱，运输紧张，经常遇到塌方、地下水、瓦斯等险情，困难很多，在这种情况下，采取什么姿态？是鼓足干劲，力争上游，还是慢慢腾腾，按部就班？在党委会上，党委成员认真学习“鼓足干劲，力争上游，多快好省地建设社会主义”的总路线，学习毛主席关于“备战备荒为人民”、“加快三线建设”等指示，批判一些人存在的无所作为，等、看、喊、要的消极保守思想，提出带领部队大打矿山之仗，为扭转北煤南运，为加速社会主义建设、巩固无产阶级专政做出新贡献。讨论具体指标时，大伙都看着冯国忠。

冯国忠外号叫“冯老虎”，是个能打硬仗的主。他是江苏铜山人，年轻时就在徐州矿务局工作，一直做到副矿长。1966 年到盆县支援三线建设，工改兵时任 402 大队副大队长，主管技术工作，深得大队长乔山田信任。乔山田调支队任参谋长之后，力荐冯国忠任大队长。当时有许多人不服气。冯国忠是工改兵，工改兵出任正职大队长的，他是第一人。一些人在等看冯国忠的笑话，他也有许多笑话让人看。冯国忠军事素质不过硬，工改兵嘛，有时卫兵给他敬礼，他忘了还礼，想起还礼时又忘了怎么还。有天出早操，参谋集合完毕，让他作指示，他愣了半天，不知说什么话，最后说：“就这样吧。”惹得机关的人笑得前仰后合。客观地说，冯国忠也不是学不会这些，而是把更多精力用到煤矿施工上了，他事必躬亲，每天都要下井，不下井就浑身难受。他也不是有下井的怪癖，而是把责任看得太重，生怕辜负了组织上的期望。他似乎缺少组织千军万马的能力，但他可以用自身的带头作用把大家带动起来，这就是他天天下井的真实原因。而且，他在哪一个掌子面，哪个掌子面月进度就高。试想，大队长都带头干，谁还会甘于落后呢？而机关里的人谁还能坐得住呢？再说了，冯大队长在井下，你汇报工作不去井下找他，去哪里找他呢？

党委会上，大伙为啥看着冯国忠？你是部队主官嘛，又天天在井下跑，肯定熟悉情况，你拿主意吧！“冯老虎”不含糊，他分析整个工程形势后说：“干革命要敢想敢干争上游，眼睛往前看，任务往前赶，我们的目标是奋战一年，突破万米关！”王政委表态支持，各位党委委员也赞同，但大家心里明镜一样，突破万米关可不容易，因为以往年进度掘进、成巷都在8500米左右，现在兵没增加一个，难度不小，再说你定出高指标，上级就拿高指标要求你。不过，你“冯老虎”既然咬了牙印，咱们就拼命向前奔吧。

“冯老虎”定的指标，压力主要在自己身上，他明白这一点，因此有点小病小灾头疼脑热也就毫不在意，天天在井下转悠，或到掌子面干活，出一身汗痛快痛快。大约一个多月之前，他感到肝区疼痛加剧，尿色有点发黄，内心也有些害怕，便借去支队开会之际到支队医院做了透视和化验，医生告诉他，他这病是过于劳累引起肝病复发，肝中已有腹水迹象，必须住院治疗，否则将有生命危险。目前井下正在大战，而且“红五月大战”是自己亲自指挥的，大战在进行中，主官怎能缺席？他揣起了诊断书返回大队，一声没吭，第二天仍然下了井。一个星期之前，他已感到肝区疼痛难忍，必须用手压住肝区才得以舒缓，晚上脱了衣服，明显发现腹部肿胀。为了不被人发觉，便找一块腹带，把腹部肿胀处缠住仍然下井，但这时已感到视力异常，竟然走错了闭着眼睛都不会走错的巷道，终于熬到“红五月大战”结束，他再也挺不下去了，眼前一黑，一头栽倒在巷道中。警卫员背着他从罐笼上到地面，他就昏死过去了，急送火烧铺矿医院抢救，人才苏醒过来。

等肖红述、戴兴泉、乔山田等支队首长赶到时，冯国忠已是弥留之际，他断断续续地说：“首长，我……我没有等到老屋基矿建成，不甘心哪！死后把我埋到平田坝的高山上，我活着没把老屋基矿建好，死了也要看到它建成投产……”几位首长都哭了。乔山田紧握着他的手哭骂:“你个冯老虎,你个混蛋,有你这么不要命的吗?”

冯老虎倒下了,带着无限的遗憾走了,永远离开了朝夕相处的战友和自己深爱的矿井……

支队首长决定厚葬冯国忠,让安修区队做了当地最好的楠木棺材,亲自扶灵把冯国忠安葬到“八大队”,让他和已经牺牲的一百多名战友在一起。下棺封墓后,戴兴泉支队长把一瓶茅台酒洒向坟墓,边撒边念叨:“冯老虎,我们没有实现你的遗愿,埋这里好,这里战友多。你到了那边还能指挥矿建,402 大队的兵归你管,这里所有的兵都归你管,建不成矿,你他妈的不要回来!”说完,戴兴泉已是泣不成声。在场的所有人,从来没有见过支队长这样痛哭过。

夏志武住在大队卫生队的病房中,因为许际执的胸正好护着他的脑袋,他的头部没有受伤。身上被碎石压伤挫伤已得到控制,被铁拱压断的右腿在治疗恢复中。伤情能够控制,但他控制不住思绪,控制不住对许际执千遍万遍的思念。际执没了,我还活着,他是为救我而死的。我活着,他没了……志武翻来覆去地这么叨咕,一遍一遍思念过后,是心中一阵一阵锥心的疼痛。宣传股的人来采访他时,他向人家要一个镶有许际执照片的相框,对着相框似乎可以交流、对话,好似又回到一年多前的时光。

他分到班里和许际执相识后,两人就有一种难以言表的亲密感。为什么亲密?因为夏志武会说四川话。许际执笑夏志武:“你个龟儿子,咋会讲四川话嘛!”志武说:“我妈妈是四川人。”“四川哪个地方啊?”“不晓得,但和你的口音有些接近。”“接近个鬼哟,我和你妈妈又不认得!”“认得不认得,我们也是半个老乡吵!”志武学着从妈妈那里学来的四川话说。妈妈刚随爸爸回文县老家时,一口四川话,当地人听不惯,也听不太懂,说她“洋腔怪调”、“枣戈拉”(文县土话)。他觉得妈妈说话挺好听，像唱歌一样，也知道了许多四川话的含义，如睁大眼睛叫“睁眉鼓眼”，成群结队叫“成群打浪”，玉米叫“苞谷”，装东西的袋子叫“包包”，吵嘴闹纠纷叫“扯筋”，停止吃东西叫“歇嘴”，舒服叫“巴适”，痛快叫“安逸”等。两人由语言上相近到交往上相近，又是“一帮一，一对红”，真的像亲兄弟一样。但部队上不让搞拜把兄弟这一套，两人就暗自认了兄弟，当别人的面，该叫啥叫啥，就两人时，便以兄弟相称。许际执年长，当兵又早两年，就像哥哥对弟弟一样对志武关心呵护。

刚到连队时，夏志武因为在新兵连组织新兵出走受到了严重警告处分，有些悲观失望情绪，觉得自己和别人不在一个起跑线上，别人站在地平面以上，自己站在地平面以下。许际执就鼓励他正确对待，不要背思想包袱：“你已经承认了错误，改正了错误，就应该证明自己真的有报国之志！”一点一点地把夏志武引上了正路。“际执，我的好哥哥，你让我怎么报答你的帮扶之情、救命之恩啊！”

我到卫生队来看夏志武时，他把上面的话一股脑地倒给我，他希望有人静静地听他倾诉。这是我第三次来看他，连队离卫生队不远，我来了，一方面能安慰他，也能陪他说说话，解解闷。志武过去话不多，现在经历这么一件事，也使他想了很多，话也多了。他说：“以前我们想得多，做得少，和许际执比差多了。想想过去，我都惭愧！”又说：“过去我总觉得英雄离我们很远，其实就在我们身边，可看，可敬，可学，许际执就是我的榜样。”还推心置腹地说：“我已递交了入党申请书，党支部没有吸收我，我还有想法，其实我比许际执差得远。许际执把宝贵的生命都献出来了，我们还有什么东西不能抛弃呢！”夏志武的话，也击打着我的心弦。他说出的话语，我也感同身受。和英雄许际执相对照，用鲁迅的话说，就能榨出我“皮袍下的小来”。我当兵是为了找出路，到了部队又有严重的名利思想，总想出人头地，受到批评后，还心情不顺，赌着气下到连队。我自问自己：假如我遇到许际执面临的场景，我能那样冲上去吗？不能，我做不到，这就是我和英雄的差距，是公与私的差距，是思想境界的云泥之分。我在和志武的对话中，在和英雄的对比中，升华了自己的思想和灵魂，也校正了人生道路上的前进方向。

交谈中，我没有问志文来没来看他。志文来看过他，我知道，但最近肯定没有来。因为我知道他代替志武去介绍许际执英雄事迹去了。许际执牺牲后，在贵州省军内外迅速掀起了学习英雄许际执的热潮，上级要求41支队组织一个介绍许际执英雄事迹宣讲团。按说，被救的两个人是最合适的人选，他们经历了事件的全过程，又是英雄救下的幸存者，但排长祝景福伤势严重，卧床不能动弹，夏志武右腿被砸伤，下地走路困难。怎么办？大队政治处宣传股丁干事出了一个主意：夏志武不是有一个双胞胎弟弟夏志文吗？两人长得几乎完全相似，志文比志武的口才好，又有讲用才能，就让他替哥哥去介绍许际执的英雄事迹吧！这个主意倒是不错，是一个救急的办法。经上级有关领导同意，志文也愿意应命。这样就组成了政治处肖主任带队，由一中队队长周树成、被救班长夏志武(由夏志文顶替)、和许际执一起入伍的四川籍战友何德明组成的英雄事迹宣讲团。先在41支队内各大队宣讲，再到六盘水、贵阳和其他各地宣讲。

夏志文到了部队之后，在一区队当文书，有时间读书看报，思想敏锐，又会结合实际做好事，很快就被评为学习毛主席著作积极分子，积累了一些讲用经验，这一次顶替哥哥志武出去介绍许际执英雄事迹，更是如鱼得水。他干脆利用和哥哥志武面貌相似，来一个狸猫换太子——以假乱真，或者说将错就错，反正这是经过组织批准的，自己也没有什么责任。他以许际执战友自居，认真准备讲稿，既讲得生动，又有高度。在讲到许际执舍身救战友之时，他讲到：“这时候只要许际执后退一步，就可以安然无恙。但是用毛泽东思想铸造灵魂的英雄战士许际执，宁愿前进一步死，绝不后退半步生。他斩钉截铁地说：‘班长，有毛主席的教导指引方向，天塌地陷也吓不倒我们！’”接着讲到：“‘哗啦’一声，又是一次大塌方，许际执的半个身子被埋住了。塌方一次比一次来得更加凶猛，生与死严峻地考验着革命战士的赤胆忠心。撼山易，撼用毛泽东思想武装起来的革命战士难。石块在许际执周围不断垒高，他一不怕苦，二不怕死的精神境界也在一步步登高。你看他，昂首挖塌方，舍身救战友，任凭暴雨般的石块怎样袭击，始终坚如磐石，岿然不动。看着这一切，人们明白了，在生命最后一刻，他把生命的一线希望让给阶级兄弟，把死的威胁全部留给自己。巷道内，留下一行行深深的脚印，这是许际执冒着生命危险冲上去抢救阶级兄弟时留下的脚印，这是攀登无产阶级‘公’字高峰的脚印啊！”在宣讲将要结束时，他更加激情四溢：“人们仰望群山，凝视英雄，心潮澎湃，热泪盈眶。‘生为革命谱新曲，死为人民写壮歌。’许际执那无限忠于毛主席的赤胆红心，朝气蓬勃的革命精神，将永远鼓舞着我们前进。它激励着千万个革命战士紧跟伟大领袖毛主席，去谱写共产主义事业的战斗进行曲。”

夏志文的演讲获得空前成功，赢得一遍又一遍掌声，也为自个赢得了荣誉。人们以为他就是许际执救下的那个班长，是烈士精神的传人，给以更多的关注和喝彩。

宣传股丁干事本名丁文光，外号“丁不住”，在402大队以脑子灵活点子多著称。他这个主意，不仅使整个宣讲活动获得成功，而且给了夏志文抛头露面的机会。而“丁不住”的另一个“金点子”却引发了一桩人间奇事。为了更好地宣传烈士事迹，“丁不住”建议去烈士老家“寻亲”，如找到“亲人”，让“亲人”来讲烈士事迹岂不更好？当有人说许际执是孤儿，不一定有什么亲人时，“丁不住”说，树上有枣没有枣打三杆，地下有宝没有宝挖三锹，也许能找到呢？于是政治处就派人到许际执家乡巴中县去“寻亲”。何菊花就是在这种背景下来到部队的。

何菊花和夏家威结婚，在河南文县扎根后，就再也没有回过四川巴中老家。她往家中去过几封信，都没有找到留在老家那个儿子的下落。她背着夏家威暗自落过几次泪，也就认命了。去老家转转，找找儿子，她不是没想过，但家威离不开她。她依然像在荣誉军人疗养院那样照顾他。家威是为保家卫国丢掉两条腿的，是英雄，我们不能亏欠他，何菊花心中始终有这个信念，一如在荣誉军人疗养院一样，侍候得无微不至。生了志武、志文之后，何菊花就更忙了，但忙中有喜，忙中有乐，家里的生活更有奔头，身上好像有使不完的力气。夏家威有了后，能传宗接代，给祖宗有个交待了，犟脾气、狗脾气改了不少，成天乐呵呵的，有时还跟村里晚辈后生开玩笑：“残疾咋啦，没有腿脚咋啦，老子裤裆里还有一条腿，好使！”那些人就逗他说：“老叔厉害，老叔是抱双胞胎去老丈人家串门！”夏家威问：“去老丈人家串门咋啦？”“显××能耐！”大家轰地笑了。夏家威假装生气，拄着拐杖去追打：“小兔崽子，老子打你个丈人的！”志武、志文当兵后，何菊花把一门心思用到家威身上，她会做河南的饭，也会做四川的菜，把家威养得白白胖胖，脸色白里透红，红里透亮。一些人学着何菊花的四川话说：“这夏家威硬是有福气得很哩！”

这一日何菊花正在拌猪食，家里来了一位军人，夏家威不在家，到谁家扯闲篇去了，只好自己接待，她以为是志武或志文的战友。一搭话，才知是从四川巴中县人民武装部来的，找的正是她何菊花。来人也姓何，是人武部的干事，她握着何菊花的手说：“何嬢嬢，你让我好找啊！”接下来问她有没有一个在老家的亲生儿子。“有哟！”“叫什么名字？”“小名叫芭芭，大名许际执！”“对头！”好像对上了暗号。对方告诉她她的儿子找到了，现在贵州一个部队当兵，单位派他来带她去部队看儿子。何干事没敢把许际执牺牲的消息告知何菊花，他怕何菊花经受不了这个突如其来的沉重打击，盘算着到路上慢慢讲，或者到了部队再说吧。部队请求配合寻找烈士许际执的亲人，人武部的领导很重视，责成何干事专门负责此事。许际执是个孤儿，直系亲属没有人了，养父养母也都不在了，去其原籍巴中县许家寨调查，有人提供一条线索，说他妈妈在抗美援朝时去丹东护理伤员去了，还从丹东荣誉军人疗养院来过信，后来就没得消息了。是在抗美援朝前线牺牲了，或者出了什么意外，不得而知。但这个线索很重要，何干事顺藤摸瓜，竟找到文县夏家村来了。组织上交给的任务完成了，把何菊花送到部队上，自己的任务就彻底完成了。

突然而来的喜讯，把何菊花惊呆了。待把夏家威找回，告诉他此事，夏家威也惊呆了。“好事啊！武他妈！咱们又多个儿子啦!”夏家威粗喉大嗓，抑制不住内心的喜悦。何菊花此时才好像从梦中醒来，意识到这一切都是真的。“那我去啦，你可咋办呀!”“你放心去吧，饿不着我，我让洪涛媳妇做饭时带出一碗就够了。”20多年过去了，到夏家村后，从没出过远门的她，在何干事的引领下坐火车向部队所在地盆县而来。

一路上乐滋滋的何菊花，怎么也没想到，迎接她的将是一场致命的打击。到了部队，何菊花才知道事情的真相，儿子许际执为抢救战友牺牲了！

入住部队招待所之后，她就兴冲冲地提出去看儿子。一晃20多年没见面了，离开时儿子才两岁多。现在儿子长成什么样了？她多么想抱着儿子痛哭一场，倾诉自己的思念，诉说自己对儿子的愧疚。然而部队上却迟迟不让自己去见儿子。丁干事说：“大娘，别着急，您儿子现在搞战备施工，暂时还回不来，我们陪你，我们都是您的儿子。”何菊花觉得丁干事说话怪怪的。过几日她又催问，丁干事说：“大娘，不瞒您说，您儿子在施工中受了点伤，正在医院治疗呢！”“那快带我去啊！我去护理他！”“不是治疗，是正抢救呢！”丁干事刚说完，何菊花哇的一声大哭起来，她在荣誉军人疗养院护理伤员时，知道这里面的奥妙，但凡给家属说“正在抢救”，那就是人不在了，这样说，是给家属一个缓冲打击的思想准备。何菊花是个聪明人，预料到儿子已不在人世了，她抑制不住地放声大哭起来，哭得惊天动地，谁也解劝不住。短短几天，她经历了冰火两重天，先是找到儿子的无比喜悦，又是失去儿子的极大痛苦，过山车一样的经历，让她处于混沌昏迷之中，脑子一片空白，唯一记得的是对儿子刻骨铭心的思念。20 多年了，“芭芭呀，你在哪里呀！”一口四川话的何菊花哭得死去活来，惊动了 402 大队机关的所有人。人们认为“点子多”的丁干事，一定又惹出了什么是非。

大队政委王耀堂知道事情来龙去脉之后，把丁干事一顿臭骂：“乱弹琴！有你这么办事的吗？这不是往老人心上捅刀子吗！”“我，我……”丁干事吓得一脸煞白。“我什么我，赶快想办法！你呀你，做事过不过脑子！”丁干事没有什么办法，政治处也没有什么办法，还得王政委亲自出马。

“老嫂子，老嫂子，你莫哭，小心哭坏了身子。咱际执可是一个好娃子咯。我是这个部队政委，你听我把娃儿的事给你摆起。”浓重的乡音，缓解了一下何菊花悲痛的情绪，她停止了哭泣，抬起头，满脸热泪地听王政委讲了事情的经过。王政委讲完，何菊花又是一场大哭，她真没想到，自己日夜思念的儿子会是这样一个结局。感到欣慰的是，儿子是为救战友牺牲的，是为国家三线建设献出生命的。

哭了一阵，哭得昏天黑地，好久，何菊花终于停止了哭泣，她揉了揉通红的眼睛，提出了两点要求：“儿子的遗体在哪里，我要尽快见到娃子；我要去看看儿子救下的战友，儿子救下的战友也是我的儿子，我要看他们伤得如何，恢复咋样，尽一点母亲的心意。”

王政委说：“老嫂子，真是不好意思，不晓得能把您找到，又找不到其他亲人，我们已把际执安葬在部队烈士陵园了。支队肖政委、戴支队长听说您老来了，正从支队往这里赶，他们要代表支队党委，亲自陪您祭奠际执。我们先去看看际执救下的战友好不？”何菊花应允。

王政委、政治处肖主任陪同何菊花来到大队卫生队，先看了排长祝景福。祝景福头上缠着绷带，伤还没有好利索。他是69年贵州兵，赫章人，话不多，人很实诚。听说何菊花是际执的妈妈，就硬撑着下床，“噗通”一声跪倒在何菊花的面前：“何妈妈，际执不在了，我就是您的儿子！”何菊花喊了一声“儿子”，就和跪在地下的祝景福抱到一起。

到了夏志武的病房，当何菊花看到夏志武时，一下子惊呆了，夏志武也惊呆了。“妈妈，你怎么来啦？”志武想下地扑向母亲，右腿一着地，便“哎哟”一声，差点摔倒。何菊花赶紧过去扶住志武，她不相信自己的眼睛似的，把着儿子的肩膀，把儿子的脸看了一遍又一遍，边看边念叨：“武儿，妈妈不是在做梦吧！”她无论如何也想不到，她到部队来看四川的儿子，却看到河南的儿子。王政委、肖主任、丁干事也惊呆了，世界上怎么会有这么巧的事！“老嫂子，你是夏志武的母亲？这是咋个一回事嘛！”王政委问。“报告政委，这就是我的妈妈何菊花同志！”志武说完，用胳膊紧紧搂着妈妈说：“妈妈，你怎么晓得我受伤了？我爸爸好吧？”此时，志武并没有把自己和许际执联系起来考虑，以为爸爸妈妈知道他在部队负伤的消息，特意到部队看他来了。王政委、肖主任、丁干事心中也是一团迷雾，墙上挂着的许际执照片和坐在床上的夏志武，看不出有相似之处呀，这是怎么一回事嘛！

“妈妈，我是被许际执救下的，他救了祝排长和我，自己却光荣牺牲了！”志武悲痛地说。

“你认得际执娃?”何菊花问。

“认得哟,怎么不认得!他和我是一个班的,天天在一起,就是那天在施工时,发生了冒顶,他舍命救了我呀!”志武回答。

“际执是哪里人?”何菊花问。

“四川巴中的,口音啷个像你。我们两个耍得来,相认为兄弟咯!”志武深情地告诉妈妈。

这一切都在证实一个判断,许际执、夏志武、夏志文都是自己的儿子,他们是同母异父的兄弟。何菊花再也控制不住自己的情绪,紧紧抱着志武说:“啥子相认为兄弟,你们就是亲兄弟哟,巴巴适适的亲兄弟!”

“妈妈,这是啷个一回事嘛?”志武疑惑不解,他怎么也不能把自己的身世和许际执的身世联系到一起,也不会想到,是自己的亲哥哥救了自己。如果是,怎么没有听际执生前讲过啊!

何菊花此时已在头脑中彻底梳理清楚所有脉络,知道许际执就是她留在四川巴中老家的儿子际执,际执被他人抚养成人,后来参军到了部队。志武儿当兵后碰巧和际执分到一起,两人在一个连队,是际执救了志武,舍自己的命换回了志武的一条命。天下真有这等巧事?梳理完毕得出结论,何菊花也被这个结论惊呆了。然而事实就是如此。俗话说天下之大,无奇不有,这奇事就让自己给碰上了。她静了静心,捋捋头发,也理理自己的思路,把这件事的根根梢梢枝枝叶叶全部讲了出来。

这一幕被我和夏志文撞了个正着,我和刚外出演讲许际执事迹回来的夏志文跑来看夏志武,正欲进门,听见何菊花在述说着,王政委、夏志武等人悄悄地听着,便在门口听了个清楚。我被何菊花的叙述所震惊,志文的脸上也是一脸的惊愕。何菊花刚说完,夏志文就大喊一声“妈妈”,扑了进去。

"老嫂子,你和志武、志文好好摆摆,扯扯家常,我们几个先走一步。"王政委跟何菊花打过招呼,就和陪同来的人离开了。

我和志武、志文小时候常在一起玩,没少去他们家。何菊花做的糍粑香甜可口,还不时带一些给我父母品尝。我家做一些好吃的,也会送一些过去。农村人情厚,家常里道很讲究,又串着拐弯亲,一个村的人没有不相识的。我记得夏家威没少到我家去,一听门外地上有木棍戳地的声音,我父母就知道夏家威来了,每次都煮上几个鸡蛋茶端上。我父亲说:"家威是为保家卫国断腿的,家里困难,手头紧,不能让他亏着。"我母亲则把家里多余的衣服、鞋袜打成一包,待夏家威走时,让我跟着他送到家里。在如豆的灯光下,我也常听夏家威讲他在部队上的往事。我崇拜英雄的情结,很大成分上是在夏家威影响下形成的。

此时此刻面对何菊花,我内心升腾出崇敬之情。以前我崇敬夏家威,但对照顾他的何菊花却印象一般。我并不了解她过去在荣军医院照顾夏家威并为此做出牺牲的经历。以为无非像村里有的人一样,因为家穷或残疾,从四川讨了一个外路媳妇。

何菊花一口四川话,个子不高,嗓门挺大,村里人称为"四川小辣椒"。给村里人印象深刻的是她特能吃苦。夏家威干不了活,是个甩手掌柜,何菊花屋里屋外一把手,农村最重的活,拉土、起圈、割麦、收秋样样都干。上工头一个去,下工最后一个回,不是肩上挑筐土,就是手中抓把草。"四川女人能吃苦",就是村里人从何菊花身上得出的结论。

"婶子!"等志文和何菊花说话停下的间隙,我走上前去问候。

"宪云,你咋个也在这里嘛,志文写信说你在师部咯!"看来何菊花也了解一些情况。

"婶子,俺是在部队搞创作的,下连队体验生活,和志武在一个连队。您啥时把您的故事好好跟俺摆一摆,俺可以写成小说哩!”

“写啥子嘛,婶子是个苦命人。你小子莫吃火锅没得肉,拿婶子我开涮!”何菊花心情好了一些。

晚饭是在志武病房里吃的。我从病号灶打了几个菜、一盆白米饭,要了几只碗,让他们娘仨吃了一顿团圆饭。何菊花看来是饿极了,很快就端着碗吃了起来,但吃着,吃着,又把碗放了下来,眼里流出的泪水滴到碗里头。

隔一天上午,支队党委在棋盘坪 41 支队烈士陵园为许际执举行隆重的祭奠仪式。

棋盘坪是两座大山之间一个山势平缓的小山头,当地老百姓传说,那两座大山像两个仙人,棋盘坪是两个仙人下棋的棋盘。41 支队在盆县整编建队之后,就陆续有干部战士牺牲。为了安葬这些烈士,支队党委决定推平棋盘坪这座山头,建烈士陵园。在 41 支队内部,人们称烈士陵园为“八大队”。按上级规定,41 支队共辖七个大队,所谓“八大队”,就是全部队牺牲烈士安葬地的代称。每年清明节,支队、各大队都要组织人员到“八大队”扫墓和开展祭奠活动。新兵入伍,要到这里向烈士致敬;老兵退伍,要到这里向战友告别。这里的坟茔,都用石块水泥铸成,墓碑一律选上好青石,含巍巍青山之意。墓碑上的照片姓名文字,一律由支队宣传科刘东申负责整理、镶嵌、刻字。我在宣传科工作时,曾目睹刘东申极其认真地为烈士画像。老刘说,有的新战士刚入伍,头一次下井就牺牲了,连张照片都没留下来。他就到连队去,从战友们那里了解牺牲者的音容笑貌,据此画出像片。老刘是怀着极其虔诚的心来为烈士画像的。他说:咱们支队每一个牺牲烈士的容貌都刻在自己心中。为了大三线建设,我们的部队做出的牺牲太大了。作为见证人,他发自内心地感叹。我在宣传科时,老刘曾多次带我去“八大队”,帮他做一些辅助性的工作。最后一次,是帮他为碑上镌刻好的烈士名字涂红漆,把“×××烈士之墓”刻痕上用红漆填满。刚安葬的烈士恰好是和我同年入伍的河南文县兵。我清楚地记得烈士的名字和碑文:郑振彦(1953—1973)河南文县南张羌乡人。1973年入伍,中国人民解放军基建工程兵四一支队402大队战士。共青团员,1973年8月16日牺牲。我还记得郑振彦墓的编号是103号,他是在随车去仓库拉材料路上,因汽车突然在火车轨道上熄火,被急速行驶的火车撞飞而牺牲的。入伍分到老部队才半年,就长眠在两座青山之间的棋盘坪上了。

许际执烈士祭奠仪式格外隆重。两排警卫战士站在进入陵园通道两侧,千余名干部战士肃穆井然密密麻麻地站在棋盘坪上,刚刚砌好的许际执烈士墓前摆放着花圈、祭品,庄严肃穆。支队、大队首长分站在烈士墓前两侧。

“许际执烈士祭奠仪式现在开始!”主祭人、支队参谋长乔山田大声宣布。乔参谋长话音刚落,警卫战士举枪向天空鸣枪致礼。“呯呯呯”“呯呯呯”“呯呯呯”,密集的枪声在山谷中回荡……

祭奠仪式首先由政委肖红述宣读基建工程兵领导机关为许际执追记一等功的决定;支队长戴兴泉代表支队党委,宣读追认许际执为中国共产党党员的决定;支队政治部代主任孙心芳宣读在全支队开展学习许际执、确保年度施工任务指标全面完成的决定;二大队一中队队长周树成代表一中队宣读在各连开展“学习许际执争做排头兵”竞赛活动倡议书。

特别引人注目的是何菊花代表烈士亲属的发言。尽管何菊花还没有从悲痛中走出来,但她头脑清醒,知道此时此刻应该说什么。她话语不多,却铿锵有力:“我是际执伢子的妈妈,却没有为孩子的成长做什么。他是党组织培养、部队教育出来的好战士,他为抢救战友牺牲了,值!际执不在了,我还有志武、志文两个儿子在部队上,一人倒下了，更多人站出来，我就不信咱三线建设搞不好！志武、志文的爸爸夏家威，那可是上过朝鲜战场的，在朝鲜战场上丢了两条腿，他从来没后悔过；我照顾他一辈子从来没有后悔过。际执伢是我们家里的又一个英雄，他的父亲也是闹革命被砍了脑壳，在重庆渣滓洞牺牲的。志武、志文，还有志武、志文的战友们，让我们共同继承先烈的遗志，把咱大三线建设好！”

何菊花的讲话，引起阵阵热烈的掌声。人群中有人喊：“向革命老妈妈学习！”“向革命老妈妈致敬！”“学习许际执，争当排头兵！”一呼百应，激情燃烧在棋盘坪上空。

肖红述政委接过何菊花的话，进一步表达了干部战士的意愿：“同志们，何妈妈说得好啊，一个人倒下了，更多人站出来！一个许际执倒下了，我们成千上万个许际执站出来。从近代以来我们多少仁人志士为国家富强和人民幸福，抛头颅，洒热血，终于赢来了国家的独立和人民的解放。但是在和平年代，就没有牺牲了吗？不！和平年代为国家和人民利益献出生命，也是常有的事。看看眼前这一座座坟茔吧，那里面躺卧的一个个都是血肉之躯啊！作为军人、作为参加三线建设的军人，我们不盲目牺牲，但也不怕牺牲！毛主席教导我们说：为有牺牲多壮志，敢教日月换新天。古人说过：青山处处埋忠骨，何须马革裹尸还！矿井建设危险重重，常有前进一步死退后一步生的险情发生，许际执选择前进一步抢救战友，他是好样的，死得值！他的死重于泰山！我们为有这样的战友而自豪。我们就是要发扬这种一不怕苦二不怕死的精神，一往无前，勇于牺牲，把国家交给我们建设的战备煤矿早日拿下来，不辜负党和人民对我们的期望，不辜负毛主席党中央组建我们这支部队的期望！”

肖政委的讲话，像大战前的动员，在干部战士中燃烧起熊熊火焰，祭奠仪式变成了战前动员会。仙人山上的两位仙人，此时也顾不得掷子下棋，他们为这雄壮而又悲情的画面所吸引，似乎也在低头思考着什么。

祭奠仪式结束，何菊花推着夏志武坐的轮椅，我和志文跟着向外走去。戴兴泉支队长走过来："大妹子，你这是回哪里去？"

何菊花抬头看，说话的是一个首长模样的老军人，回答道："回招待所收拾收拾就回家去，我们家家威离不开人照顾。"

"你们家家威救过我的命嘞！"戴兴泉说。

"你是？"何菊花不解。

"嗨，那是在朝鲜战场，要不是家威，我就不能站到这里和你说话了。"

"噢，你是老戴，戴团长？"

紧跟着的马参谋说："这是我们戴支队长！"

何菊花看着戴兴泉，一脸敬仰之情。她听夏家威说过，戴兴泉在战场上是个不要命的主，是个勇于献身的军人，没想到在这里见上了面。她紧握戴兴泉的手说："替老夏问你好，老夏常念叨你不知活着没有？"

"老夏这个龟儿子，就不能念叨点好的吗？活着没有，活着没有，我这不是活得好好的吗！"戴新泉拍着胸脯说。几句话把在场的人逗笑了。

"代支队长，戴支……"何菊花不熟悉这个称呼，随即自我解释道："啷个搞的嘛，你抗美援朝那会就是团长，现在成了支队长了，啷个越干越小了，都支使谁呀！"这一回，何菊花把大家都逗笑了。

夏志文赶紧插话："妈，支队长就是师长，再往下大队长是团长，区队长是营长，中队长是连长。"

"噢，弄得好麻烦咯。我晓得啰。那我们生产队小队长、大队长也能来当营长、团长啰！"何菊花已听得清楚，有意在开玩笑。

“大妹子还风趣得很嘞！你莫急着回家，这几天跟两个儿子好好聊聊，也让他们陪着在盆县、火烧铺、富源到处走走，到我们建的煤矿转转，看看大三线建设带来的变化。也可以下部队看看，了解了解部队战士们的情况。回去后告诉老夏，也替我们部队宣传宣传。你们文县、武陟、沁阳一带，我们都带了不少新兵，一些人对搞煤矿施工想不开，到了部队还想跑哩！”

“啥子脑壳嘛，咋会唧个想咯，在哪都是搞国家建设嘛！跑啥子跑。老戴，我给你讲嘛，志武志文要是跑，你就给我打折他们的腿！”

何菊花说完，大家都笑了。我注意到，夏志武笑时，脸上涌上来几丝惭愧。

何菊花离开部队前一天晚上，我和几个文县老乡张罗了一桌送行宴，还特意把“歪打正着”出主意“寻亲”，促成何妈妈到部队来的丁干事也请来，以表谢意。大家喝了一些当地产的“苞谷烧”，为何菊花送行，祝她旅途顺利，也感谢丁干事的“金点子”促成这桩好事。丁干事供职大队宣传股，学地质的却爱好文学艺术；职责是宣传干事，却常写文学作品。因为有共同爱好，我和他熟识一些，把他叫来，就是我的主意。丁干事应邀前来很是高兴。这几天先是挨政委一顿尅，正处后悔莫及之中，没想到峰回路转，成全了一桩大好事，也引发了一幕人间佳话，心情由阴转晴，乐颠颠地跑了过来。本来是欢送何菊花，丁干事却成了主角。河南兵很会敬酒，连端酒带敬酒，很快就把他“喝麻汤①”了，脸红得像鸡冠，脸上几颗浅麻子闪着红光。嘴里嚷嚷：“你们河南兵不地道，敬酒先端三杯，让人家喝，自己不喝，什么玩意！”丁干事说得不错，过去我们河南人家里穷，打点酒先让客人喝。这是为人实在，却被一些人曲解了。丁干事这么一骂，河南兵咋能饶

---

① 麻汤：贵州方言，醉酒、不清醒。

他！他酒量再厉害，哪经得起轮番进攻，嘴上还在喊：“喝，谁不喝谁是龟儿子！”人却已钻到桌子底下了。

收拾完酒席残局，何菊花把志武、志文和我留了下来，言辞恳切地交待几件事。她掰着手指头说：“一个是志武、志文要在部队好好干，你爸爸能送你们到部队来不容易，别仗着老子救过老戴的命就不好好上进，际执是你俩的榜样，要好好学习看齐。二一个是志武、志文兄弟俩要团结，不要‘隔气’，我来这些天，看你俩有时说话‘不卯窍[①]，有点格格愣愣的’的，可别闹意见，闹意见让人笑话哩！三一个是你兄弟俩和宪云要互相帮助。我刚陪你爸回咱村那阵缺锅少灶，宪云爸妈没少帮咱，以后也时常接济，咱不能忘了人家的恩。又是一个村的人，你仨要像亲兄弟一样互相帮助，不让一个人落伍。”听了何菊花的话，我又一次感到这个四川女人明理、通达和善良。

何菊花回家不久，夏家威就给志武、志文来了一封信。信的内容如下：

志武、志文吾儿：

你们的妈妈已回村了，勿念。

听讲了你们在部队的情况，为父深感欣慰！你们在盆县搞三线建设，和当年父在朝鲜战场一样，都是为了保家卫国，使命光荣，责任重大。毛主席教导我们说：要奋斗就会有牺牲。际执给你们树立了榜样，他是好样的！你们要学习他，工作往头里冲，事事打先锋，不要惜力、惜命，一个人为国家出力，光荣得很；一个人为国家献身，值当得很。咱们当兵的人，一当兵就没有退路了。大三线建设就是前线，矿井就是你们的战场，向着前线冲

① 不卯窍：河南方言，指行动配合不好，或说话不投机。

锋。俺和你妈等你们寄回立功喜报。

父字

我看到这封信后，写了《老军人鼓励后辈大三线建设再立新功》一篇报道，刊登在《解放军报》上，在部队干部战士中产生了积极反响。

第六章　天上掉下个“老谷头”

“学习许际执争当排头兵”竞赛活动在全支队轰轰烈烈开展起来。402 大队作为英雄许际执所在团、一中队作为英雄许际执所在中队，学习活动被作为重点受到关注。

大队政治处派丁干事来一中队蹲点，上级指示让我们俩一起总结许际执的典型事迹，摸索一中队开展学习竞赛活动的经验。还指示杨文天、刘文先创作宣传许际执事迹的文艺节目。

如何在一中队展开学习许际执活动，中队长周树成和指导员姚建华有不同看法。周树成认为学习的重点要落到施工任务完成上，姚建华认为要落实到培养共产主义新人上。我参与讨论，我说，可以把施工任务作为立足点，把培养共产主义新人作为重点。丁干事一拍大腿：“这样好，三点成一线！”调和了两人的矛盾。至于怎么三点成一线，丁干事没说。丁干事是大学毕业生，智商高，一句话化解了矛盾。

这里必须特别交代，丁干事在我们 41 支队是个“名人”，尤其在支队、大队两级机关，可谓赫赫有名。一个宣传干事为何这样有名，下面只讲两件事你就知晓其中缘由。

丁干事在北京地质学院毕业后，正赶上西南西北开展大三线建设，他选择报名到西南来。同学问他何故？他说他喜欢美女，西北姑娘皮肤粗糙，脸上还有两个红圈圈，不好看。西南太阳少，紫外线弱，雨水多养皮肤，女人个顶个好看。果真心想事成，他头一轮被分到成都西南三线建设指挥部。成都好，成都称锦官城，城中美女有薛涛，遗留有薛涛井；城外邛崃有卓文君，司马相如卓文君当垆沽酒传为佳话。可还没高兴够，第二轮被分到贵州西南煤炭建设指挥部，指挥部设在贵州六盘水。丁干事失望之余，也有几分高兴，这里是少数民族地区，苗族、侗族、布依族等，哪个民族不是美女如云。这里还是古夜郎国。丁干事说，夜郎王为啥自大？这里生活富庶，美女多呗。可没高兴几天，又被下派到盆县煤炭建设指挥部。丁干事说，自己的分配真是老太太过年——一年不如一年，一下子栽到盆地来了。看什么美女，就在盆县看几大怪吧：火车没有汽车快，鸡蛋串着串儿卖，老太太上树比猴快，衣服湿了天天晒……没过多久，他又被分到 76 工程处，到了更低的洼地。正忧郁间，喜闻好消息，盆县各矿建工程处，除个别单位，全都整编为基本建设工程兵，干部工人可以通过工改兵参军啦！丁干事上大学前曾报名参军，结果因眼睛近视被刷下来了。这一次天遂人愿，大学毕业后参加工作了还能参军，这可是打着灯笼也找不着的好事。丁干事一举成名，就因为报名参军这件事。

这天，正在盼喜讯的他，突然看见别人在填入伍申请表，以为把自个忘了，找到整编办公室一问，才知道被刷下来了，问理由，说因为他脸上长有麻子。丁干事一听勃然大怒，立即赶到第 41 支队工改兵整编办公室，正碰见戴兴泉在。戴兴泉当时是 41 支队副支队长，具体负责工改兵审批入伍工作。

谁是整编办公室负责人？丁文光问。

我是！戴兴泉回答。

首长，我问一个问题，请回答我！

什么问题？

文件上有没有规定脸上有麻子就不能参军？

“没有，不过还是要讲仪容仪表。”戴兴泉解释。

“什么仪容仪表，我们又不是招天安门广场仪仗队，天天在井下建矿找煤，脸上漆黑的给谁看呢！”丁文光不服。

戴兴泉被他逗笑了：“年轻人就是敢闯敢说，你的要求我们再考虑考虑！”

据说丁文光参军的事还上了整编工作重要事项会议，戴兴泉替他说了话：“我了解了一下，这个丁文光不仅胆子大，还点子多，也会写文章，我们部队需要这样的人才。”就这样，丁文光如愿以偿参了军，名声也传遍了部队内外。

丁文光广有名声，除了参军这件事，还因为他喜欢美女，爱谈论女人，爱议论女人漂亮与否。他坦诚地告诉同事，说在76处时，一看见美女就“顶不住”，到了部队，这个毛病也没改，遇到漂亮的女孩就“顶不住”。何为“顶不住”，就是见了美女，眼睛就发直，直愣愣地盯着看，“顶不住”了。于是，有人就给他起了个“顶不住”的外号。也许是太不雅观，也许是传的走了样，就成了现在的“盯不住”了。宣传股的其他干事告诉我，老丁这个人很好相处，爱开玩笑，但你叫他“盯不住”可以，千万不能叫他“丁麻子”，叫他“丁麻子”他便翻脸不认人，会骂你八辈祖宗。一次他和一个朋友作诗相互嘲讽，朋友弄了四句诗：“麻坑圆圆不成行，晚上别站大门旁。天黑若是门前站，蜜蜂错把当蜂房。”这下可把老丁惹恼了，把朋友骂得狗血喷头，从此两人一刀两断再无来往。

老丁调到宣传股后，人们都以丁干事相称，个别玩笑场合，或酒酣耳热之际，喊一声“盯不住”，他也朗声答应，是一个心底直率很是豁达包容的人。渐渐地，“盯不住”变成了“丁不住”，在许多场合成了他名字的代称。

和丁干事接触久了，他也常常跟我说悄悄话，讲一些大队机关的趣闻轶事，或谈论一些对事物的看法。

丁干事告诉我，他现在已结婚了。爱人在北京，在地质学院实验室工作，是自己老师的女儿，两人结婚后，幸福美满，已经有一个3岁的女儿，是他们两口子的掌上明珠。

我祝贺他，尔后问他一个问题：你已经结婚了，有了心爱的女人和漂亮的女儿，婚姻很美满，为什么还这么爱议论评价别的女人？那些女人漂不漂亮和你有什么关系吗？

你这小生瓜蛋子，懂个啥！在咱们大三线，议论女人是“精神会餐”！在这深山沟里，在这都是光棍男子汉的部队里，男人多女人少，俗话说：当兵三年，老母猪赛貂蝉，大家不议论议论女人，还不把人憋死！丁干事自有一番道理。

不管怎么说，总在背后议论女人终归不好。我说。

你真是不懂啊！经常议论女人的人，就像锅上安了出气阀，那股邪劲都跑了。你看平常议论女人的人有几个犯生活作风错误的？倒是平时看着规规矩矩、悄声细语、见了女人就脸红的闷葫芦，才容易犯生活作风错误，不信你到保卫股查查那些案例。丁文光回应我。

我一想，可也是，在日常生活工作中犯生活作风错误的人，大部分都是一说女人就脸红的主，犯事后常吓人一跳：挺老实的一个人，怎么会是他呀！

跟啥人，学啥人，和丁干事接触多了，我对女人似乎也有了兴趣，开始关注这方面的事情。也许我到了荷尔蒙井喷的年龄，关注女人和丁干事并无关系。

没过多久，支队宣传队派人到一中队体验生活，排练学习许际执的节目。其中有四个男兵、四个女兵，因为住在连队不方便，就安排在大队部招待所住宿，白天到连队体验生活。女兵中有燕黔兰、田亚静、汪冰洁、杨晶；男兵中有季占、周铁、史瑞中、任周祥。其中史瑞中、任周祥和我同年入伍，本来在宣传队还有一个同乡战友冯志强，他觉得呆在宣传队没出息，回连队当文书去了。果真回连队有出息，后来还上了大学。

丁干事说，女兵到连队来，非炸了营不可，不信你走着瞧！

支队宣传队女兵的到来，确实给一中队增添了色彩和活力。

连队排与排之间搞篮球比赛，四个女兵往旁边一站，场上的战士更加生龙活虎，各不相让，有的还摔伤了胳膊扭了腿筋。

女兵们指挥战士唱歌，拉起歌来声音洪亮，如排浪拍空。你似炸雷，我似闪电；你是雄狮怒吼，我似猛虎咆哮，非要决出一个胜负高低不可。

周树成中队长正对着一队士兵训话，刚好四个女兵沿着阶梯向中队部走来，个个娇艳夺目，英姿飒爽，让人目不暇接，战士们个个走了神。“立正！向右看齐！”周中队长急喊口令。看齐倒是看齐了，但他们的眼光却是向女兵所在的方向看齐了。

女兵要求下矿井体验生活，只组织过一次，就再也不敢组织了，不是怕几个女兵有危险，是怕战士们遇险情。有个战士为了看女兵一溜小跑崴了脚；几个战士在掌子面看女兵走了神，差点让坠落的石头砸着。你说危险不危险？

我把听到的看到的这些说给丁干事听，他却笑着说，这一点都不奇怪！食色性也，性是人的本欲，男人喜欢女人，女人喜欢男人，这是人的本性决定的。人是如此，动物也是如此。因为人是社会性动物，会对自己的情欲进行控制和掩饰。其实人的情欲是无时不在的。我们当兵的人，难道就没有情欲了吗？不是的，相反，战士们因为年轻正值青春期，身体强壮，情欲就更加强烈。但军队是执行特殊任务的战斗集体，有着铁的纪律，严格的要求。故此，军人可以欣赏女性美，但不可以放纵自己的情欲，像我们这样在大三线搞建设的部队，更不可能有这样的奢望。因此，对我们来说，节制情欲是一种牺牲，一种值得赞誉的牺牲。

丁干事为了证明自己的观点，给我举了这样一个例子：402 大队有一个采石中队，是专门担负为井下巷道砌碹用的料石开采任务的。战士们在深山沟里，天天和石头打交道，说自己是“开门见山头，出门抱石头”，保证全大队巷道砌碹的石料供应。有的战士当兵 3 年，没有到过一次盆县县城，没有见到过一个女人。有个战士快要退伍时，向连长提出一个要求：连长，让我负一次伤吧，几年我都没有负过一次伤！连长愣住了：战士有要求入党的，要求立功的，还没有听说自己要求负伤的。问为什么？战士说：负了伤我就能去支队医院或大队卫生队看病，能见到女医生女护士！连长，不瞒你说，咱连战士为能走出去看看，见见女人，把自己的腿搞伤住院的就有好几个。他们给我传授过经验，说外面的世界可精彩啦，让漂亮的女医生女护士摸摸自己的额头、拍拍自己的肚皮，多大的病都好啦！连长呵斥战士一声“没出息”，转身走了。第二天连长亲自开着拉料石的卡车，拉上已经确定即将退伍的战士，去盆县县城逛了半天，还通过战友关系，在支队医院给每个战士做了体检。事后有人告连长擅离职守，连长挨了一个严重警告处分。但第二年全连完成施工任务比哪个年度都好，战士们一致要求给连长记功。

丁干事接着说，不要说是战士，就是我们这些干部，也都受情欲和婚姻的困扰。自己刚到盆县时，一起工作的没几个女同志。去食堂排队吃饭的大都是光头和尚，星蹦几个女人站在队里，那就像天上飘来彩云、林中开了花朵，或者是天上的仙女下凡了，眼神齐刷刷地射过去。打菜的老师傅，竟把一勺肉菜倒到了窗台上。从阜新矿业学院、焦作矿业学院分来几个女大学生，说实话，长得也不怎么样，就像朝鲜电影《摘苹果的时候》里的那个"六百工分"，却吸引不少男人去追，我也挤进去试巴试巴，结果愣是没追上，让下手早的抢了先。要说我长得也不磕碜呀，是，脸上有几颗浅皮麻子，那也不影响大局呀。再说，我还是大学生哩，家在天津大城市，父母都是教师，家境也不错，怎么就不入那些人的法眼呢！我想不通。

丁干事的一席话，一下子拨弄起我年轻的心弦。我年方十九，正是情窦初开的年纪，何尝没有这样的经历和感受呢！我受到恋爱（也许是恋爱）的打击，心里对恋爱有一种恐惧感，不敢再有奢望。带我到部队的宋洋科长也曾告诉过我，战士不准在部队驻地谈恋爱，给我划了警戒线。我按领导的要求把控着自己，也因为屡屡受挫，暂时失去了自信。但是说实话，我对女人也有向往，也有梦想，也有性的幻想和追求。有时候站在窗户旁看到女兵去锅炉房打开水，也提着暖水瓶跑一趟，到来竟发现是打过开水的。有时候机关组织劳动，和女兵坐在一个车上，忍不住飘过去看几眼，如果扶手没抓住碰了人家的手，就像遭到电击一样。一次，宣传队宋宁琪、汪冰洁、田亚静到宣传科帮我缝被子，那时候，连队战士自己的被子都是自己缝，我在机关没学会自己缝，女兵们就利用星期天伸出援手。洗净晾干的被罩在乒乓球台上平铺开来，田亚静眼尖："咦，被子上一坨一坨的痕迹是咋弄的嘛！"我一阵脸红，那是我夜间的作品呀，尴尬得很。急忙说："地图，地图！""地图咋画到被子上呢？"田亚静一脸不解。宋宁琪捅她一下，她也没有发觉。正好被科里王干事撞见，王干事坏笑道："啥子地图哟，是擦枪不小心滴上了枪油！""擦枪？擦什么枪？"田亚静还是不明白。王干事和我大笑起来。而不解的田亚静仍是一脸茫然。她年纪还小,悟不到其中的奥妙。俗话说不知不怪。男兵中也发生过类似的事。同年入伍的机关兵小吴听说女兵小张每月津贴比自己多三角六分钱,就问小张为什么,小张说是“卫生费”。小吴就跑去卫生科要“卫生费”。机关协理员笑道:“格老子,你裤裆里长个锤锤,要啥子卫生费哟!”这件事在机关里传为笑谈。

原来封闭的禁区,被丁干事的一席话激活,我便对了解男女之事有了更多的兴趣:“丁干事,你能跟我说说你的婚姻吗?”

“咋的,也想在老子身上参考参考?好,今天就给你来一个竹筒倒豆子!”丁干事爽快地摆起了他这方面的经历:

我参军之后,条件比以前强多了,再加上来三线的女同志人数增加,给我介绍对象的人不少,也去见过几个。不是人家看不上我,嫌我脸上有麻子,就是我看不上人家,嫌女的不够漂亮。一拖再拖,家里父母很着急,勒令我务必抓紧解决。这时北京地质学院我的老师给我介绍了一个对象,是他的女儿,在学院实验室做描图员,中专毕业,人很干练,又长得漂亮。不高不低的个头,不胖不瘦的身材,脸像朵花,胳膊赛藕瓜。我喜欢得不得了,两人王八瞅绿豆——对上眼了。我们婚事办得很简单,我在部队政治处开了介绍信,就说去北京结婚;到了北京又说两人到天津结婚;到了天津就说在北京结过婚了。和父母吃了一顿饭,给发小们撒一撒糖了事。于是小家庭就建立起来了。一晃几年过去,孩子也两三岁了。嗨,有了妻子,有了家庭,有了女儿,牵挂也就多了。两地生活苦,苦在哪,苦在思念上。思念就是一种煎熬。三十郎当岁,刚尝到女人滋味就分开了,那个难受,就像猫远远看着一条小鱼,看得见,就是吃不着。一年一次探家,就像过盛大节日,本来爱人一年也可以休一次探亲假,到部队来团聚,但我爱人来过部队一次就再也不来了。为啥?嫌咱这里条件差呗。

丁干事喝了口水，接着说：

大队部后面建有一排家属房，是供家属来队临时住的，数量少，家属何时来要预约。房子质量差，就是用部队拆下来的活动板房搭成的，四面透风，又不隔音，不敢闹得动静太大。活动板房窗户上没有窗帘，我就找几张报纸把玻璃遮上。没承想钉报纸的图钉掉了，不知是风吹的，还是床震动的，我猛一抬头，看到窗户的玻璃上贴着几张脸——妈呀，老子被这帮小子看了“电影”啦！我爱人骂了一句“不要脸”，就嘤嘤哭泣起来。事后我也没怪机关的那帮哥们。大家都是独身，谁家爱人来了闹闹房、听听墙根是常有的事，我以前也干过。怨就怨咱自己，谁叫咱准备工作没做好哩！说到这里，丁干事哈哈大笑起来，引得我也笑了起来。

笑罢，丁干事又接着说：

我倒没啥，爱人却不依不饶，说什么破地方，还搞三线建设，连个家属宿舍都建不好，再也不来这鬼地方了！爱人不来，我也没办法。后来有了孩子，这么远过来不方便，也就不强求了。她不来，我回去，一年一次。北京是大城市，不缺啥。每次探家就准备些当地的土特产带上。从春天开始就上山采蘑菇，各种各样蘑菇，秋天采野木耳。我还上山挖天麻，治爱人睡不好觉和偏头痛的毛病。探家时大包小裹地带回去，每次满满当当的，哄得爱人满心欢喜的。丁干事脸上露出欣慰的笑容。

过了几天，丁干事提议我俩去拜访一下随军职工和来连队锻炼的“老谷头”，听听他俩对“学习许际执争当排头兵”竞赛活动的意见。

随军职工是基建工程兵部队的一个特有现象。1966 年进行工改兵整编时，有些职工因年龄大或家庭出身不好、社会关系复杂等各种原因未能参军，但又是部队需要的技术骨干，本人自愿留队的，部队酌情留了一批，每个连队 2 至 3 人，多少不等。这些人都是参加三线建设的骨干，随军以来，牢记全心全意为人民服务的宗旨，发扬煤矿工人特别能吃苦、特别能战斗的优良传统，是矿山建设的一支重要力量。这些随军职工年龄偏大，社会经验丰富，思想稳定，都是技术大拿，在连队享有很高威信，能在连队战士中产生特殊作用，他们的意见和建议都很有分量，受到部队各级领导的重视。

我们这天拜访的吕家瑞就是一中队的技术大拿，号称“吕大拿”，专门修理巷道掘进中使用的风镐的配件。风镐在掘进中使用量最大，零部件坏的也最多。若是坏了就换好零件、就换好风镐，不仅浪费，而且有时候还缺货。那时各地三线建设都在紧张进行，风镐成了抢手货。假如风镐短缺，战士就只能在掌子面抡大锤。“吕大拿”的过人之处，就是用一套简单的工具，就能使损坏的零部件复原。方法也很简单，把损坏的部件放到钢板上，一锤下去，就完好如初，不用第二下，真正的“一锤准”。他不仅修理一中队坏了的风镐，连一区队四个中队所有风镐的修理任务都包了。因为会修理风镐，对掌子面的技术活也都精通，战士们都服气他，他尤其关心新战士，在生活上体贴，在工作上帮助，在技术上传授，耐心指导，使许多新战士很快地适应了部队的施工程序，技术上有了长足的进步，被战士们誉为“编外指导员”。但“吕大拿”也有一个特点，就是“不尿”领导，对看不惯的领导不愿搭理，一副不理不睬的样子。若是对脾气，他能把心掏给你。在一中队，“吕大拿”的生活待遇高于连长、指导员，他不用出操，相对自由，还能生火做饭。住的是小套间，床在里屋，外屋放一张桌子、几把凳子，生一个炉子，虽然简陋，但在施工连队能有这样住房条件已很不易。

我和丁干事来拜访“吕大拿”之前，已和他有过交往，他的房间我也来过几次。我是下连队体验生活的，对连队的一切都感兴趣，这个队伍中迥异不同的吕师傅，自然会引起我的注意。在第一次攀谈时，得悉他也是河南人，是从三门峡矿务局义马矿来支援三线建设的。“老乡见老乡，两眼泪汪汪。”一下子拉近了距离。他告诉我，他到三线建设来，响应国家号召不假，但也是为了安排女儿的工作。当时动员说，可以随带一个子女到三线厂安排工作。女儿跟他来了之后在矿校学习毕业，已分配到矿务局工作。“嗨，我家成分高，把女儿也耽误了，要不也和你一样穿上军装啦！”话语里流露出些许遗憾。吕师傅有矽肺病等毛病，托我到支队医院买过几次药，我都尽力去办。我现在是一个连队战士，支队机关那里我也不愿去“丢人现眼”，就想起了蓝桂荣蓝医生。我在宣传科搞创作时，蓝医生是机关中最关心我的人之一，她比我大5岁，像大姐姐一样呵护我，“蓝月亮”在我心中留下了温馨的记忆。我给蓝医生写信，告诉她吕师傅要买的药的药名并寄上需用的药费。每一次药都按时寄到，并附信告知详细服用方法，却把钱退了回来。自然，我把药给吕师傅时，也把退回的钱交给他。吕师傅说:使不得，使不得，哪有买药不花钱的道理！我说:是我托买药的蓝医生把药钱退回来的，她说这些药没有花钱，是在支队医院药房开出来的，您就安心服用吧！其实我心里清楚，这是蓝医生知道我每月只有7元钱津贴费，害怕我钱不够用才这样做的。药一定是她花钱购买的，此人公私分明一贯如此，她是不会利用工作之便占公家便宜的。每当想起给蓝医生添麻烦，又让她往里搭钱，我就有几分内疚。丁干事是部队的名人，当年闹着参军那一出大家都知道，吕师傅和他原本就认识。这样我俩到了吕师傅住处就没有什么拘束。

老吕头，你可好呀！丁干事问。

好，好，小好他爹，老好啦！中等个头的吕师傅一脸笑容。

吕师傅，我今天陪丁干事来，是想了解一下您对学习英雄许际执的看法，咱们学习的重点应当放在哪里？我插话说。

那是领导的事，是你们这帮秀才的事，我可说不出子午卯酉！吕师傅笑着让座。

哟，老吕头拉着胡子蹚河——牵须(谦虚)过渡(度)哩！丁干事和吕师傅开起玩笑。

吕师傅长期在煤矿工作，矽肺病很重，说着话就咳嗽起来，我急忙把罐头瓶做的玻璃水杯递给他。杯子里泡着几朵金莲花，金莲花已经泡得涨开了，漂浮在水中，如同吕师傅的笑脸。

嗨，说就说，我是陈年花生米——老仁(人)，见得多一些。学许际执对着哩，这是个好后生，可惜啦！活着的时候样样走在前头。一次他闹肚子，一夜没合眼，我劝他不要去上班了，小伙子说声"莫来头"(没关系)，还让我给他保密哩！在掌子面，他抱起风钻就干了起来。打风钻，是施工中最累的力气活，风门一打开，剧烈的震动使全身的骨头都在发抖，四射的岩浆就像雨点般地溅在身上脸上。干这样的活，连身强力壮的小伙子也要经常轮换，何况是闹肚子已经两天没吃饭的小许，一干就是一个小时。我心疼他，告诉副排长他身体不适，赶紧把他换下来，否则人会累坏的。可是小许还埋怨我没保守秘密，对我有意见哩！

我赶紧把吕师傅讲的事例记到笔记本上。

学习的重点放到哪？放到建矿上呗！国家屯咱们两万多人在这山沟沟里又吃又喝，图啥哩，不是图早日把矿建成早出煤，让党中央放心，让毛主席睡好觉吗？"文化大革命"开始那几年，地方乱，部队也不太平，把时间都耽误了不少，现在再不抓紧，就误了国家大事啦！大道理我不懂，只知道早把巷道打通、把矿建好才是正事，才是正理，毛主席还说抓革命促生产哩！吕师傅说完，看我俩的反应。

好，讲得好！老吕头是房梁上挂暖壶——水平就是高！丁干事笑着说。

我的水平高，也没有你丁干事的点子多！吕师傅和丁干事开起了玩笑。

临走时，吕师傅又托我买青霉素片和灰黄霉素片各100片，我答应了。

从吕师傅处出来，我俩到了“老谷头”谷春雨的宿舍。“老谷头”是我们背后的称呼，当面谁也不敢这么叫。谷春雨的身份很特殊，传说是在北京犯了路线错误，被送到一中队“劳动改造”的，他在北京是干什么的，有什么职务，人们有许多猜测。有说他是国家建委的一个什么领导，被下放到这里“劳改”的，也有人说他是主动要求下来搞调查研究的。上面打招呼“要确保谷春雨同志安全，适当参加一些劳动，主要进行调研活动”。谷春雨除了参加劳动、训练，就是在房间里读书看报，余暇喜欢在拖长江边上松林里一条小道上散步。丁干事是个“包打听”，有各种消息来源。他告诉我，“老谷头”可不简单，是个“老革命”，在北京上大学时就投身革命活动，参加过“一二·九”学生运动，担任过北平左翼作家联盟负责人。抗日战争爆发后，被组织上派到东北军从事兵运工作，是个文武双全的将才。新中国成立后深受中央领导信任，长期在国家经济建设部门担任领导职务。为啥下到我们部队？丁干事说：谷春雨1936年在北平“左联”从事地下工作时被捕过，这段历史党组织已经审查清楚了，但“文化大革命”中又被造反派翻腾出来，紧紧抓住不放，说他是“叛徒”，轮着批斗，还剥夺了他工作的权利。为此，一位熟悉他的中央领导同志亲自找他谈话，让他不必背什么思想包袱，要像往常一样，该干什么就干什么。中央领导同志的谈话给谷春雨增添了勇气和力量，使他在以后长达两年的“牛棚”生活中能够坚持下去。林彪发出“一号命令”时，谷春雨也在“疏散人员”之列。为此国家建委军代表专门找到那位中央领导同志请示谷春雨的疏散问题。中央领导同志明确指出：谷春雨同志对三线建设感兴趣，让他到基建工程兵部队搞些调研吧。就这样，谷春雨就到了第 41 支队 402 大队一中队，重新过起了连队生活。

谷春雨个头不高，瘦小精干，但很有气场，一看就是当过大干部的架势。不像有的人，虽然当了大干部，但坐在台上却没有气场，仍像个普通百姓。气场是经长期磨炼养成的，非一日之功，是学不来的，也是装不出来的。谷春雨为人严肃，不苟言笑，自我要求很严，刚来几天，就有两件事让战士们对他刮目相看。

谷春雨来的头几天，他要求和战士们同吃同住同劳动，因连长和指导员不肯，以“首长年龄大了”“为了保证首长安全”“便于隔离审查”为由，把他安排在一处随军职工宿舍。原来住的一个随军职工调走了，此屋已闲置多时，闲着也是闲着，硬是说服谷春雨住了进来。这样做也是尊重老同志，不管是不是大领导，毕竟已是快 60 岁的人啦，哪能和战士们一起摸爬滚打！给老人提供一个好的环境，让他好好休息一下，养养身体，这是基层干部应该做的。住是住下了，但他坚持不开小灶，一是不能搞特殊化，二是自己也不会做饭做菜，那就到食堂打着吃吧。开头几天，都是连部通讯员给他把饭菜打了送来。

谷春雨吃了连队的饭菜，颇感伙食不错，除了早餐之外，顿顿有肉，菜样也不少，油水蛮大的。一天，他到饭堂去看看，却看到战士们吃的是另一样的饭菜，给他吃的饭菜是用小灶单炒的。他吃的菜中是鲜肉，战士们吃的菜中是腌制的咸肉，不由得勃然大怒。他把周连长和姚指导员叫到宿舍一顿训斥：

你们这是干什么？说轻了，是让我搞特殊化；说重了，是让我喝兵血！我谷春雨不吃这一套，也绝不搞这一套！

听周连长说他来以后连里专门杀了一头猪，谷春雨更是怒不可遏：乱弹琴！知道这么做在战士们中会有什么影响吗？这不是破坏官兵一致的良好作风吗？我今天在这里约法三章：一是不准给我开小灶，二是不用通讯员给我打饭，三是我自己吃多少到食堂打多少，避免浪费。你俩谁敢违反规定，我就让部队领导处分谁，决不含糊！说罢，他让通讯员把已经打来的菜送回食堂倒在战士们吃的大锅中，自己端着饭碗到食堂排队去了。

第二件事是谷春雨让周连长去大队后勤处给他领两套军装，他要着装参加连队战士的操练。后勤处助理员不解地问：穿啥子军装嘛？周连长说：你可不要乱讲，老谷头是老兵，现在还保留军籍呢！你不给，我让老谷头来找你！助理员这才不说什么，按照4号军装的大小，给了两套内外全新的军装。谷春雨按价拨价交了军装款，成了又穿军装的老战士。

从此，谷春雨除了住单间宿舍，不到掌子面参加劳动外，和战士们一起出操、训练、学习，一切按普通一兵的要求去做。行伍生活对谷春雨并不陌生，20世纪30年代中期，他曾被派到东北军搞兵运，受过严格训练，以后又长期在人民军队中生活，原想不会不适应，哪知头一天就闹出了笑话，“向后转”总是慢一步，现行操典规定的转是两步，而他在东北军时学的是三步，转法不一致。出了洋相，就必须纠正。这在队列训练中叫“单兵教练”，周连长对谷春雨并无例外，让他在全连战士面前一遍一遍地做，直到纠正为止。连队搞紧急集合，谷春雨也坚决要求参加。毕竟年纪大了，跑起来气喘吁吁，不能跟年轻小伙子一样，周连长给他开了“小灶”，每次紧急集合前，都提前告知他做好准备，保持“备战”状态，到时不至于手忙脚乱。对这个“小灶”，谷春雨欣然接受了。在“同劳动”方面，他也不甘落后，不去掌子面施工，就协助“吕大拿”修理施工工具、给战士们烧洗澡的锅炉。再有空闲时，就把连队的院坝扫得干干净净。这个业务，谷春雨熟练，“文化大革命”开始后，他就被打倒停止工作，每天除了写交代材料，就是打扫建委大楼的卫生，但那时是被迫的，今天却是心甘情愿的。他觉得自己这名老兵在战士中又焕发了青春，增添了新的活力。

就这样一天天过去，杜鹃花开了又谢，拖长江水日夜流淌，谷春雨对这里的生活已熟悉，干部战士接纳了他，他成了三线建设的一名普通员工。他干不了重活，却可以做些力所能及的事情，也能贡献自己的一份力量。这里的环境比原机关强多了，过年过节部队会餐、表演节目，开展各种娱乐活动，享受机关难以享受到的乐趣。这里的人际关系简单、直接，也不像机关尔虞我诈，更不用再提心吊胆地担心"挨批"了。唯一不适的是吃饭这件事。他发一场怒把"小灶"取消后，就和连队战士吃一样的饭菜。连队食堂的米饭很硬，副食品供应不足，几乎吃不到鲜肉，间或吃一次咸肉，也是硬得很，菜里的油水又很少。他从小养成细嚼慢咽的习惯，即使在东北军的行伍生活中，这个生活习惯也没有改过来。几乎每顿饭都是人家吃完了，他第一碗还没吃完。连干部在一旁等着，饭难嚼难咽，心里又着急，每顿最多吃个八分饱。长此下去胃也出了问题，还因饥饿使失眠加剧。有时"吕大拿"做点好吃的，给他端过来，他也坚决拒绝，因此人更加消瘦。

我认识"老谷头"，是向他请教一副对联。宣传科搞摄影报道工作的常干事去昆明购买照相器材，把大观楼长联抄了回来，他知道我对对联感兴趣，便给我抄写一份寄来。然而拿到这份长联，反复琢磨，却不能全解其意。一天趁"老谷头"在屋，我跑去向他请教。人们都说"老谷头"严肃，那是对干部，对战士则是亲切和蔼。他给我让座，还倒了一杯茶。

看了大观楼长联，他先教我正确的读法，之后给我做了简要的解释：

上联：五百里滇池奔来眼底，披襟岸帻，喜茫茫空阔无边。看：东骧神骏，西翥灵仪，北走蜿蜒，南翔缟素。高人韵士何妨选胜登临。趁蟹屿螺洲，梳裹就风鬟雾鬓；更蘋天苇地，点缀些翠羽丹霞。莫孤负：四围香稻，万顷晴沙，九夏芙蓉，三春杨柳。

下联：数千年往事注到心头，把酒凌虚，叹滚滚英雄谁在？想：汉习楼船，唐标铁柱，宋挥玉斧，元跨革囊。伟烈丰功费尽移山心力。尽珠帘画栋，卷不及暮雨朝云；便断碣残碑，都付与苍烟落照。只赢得：几杵疏钟，半江渔火，两行秋雁，一枕清霜。

老谷头告诉我，1965年开始大三线建设时，他在昆明开过协调会，也在大观楼前抄过此副对联。他说：这副长联是清朝乾隆年间昆明名士孙髯翁登大观楼有感而作。此人一生作品不多，但所撰此联足以名世。原文用繁体字书写，无标点符号，多至180字，对仗工整，气势宏大，脍炙人口。上联写滇池及周围风光景物，歌颂昆明大好河山及农民的辛勤耕耘，只有劳动人民的业绩（四围香稻）永久存在。下联联想云南历史，把封建王朝看作不长久的幻影，实际也影射清王朝，一朝跟着一朝兴起、衰亡，连幕都拉不及（卷不及暮雨朝云），最后只剩下些断碣残碑横卧在苍烟落日之中（都付与苍烟落照）。长联观物写情，内涵深刻，令人叫绝，被誉为"海内第一长联""古今第一长联""天下第一长联"等，一直流传不衰。

从老谷头对长联的解读中，我悟出一个道理：看来一个人的作品不在多，而在精。从这副长联中，既能受到大好河山美丽景色的熏陶，又能受到悠久传统文化的启迪。

老谷头问到我的情况，我如实讲来：因在机关犯了错误，被下放到连队，说是深入基层体验生活创作文艺作品，实际上是一种惩罚吧。

我对老谷头说：我决心在连队干下去，再也不回机关啦！机关里人际关系太复杂，让我望而却步。

老谷头说：这一点咱俩英雄所见略同哩，不过任何事情都不能一概而论。在机关有机关的好处，有宏观视野；在连队有连队的好处，可以接地气。不过你们搞文艺创作的一定得深入连队，写兵演兵，不当兵怎么能成呢？基建工程兵是一个新的兵种，1966 年 8 月正式成立以来，在煤炭、冶金、水电、交通、石化、水文地质普查、黄金勘探生产等行业，承担繁重艰苦的施工任务。咱们 41 支队是煤炭行业中最先整编的一支部队，在基建工程兵中也是最早的几支部队之一，很有代表性。指战员是抢夺乌金的战士，地心深处的尖兵，写好他们，塑造好他们的形象，在军内外宣传出去鼓励更多的人投入三线建设，加快国家建设步伐，作用不可低估呀！小伙子，吹尽狂沙始到金，祝你写出好作品！至于你在机关遇到的挫折，对一个人的一生来说，不过是毛毛细雨。遇到坎坷，不要总是埋怨别人，要想想自己有没有做得不到家、不到位的地方，或者我们的思想深处本身就有需要改掉的东西。“止谤莫如自修，御寒莫如重裘。”以后慢慢磨炼吧，是金子总会发光的，关键是自己要锻炼成为一块金子。

老谷头循循善诱，没有一句批评的话语，却让我感受到了鞭策和鼓舞。

我和丁干事走进老谷头的宿舍，老谷头放下手中的报纸说：两个秀才有何贵干呀？

别看丁干事幽默、诙谐，爱开玩笑，但一见老谷头，也严肃起来。这是一种气场的作用，一种由敬意而生出的尊重。

报告首长，我们是想就开展学习许际执活动，听听您的指示。丁干事回答。

我既不是首长，也没有什么指示，别给我戴这个高帽！有问题我们可以讨论，现在都有什么看法呀？

周连长和姚指导员意见不一致，周连长提出以完成施工任务为重点，姚指导员提出要落实到培养共产主义新人上。我回答。

看来老谷头对这个问题做过思考，接过话头就侃侃而谈：

这两个方面并不矛盾，是一个事物的两个方面。对于我们施工部队来说，首要的是要完成工程建设任务，但同时也担负着培养共产主义新人的任务。所谓培养共产主义新人，在我们部队就是培养有理想、有信念、有道德、守纪律的革命军人，这是更长远的任务。也就是说，既要坚决完成施工任务，又要培养建设一支新型人民军队，把这支部队建设好。部队成立以来，广大指战员埋头苦干，为国家建设做出了贡献，但在部队建设方面，在优秀军人培养方面确实需要付出更多努力。要注重继承和发扬人民解放军模范地执行党的路线、方针、政策，勇敢战斗、不怕牺牲、一往无前、不怕疲劳、连续作战、谦虚谨慎、艰苦奋斗，“团结、紧张、严肃、活泼”，遵守“三大纪律八项注意”，保持高度集中统一领导和指挥，一切从人民的利益出发，全心全意为人民服务等方面的优良传统和作风，树立敢打硬仗、敢于完成各项急难险重任务的作风，发扬为国家、为人民利益忘我工作，不计较个人得失的精神，使部队保持旺盛的革命斗志。只有把部队建设好，完成矿山建设任务才有保障。同样，完成矿山建设任务过程也是锻造这支队伍的过程，通过施工生产培养干部战士吃大苦、耐大劳、一不怕苦、二不怕死的革命精神。两者紧密结合，就能建设一支思想革命化、施工现代化、能完成各项艰巨任务的突击队，面对多少艰难险阻都能无往而不胜。

说到这里，老谷头顿了顿，又说下去：

许际执是我们基建工程兵部队涌现出来的英雄模范人物，他的英雄事迹，一方面体现了一不怕苦、二不怕死、勇往直前的精神，另一方面体现了在生死考验面前冒死救战友，把生命留给别人，把死亡留给自己的崇高思想境界。许际执身上是多个闪光点的集聚，闪耀着新时代军人的思想光辉，应全面总结深刻理解，使这笔财富成为推动部队建设和培养优秀军人的精神力量。

我俩点点头，认可他的见解，确实比我们站得高，看得远，为我们开展“学习许际执争当排头兵”竞赛活动厘清了方向。

老谷头接着讲下去：

我们提倡一不怕苦、二不怕死、勇于牺牲，但在施工中要按科学规律办事，遵守操作规程，尽量减少无谓的牺牲。不能提倡学习英雄，就去盲干蛮干，不讲科学，做出不应有的牺牲。这一点千万要注意。当年 404 大队火烧铺矿瓦斯爆炸事故，一下子就死了 16 名年轻鲜活的战士，事故是我去处理的，现场那个惨烈啊，现在还历历在目。我们要爱护干部战士，能避免的牺牲就要坚决避免。我们不怕牺牲，但决不轻言牺牲！我们常说要保护国家财产不受损失，难道革命战士的生命就不是国家财产吗？我们说维护人民利益，难道革命战士的生命就不含在人民利益之中吗？牺牲不牺牲要看为了谁，值不值得，值得，在所不辞；而不应有的牺牲，一点都不要付出！

老谷头这段话似炸雷闪电，使我和丁干事如醍醐灌顶，从内心深深地叹服。出了老谷头的宿舍，丁干事说：看见没有，姜还是老的辣！你等着瞧，这老谷头可不是一般的“皮老虎”，早晚有复出的那一天。

1974 年国庆节，连队放假一天，丁干事回机关写材料去了。难得一个休息天，战友们全都放松休息。有洗衣服的，有写家信的，有聊天的，有打扑克的。篮球场上鏖战正酣，谁也不服输，腿伤痊愈的夏志武也在场上奔跑。杨文天、刘文先结伴去了盆县县城。我哪也没去，以床铺为书桌，在往笔记本上抄写我写的诗歌。到了连队，我就没有给报社投过稿，而是把写的诗作一首一首地记录到笔记本上，我给这些诗作起了一个总的名字叫《地心深处的歌》。有了新作就记录上去，已积累了数十首之多。以前我每写一首诗，就赶快寄出，巴望早日刊出。现在我每写一首诗，都先放一放，让其自我沉淀一下，尔后每翻看一次都觉得不满意，因为连队的生活、地心掘进的战斗极其丰富多彩，感到自己的文笔太笨拙，表达得苍白无力，也为从前的浅薄而羞愧，也许是到连队后思想感情发生了变化。昨天晚上下井，又有一些感受，便作了一首诗《地心花朵咱来雕》，今天又修改一遍抄录下来：

煤海庆"十一"，
战士激情高。
挥起铁锹做鼓槌，
抱起岩石当鼓敲。
一锤锤，
砸得矿山石花飞；
一锤锤，
惊得煤层听指调。

十大光辉暖人心，
矿山战士胆气豪。
采面织花环，
排炮做礼炮。
风钻吼处激浪涌，
汗珠落地火花冒。
张口吞进山万座，
吐出化作煤海潮。

斗车拥着斗车，
口号接着口号，

乌金挤着畅流，
喜报连着捷报，
曲曲都是胜利调。

豪情化作五洲云，
壮志融入四海涛。
钻进岩层九千丈呵，
地心花朵咱来雕！

刚抄录完，伸一下腰，就听有人喊："曾宪云！"抬头看时，却是一个女军人站在我的面前。

蓝医生！我不顾其他战友惊奇的眼神，一下子握住了蓝医生的手：你怎么来了！

怎么，不欢迎？

欢迎，欢迎！我兴奋急切地回应。

蓝医生军装外套着一件白大褂，把帽徽、领章映照得格外鲜亮。她个头虽低却腰身挺直，圆圆的脸上一双眼睛格外有神。

我给吕师傅送药来啦！蓝医生说这话时，我才注意到她身上背着药箱。

以前都寄来，今天怎么亲自送来啦？我问。

是啊，我走了几十公里山路呢！

累坏了吧，快坐下歇歇吧！我急忙让座。

嗨，逗你玩的，我从支队机关卫生所调到大队卫生队来了，离这里不远，几里路，十多分钟的工夫。蓝医生笑盈盈地说。

我"噢"了一声，"噢"声中含着疑问。

吕师傅在吗？我们把药送去吧。

好的！我应承着，便和蓝医生一起朝吕师傅的宿舍走去。我们经过之处，战友们都投来好奇的目光。路过篮球场时，人们的注意力也从篮球上切换到我俩身上。

太感谢了，谢谢你，劳驾你远道跑一趟。吕师傅握着蓝医生的手一再感谢。

不客气！我从支队调到大队卫生队了，离得近，有事你就找我。今天送药来，也顺便给你检查一下身体。蓝医生说。

嗨，我这身体是六十岁尿炕——老毛病啦！早年得的矽肺病，还有一些小毛病，让蓝医生费心啦！吕师傅的幽默活跃了气氛，我和蓝医生都笑了起来。

蓝医生把药从药箱中取出递给吕师傅，又随手拿出听诊器，给吕师傅检查起身体来。看来没有什么大毛病，蓝医生的神情平和专注，就像当年在支队卫生所给干部战士们看病一样，非常认真，一丝不苟。在她身上，很好地诠释了一个白衣战士的职责和医德。

矽肺病最忌吸烟，一定要忌烟，酒少喝，遇事不能激动，保持情绪平稳，虽不能治愈，控制住病情是可以做到的。蓝医生交待吕师傅。她收起听诊器后，又问：吕师傅，您得过结核性胸膜炎吗？

没有啊！吕师傅回答。

那你几次要买的药，都是治疗结核性胸膜炎的药啊！蓝医生不解。

嗨，那是给我闺女治病用的。她在盆江矿务局工作，半年前得了这种病，到处寻医找药，可没少劳烦你！吕师傅说。

您闺女我咋没见过她到你这里来呢？我问。

以前常来，自从得了这个病，我怕传染，就不让她来了。传染我不打紧，要是让连队战士染上，那还得了！吕师傅言语认真。

蓝医生笑了：吕师傅，你弄错了，结核性胸膜炎是不传染的，一般是劳累过度所致，治疗一段时间，用药得当就会好的。

哎呀，你看看，我错怪女儿啦，硬是不让她来。不过她告诉我，病已经好啦，再吃一阶段药巩固巩固就没事啦！过几天她就来看我。这里面有蓝医生的功劳哩！吕师傅说。

不用客气，军民一家亲嘛！这样吧，下次我再来时，你把闺女也叫来，我给她复查一下！蓝医生到哪也不忘医生的职责。

那敢情好！先谢谢啦！吕师傅说。

从吕师傅处出来，我领蓝医生到了谷春雨宿舍，我觉得老谷头这一段时间有些消瘦，就建议蓝医生给他做一个检查。

首长好！蓝医生过去在支队卫生所主要医疗服务对象就是部队首长和他们的家属，应对领导很有经验，嘴也很甜。

老谷头抬头看着我，对突然来的“首长好”不解其意。我急忙给他解释：这是咱们支队的蓝医生，我过去在支队机关认识的，托她给吕师傅买药，今天特地送药来的，我让他顺便给您检查一下身体。

噢，好嘛！送医送药都上门啦！小鬼叫什么名字？

报告首长，我叫蓝桂荣。蓝医生说。

为了调节一下气氛，我插话说：在机关时，我们背后都叫她“蓝月亮”。

呵，挺有诗意嘛，蓝月亮，蓝月亮！老谷头盯着蓝医生的脸庞看，会心地笑了：月亮好，太阳给人温暖，月亮能给人光明，蓝月亮给人温馨，你们医护人员个个都是“蓝月亮”啊！

蓝医生给老谷头做了认真检查，检查完毕如实报告：首长，倒没有发现什么，但您的身体因长时间营养不良有些虚弱，建议您到支队医院或地方医院去做一次体检再确认。

老谷头过去享受高级干部的医疗保健待遇，但随着“文革”被“打倒”，这些都离他远去了，眼前这真诚的关爱，在他的心中涌起一股暖流，亲切地和“蓝月亮”攀谈起来。

小蓝，你是哪里人啊！

报告首长，我在北京出生。

你父母是干什么的？

报告首长，父亲过去在煤炭部工作，“文革”开始后去世了；母亲在北京和平里医院，是一名医生。

父亲叫什么名字？

报告首长，父亲叫蓝森之。

小蓝，我认识你的父亲，我们曾长期共事，六十年代搞大三线建设，确定盆县煤炭基地，还是我俩商定后报中央领导同志拍板的。你爸爸是一个好同志，是在“文革”中受到摧残去世的。老谷头语调沉重地说。

你是怎么来到部队的？老谷头又问。

报告首长……

别报告报告的了，我和你爸爸是同事、战友，你就叫我谷伯伯吧！老谷头打断她的话。

那一年我从卫校毕业时才16岁，我爸非要把我送到三线锻炼，我妈不同意，让我上医学院。但我爸说：动员几十万煤炭职工上三线，为什么我的女儿就不能去！去，带个头，对个人或许也有好处。这样，我就到了盆县矿务局。整编时我参了军，后来受我爸老部下关照，还去了贵阳医学院深造。现在，我已从支队卫生所调到402大队卫生队了。蓝医生说。

好，到基层好，到第一线好！给你妈去信时代我问她好，让她注意保重身体，天上的阴霾终会散去，我们一定能迎来阳光灿烂的日子！

老谷头说完之后，蓝医生哭了，有节制地抽泣着。是思念自己的父亲，还是想念妈妈？或者是想起了其他悲痛的事情？仿佛打开了压抑在心头已久的悲痛的闸门。

告别老谷头，我送蓝医生回去，到了连部门口，蓝医生迟疑了一下对我说：你等我一会儿，我找周连长说几句话。就径直进了连部。

约莫一刻钟，周树成送蓝医生出来，招呼我道：小曾，你去送一下蓝医生。我答道“好”，便随蓝医生走上通往大队部方向的道路。

我们沿着拖长江边的山路行走，江水哗啦啦流淌。时已入秋，早过了暴雨季节，江水变得平和舒缓，明静清澈。江边远处的山林里秋色正浓，一团艳红，一团鹅黄，一团青黛，相互交织在一起，像泼在油画画布上的色块，热烈而又厚重。过节停工，山路上没有了往日卡车的轰鸣，显得空旷而寂静。偶尔有三三两两请假外出的士兵，或是去大队部照相，或是去盆县县城逛街购物，行走在来去的路上。看到我和蓝医生，都投来好奇的眼神，脸上有一种疑惑的神情。

我和蓝医生一起走着，心里在试着解开捉摸不透的疑团。蓝医生也许是遇到老谷头之后，勾起了心中的伤痛。我们俩谁都没有说话，默默地各自行走着。

快到卫生队时，我首先打破沉寂：蓝医生，你认识我们周连长？

认识。我过去处的对象是四川宜宾人，姓龚，叫龚士成，也是个连长。他们两人是一起入伍的战友，打小就在一起，关系很密切。我认识龚连长时是在支队医院，一次抢救井下事故送来的伤员，我认识了龚连长，等他伤愈归队时，我俩私订了终身。没想到我妈妈对这件事死活不同意，说丈夫不在了，就这么一个女儿，一旦发生什么不测，女儿不就和自己一样，成了孤家寡人了吗？于是写信到部队让我转业，并写信给爸爸的老部下，让务必阻止这桩婚事。我很痛苦，但态度很坚决，嫁人非龚士成莫属。但让我没想到的是龚士成却向后撤了。他不理我，也不给我写信。我请假到连队找他，却遇他下井去了。等他回来，我就向他表明决心，甚至想到，今晚我就不走了，把生米煮成熟饭，看你们怎么反对！然而却没有等到他，而是等到了掘进现场出现断层，顶部巨石倾泻，龚连长为抢救一个战士牺牲了。听到消息我站起来向外冲去，却扑通一声晕倒在地。等我醒来时，已躺在支队医院的病床上。我不吃不喝，就那么看着头上的天花板：我的爱情破灭了，我永远也不会再有真情付出了，我的心给了龚连长，给了舍己救人的英雄。后来，我听说是有领导委托大队首长和龚连长谈了话，龚连长才不理我的。而如今，他却带着遗憾离开了人世。我恨妈妈让我失去了爱情，坚决拒绝让我回京的要求，但做了一个妥协：请部队首长介绍一户好人家的孩子，把自己给嫁出去，免得孤身一人让母亲牵挂。后来的事情你都知道了，我就不说了。我找周连长，是问下龚连长家里的情况，父母身体如何？有没有需要相帮之处。蓝医生说到这里告一段落，我内心却涌起波澜，对蓝医生产生了更多的敬意。这是她第一次给我讲感情经历，讲得这么细致真切，进一步拉近了我俩之间的距离。

我不甘就此止步，向蓝医生抛出另一个疑问：你在支队机关卫生所干得好好的，调来大队卫生队干啥？

唉，这件事一句话两句话说不清楚，下次再给你说吧。她的脸上泛起忧伤，就像晴朗的天空突然飘起一片阴云。

分手时，蓝医生把一个信封交给我。

这是什么？我一脸疑惑。

打开看看嘛！蓝医生恢复了活泼调皮的神态。

我打开一看，里面是我写的一首长诗《初恋》。我很是惊讶：我已经撕毁扔掉了呀，怎么到了你的手里？

嗨，半年前你下连队那天，我来帮你整理行装，看到纸篓里有撕毁的纸张，想清理倒掉，却发现是一首诗，我就捡了回来。接着又说：我拼起来读了读，感到诗写得很有味，情感浓烈，情真意切，为什么要扔掉呢！

仔细看时，发现心细手巧的蓝医生把撕毁的诗的每一页后面都用白纸衬着，好似裱画一般，不仔细看，真看不出有撕毁过的痕迹。我对诗稿“失而复得”并未有多少喜悦之情：唉，过去一段情感的记录，女方嫁人啦，新郎不是我，嫌咱没出息，凤凰占高枝啦！说完这句话，我突然来了幽默感，由“凤凰占高枝”想起革命样板戏《智取威虎山》中的两句唱词：“凤凰要把高枝占，侯专员树大根粗是靠山。”进而又想到剧中人物的另外两句话，学着对蓝医生说：嗨，八年啦，别提她啦！

蓝医生笑了：人的一生有欢乐，也有痛苦，有坦途，也有挫折，这才是完整的人生。

《初恋》诗的失而复得，意味着什么呢？蓝医生精心保存并送给我，这又意味着什么呢？在回去的路上，我竟失神走到了拖长江边上的草丛里。

约莫半个月之后，吕师傅的女儿到连队来探望父亲。我得知这个消息，便到连部打电话让蓝医生过来，兑现给吕师傅女儿复检一下病愈状况的承诺，说好我在吕师傅宿舍等她。连队战士对女人到来格外敏感，我不想让他们看见我陪蓝医生进进出出，头脑中生出许多猜想。

推开吕师傅宿舍房门，我看到一个熟悉的背影，背影正面是谁，我却猜不出来。这个背影正面对着一面镜子，仔细地在梳妆自己，没有发觉有人进来。

我咳嗽一声，“背影”转了过来，嘴上还咬着一片红纸，就那么咬着红纸愣住了：曾宪云！

啊，是吕美！我看清楚了她是用红纸在嘴上涂口红哩！

你怎么在这里？你不是在支队搞创作吗？我看过你发表在《盆

江文艺》上《一件军大衣》，在《贵州日报》上发表的诗歌《颂歌飞出心窝窝》，写得真好！吕美连珠炮般一顿轰炸。

我到连队当兵半年啦！知道吕师傅有一个闺女，没想到是你啊！我也很兴奋。

是来体验生活的吧？又发什么新作了？吕美还是一年前认识时那样爽快活泼。

没有，没写什么，这次到连队就不走啦！你呢？你又发表什么作品了吗？

有的，《贵州日报》刊登两首诗歌，《贵州文艺》还发了一篇散文《苗岭山山披锦绣》，下次来了带给你看。吕美说。

我到了连队之后，客观上说，和外界联系不像机关那样畅通；从主观上说，在连队干活是强体力劳动，每天下班回来，累得精疲力竭。要不是仗着年轻，还真是吃不消。因此，写的东西少，就是写了也不愿拿出去发表，害怕不成熟让人家笑话。再就是过去因“名利思想”吃了亏，有意压压自己。但面对吕美的创作成果，我还是心怀惭愧。

今天怎么没戴军帽来？我想起了吕美戴军帽的照片。

现在不怎么时兴了，我把你送给我的军帽锁在箱底留作纪念啦！吕美快言快语。

我俩正说得热闹，吕师傅提着暖水瓶走了进来，看我们俩很熟悉，一脸愕然：你俩认识？

爸，我去年在盆县文艺创作学习班上就认识你们部队的大秀才啦！他还送我一顶军帽哩。

吕师傅说：这太好啦，太好啦！

正说间，外面有敲门声，蓝医生来了，仍是一身军装，白大褂罩在外面，圆圆的脸红扑扑的，透着健康和美丽。

蓝医生，我给你介绍一下，这就是吕师傅的女儿吕美！我充当起介绍人。

蓝医生好！吕美走上前去问候。

两个女人手握在了一起，彼此打量，吕美先开口说：蓝医生好精神，军装穿上多好看，白大褂这么一罩，好像仙女下凡哩！

蓝医生说：吕美，吕美，你长得就像名字一样美，我要是有这样一个妹妹就好啦！

我今年20岁，那我就给你当妹妹吧！请问姐姐芳龄几何？吕美开起了玩笑。

我今年24岁了，哪还有什么芳龄。你正值芳龄，可得注意身体呀！我来给你复查一下吧！蓝医生说到了正题。又问：你小小年纪，怎么得了结核性胸膜炎呢？

吕美说：都是瞎胡闹闹的。我们本来在设计室画图好好的，批林批孔开始后，非要上挂下联，让我们随科技人员到石料厂参加劳动改造。改造就改造，别人怕，我不怕，我在村子里参加过劳动，啥活没干过！就和男人们赛着背石渣，逞强累出了这病。我听我爸说，是你给我买的药，还关心我的病情，谢谢啦，蓝医生，我真心谢谢你，姐姐！说完，眼圈红了起来。

谢什么呀，这是我们当医生的职责。再说啦，你都是我的妹妹啦，以后有事就找我这个姐姐，我随叫随到。蓝医生说。

姐姐真好！吕美双手搭在蓝医生的肩头。

复查完毕，蓝医生说一切正常。吕美搂住蓝医生的腰，又是一阵亲热。

在送蓝医生回卫生队的路上，我忍不住问蓝医生：你应该调到长春去和丈夫团聚，怎么越走越远，调到402大队卫生队来了呢？

蓝医生叹了一口气说：这件事支队机关都传开了，我也不瞒你了。我丈夫，不，我前夫因为在长春那边“强奸”了一名女知识青年，犯了破坏知识青年上山下乡罪，被判了三年刑，我们俩离婚了。离婚时我没有去，是支队保卫科派人去帮我办的手续。我和他没有感情，也没有去见一面，就把婚离了。其实我心里是很内疚的，感到对不起他。我们结婚后我很少去探望他，见了面也不冷不热的。可能是因为寂寞，或一些方面得不到满足，就出了这样的事了，我要是对他好点，多一些体贴关心，也许这件事就不会发生了。我听保卫科派去的人回来说，本来两个人是自愿发生关系的，但被人发现后，女方就不认账了，落井下石才闹出这么一出。这件事在机关都传开了，我也在机关待不下去了，就选择下部队。下哪里呢？402大队是我魂牵梦绕的地方，我的初恋情人就是在这里建矿牺牲的。我到这里有感情寄托，也可以献一份力量给矿山建设。此外我也没有什么追求了，情感上也没有什么奢望了！她的言语中没有一丝绝望，却流露出几分伤感。

这个话题太沉重了，我有意换个话题，问她：龚连长的家人联系上了吗？

联系上了，家在农村，家里很困难，我会按时寄一点钱过去，帮助这个家庭渡过难关。蓝医生幽幽地说。

多么善良的女人啊，多么不幸的女人啊！望着蓝医生远去的背影，我在内心深处感叹着。感叹过后，突然脑海里有一个大胆的念头像一道闪电划过夜空，甚至连自己也不敢相信的念头，这个念头把自己也吓了一跳！赶紧向四面青山看去，生怕它们也知悉了我心中的秘密……

第七章　难以愈合的伤口

约在九月初，消息灵通的丁干事告诉我一个小道消息，说支队领导正在物色402大队大队长人选，“雷黑子”要来当大队长了。“雷黑子”在41支队是个知名人物，是大队一级干部中唯一被撤职的，现在在闭门思过，被撤职时还和肖红述政委翻了脸，差点动了手。支队怎么可能派他来当大队长呢！听到消息的人都将信将疑。

人们的将信将疑并非没有道理。“雷黑子”是老抗联，在上甘岭战斗中裤腿被打穿了六次，上衣被打穿了四次，传说是英雄王成的原型，打仗不怕死，不要命，这一点众人皆服。但他从战斗部队转到基本建设工程兵之后，却在“火烧铺”栽了跟头，因瓦斯爆炸人员伤亡严重被撤了职，待在招待所闲居七年闭门思过，远离矿建施工前线，现在把全支队目前最重要的老屋基矿建矿任务交给他，又是离建成投产还有一年的关键时期，像穆桂英挂帅那样，“五十三岁又管三军”，能行吗？“雷黑子”是东北人，性格暴躁，点火就着，像他的名字“雷明”一样，常常“雷鸣电闪”，文化程度也不高，遇事爱较劲，也为此吃了大亏。发生瓦斯爆炸事故，他负有领导责任，撤了职，认识到错误，还可以启用，但当别人给他扣上“反对毛主席”“破坏战备施工”的帽子，他就“宁死不屈”了。不像有些圆滑的人，说我啥我都应着，“大帽子底下开小差”，韬光养晦，装死躺下，等待再起之时。“文化大革命”中，这样的例子不少。古往今来，这样的例子也不少。“雷黑子”不懂这个，就是不认这壶酒钱。结果没少挨批斗，还在党委会上和支队首长翻了脸，要不是有人拉着，就对肖红述动了手。有人说得更“邪乎”，说他要拿枪崩了肖红述。这就酿成了严重后果。若不是他资格老，立过大功，比现在的处理还要严重，在招待所“闭门思过”，拉倒吧，能回东北老家吃高粱米就不错了。还有人说，“雷黑子”既不是铁道兵，又不是工改兵，是从福建前线部队下来的，无帮无派，孤苦伶仃，谁想着他？闭门思过这几年，没几人去看他，门可罗雀，雀都不来光顾，罗个鸟！现在让他复出又得重用，不是太阳从西边出来了吗？但也有人相信，说现在的事难说，无风不起浪，很多传的事后来都变成真的了，骑驴看唱本，走着瞧吧。

传了一阵又无消息，有人说这事肯定像深秋时节山上的树八成黄了。但杨文天私下告诉我，这事真还不是虚传，他前些日子回宣传队取东西，在招待所门口，见到肖红述政委和“雷黑子”一起走了出来，临别时两人握手，还听肖红述说：“好，你听我信儿！”

后来知道，提出启用“雷黑子”的不是别人，正是肖红述。“冯老虎”去世后，挑选继任者的工作很快提上日程。402大队是支队矿建主力部队，目前又担负老屋基矿建矿任务。上级下了死命令：务必于明年国庆节建成投产，屈指算来还有一年，时间紧，任务重，谁堪担此重任？肖红述、戴兴泉颇费脑筋，物色了几个人选，都不理想，肖红述突然想起了“雷黑子”：“这老兄能打硬仗恶仗，这些年在家赋闲，听说看了不少矿建方面的书，有些字认不全，就让别人念给他听，看来还是一匹壮心犹在的老马，把这副担子就交给他吧！”正可谓踏破铁鞋无觅处，得来全不费工夫，一员大将就站在面前。给戴兴泉一说，戴兴泉也表示同意。这样，“雷黑子”就作为候选人上了支队党委会。

在党委会上，曲副政委提出不同意见：“雷明同志目无领导，当年大闹党委会，很不像话，造成恶劣影响，现在这么使用是否合适？”曲副政委说完，大家的目光都瞅向肖红述。肖红述说：“我和兴泉同志沟通过，都认为雷明同志是合适人选。他出身贫苦，参加革命早，对党忠诚。身上有一股英雄主义气概，能打硬仗恶仗，赋闲在家还钻研业务。我和他深谈了一次，他对自己的错误已有深刻认识，对过去的鲁莽行为也很后悔，如果组织上给他这次机会，他会竭尽全力，紧紧依靠全团指战员攻坚克难，确保老屋基矿如期交付投产。当年他在党委会上的表现确实不妥，但现在看来，当时给人家扣的帽子也太大了，说他‘反对毛主席’‘破坏战备施工’，很不妥当，完全是受‘文革’刚开始极左思想的影响，动不动‘上纲上线’，把人往死里整，脱离了党实事求是的思想路线。我作为党委书记对此是有责任的。雷明同志有怨气，也可以理解。将心比心，如果把这帽子扣在咱自己头上，咱心里能服气吗？这么一想，他的过火举动就可以理解了。毛主席教导我们说，要允许人犯错误，允许改正错误，不要把人一棍子打死。现在给雷明同志一个机会，他会倍加珍惜。至于说他曾经冒犯过我，那他是对事不对人。有人说雷明要‘枪崩了我’，我没听说过，他怎么能把枪指向自己的战友呢？假如他真想崩了我，我现在还能在这里和你们一起开会吗？”肖红述一席话，把与会人员逗乐了。

蓝贤春同意重新启用雷明：“‘文化大革命’开始后，一批老干部被打倒，长期赋闲，现在中央又启用老干部，许多老同志走上了领导岗位。雷明同志是咱们部队的老干部，此时启用正当其时。”“那可不是一回事，那些老干部是被打倒，雷明是犯了错误，完全是两回事！”曲副政委持不同意见。朱副政委说：“我同意启用雷明同志，但当年对他的处理是经过上面定性的，要请示上级批准。”

在党委会成员意见基本一致的情况下，开始履行报批程序。几经周折，等到雷明到402大队上任，已经是国庆节之后了。

雷明已到402大队履职，我几乎是第一时间知道的。不是我听到消息去攀什么高枝，或是他记起了我，提出要接见我。这个真的没有。他是大队长，我是他下面的一个小兵，隔着远的呢。再说啦，他走背字时，倒霉时，处于低洼处时，咱去看看他，也许记着咱，现在今非昔比啦，去讨那个没趣干什么？一般人都有这个心理，原本熟悉的人当了官，都疏远了，不是上面疏远了下面，而是下面疏远了上面，不再走动了。

我知道雷明已到402大队任职，是看见他来一中队见“老谷头”。一天下班后，我看见一辆军用吉普车停在一中队门口台阶下，便知道是某位领导来了。那时候部队首长还没有配备轿车，支队、大队两级领导配军用吉普。是哪位领导来视察啦？战士们揣测，却没见到任何一位领导的影子。

晚上我又写了一首诗，叫《斗车，我的战马》：

斗车，我的战马，
铁皮铁筋铁骨架。
四只轮子四条腿，
响当当，硬铮铮，气势大。

我的战马，重驮，快拉，
从不知累，从不说乏。
一天送进千车料，
每日运出万吨渣。

我的战马，最听话，
手指哪，它去哪，
我一抖缰“得儿——驾”，
它风掣电闪去冲杀。

斗车，我的战马，
踏难踩险眼不眨。
一路呼啸一路歌，
汗水给它把油加。

我和战马结深情，
为祖国打井建矿添砖瓦。
战士敢吃天下苦呵，
在地心，书写捷报传天涯！

抄好诗稿后想送“老谷头”指点一下，到了他房门口，因为房门没掩严实，听到了“老谷头”和雷明的几句对话。

“雷黑子”，当年你那处分是我拍板定的，给你一撸到底，你不恨我吧？这是“老谷头”的声音。

老虎拉车——谁敢(赶)呀！雷明回答。

咋地，不服啊！“老谷头”叫板。

服，服！闭门思过这几年，我都想通啦，处分我应该，让我闲居，实际是保护我咧！

想明白就好，披挂上阵，准备怎么干啊！“老谷头”问。

这不是向老首长请教来了嘛！雷明回答。

听到这里，我急忙撤身离开。晚上透过我们排的窗户，看到“老谷头”房间的灯亮了一夜。

十月份，一中队一切正常，掘进大战仍在继续。作为许际执烈士所在中队，月进度必须在全大队带头，也应该在全大队带头，战斗气氛紧张而又热烈。

在这个月中，也发生了几件和我有关的事。先是丁干事结束在一中队的调研工作，因为在宣传许际执事迹和组织开展学习许际执活动方面成绩突出，被提拔为宣传股副股长，回机关上班去了。我祝贺他荣任丁副股长。他说：“有啥祝贺的，和我一起参军入伍的，有的都当上股长、政治处主任啦，我这是往坑里拉土——迟（池）来后到（倒）。我吃亏就吃亏在管不住这张嘴，要不然早进步啦。小老弟，我给你传授一点经验，要进步就得管住‘两巴’，一是嘴巴，二是×巴。管住这‘两巴’，你就能后来者居上！”我笑了，心里想：真是“丁不住”啊，连传授经验都三句不离两性关系！

接着是杨文天接到被提拔为干部的通知，成了穿四个兜、每月领49.5元的排级干部。虽然在部队干部中级别最低，是二十三级，但也迈进了干部序列。在部队，干部和战士的分界非常清楚，待遇也完全不同。干部上衣四个兜，战士两个兜；干部领工资，战士领津贴；干部穿皮鞋，战士穿布鞋；干部可以结婚，战士不准谈恋爱；干部每年有探亲假，战士服役期满才能回家探亲；干部出差睡卧铺，战士公出坐硬座……不仅是以上这些，更重要的是，提了干，就进入国家干部系列，离开部队叫“转业”，按干部安排；战士离开部队叫“复员”，哪里来哪里去，不安排工作。政治上的待遇那就更不用说，由此带来的荣耀也明显摆在那里。由战士到干部是一道鸿沟，过了这道鸿沟，就像棋盘上的小卒子过河，可以横着膀子逛。都说不想当将军的士兵不是好士兵，也可以说，不想当排长的士兵也不是好士兵，因为不当排长就提不了干，提不了干，当将军就是一场梦。因此，在部队战士们把提干看得很重，按河南话说：挤扁了脑袋也想钻进去。至于怎么钻进去，每个人的路数也不相同，有的是靠实干的，有的是靠关系的，也有的是靠实干加关系的，也有的是采取不正当手段的。有一个与我是同乡同年入伍的战友，他是我们那批兵中最早提干的，他私下给我们介绍经验说：红塔山烟多少钱一条？才四五块钱，送十条才四五十块钱，提了干一个月五十多块钱，去掉烟钱还剩十元，比咱们每月六七元津贴还要多哩！由于会算经济账，他很快进入干部序列，穿皮鞋走起路来“咔嚓咔嚓”响，战友们听到他的皮鞋响，都赶紧躲起来，内心里有点瞧不起他。杨文天和他不一样，货真价实，大家都服气。69年兵，在宣传队是绝对主力，品质好，表现突出，又在矿建连队锻炼半年。值得庆贺的是，小燕子这次也和杨文天一起提了干，两人不用再偷偷摸摸谈恋爱，受相思煎熬之苦啦。好战友双喜临门，焉能不庆贺？庆贺是要庆贺，但又不敢张扬，就趁吕师傅去盆江矿务局看望闺女之际，借他的房间小聚一次。说是小聚，也没有七碟八碗，只是在火炉上用铝盆当火锅，底料放盐巴、辣椒、猪油，去食堂弄一些青菜、腊肉，在铝盆里涮着吃。酒是从大队军人服务社打的“苞谷烧”，装了一军用水壶。等我把酒打回来，杨文天和刘文先已把“火锅”鼓捣好了。

“喝！为文天、小燕子祝贺！”我和刘文先连连举杯。

文天在我们三人中年龄最大，兵龄最长，也最为成熟。我们三人在一个创作组，他帮我俩的时候最多，我俩谁写了节目，他都认真读、细致揣摩，中肯地提出修改意见。节目演出成功了，他为我俩高兴，从来不争功抢功，也没有丝毫嫉妒之心。这和部队中有的人不一样。有的人就是白衣秀士王伦，不允许别人超过自己，见不得别人好，特别见不得新兵好，唯恐新兵超过自己。在部队，新兵是弱势群体，但凡当过兵的人都有这个感受，因为个个都从新兵走过。新兵要侍候老兵，给打洗脸水、倒洗脚水，再把牙膏挤到牙刷上，唯恐照顾不周。当然新兵也有成老兵的时候，到时候也有人给自己端洗脸水，倒洗脚水，也把牙膏给挤到牙刷上。因为有这个心理补偿，新兵对照顾老兵并无怨言，而且还想在老兵身上学到一些东西。就是在老家拜师傅，不也得眼勤手勤，学得有眼色一些？因此，部队这个风气不能说是不良风气，它是一个行规，入到这一行来，就得这么做。至于虐待新兵，那是违法乱纪的事，不在此列。可以说，在部队，对新兵的态度最能见思想境界的高低。这里是说对新兵成长的态度，不是一些鸡毛蒜皮的小事。刚到部队的头一年，新兵都渴望起步，都盼发令枪一响，自己能跑到前面，相互之间有一些竞争和嫉妒是正常的，但老兵嫉妒新兵是不正常的，因为不在同一起跑线上。但是，也有人境界比较低，怕新兵超过自己，怕新兵表现好，比自己早入党；怕新兵早提干，占了为数不多的名额，明里暗里给新兵设障碍，有的手法还很巧妙，打你一巴掌让你不知哪疼。这种现象我曾见过，新兵在一起时常议论。我就听说过，某大队宣传股一个老干事把部队的发稿专用章拴在腰带上，揣在裤兜里，股里的新战士写了稿子，要找他盖章才能放行。而杨文天对新兵的态度截然相反，我和刘文先都比他当兵晚，尤其我，才当兵一年多，但他从来都尊重我们，抬举我们。我们仨下连半年，他负责每月召开一次碰头会，每次见面，都反复交代注意井下安全。连队颁发嘉奖，他主动找到连长指导员，让颁发给我和文先，说我们俩表现好。我在这半年时间里，因为扛“大锤”出名，先后得过一次中队嘉奖、一次区队嘉奖，文天每次都祝贺我，比自己得了嘉奖还高兴。现在他离开连队回宣传队，我和文先都舍不得让他走。但他提干了，岗位在宣传队，而且没人能替代，想想这些，又为他高兴。

送行的酒喝了一杯又一杯，重复的话说了一遍又一遍。最后杨文天说:“文先、宪云两个好兄弟,我最后再说一句,你们俩在井下施工,可要把安全放在心上! 井下事故不少,有的能够避免,有的不能避免,事故瞬间就会发生,生死就在分秒间,干活要眼观六路耳听八方,遇事不可蛮干逞强。咱们是下来锻炼的,没受过矿井开采专业训练,有时想到创作什么节目还会走神,一分心就会出事。不瞒你们说,我在井下也遇到过几次危险哩! 切记,切记! 不管写成写不成什么节目,等到科里召你们回来时,给我全须全尾儿回来,一根汗毛都不能少! 我在宣传队给你们把盏接风!”说到这里,不善饮酒的杨文天举起当作酒杯的军用口缸,三个口缸“当”地碰在一起:“一言为定!”

然而,尽管杨文天千叮咛万嘱咐,我和刘文先千小心万小心,还是发生了意想不到的事故。在杨文天离开连队半个月后的一天,刘文先下到井下,在推矿车时撞伤了右腿,而且伤得相当严重。在掌子面把石块和碎石清理出来,装到矿车上,再从连接掌子面的小巷道,沿铁轨将矿车推到大巷道,在大巷道把矿车连接到一起,用绞车从斜井井口绞出,一车车倒到井外。在把矿车和矿车连接上之后,突然两车之间的插销开了,两车分离后又撞到了一起,把刘文先挤到了中间,幸亏坡度小,幸亏刘文先反应快赶紧抽身,才挤压住他的一条腿,否则,整个人都会挤扁了。旁边的战友赶紧把两车掰开,拉出刘文先。刘文先的腿受伤了,血从裤管上流下来,脸色煞白,一下子昏了过去。

我请假到支队医院骨伤科去看刘文先时,他的右腿已做了手术并打上了厚厚的石膏。刘文先躺卧在床上,腿伸直搁在床架上,眼睛望着天花板。刘文先住院后,宣传队派人轮流值班,女兵值白班,男兵值夜班。今天轮到田亚静值班,她正在用刀削着苹果,慢慢的,像绣花一般,很精心的样子。田亚静穿上军装后比穿花衣服时精神多了,她个头高,身材丰满匀称,皮肤白皙,能把衣服撑起来,又年轻充满活力。不知她知道不知道是刘文先为她力争，才“弄虚作假”提前穿上军装。我心里想着这些，进去和刘文先、田亚静打招呼。

刘文先见我来看他，便想坐起来，一抽腿“哎哟”一声，钻心的疼痛让他难以忍受。

“快躺下，快躺下！”我一边说着，一边把手中装营养品的网兜递给田亚静，扶刘文先躺下。

“现在情况如何？”我问。

“还可以吧！伤得不轻，医生说腿可以保住，但要长时间疗养，也可能留下残疾，唉！”文先说到“留下残疾”时，眼中闪过泪光。

“不会的，可能留下，也可能不留下，安心养伤就能恢复，田亚静，你说是不是？”我说。

“是的嘛，我也是这么劝他的嘛，积极配合治疗，恢复后加强锻炼，不会落下残疾的。”

田亚静把削好的苹果递给刘文先，接着说：我爸在盆县矿务局下面的一个煤矿工作，一次在井下受了重伤，把我们全家吓坏了。那天我爸结束了在井下的工作，搭载拉煤的一节矿车出井，在快出井时矿车头在井口会车临时停下了，我爸没有想到他坐的那节车厢和前面的车厢脱节了，并且和前面的几节车厢拉开了几米距离，发觉后急忙下车，试图想办法把它推过来连上，可他的一条腿刚一落地，前面的几节车厢突然又快速倒了回来，来不及收腿，两节车厢死死卡住了他的大腿，腿上的肌肉都被挤扁了，我爸疼得汗水和泪水都出来了，怎么办呢？如果矿车再往后倒可能会把人推倒碾压致死。情急之下，我爸忍痛大声喊了起来：“车挤着人了，快停车呀！快救人啊！”好在开车头的司机听到了喊声，及时把车停了下来，又把车向前开了几米，才使挤住我爸的两节车厢分离开来。我爸当时就昏倒在地上，后来在家恢复了两个多月才能上班。我爸比文先的伤还严重，都没有留下什么残疾，文先也不会留下残疾的。

平时话不多的田亚静，今天一口气说了这么多话，看来，她太想安慰刘文先了，而且说得很在理。

我看刘文先在田亚静劝解下情绪渐渐好转，就开玩笑说：落点残疾也不要紧，你是拉手风琴的，往那里一站，一条腿长一条腿短，谁能看得出来！

刘文先笑骂："你个龟儿子，啥时都不忘闹笑话！"情绪明显好转起来。

我说：我真的给你讲个笑话听。有个媒婆给一个姑娘介绍对象，说男方长得帅，个头高，多高？一米七八。等见了面。男方却是个跛子。姑娘恼了责问媒婆为何如此相瞒，媒婆说我没瞒，事先讲明白了的，一条腿短，一条腿长，走起路来一米七、一米八，一米七八嘛！刘文先、田亚静大笑，田亚静笑得捂着肚子，"咯咯咯"地直不起腰来。

过了片刻，我又说：假如文先养好伤下地一站，真的一米七八了，找不到媳妇这可咋办？到时你田亚静可不要见残不救哟！田亚静听出来我话里有话，脸一红跑出去了。

从文先的病房出来，我去了医院政治处，那里有同年入伍的文县籍战友李振河，李振河又找了一起入伍的梁小九、张俊生、王晓涛、任占方、龚玉生来看我，他们说：听说你被发配到井下了，没遇到什么危险吧？我说：没有，没有传说的那么邪乎，你们看我身上的零件，不都在原处好好地长着嘛！战友们的担心并非多余，李振河告诉我，一起当兵的任全科也在这里住院呢！我一听急问："在什么科？"弄清之后就告别这几个战友，去了泌尿科病房。

任全科和我关系走得很近，经支队军人服务社郭永旺介绍认识后，就成了无话不谈的好朋友。他打得一手好拳，写得一手好字，文字功夫也不错。为人很讲交情、义气，那一次为了到支队看我和郭永旺，竟剃了一头黑发，出演孔老二争取到支队汇演。因为同爱写作，谁写了作品都在一起商讨，我的《一件军大衣》，他没少贡献好意见。原名叫《一件大衣》，他说应叫军大衣，一个“军”字就把整个作品贯穿起来了，这真是画龙点睛之笔。我也借下连调研采访，常到安修区队去，知道他周边有很好的人际关系。他的排长姓刘，叫刘大胡子，对他呵护有加。他是车工，带他的师傅是个女的，工改兵时参军的，叫刘喜梅，是个东北人，一副热心肠。安修区队归属后勤部，是个技术云集单位，有汽修连、翻砂连、机修连，车、钳、铆、焊样样工种都有，负责全支队汽车维修、机械维修等任务，属于技术岗位。我们一起入伍的战友有一些就分在安修区队各中队。分到这里的兵很高兴，一可以学技术，二是没有下矿井的危险。那么，任全科怎么会负伤住院呢，而且住在泌尿科？带着这个疑问，我向泌尿科任全科的病房走去。去之前，没忘记到医院小卖部，买了两瓶山楂罐头。

我进去时，任全科正低着头坐在床沿上，房间两张床，一张空着，似乎显得空旷。他没发觉我进来，一副心事重重的样子，两只手捧着脑袋。等我拍到他的肩膀，他才如梦醒来，缓缓站起了身。

“咋地啦？”我看他身上并没有伤，便关切地问道。

“没咋！”

“啥地方有伤？”

“这！”全科指指裤裆中间。

“疼吗？”

“不疼！”

“痒吗？”

“不痒。”

我还要问，全科哇地哭了起来：“兄弟，可毁啦，可毁啦！”到底怎么啦？在我追问下，全科才讲了实情。

一周前连里组织清理厂房，打扫卫生，他和另一战友负责把地上堆的钢条移到另一个地方。刚抬起一根，对方的手一打滑，把钢条丢到了地下，在地下一弹，他手也松了，结果钢条一头打到他裤裆中间，登时就昏过去了。男人怕踢裆，双方交手，紧急处踢裆能致人死命。全科的裆不是被人踢的，而是被跳起的钢条头弹的，伤得也不轻。战友们掐人中，朝脸上喷凉水，人是醒过来了，裤裆中却疼得要命。赶紧送到支队医院，一检查，结论是阴茎阴囊被重物击中，阴囊被打破了，睾丸也受到撞伤。医生把伤口做了处理，在阴囊上缝了几针。现在伤处倒不疼不痒，但心中的痛挥之不去，因为医生告诉他，他将丧失性功能，今后没有生育能力了。这个结论如雷霆一击，让任全科悲观、恐惧。他抱着我哭诉道："兄弟呀，可坏了大事啦，我家三代单传，我爹就等我传宗接代哩！家里把媳妇都给我说好啦，这可咋办呀，怎么给我爹交代呀！我对不起祖宗呀，活着还有什么意思啊！"

我明白了。任全科的病在男性的命根上，"不痛不痒不行"是目前的现状，从此之后，他四肢健全，能吃能喝，但人类的另一种需要却不能满足了，更不要说传宗接代。因为是亲如兄弟的要好战友，他才把这些说给我，把心中的苦倒给我，对别人难以启齿啊！难怪他哭得如此伤心。

"咋会这样呢？怎么就知道不行了呢？"

"唉，医生说的呗，我自己也有感受。你知道我是练过陈式太极拳的，几个人近不了身，过去裆中像个铜铃铛，现在成了软面条啦，愁死我了，不瞒你说我想死的心都有！"任全科说完，又抹开了眼泪。

对全科心中的悲苦，我完全能够理解。在我们老家，受孔孟之道传统文化影响，传宗接代的观念甚是浓厚，"不孝有三，无后为大"。不能留后是最大的不孝，是辱没祖宗的事情。何况全科家是三代单传，如果他不能传宗接代，自家祖上这一支就没了，在家谱上就失传了。

在农村，没有后代的人，被骂做“老绝户”。因此，失去了生育能力是一件让人恐惧的事情，最不愿碰到的事情。何况人的性欲除了传宗接代以外，也是人生的一种乐趣，丧失了这种能力，就一辈子与这种乐趣无缘啦。遇到这种事，精神上的压力比生理上的压力还要大，全科面临精神和生理的双重压力。虽说我们年纪尚轻，都还没有尝到过性爱的乐趣，对其是朦胧而向往，过去讨论写作的作品时，开玩笑常涉及这方面的话题。现在这扇大门把他关在外面了，心里的苦痛可想而知。

“不一定就不中，西药不行吃中药，恢复功能也不是没有可能的。”我尽力解劝。

“医生也这么说。我故意去想女人，但那东西就是没有动静，过去可不一样，一有刺激，就噌地一下立了起来。”全科丧失了信心。

我又劝解他说：这事不能太着急，有一个恢复过程，也得有对症的药物，中药中锁阳、黄芪等都有这方面的功能。尤其是麝香。麝是一种像鹿而比鹿小的动物，前腿短，后腿长，善于跳跃。雄麝的肚脐和生殖器之间有腺囊，能分泌麝香。我听说我们一中队原中队长老魏一次领几个战士上山打猎，打到一头麝，一个老兵冲在前面，见到麝时先把麝香藏在裤兜里，另几个战士把麝抬了回去。那老兵自以为取麝香神不知鬼不觉，没承想惹了大麻烦。麝香放在裤兜里靠近裤裆发生作用，致使裤裆里那东西硬肿不消，只得到处寻解药。其实这件事老魏心里有数，人老奸马老滑，打那么多次猎，这头雄麝怎么能没有麝香呢！待那老兵硬得没法，找老魏坦白这件事，老魏才告诉他解药。老魏让把老兵交来的麝香送到大队卫生队，让它去发挥应有的作用。私下里骂道：“你以为老子不知道，就等着小了来坦白哩！为人不能太自私，喝冰水睡凉炕，早晚是病，以后就老实啦！”这件事我确实听说过，把它详细转述给全科，是想帮他解除心中的烦恼，起码给他留有一线希望。

全科果然被我说得心活一些，不再那么悲痛欲绝了。

我又继续说下去："等我回去，我去找找老魏，他现在是我们区队长，看他手中有麝香没有？听说他家祖辈是猎户，对这方面有研究。"其实，我和老魏过去只见过一面，哪有这个交情，只不过以此安慰全科而已。

全科被我说动了，自己说："也许民间有药方，过几天我就出院，到卫生队去寻医问药。不过这件事你得替我保密，传出去可丢死人啦！"

晚上我就住在支队医院招待所，几个同年入伍的老乡来闲聊之后都回去了。躺在床上，难以入眠，想到刘文先，再想想任全科，头脑中有个镜头，来回在这两个人中间切换。一个是同一创作组的，又在一起下连锻炼；一个是同年入伍的战友，老乡加好兄弟，年纪轻轻，就致伤致残了。贡献了青春，失去了健康，一个伤了腿，一个废了私处，他们是为了什么呢？如果真的落下残疾，今天的贡献值当不值当呢？想想这些，就更难以入眠。披衣起床去了刘文先的病房，想去看看他，明天早上我就回连队了。到了病房，见刘文先已经睡实了，陪护他的宣传队战友史瑞中也在打盹。我推醒史瑞中，史瑞中跟我出了病房。我俩一年兵，又是老乡，又一起在宣传队混，经常在一起开玩笑。我打他一拳说："你个龟儿子，让你来陪护，你倒睡着了！""就是打个盹。文先疼得睡不着觉，给他吃了安眠药。我叫醒他？"史瑞中说。"不用啦，我白天看过啦，田亚静在护理他，比你护理可周到哩！"我有意调侃。我在宣传队没下连队时，听说史瑞中对田亚静有点意思，背后说小田长得像银环，他自己长得像拴宝。同在乐队的任周祥说，你的意思是你俩正好配对啦。史瑞中没正面回答，继续夸奖小田：那皮肤白的，像咱老家的八二面粉，那身上丰满的暄腾腾像刚出锅的白面馍。任周祥说:你咋知道暄腾腾的,你摸着啦?史瑞中说:我就摸着啦,咋啦,你眼气!接下来解释说:我那天去小田手中接乐器,不小心碰着了乳房,我可不是故意摸的,比白面馍还暄腾哩!从此,我们几个战友都背后叫史瑞中为"白面馍"。

"那是,小田对刘文先上心着呢!"史瑞中回答我的话。

"咋回事?"我问。

"唉,过去我们都不知道,田亚静入伍是侯副科长特招的,是为自己物色的儿媳妇。但儿子不争气,在盆县县城和人打群架,打伤了人被劳教去了,要不,一棵白菜就被猪啃了。现在小田解脱了,正在物色意中人哩!这回照顾刘文先,她比谁都积极,私下里说过:要是刘文先落下残疾了,她愿意陪他过一辈子。"史瑞中说。

我接过话头说:"这下你就没戏了,死心吧!"

"嗨,本来就没戏,都是说着玩的,没事闲磕牙,闹着玩嘛,不说不笑不热闹不是?我说小田是银环,我是拴宝,我拿啥拴人家,又怎么拴得住人家?毛主席教导我们说,人贵有自知之明。我长得个不高,也不英俊,家又是农村的,癞蛤蟆能够得着天鹅肉,拉倒吧!我已给家中去信,准备两年服役期满就申请复员,回去成个家,早插秧苗早打谷,早生儿子早享福。我家把彩礼都准备好啦,就等我回去相亲哩!"史瑞中说得很坦诚。

"不惦着田亚静啦?"我接着开玩笑。

"惦记着有啥用?猪八戒揽镜自照,咱配不上人家。我看她和刘文先倒是蛮合适的一对。刘文先人好,长得帅,又有文才,这次伤了腿,怕落下残疾,表面上坚强,背后却落了不少泪。小田表示若落下残疾就照顾刘文先一辈子,是个讲情义的姑娘。我希望他俩能成,这对刘文先是个安慰,小田也能从怕猪拱的阴影中走出来。"

史瑞中的一席话让我感动,平常在一起开玩笑没个正形,今天的内心表白赢得了我的尊重。

“宪云，你知道小陈出事了吗?”史瑞中换了一个话题。

“小陈，哪个小陈? 出了什么事?”我惊问。

“就是招待所给我们宣传队做饭的老乡小陈呀，可弄出大事啦!”

“他一个做饭的，能出什么大事?”我不解。

“嗨，塌天大事! 他强奸妇女未遂，被处理啦!”

“怎么一回事? 快说给我听!”我和小陈很熟，两家村子离不远，我受挫折时，他没少关心我。我离开宣传队期间，他竟然出了这么大的事。

史瑞中一五一十地把事情的经过讲给我听。

事情发生在今年“十一”期间。404大队一个老兵从月亮田到支队医院看病，去医院之前的头一天晚上，带家属住在第二招待所的一个双人房间里。夫妻俩分两个单人床睡觉，晚上到外面上厕所回来没关好门。小陈看到房门没关，就趁机进了房间，那两人睡得太实竟没有发觉，也许是旅途过于劳累吧。老兵是四川人，家属也是四川人，见一次面不容易，睡觉前过了那个生活。女的在睡意朦胧中，感到有个人趴在自己身上蠕动，以为是自己男人又来了，也就相应地配合。实际这个男人不是她丈夫，而是小陈。小陈趴在女的身上分外紧张，女人一打哈欠，把他吓一跳，以为人家要说话，就用手捂住女的嘴说“别说话，别说话”，女的听不是丈夫的口音，一下子警醒，大喊：“你是谁!”小陈一听喊就踩着桌子跳窗跑了。因为太紧张，并没有发生实质性两性关系。根据老兵夫妻提供的线索，支队保卫科到说“河南话”的兵中去筛查，最后锁定了小陈。事情发生的第二天就破了案。被抓获的小陈脸肿涨了许多，脸色紫红，像茄子色，全没有了往日的笑模样。他承认事情是他做的，那天上厕所出来发现门没关，就进去做了丢人的事，甘愿受任何处分。保卫科查清事实后考虑处理意见。当把调查结果告诉那个四川老兵夫妻时，女的哭了，不远千里来部队探亲，竟遇到这么一个混蛋，自己都不想活了，提出必须严肃处理。四川老兵却没说什么。第二天，老兵找到保卫科张干事，说做了妻子的工作，两人同意从轻发落小陈。他们听招待所的人议论，说小陈这个河南兵平常表现特好，人很老实，从来没有这方面不良行为，也许是一时昏了头，在家结过婚搂不住了才干这傻事。眼看当兵快两年了，能探亲或让家属来队见面了，却弄出这么一出，要是被判了刑，家里父母脸上无光，老婆也得闹离婚，这一辈子就完了。四川老兵夫妻请求不要判他刑，处理退伍算啦，给他一个改过自新的机会。

事情发生后，长期住在招待所里的宣传队男兵女兵，都不相信小陈会干这种事，多么老实的一个人呀。不仅本职工作做得好，炒得一手好菜，还帮宣传队的人洗练功服，男女练功服全包了，洗得干干净净，叠得整整齐齐。宣传队那么些女的，没见他多和谁说一句话，一和女兵说话就脸红。女兵有时逗他玩，他头都不敢抬，怎么就吃了豹子胆了呢？事后，有的心细的女兵才联想到关于小陈的一些细节：他爱洗女兵的练功服，洗时还爱用鼻子闻一闻；对女兵晾在外面的衣物，借天下雨帮助收回之际，紧紧抱在怀里，蹭自己脸上。他特别爱帮女兵洗衣服，啥时都来者不拒。大家议论说，真没想到这么一个老实人，犯了这么大一个错误。对小陈，不是看他笑话，而是深深为他惋惜。保卫科综合各方面意见，也考虑尽量减少对部队的负面影响，决定对小陈采取“给出路”政策，免于刑事处分，按提前退伍处理回家。

听史瑞中讲完，我也是一脸愕然。我和小陈从当兵体检时就认识，从来就没有发现他有这方面不良行为。我们一起当兵的这些老乡中，只有小陈当兵走时就“圆房”了，尝过女人的滋味。每一次大家在一起议论女人，他只是在一旁笑笑，有时还会脸红，出事的怎么会是他呢！

史瑞中打破我的沉默："天不早啦，你回招待所歇吧。正好赶上明天小陈退伍往家走，你要是想送送他，我明天早上看护刘文先下班时，来叫你一起回咱宣传队住的二所。"

"好吧，我去送送他，明早咱俩一起走。"我说。

半年前，就在支队机关的大彩门前，我在此等通勤车，小陈来送我，提着我的物品，一路叮咛到连队后的注意事项。半年后的今天，却是我送他回乡。仍是在大彩门前等通勤车。他将在这里坐通勤车，到盆县县城下车，去县汽车站坐车，到沾益换火车，踏上回乡的路。我帮他拿着东西，两人一路走着，我没说一句话，他也没说一句话，就那么默默地走。通勤车来了，我要回老屋基402大队，正好送他一程，到盆县县城再分手。等我往车上拿小陈的物品时，只见小陈全身立正，穿着没有帽徽领章的军服，向"大彩门"敬了最后一个军礼，随即有两行热泪从他脸上涌了出来。车到盆县县城，小陈下车了，我喊一句："小陈，保重！"也不知他听没听到，只见熟悉的身影一闪，消失在了人海中。

杨文天提干回宣传队和刘文先负伤住院后，支队宣传科领导征求我的意见：是继续留在连队锻炼，还是回到机关来搞创作。听了我的意见后，领导再做决定。科长宋洋到402大队调研，也专门把我找到他住的招待所，就此给我谈了一次话。我向宋科长明确表示，我决定继续留在连队长期工作和生活，并说明了理由。宋科长表示赞同我的想法。我提出留在连队不回机关，不是像当初下连时，对机关一些人和事有看法，也不是因某些不快闹情绪。经过下连锻炼，我的眼界得到拓展，对过去发生的一些事都不以为然了，况且，过去发生的事，自己难道都没有责任？如果处理得好一些、得当一些，就不会出现那些后患。如果不是自己名利思想过于严重，怎么能引发一些人的不满？我们老家过去常说一句话：自己一身白毛，却看别人是妖精。这半年来，我发现自己身上“白毛”不少，是要剃一剃的时候了。我此番去医院看刘文先、在“大彩门”前送小陈，所以没回支队机关，不是过家门而不入，而是确实没有时间，我必须按时归队参加施工生产，我的职责在那里。在小陈面向大彩门敬礼时，我的眼眶也湿润了，从内心涌上对“大彩门”的几分留恋。

我深深认识到，自己的根在基层、在连队，在下面工作生活是充实的，听到看到的事例都是鲜活的、活生生的。生活是创作的源泉，浮在上面只能发现皮毛，挖不到精髓，我已经深深认同了这种认识。我既然选择了文艺创作，想写出优秀作品，就必须扎根连队。

再就是在一中队半年工作和生活，我已开始融入这个集体，和这里的干部战士、一草一木建立了感情。我甚至爱上了拖长江，晚上听不见拖长江的水流声，就睡不踏实。每一次下井走到巷道里，掘进在掌子面，我都有一种自豪感。上下班路过亲自参加打出的巷道，就想起《朝阳沟》里银环唱的：“这是我嫁接的苹果梨树，这是我挥锄锄过的早秋。”“小妹妹为留我跑前跑后，拴宝他为留我苦苦哀求，老支书为留我……”一中队干部战士没有人提出挽留我，但我能看到他们期望的眼神。这里我相处的每个人，都那么朴实，那么真诚，绝无尔虞我诈、挖坑陷害，也绝无翻手为云、覆手为雨，让人无所适从。我和这里相识的每个人都建立了相互依赖相互信任的关系，从周中队长、姚指导员、杨排长、郑班长，到班里的每一个战士，我对他们都有一种信任感，认他们是掌子面遇险时可以过命的兄弟。还有夏志武等和我同年入伍的战友兄弟，除了战友情，还有故乡联结的浓厚情谊。在这个集体中，我改造自己，在池水中洗浴，我和大家一样肤色，不再是浪里白条；交往交流用战士语言，而不再用学生腔；我的名利思想大为减少，人也比过去变得深沉厚重。我学会了在战友们之间相处的方法，最根本的就是相互尊重。刚到班里时，我看到有的战友家中生活困难，刷牙都舍不得买牙膏，我就买了一些发给他们，结果被他们退了回来。后来，我就买一些牙膏，看谁的牙缸是空的，就随手插进去一支，战友们也接受了，大家互相帮助嘛，用你的用我的都一样。从此明白，一个人不是施舍者，谁也不要居高临下，把自己看得高高在上，没有人理你那一套，即使不说什么，心里也会鄙视你。这一点一滴都是我悟出来的，也是向战友们学来的，而且我遇到了“老谷头”这个好老师、“吕大拿”这个好师傅，他们对我的教诲和影响是显而易见的。

这一段时间，蓝医生也来过几次，来给吕师傅、“老谷头”检查身体，还送来一些她妈妈寄来的营养品。妈妈说，爸爸和“老谷头”是好朋友，她认识，现在身体这么虚弱怎么能行，就买了麦乳精、白糖、饼干等邮来，让蓝医生给“老谷头”送来。送来时我在场，“老谷头”竟像个孩子一样兴奋，摸摸这个，看看那个，也许是饥饿使然，对这些食品向往已久了。这些真对他战胜饥饿增加营养起到了一些作用。

每一次来连队，蓝医生都提出给我洗衣服，我却坚持不让。她说：你这个懒鬼我还不知道，在机关时就不爱洗衣服，衣服领子油脂麻花的，现在在连队累得要死，还有工夫洗衣服？对我来说就是举手之劳。拗不过她，最后达成“约定”：要洗就在吕师傅房间洗，洗了也在此晾干，免得战士们说闲话，说一些猜测议论的话。于是，蓝医生每次来，都在吕师傅处把我的衣服洗了再走。

这一切都被吕师傅看在眼里，一次蓝医生走后，吕师傅说：“小曾，我看蓝医生对你真关心哩！她对你不会有什么想法吧？”

我心中一阵急跳，随即赶快掩饰：“会有啥想法？她有丈夫有家庭呢，从来就像姐姐关心弟弟一样关心我哩！”

“那就好，那就好。我闺女美美，没给你来信吧？她说过这两天来看我，还想见见你呢！”

“来信了，寄来两首诗，写得不错，我还没有给她回信哩！”我告诉吕师傅。

等蓝医生再来，在她为我洗衣服时，我就把吕师傅的话学给她听。这也是我对她的一种试探。蓝医生正在揉洗衣服领子，听到这话，停下来正色道：“吕师傅那是猜测，你可不要往别处想。我结过婚离过婚，又比你大五岁，根本不可能！咱们俩就是姐弟关系！我在机关时，就看不惯一些人的嘴脸，整一个新兵有什么能耐！出于同情，也出于对你才华的欣赏，我愿意呵护你，尤其当你病倒在卫生所时，当知道你因失恋受到打击时，我都发自内心地帮你渡过难关。说实在话，我要求到402大队来，除了对龚连长的感情之外，也放心不下你，怕你因在机关受到打击而自暴自弃，因吃不了下井连队的苦而放弃自己的理想，想离你近些帮你一把，反正我是孤身一人无牵挂，到哪里都一样。但，小曾，请你记住，我们俩啥时都是姐弟关系，我除了妈妈，再无亲人啦，我就把你当亲弟弟，一切按姐弟关系处，你敢动半点歪脑筋，我决不饶你！”蓝医生一顿轰炸，搞得我不知所措，也不知说什么好，竟坐在那里抹起眼泪。

“咦，学会哭鼻子啦，没出息！”她拿起手绢给我擦眼泪，我闻到一阵女人的芳香，不知是从蓝医生身上传来，还是从手绢上传来。我有点眩晕，有些控制不住自己，但一想到蓝医生的“连珠炮”，我便清醒起来。自从那天她还我诗稿《初恋》，我就对她产生了异样的感情。多么可爱的女人，多么善良的女人，遭受了这么多苦难的女人，应该得到爱情，得到男人的呵护。我深知自己没这个能力，也没有这个资格，但是我有爱的权利，我会向着爱的方向努力。我也反复想过，她结过婚离过婚就是我们的障碍吗？年龄大五岁就是障碍吗？视为障碍，那是世俗的观点，我读过一些世界名著，那些男女主人公不是冲过这些藩篱了吗？但这些话，我不敢跟蓝医生说出来，我怕说出来触破她的底线，从此再也不理我，那不是没有得到爱情，连朋友也做不成了吗！

从此之后，我们照常交往，但都回避了这个话题，就当做这个话题没有提起过。况且我目前也没有这个资格，只能长期隐蔽，积累力量，等待时机。

由于和蓝医生的关系，我和“老谷头”走动更多一些、更近一些。他让我把知道的部队的情况告诉他，便于对问题做些分析。身远庙堂心忧天下，这就是“老谷头”这些老干部的情怀。

一天，好久不见的战友朱北方到一中队找我。他拿出两张纸给我看，上面是他写给党中央毛主席的一封信。信的内容如下：

敬爱的党中央、毛主席：

我是建字四零二部队战士。作为毛主席的忠诚一兵，我如实反映我在部队见到的、听到的问题。这些问题非常严重，干扰了毛主席无产阶级革命路线的执行，影响了一支新型人民军队建设。

一、现在部队存在严重不正之风，有的连队干部侵占战士利益，剋扣钱粮供自己家属来队使用。有的连排干部收战士礼品礼金，送了就许诺入党、提干，败坏了军内外和社会风气。

二、关于“黑兵”问题。社会上有人说基本建设工程兵是“黑兵”，不是毛主席亲自缔造和指挥的，是邓小平向党中央建议成立的，是刘、邓的黑部队，这对部队建设构成极坏影响。建议党中央发文予以澄清，不使基层干部战士无所适从。如果真的是“黑兵”，我们坚决不在这支部队干下去。青山处处埋忠骨，何必在这里受窝囊气。敬爱的毛主席，请您给我们指出一条光明大道吧！

此致敬礼

毛主席的红卫兵　朱北方

朱北方入伍前当过文县一中造反司令部头头，入伍后依然关心国家大事，政治热情很高。他对一些人谈吃、谈喝、谈女人不感兴趣，认为那些是低级趣味，站在坑里喊话——立足点太低。自己是革命闯将，岂能与这些人为伍。他热衷读书读报，特别爱看《人民日报》，从上面去体察政治风云。他在井下干活很卖力，认为这是跟毛主席路线干革命，要甘洒血汗献青春。但听了"黑兵"一说之后，思想上受到打击，行动上有些迷茫。他对一些连队干部搞特殊化有意见，认为革命队伍官兵一致，绝对平等，对这些问题的看法难免有一些偏激。这些问题，过去见面时，也偶尔议论过。我劝他：咱们就是普通战士，国家大事管不了，就把本职工作做好，在井下能多掘进一米就掘进一米，实实在在为国家做贡献吧。但朱北方不以为然，仍然是当年红卫兵的思想，他说：国家者人民的国家，天下者人民的天下，革命战士能袖手旁观吗？过去说说也就罢了，现在竟然要给毛主席写信，这就非同小可了。他给我看信的内容，一是让我修改，二是我若同意，就一道签名寄走。我过去做事不走脑子吃过亏，现在办事慎重多了，注意纠正听风就是雨的毛病，也开始从大局着眼考虑问题。我对朱北方说：这个问题比较重大，你把信留下，我慎重考虑一下再答复你。北方说："好，我听你信，可别拖时间太长，晚反映一天，党和人民的损失就多一天。"

朱北方走后，我拿着这封信不知如何是好，突然想起来何不去找"老谷头"请教，他当过大领导，有水平，对过去的情况也熟悉。

“老谷头”正在洗脚，我把信递给他，并说明来意。“老谷头”接过信翻来覆去看，又拿着这封信沉思良久，也许注意力过于集中，脚从盆里拔出落在盆外地下都没发觉，看来这封信引起了他的高度重视。过了好半天，“老谷头”才对我说：“今天不谈了，改天你把写信的朱北方给我找来，我和你俩一道唠扯唠扯。”

过几天，我约朱北方来一中队，他以为我对这封信想好了，给他回话，没想到我却把他带到“老谷头”的房间。

“老谷头”到底做过大领导，说话和分析问题就是有水平。他先对朱北方说：“你叫朱北方？”

“报告首长，我叫朱北方。”

“老谷头”说：看来咱俩有缘分哩，我 1935 年在北京搞地下工作时，组织过北方左翼作家联盟，这里面也有个“北方”哩。看了你写的信，引起了我的深思，作为一个老兵，我想和你交换如下看法。第一个问题提得好，给我们部队建设敲响了警钟，贪占士兵便宜、行贿受贿，不送礼不办事，送了礼乱办事的歪风邪气必须坚决刹住，不能任其滋长。基本建设工程兵是由工人改过来的，实现思想革命化的任务很重，这方面我们和老的正规部队确有一些差距。我会帮你把这个问题反映上去，引起上级高度重视，尽快着手解决，发现一起处理一起，决不允许这种歪风邪气蔓延！你发现问题及时反映，这是一个革命战士有责任心的表现，必须充分肯定。另一方面，我也认为对存在的问题要实事求是，有多少就是多少，不能一篙子打翻一船人，说我们基层干部都是这样。我们部队基层干部绝大多数都是好的，清正廉洁，在他们带领下，我们才取得今天的成绩。你说是不是呀，北方同志？

“是！”朱北方回答。“老谷头”的分析让我和朱北方心悦诚服。

“老谷头”又接着说：至于“黑兵”问题，作为组建这支部队的亲历者，我可以负责任地告诉你们：我们这支部队是党中央毛主席批准成立的，毛主席亲自批示说“这个办法我赞成”。和其他军兵种一样，我们这支部队也是毛主席亲自缔造亲自指挥的。我们这支部队成立时间是 1966 年 8 月 1 日，这时无产阶级文化大革命已经开始，领导权掌握在毛主席党中央手中，党中央不批准，毛主席不首肯，这支部队能够成立吗？而且这支部队成立，就是肩负着三线建设使命的。建设大三线，是毛主席党中央的伟大决策，成立这支部队就是落实这一战略决策。实践已经证明，这个决策是英明正确的，这支部队发挥的作用是巨大的。我只给你们举一个例子，过去地方一个工程处转场至少得半年，但我们部队现在一个月就完成跨省转场任务。说基建工程兵是“黑兵”，完全是一些人别有用心的造谣污蔑。中共中央、国务院、中央军委十分关心基建工程兵部队的整编和建设。在“文化大革命”之初，针对有人制造的“基建工程兵不是中国人民解放军”，是“黑兵”的谣言，周恩来总理在接见国家建委群众代表时指出：基建工程兵不是第二解放军，在毛主席那里，在政治局讨论过。有些人散布基建工程兵是“黑兵”，所谓根据，无非有两条，一是邓小平曾提议把部分施工队伍整编为基本建设工程兵，还受党中央委托视察三线，明确了六盘水与攀枝花“煤钢联盟”的战略关系，要求把重点放到贵州六盘水地区规划和开发上。这是按照毛主席党中央战略部署进行的具体落实，邓小平当时还没被打倒，是党中央领导集体的一员。二是彭德怀彭老总曾参与三线建设，还到我们第 41 支队视察过，在当时的土城支队部听取过汇报，还在盆县县城开过会，做过指示，提过要求。这算什么问题呢？彭德怀参与领导三线建设，是毛主席点的将，是毛主席让他出山的。一些人据此说我们是“黑兵”，完全是无稽之谈！看任何事物都要历史地看，辩证地看，这样我们革命战士就能把部队建设好，把矿山建设好。尔曹身与名俱灭，不废江河万古流。相信历史会验证一切。

“老谷头”一席话，讲得有事实，有根据，有分析，有深度，我俩为之所折服，边听讲边频频点头。

在送朱北方回去的路上，北方说：这个“老谷头”水平就是高，把我心中的一团乱麻理清楚了。

十一月初的一天，我去大队部看望“丁不住”，就是现在的丁副股长。提职了就是不一样，丁副股长一人一个办公室，说话交谈方便多了。虽然提职了，丁副股长也没摆什么架子，说话也比较随便。我问他：雷大队长来了一个月了，有什么“三把火”吗？

“啥他妈三把火，一把火也没有，倒是干了三件小事。我们机关有人总结说：老雷来了真稀奇，三件小事一盘棋，你听听这个评价！”

“怎么个意思嘛？”我听不太明白。

“嗨，我讲给你听。先说三件小事，事都不大，但和冯团长‘冯老虎’都是反着的。”丁副股长娓娓道来：

第一件事是在大队机关搞紧急集合。他刚来没几天的一天早上，天刚麻麻亮，突然紧急集合号响了。机关的人都以为发生了什么事，跑到院坝上看，有披衣服的，有趿拉着鞋的，女兵还有穿花衬衣的，就是没有背背包的，都站在院坝上东张西望。突然听军务股李股长在喊：“紧急集合啦！紧急集合啦！”这才想着回去打背包，扎皮带。有的背包绳找不到了，就抱着叠好的被跑了出来。我倒是打了背包，但情急中没找到腰带，只好找根裤带系在腰上。整个队伍20分钟才集合整齐。“雷黑子”一看火了，大嗓门像炸雷一样响起：看看你们的样子！像一支部队吗！有机关的样子吗？个个像威虎山上下来的。下次紧急集合，超过4分钟时间出来的、衣着不整齐的、不背背包的、不扎武装带的，一律给予处分！亲娘老子也不给情面。讲毕，他让5

公里急行军，我的妈呀，机关这些人谁跑得动呀，跑一圈下来，跟队回来的没几个，后面稀稀拉拉一大排，有跑岔气的，有崴了脚的，有摔了跟头的。“雷黑子”气得鼻子不是鼻子脸不是脸，说：“各位给我听好了，今后隔三岔五就搞一次。每天早上必须出操，我亲自点名，不出操者调离机关到矿建中队。”这么一来，不出一个月，部队大院操声洪亮、军容齐整，确有很大变化。也有人背后发牢骚：这个“雷黑子”安逸觉都不让睡一个，不是把机关干部不当人，往死里整吗？“雷黑子”不听这一套，照整不误，没有一个人敢公开抗拒。公平说，这件事还是很有成效的。

丁副股长招呼我喝茶，又摆第二件事：

以前“冯老虎”天天下井，“雷黑子”却不这样，来了才下几次井，也不到掌子面和战士们挥锹干活，东转转西转转，像刘姥姥进了大观园，看看这，问问那，了解了解情况就上来了。有人议论说：咱们的主战场不是矿井吗？掌子面不是战壕吗？你一个上甘岭下来的老英雄，连这个都不懂，大部分时间待在机关，比“冯老虎”差远啦！确实，和“冯老虎”相比，“雷黑子”下井偏少，人们拿“冯老虎”当镜子来照，他确实逊色不少。

第三件事，有支持，有反对，评价上还涉及人品。这第三件事是什么呢？就是做主批准技术股副股长许延安和工程股工程师宋蓉蓉结婚。这下子在机关炸了锅。原来许宋两人在地方工程处就认识，组建第 41 支队时，两人被抽调到战士业余演出队，就是支队宣传队的前身。两人演《老两口学毛选》：“老头子，哎，老婆子，哎，咱们两个学毛选，咱们今天学哪篇？”学来学去，两人动了真情，想成为“小两口”。他们两个原来都是技术骨干，许延安更了不得，是中国矿业大学毕业的高材生，尤其对建矿精通，参与了老屋基矿的设计。“文化大革命”开始后，部队施工一度停了，没什么事干，就抽调到演出队演节目来了。因为是干部身份，可以恋爱结婚，谁也不能干涉。但担任成都军区副司令员的宋蓉蓉的父亲硬是不同意，理由是许延安的父亲“文革”中被打成“叛徒”，害怕影响宋蓉蓉及其弟弟妹妹的前途。你俩想结婚，我就是不同意。为此给支队政委、当年的老战友肖红述下了“死命令”：决不允许批准许延安宋蓉蓉结婚。这件事全支队都知道，从《老两口学毛选》到现在八年了，两人还是牛郎织女隔河相望。宋蓉蓉也很决绝：和父母家里断绝一切关系，非许延安不嫁，不批准就等着。许延安也是非宋蓉蓉莫娶，相望死守。但情绪日渐消沉，原有的业务不热衷了，技术上也生疏了，热衷于琴棋书画，一天到晚以此自娱，人总得有点精神寄托吧。有人说，按照许延安的资历和水平，早就应该在大队当总工程师了，一个业务好手就这样被毁了。那有什么办法？他俩的婚姻归肖红述直管，肖红述不发话，谁敢办！嘿，真有敢办的，这就是“雷黑子”。他原本知道这件事，再深入一了解，一件事毁了两个技术骨干，矿山建设需要这样的人才呀，再说婚姻问题不是军机大事，管那么宽干嘛？许延安宋蓉蓉找“雷黑子”哭诉，“雷黑子”心肠软了，决定成全好事，如此这般地给两人做了交待，让他们起草报告，先做好结婚的准备。趁肖红述到北京基建工程兵办公室开会期间，做主给许延安宋蓉蓉办了婚事，还出席结婚仪式，为一对新人迟来的爱祝福！等肖红述从北京回来，生米已煮成熟饭。他在电话中责骂“雷黑子”：“你他妈的雷黑子，我当恶人，你当好人，太不讲究了！”“雷黑子”说：“支队的事归你管，大队的事归我管，宋蓉蓉的爸爸真怪罪，你让他拿我是问好了！”对这件事，一部分人说好，说“雷黑子”办得既合理，又合情，还承担了责任，把肖政委解脱了。一部分人说：好个屁，就是个白眼狼，刚被肖红述拉扯上来，就翻脸不认人啦，这不是让肖政委难堪吗，这不是显自己能耐吗，这不是拉拢许延安那些工程技术人员吗？此人品质恶劣，肖政委用错人了，心里指定不知怎么后悔呢！

丁副股长喝了一口茶，又接着说下去：

至于“一盘棋”，是说“雷黑子”爱下象棋。他到402大队后，把赋闲时间那副心爱的青枫木象棋也带来了，除了下井、开会，此外时间天天下棋，不知是下棋有瘾，还是赋闲期间棋没下够，对“楚河汉界”那么有兴趣，办公室成了棋室，青枫木棋子落在棋盘上“呼呼”有声，而且专找高手对弈，多是工程技术人员，有时还从连队请来老职工、老技术人员，不知想干什么。下着棋还闲聊，高兴处哈哈大笑。有时又做沉思状，反复询问什么，好像刺探什么军事情报，搞得神神秘秘，不知葫芦里装的什么药。下棋就能把工程建设任务搞好啦？人们带着这个疑问，也有说他不务正业，违规搞娱乐活动，通过下棋拉拢人心，拉拢技术人员。说下棋就能下出花来？还有的开玩笑说，半夜听到“雷黑子”办公室有“啪啪啪”落子的声音，却没有见到对弈者，原来他梦游在下棋哩！大队部也有下象棋高手，“雷黑子”不敢与他们过招，好像选对手是有条件的。棋翁之意不在棋，那在什么之间呢？看来“雷黑子”下棋一定有什么目的。但到底是什么目的，非要通过下棋来解决呢？思忖再三也想不明白。说“雷黑子”有下棋的瘾，那纯属瞎掰，那是没看到问题的实质。当然我也没整明白，还须继续观察，所谓“一盘棋”就是这么个来历。概括起来说，因为这些事，机关一些人对“雷黑子”的看法，是一块钱买三只暖壶——评价不高。

听了丁副股长的叙述，我大体知道了雷大队长上任以来的作为，一些事可以理解，比如抓军事素质，不抓能行吗？再不抓机关成什么样子！至于和肖政委作对，批准许延安宋蓉蓉结婚，又热衷在机关找人下棋，我对这些都不解其意，似乎隐含着什么，又说不清楚。

从丁副股长处回来，我把听到的情况如实说给“老谷头”听，“老谷头”笑笑，只说了一句：“这个雷黑子！”

第八章　孪生兄弟和一个女人的纠葛

时光像拖长江水一样川流不息，时间进入十二月份，我们这批1972年底入伍的新兵，两年服役期就要满了。一起入伍的战友，在盘点两年的收获，也在盘算今后的前途。存在决定意识，存在变了意识也会改变。我们这些已成为老兵的人，开始考虑今后的打算，一些想法就像春天树上的嫩芽，抑制不住地吐出绿色来。

时间在流淌，人们也在进步着。夏志武伤愈后，受到许际执精神的鼓励，有了更明确的方向，施工中更加舍得花力气，组织能力也大为提高，能独当一面，被提拔为代理排长。夏志文代为宣讲许际执事迹大获成功，此后又连写几篇部队干部战士学习许际执精神活动的稿件，被军内外报纸刊登，显示了搞通讯报道的才能，被借调到大队宣传股搞新闻报道，和朱仁刚、汤百才组成报道组，成天挖空心思写稿件，渴望能在报纸上刊出“核桃大字”的标题。他已接到通知，很快将去《贵州日报》学习半年，一直栽培他的阎副政委已经暗示他，学习回来就要提干，穿上四个兜的干部服了。和夏志武一起逃跑的“机灵鬼”王小新在连部当了文书。其他人各有进步，有当班长、副班长的，也有入了党的，在部队这座大熔炉里，每个人都在锻炼着、成长着。面对服役期满之后的前景，也各人有各人的想法。

又是一个休息日，我们几个一起从文县入伍的战友聚在拖长江边。营房后拖长江边，存放一堆井下施工用的圆木，我们就散坐在木垛后面，你一言我一语地讨论前途问题。夏志文也从大队部赶来，他现在搞报道到处搜集写作材料，去这里去那里都很方便。我来连队以后，融入了战友中，一起入伍的老乡们也接纳了我，我成了他们中亲密的一员。在部队，兵们来自不同的地方，自然就形成了老乡关系，人们从不同的称呼中就看出此人的籍贯。对广东兵叫“老广”，对甘肃兵叫“老甘”，对河南兵叫“老河”，如果实在不好简化称呼，比如不能把云南兵叫“老云”，不能把贵州兵叫“老贵”，就直接称呼为云南兵、贵州兵、四川兵等，这是部队特有的现象。老乡观念由古及今在军队中就存在。人民解放军是新型人民军队，不提倡老乡观念，尤其反对利用老乡观念拉帮结伙，搞不正当的事情，这一点干部战士都清楚。但对老乡观念这个客观存在，人们心里都认可，一个籍贯一年入伍的兵走得近一些，大家都理解。连领导有时会利用老乡关系，让一些人做另一些人的思想工作，这就是发挥老乡观念的正面作用。河南人家乡观念重，为何河南人家乡观念重？因为河南人大部分居住平原，世代都在原籍生息、繁衍，很少迁徙，养成对土地深深的依赖。一方水土养一方人，这里的人又都有共同的生活习惯。就是在外面的人，也讲究“叶落归根”，这就形成了浓厚的故乡情结。浓厚的故乡情结在战士身上表现出来，就是密切的老乡关系。只要不是太过分，部队各级领导是睁一只眼闭一只眼。但作为军人，在公开的场合也都回避老乡关系，即使在背后聚个小会、喝个小酒，也都尽量选择远离人群的地方。我们几个把聚会地点选在圆木堆成的木垛后面，大家躲在木垛后面说话，就是出于这一原因。施工中用的圆木从上游放排下来，在这里集结，又被我们各中队取走。这里有整垛的，也有打开垛没运走的，我们就各自坐在散乱在江边的圆木上。

到了年底，老兵面临退伍，我们又两年服役期满，大家自然把话题放到今后的打算上。

夏志文率先打破沉默，讲了自己很快就要被送到《贵州日报》深造，深造之后会在部队继续搞宣传报道，自己的前途由领导考虑，自己做不了主。说话间脸上流露出得意之色。

夏振平说："兔子满山跑，还得回老窝。我们这里是出门见山头，上班抱石头，前景没奔头，浑身没劲头，我准备写报告申请退伍了。"

"志武有什么打算？你在我们这一伙人中年龄最大，职务最高，说说你的想法让我们听听。"王小新急切地想知道夏志武的想法。

志武没说什么，似在沉思着。

王小新说："不说也罢，你现在是站在干滩[①]上，和我们不一样，代理排长，把代理两个字去掉，就是排长啦，排长是干部，那还考虑退伍干什么！"

志武看了王小新一眼："说的那么轻巧！代理说拿下来就拿下来啦，我身上还背着严重警告处分呐！"

志武这么一说，几个人都沉默了。当时由夏志武带队一起逃跑的六个人，全都在座，过去似乎忘记了这个茬。就像身上受伤落个疤，已经好了，就不要去提它了，但这个疤被揭出来了，依然在那里，谁也不能否定它就在每个人的档案袋里，沉甸甸的。

王小新不服："挨处分怎么啦，挨个处分就擎一辈子啦！谁他妈再提这个茬，我跟他急！"

志文没有背处分，急忙插话安慰大家："毛主席教导我们说，有错

---

① 干滩：河南西北部方言，指高处，没被水淹的地方，这里指有利地形。

误不要紧，改了错误还是好同志，一样可以受重用。”

“妈个×，站着说话不嫌腰疼，红炭块没有落到你的脚面上，落到你的脚面上试试！”夏振平骂道。骂完又意会到什么，眼睛看着夏志武，显示出一丝歉意。

我怕两人打起来，急忙插话说：“我说说我的打算，大家帮我拿拿主意。我的情况你们都知道，在机关让人踢下连队来了。现在是支队没人要，大队没人管，亲娘不亲，后娘不爱，前不着村，后不着店，但我现在还不想回家。我是搞创作的，就想在连队体验生活，写一个自己满意的好作品，就算抱金娃娃了。至于啥时候退伍，那就踩着西瓜皮走路——滑到哪算哪啦！”

朱云良说：“宪云退伍也有工作，你不是想通过写作进县文化馆吗？现在已有那么多成果，写的《改灶》还到兵种汇演，早晚进文化馆了。你要想去，我找我表舅说说。我表舅说我，你要是能写作发表东西，我就给你安排工作，我哪是那块料，我看宪云够格，就现在这条件，在家早进文化馆啦！”

“燕雀安知鸿鹄之志，你们不了解宪云，人家宪云是有大抱负的，能和你们一样！”夏志文不失时机地插话，暗含着说自己还是有抱负志向的，和战友们不一样。

王小新听出其中味道，他本来就对夏志文不满，此时发泄出来：“谁是燕雀，你说谁是燕雀，我们都成了小麻雀、小家雀了！要不是有人当王连举揭发我们，我们会落到今天！现在成了红胡了，管你红胡、绿胡，我就是看不起你这种人！”王小新不懂“鸿鹄”，领会成“红胡”了，对夏志文一顿讽刺。

“告你咋啦，告你咋啦，我告你们是为你们好，我要不告你们，你们不知会闹出什么塌天大祸啦，早被处理回家了！”夏志文摆出一副挽救了别人的架势。

“你那是为我们好，你是儿媳妇怀孕装孙子，捞资本！”王小新火气更大了。

“你说谁装孙子！谁捞资本！今个必须说清楚！”夏志文脸涨得通红。

“就说你，就说你，就是你装孬孙，就是你捞资本！不是你装孬孙，我们一个人能背一个处分！”王小新扑过来指着夏志文鼻子说。

看这架势两人会厮打起来，我急忙起身插到两个人中间说：“也不能都怪志文，就是他不去反映，连里也会知道的，怎么把账都记到志文身上。”我替志文说话。

王小新不服：“就是把账记到他头上，他就是一个混账！”

“你说谁混账！”夏志文扑了过来，又被我拦住了。

一直蹲在一根圆木上两手抓挠着头发的夏志武突然站起身喊道：“别闹了！别闹了！说这些有什么用，打铁人分家——散伙！”说完，昂着头气哼哼地走了。

志武带头走了，大家自觉无趣，也就各自散去。

回到班内，见郑振汉班长在洗衣服，我也找两件衣服，边洗边和郑班长聊起天来。自从他在井下拉我一把救我一命，我俩成了无话不谈的好兄弟。在谈话中，他看我流露出一丝悲观情绪，就直言开导我。他说：你的想法不对，不能受到一些挫折就对前途悲观，咱们军人首先要考虑国家的前途、社会的前途，不能把个人前途放在头一位，天天想着个人前途情绪就会时起时落。要说挫折，谁没受过挫折？我家是广东汕头的，父母都是印尼归国华侨，是带着一腔报国的心回到祖国的。我穿上军装能保家卫国别提多高兴！可一分到部队却傻了眼，第一次看见黑洞洞的井口，我们一帮广东兵都吓哭了。从来没见过这玩意，也不知进去干什么，就坐在井口旁不下去。我发了几句牢骚，就被排长说成煽动闹事，说要处理我退伍回家。刚当兵就回家，怎么向父母交代？我对排长说，你不要处理我回家，我带头下井，不就是一条命吗？豁出去啦！在我带头下，一起当兵的战友个个都下了井。说实话，开头我是赌着气下井的，慢慢地也就知道了，咱们在这大山里施工，也是保家卫国，久而久之，对巷道还建立了感情，一天不到掌子面掘进，内心就没着没落，“架崩”（指吃饭）也不香。看着矿山一天天变大，就像看一朵花儿在逐渐开放，也就为这个成果中有自己的一分汗水而自豪。家里几次给我来信，让我复员回家，到印尼去继承舅舅的财产。舅舅80多岁了，无儿无女，孤身一人，爸妈让我在继承舅舅财产的同时，也在海外开创一番事业，但我怎么能丢下正在建设的老屋基矿呢？眼看就建成了，眼看这朵花就迎风怒放了，我要看到它投产，要看到它源源不断把煤炭从传送带上运出去。老屋基矿建成了，我就要求复员，按照爸妈的愿望到印尼去。我倒不是希图舅舅的财产，我是想念阿萍，她是舅舅的养女，我们俩从小青梅竹马，两小无猜，我要去兑现我的诺言，品尝我俩的爱情之果……说到这里，郑班长的目光充满了柔情。

听郑班长说了这些，我的内心受到震撼。以前我俩有不少交流，但都没有如此抵达内心的深处。每个人都有每个人的想法，每个兵都有每个兵的想法，我以前太注意自己的感受和表达，而对别人的想法却知之不多，也不愿去知道。作为一个写作者，这样怎能写出宏大作品呢？我为之汗颜，决心从了解班内每个人的想法做起。一般说除了个人隐私，人们都会在交流中把自己的想法说出来，这是一种倾诉，也是一种宣泄，关键是有一个值得信赖的对象。

在班里，我和贵州兵何顺、甘肃兵赵虎头走得最近。何顺是贵州桐梓人，小个子，但很精干，身上好像有使不完的劲，在我们班、我们排，以最能吃苦出名。他说，在家干活比在部队还苦，成天开不完的山，搬不完的石头，造不完的梯田，学不完的大寨。不干怎么办？不干就没吃的，就改变不了面貌。在部队有大米饭吃，有军装穿，每月还有津贴费，美着呢！他天天都高兴，好像每天都捡了一个金元宝。

我和何顺是不打不相识，交朋友是从闹矛盾引起的。一天休息，战友们围在一起说笑话。我讲了听来的一个故事。说贵州“地无三尺平”，山头上没有整块的田地，一块一块开采，一块地也就巴掌大。一次一个老乡在山上开垦地块，干了好几天，记得开了18块，却数来数去也不够数，只有17块，就那么反复数，也不够数，太阳快落山了，把扣在地上的草帽拿起来：咦，草帽下不是还扣有一块吗？我讲得活灵活现的，引起哄堂大笑。何顺却没笑，阴沉着脸走开了。从此他几天不理我。我发觉何顺不理我之后，便去找他谈心，我问他：你为什么不理我？他说：一次我们议论河南兵，你为啥甩门走啦？我说，我能不甩门吗？净贬低我们河南人，说“美帝苏修河南人”，我能不生气？说到这里，我恍然大悟：是那天我讲贵州地块的笑话惹他不高兴啦！谁不说咱家乡好，人人都有故乡情结，抓一把故乡的土都是烫手的，我怎么没有想到这一点？于是赶快给何顺道歉，我说：对不起何顺，我无意中伤到了你，说明我还不懂得尊重人、理解人，我真诚地向你道歉。见我这么说，何顺笑了：道啷子歉嘛，一个锅里吃饭，饭勺哪有不碰锅沿的。也是我心眼小，见你说贵州不好，我就不高兴。说贵州“天无三日晴，地无三尺平，人无三分银”，那是过去，现在变化大啦，作为贵州人，我对这有感受。不过，你说的也是实情，我们贵州是山区，土地少，祖祖辈辈都很看重土地，视为命根子，比草帽小的巴掌大的一块土地我们也都利用起来，能栽一窝苞谷，就栽一窝苞谷，硬是把所有的地块都种上庄稼。我们山里不比你们河南，是大平原，土地多，这里的地都是一小块一小块的，但你当笑话讲，我就不高兴，这不是嘲笑人吗？唉，有些事就是这样，自己可以说不好，却不允许别人说。就像对自己的孩子，自己可以说他学习不好、不听话，但是别人说自己的孩子，心里就一百个不高兴。我也是这种心理，心眼太小，你不要计怪。何顺反而安慰我不要计怪他，多么朴实、善良的好兄弟！从此我俩有什么想法都能畅快沟通。我问何顺：你今年都当了快五年兵了，有什么打算呀？何顺说：没什么打算。我说：铁打的营盘流水的兵，终究不能干一辈子，你就没有为自己谋划谋划？何顺见我这么说，不好不告诉我，其实他心里是有想法的。他说：我70年入伍，一直在井下，部队没让我走，是因为有些经验，让我传帮带新战友，但早晚有离开那一天。等让退伍时，我就不回老家了，就留在老屋基当一名矿工，守着咱们建好的矿，把煤挖出来运出去，天天看着乌金流淌。“咱们战士复员，是哪里来回哪里去呀！”我提醒他。“这个我知道，但我能够做到。”何顺说。接下来他神秘地告诉我：他和矿附近村子一个姑娘好上了，两个人是对山歌认识的。一次他心里烦闷在山上转，听到一个女孩在唱山歌，他就对了起来。两人就这样认识了，一来二往，两人都有了意思，私下好上了。但部队有纪律，他不敢说出来，只能约好等复员时两人就结婚。姑娘的阿爹是村支书，喜欢他，同意两人的婚事，答应他复员后就介绍他到矿上当矿工。因为部队建矿占用了村里的土地，承诺矿建好后由地方上安排一些矿工名额。何顺说到这些很兴奋：“这样，我就不用离开老屋基矿了，守着咱们矿山多滋润。再说，我就是贵州人，在哪里都是建设家乡。我利用在部队学到的技术建矿开矿，咱也就会干这个。到时，部队撤了，我就成了坐地户，等你们回来时，我就在家设宴招待你们。”他的话感染了我，我打他一拳说：“你个龟儿子，怪有心眼哩，把后路都找好啦！”“你可要替我保密，千万不敢说出去呀。”何顺一再叮咛我。

赵虎头是我们班又一个典型人物。像名字一样，长得五大三粗、虎头虎脑的，话不多，办事沉稳。我问他为什么取这个名字，他说他娘要生他时，姥姥来看他娘，做了一双小孩穿的虎头鞋带了来。姥姥刚一进门，他娘就把他生了下来。给孩子取什么名字？爹从虎头鞋得到灵感，说，就叫虎头吧。就这样，赵虎头的大名就定了。赵虎头是甘肃清水县人，清水古称上邽，以“清泉四注”而得县名，是中华人文始祖轩辕黄帝的诞生地。赵虎头除了夸耀这些，还对家乡的小吃念念不忘，什么清水扁食、甜醅子、荞麦揉揉、荞麦呱呱。我问他为什么叫“荞麦呱呱”，他说吃了“顶呱呱”就叫“呱呱”，我好生奇怪。我俩还为何为“扁食”争了起来。我说在河南，扁食就是水饺。他说在他们清水老家，水饺是水饺，扁食是扁食，扁食是类似馄饨的东西。我俩为这个争得面红耳赤，郑班长走过来说：争个啥，有本事都做好让我们尝尝！争论也就此结束，无非过过嘴瘾而已。赵虎头力大，掘进时专门往上递料石，百十斤料石一下子就举过头顶，好似举重运动员，从不惜力。因为长得黑，皮肤黑黑的，我们就叫他“黑虎头”。我和他走得近，是因为两人同一年兵，在一个新兵团受过训。我问他服役期满有何打算，他说，啥打算？就在部队干下去。要是部队让退伍？我又问。他说，坚决不退伍，叫退伍就申请当随军职工。我干这个有瘾，每天不举举石头，心里就不踏实，睡不好觉。嗨，啥人都有，有人不愿退伍就是为了这，正在内心感叹，赵虎头说话了，语音沉稳，讲了他愿意留在部队的真实原因。他说，听他爷爷说，他们祖上是西汉名将赵充国。赵充国一生历经武帝、昭帝、宣帝三代，为西汉王朝的强盛屡建奇功，被封爵为营平侯，是一位能骑善战骁勇多谋的军事家，为屯田戍边做出了卓越贡献。赵充国的一生也很传奇，最初以“良家子”的身份参军当骑兵，为人沉稳勇敢，有远见多谋，但一生的主要功绩集中在晚年，七十三岁时主动领兵出征，七十九岁战胜归来。以如此高龄，顶风冒寒克敌制胜，这在中外战争史上都是极其罕见的。赵虎头很为自己的老祖宗自豪，也有一种“虽不能至，心向往之”的心态，志在为国家做贡献。当兵走时，爷爷交代他，要好好报效祖国，为祖上争光，不要老是想着回家，咱老祖上七十三岁才披挂出征哩！谨记爷爷教诲，赵虎头就没想过复员回家，他想在部队干到老，干到干不动那一天。他很豪气地说：你说说，咱们班谁有我能干，我能一起举起两块料石，谁能？矿山建设离不开我，我在这里干定了。我的内心很感动，为他有一颗为祖上争光的心，为矿山献身的情。

我们班最老的兵是69年入伍的云南兵唐光福，我们都叫他老唐。老唐身上的传奇经历，是我通过帮他写家信了解到的。老唐在掘进中，负责砌碹，就是把打好的隧道砌成拱形的顶，防止落石下来砸毁巷道。砌拱是一项技术活，尤其是最后一道缝的合拢尤见技术，选取的料石不大不小，厚薄适度，放进两边一挤便告成功，任千斤巨石也岿然不动。老唐最毒的是一双眼睛，他打眼一瞅，就知道一堆石料中哪块料石大小适中，放上去毫厘不差严丝合缝。因为有这个绝活，连队迟迟不让他退伍。老唐的纠结不是退伍或留队，而是出家和还俗。老唐老家在云南芒市，那里离中缅交界处不远，信佛之风强盛。老唐小时曾剃度出家当了喇嘛，“文化大革命”开始后毁坏寺庙，老唐也被强迫还了俗。就在还俗期间他当了兵，成了一名人民解放军战士。近几年开始落实宗教政策，一些被迫还俗的人可以选择重回寺庙。这样，老唐复员后就面临一个出家或还俗的选择。他的纠结是因为在还俗期间，他结识了同村的姑娘阿芹，两人已建立了感情，他承诺复员后就娶阿芹为妻，过世俗的幸福生活。但现在又有了可以重回寺庙的规定，老唐就有点犹豫起来。我帮他写信，就是帮他和阿芹沟通，商量这个问题。老唐说：出家是想出家呢，但舍不得阿芹妹妹你哩！阿芹说：阿哥阿哥莫归佛，我打下婚床迎哥哥。老唐说：烧烂的芭蕉活着根，我和妹妹一条心。阿芹说：天上的星星耀眼明，别丢下妹妹行不行？两人对话像对歌，都被我记录下来。以我的眼光观察，老唐是愿意和阿芹好下去的，但又似乎没完全拿定主意。让阿芹等着吧。老唐真是有一副菩萨心肠，探亲回家归来，给排里每个战士带了一枚铜印章，因为他们家乡产铜。他和排长杨忠祥是同年兵，他从杨排长那里要到花名册，按人头每人一枚，真是一个热心人、有心人。我自然也得了一枚扁章，像个戒指形，下方镌刻着姓名，上方的环可以挂起，不会丢失，这是我在一中队生活工作的见证和纪念，也是战友情谊的一个物证。因为是老兵，他和新兵保持距离，话不多，和他交流最多的是同年入伍的杨排长。杨排长有单独隔开的一个小房间，老唐常去那里坐，我有时进去，似乎看见老唐在藏什么，后来才知道，那是一个粗粗长长的水烟袋，在云南贵州很常见，老唐有抽水烟的习惯，忍不住了就偷偷在这里吸一口过过瘾。抽起来咕噜咕噜的，挺好玩的样子。班里人都知道老唐有这个爱好，但大家都不去揭穿他，为他保留这个秘密。天南地北来的人，谁没有自个形成的生活习惯呢，况且他是班里最老的兵。他还有一个习惯：每天上班进掌子面，嘴里都嘟嘟哝哝，不知说些什么，我问他，他不说，问得紧了，才说是祈佛保佑咱们平安哩，真是出家人秉性不泯。

自然，我最为关心的还是夏志武的去与留。本来我和夏志文走得近，但后来发现，夏志文和我不是一路人，他是靠讲用、靠玩虚的进步的。到了机关搞报道之后，一副机关的架势，和我们拉开了距离。我去宣传股丁副股长处玩时，“丁不住”明显对夏志文“不感冒”。他说：这个夏志文怎么回事？完全没有夏志武的实诚劲，仗着阎副政委赏识他，成天嘘嘘呼呼。现在不时兴讲用啦，改行搞吹牛啦。我问怎么回事？丁副股长说，写稿净弄虚作假，搞虚假报道。刚发表一篇《小许养猪感动了未婚妻》，说小许的妻子嫌小许在部队当“猪倌”，退了婚事，后来小许为连队养猪立功，感动了未婚妻，主动提出恢复恋爱关系。哪是这么回事？是小许的父亲恢复了县领导职务，为小许的未婚妻在县银行安排了工作，人家才回心转意的。再说，小许养猪立了什么功？战士反映，他养的猪死了不少，都在粪坑上浮着呢！你说气人不气人，你说他能编不能编？还写了一篇报道《义务修表匠》，说一个战士入伍前跟父亲学会了修手表，到连队后为干部战士服务，一年修表一百多块。你想想，一个连队有几块手表，就是全大队加起来，也没有一百多块手表，你看多能吹牛×！为什么天上牛在飞，因为地上有人吹，这人就是吹牛的货！我把话放这，他这毛病不改正，非闯大祸不可。听说你们文县姓崔的不少，是姓这个“吹”吧？

老丁把我说得脸都红起来。我曾几次想劝劝志文，但话到嘴边，又忍住了。我们过去是志同道合的朋友，现在有了分歧，人家走上坡路，我在走下坡路，弄不好，他会认为我在嫉妒他呢。他现在一门心思去《贵州日报》学习，回来提干，高人一等，不高兴的话是听不进去的，我就别去自讨没趣啦。

自然而然，我和夏志武有了更多的共同语言，这大概是共同在地心战斗结下的友谊、产生的情感，以及形成的共同价值观。说实话，我更希望志武留在部队，在部队长期干下去。他有优秀军人素质、勇于奉献的牺牲精神、为国家建设献身的情怀、良好的组织协调能力和人格魅力。而且我认为，上天应当公平，不应该让忠厚老实人吃亏，让投机取巧的人占便宜。否则，就像窦娥唱的那样：天啊，你不辨是非枉为天。不让老实人吃亏，是中国老百姓最普遍的心态，也是共同维护的一个准则。但是，在现实生活中，让老实人吃亏，让老实人受委屈的事例并不鲜见。因为老实人只会实干，不会吹牛弄事、溜须拍马，而成天不干事却会吹牛拍马的人，往往受到青睐。不让老实人吃亏，就是讲天公地道。夏志武是老实人，理应受到公正待遇。

我和夏志武在一起的时候，也会涉及去留问题。志武说：我自打参军那一天起，就没想到回家。我受父亲的影响，一心想报效祖国，我愿意在部队干一辈子。我也想提干，穿四个兜的干部服，这样就能在部队长期效力。但一锅饭让我自己做砸了。身上背个严重警告处分，还提什么干，我想都不敢想了。你说我那时候咋就那么犯浑！夏志武提起在新兵连“出逃”的事就后悔不迭：“我是吃错药了，还是被驴踢了脑袋，怎么办下这么没有脑子的事。自己背处分不说，还让一起跑的人跟着吃瓜捞！”

我劝志武：人都有犯糊涂的时候，再说你也是一心想报效祖国呀，领导对你的动机也是肯定的呀。犯了错误也没啥，改了照样可以提拔重用。“雷黑子”不是一撸到底，现在又当大队长了嘛！

志武说：周连长也这么说。周连长对我特好，说只要我好好表现，照样入党、提干。关键是舍得流汗出力，把工作做到前头。如果真要表现好，有人卡住不让我进步，他就去找戴支队长，他过去给戴支队长当过警卫员。他下连后一次都没有找过首长，愿意为我去舍一次老脸。还说，想进步也得有机会，今年连里有新的任务，让我出出头，表现表现。哎，周连长是对我真好。说真心话，在咱一中队，我最服气的就是周连长。他是一名专业技术全面、施工经验丰富、“敢打敢拼”的指挥员。施工中身先士卒，言传身教，遇到险情总是冲在前面，每年跟班作业300天以上。我刚到一中队的那一年，周连长领着我们战胜26次大冒顶，安全通过了200多米长的破碎区，创造了中队前所未有的奇迹。在一次砌碹时，他从架子上摔下来，把腰摔坏了，现在还戴着钢背心呢！你外头看，周连长腰伸得笔直，那是打不了弯。晚上取下钢背心，疼得直叫唤，但第二天仍照常上班。真是铁打的汉子。跟着这样的人干服气、痛快，能学到不少东西。不瞒你说，我是偷偷学着周连长的样子做，只是差得远哩！

战友之间这样交心，两颗心就越来越近。我说我最佩服我们杨忠祥排长。杨排长是云南大理人，白族，但人却长得黑，黑脸膛，轻易不笑，笑时露出白牙，脸显得更黑。大概是汉语说得不流畅，很少说话，就是闷着头干活，哪里危险就在哪里。他不会说大道理，也不说大道理，甚至一整天不说话，照样把排里管理得井井有条。我刚到连里时，有些萎靡不振，杨排长看在眼里，私下吩咐排里的战士不要欺生，多照顾我。一次我去他房间汇报思想，听到他和一起入伍的战友唐光福在谈话。杨排长说：小曾从支队下来咱排，听说是在支队那边受到委屈哩。他看着身体弱，你不要让他干重活，更要保他安全，伤着一根毫毛我拿你老唐是问！老唐在呼噜呼噜地抽着水烟，忙不迭地回答：是咧是咧。听到这些，我是含着热泪跑开的，我从内心感受到来自战友们的温暖，也记下来杨排长的恩情。

就这样，我和夏志武走到了各自的内心深处，我甚至把我的“失恋”，以及我对“蓝月亮”的好感，以及遭到“蓝月亮”婉拒的烦恼，都告诉了志武。志武说，你小子到底是要笔杆的，心里这么多的“弯弯绕”，军人就是打攻坚战的，敢爱敢恨，心里有，就发起冲锋吧。不过现在可得搂着点，不能违反纪律。遇事要掂量掂量，可不要像我当初那么莽撞！

我问志武有没有考虑个人问题，有没有和哪个姑娘通信？志武说，他没有考虑这个，也不去考虑这个，既然把自己交给矿山，就已抱定牺牲的决心了。特别是哥哥为救自己牺牲后，他对矿山建设危险性有了更切身的认识。找对象干什么，成家干什么，如果真的哪一天“光荣”了，那女方怎么办？受到的伤害有多深！为此，他拒绝考虑这类问题。他告诉我，蒙自过桥米线店的阿珍给他来过信。当年想往前线跑时，他们在阿珍的过桥米线店吃过过桥米线。姑娘是个有心人，费尽周折打听到他的通信地址，信中明确告诉他，愿意陪他过一辈子，在蒙自也行，在河南也行，在部队也中，啥都不图，就看他是一个正派人，一个值得信赖的人。但他回信拒绝了，说在河南老家已结过婚，这辈子不可能再有别的选择了。阿珍收到信，给他邮来一个表示祝福的荷包，从此中断了来信。

让我没有想到的是，夏志武这个立志不结婚的人，竟为一个女人和夏志文闹起了“爱恨情仇”，而这一切都是由阎红这个女子引起的。

阎红的美丽漂亮在41支队是出了名的，就是在盆县县城，也数得上前几位。我听老丁说，阎红的漂亮不是一般的漂亮，她爸阎副政委是北京人，母亲是广西人，壮族，阎红汲取了父母身上的优点，聚集了不同民族身上的基因。从身形上看，中等偏上个头，不胖不瘦，腰身紧凑；从肤色上看，白里透红，红里透白，肤如凝脂，就是杨贵妃皮肤的颜色；从气质上看，身上洋溢着青春的活力，既有牡丹花的热烈奔放，又有玫瑰的含蓄和菊花的深沉；从性格看，聪慧而又沉静，遇事能拿主意，表达清楚明白，语意清晰，绝不含糊，不愿意做的事情，不给对方留有任何余地，因此也给人冷艳的感觉，有“冷美人”之称。阎红不仅长得漂亮，而且有一个好的工作岗位，在盆县邮电局上班，每天在大厅柜台后面一坐，就像一个雕塑的维纳斯，一些人，尤其是年轻人来这里不是办什么业务，而是为了多看她两眼。她感受到来自各方面的目光，但我自岿然不动，让你徒然去纷飞自己的想象力。那时许多干部子弟都没有工作，有的到处游荡，有的作为上山下乡知识青年被安置到了乡下。也有的“走后门”去部队当了兵，但“反走后门”时又被退了回来，等等。阎红有一份令人羡慕的好工作，得益阎副政委在盆县“支左”。那时按照毛主席党中央部署，部队派出干部到地方“三支两军”。41支队按照昆明军区安排，也组成军管会带领部分干部战士到盆县地区开展“三支两军”工作。乔山田任军管会主任，阎副政委任军管会政工组组长，各委办局也都驻有军代表，41支队派出的盆县军管会在部队党委指导下，严格执行党中央的决定和部署，除了主持管理地方事务，支持地方干部坚守岗位大胆管理外，还积极参与地方建设。先后参与地方建设的干部战士达到4000人，帮助地方建起了一些基础设施和骨干企业。因此，41支队的“三支两军”工作在盆县地区很受欢迎。当乔山田、阎副政委等军管会人员按上级要求撤离时，盆县领导和老百姓都依依不舍，主动提出帮助安排一部分符合条件的干部子女在盆县县城就业。阎红就是在这种背景下被分配到盆县邮电局的，其他部队领导的子女有分配到电业局、农业局、水利局的。地方政府这么做，一方面是感谢部队对地方建设的支援，另一方面是拉近部队和地方的关系，希望部队投入更多的财力物力支援地方建设。“你们的孩子都安排在县上，你还能不关心盆县的发展？”县里领导也是揣着这个“小九九”的。正因为如此，部队和地方的关系一直很密切，部队干部子女在县里工作，也都受到关照，一般都被分配到比较好的岗位。本来，41支队在盆县组建，就是支援发展地方建设的，战备施工也拉动了地方经济发展，被誉为给地方“送光明”的人，“三支两军”又进一步密切了这层关系。

当然也不是说41支队的“三支两军”就做得尽善尽美，无懈可击，因为这项工作带有强烈的时代特征，有阶段性的时间特点，加之部队干部对地方情况不熟悉，也有不尽如人意或受到指责的地方。我就曾听舒强告诉我，到县文化馆“三支两军”的军代表就不怎么样。来文化馆军管的是一个副排长，简称“杨排副”。这个“杨排副”到文化馆后，专爱找年轻女同志谈心，一谈就是大半夜，还让和他要好的女人参加专案组审案工作。一次领着一个女人一起审文化馆的“走资派”，非让人家交待子虚乌有的问题，人家不交代，他就拔出枪拍在桌子上吓唬，没承想枪“呯”的一声走了火，把门外路过的人打伤了。结果是“杨排副”被撤了职，被押回部队劳动改造去了。舒强讲完，一再说这是“花絮”“花絮”，瑕不掩瑜。

说到阎红，舒强笑着说，在县城可是数一数二的，漂亮到啥程度，吸引人到啥程度，我只给你摆一件事：县广播站有个男青年相中了阎红，个人长相和家庭条件都不错，就尝试着给阎红写了封信，想处对象，阎红不同意，就天天来看阎红，死打滥缠，在遭到明确拒绝后，就得了精神病，被送进了县精神病院，精神病发作起来就狂躁不安、暴怒不止，唯一能制止的办法，就是给他一张阎红的照片，他看着照片，看着看着，平静地笑笑，然后把照片吞进肚子里，才能安生几天。没过几天又犯病，只好再给他一张阎红的照片。为此家里人征得阎红同意，把阎红的一寸照片洗了几百张供医病使用。

“有这等怪事?”我觉得不可思议。

舒强说:“千真万确。”又说，比这奇怪的还有呢，我们盆县就发生过这样一件真事，不过与部队无关，听我摆给你听。在盆县一个三线厂里，有个女的长得甚是好看，许多人追求而未果，其中一个男子追求不成，就把梦中和这个女人发生关系的场景，用文字写下来，在工厂里散发，女的看到后受不了啦，就跳工厂门前的河中自尽，幸亏被救出。因此那个男的以“梦奸妇女伤人案”的罪名被判了八年徒刑。

在盆江县城，追求阎红的男子很多，但最后都偃旗息鼓了，因为阎红明确表态“非当兵不嫁”，这些人见没什么戏就撤走了，也没有闹出什么事端。一个是阎红处理得当，二个是阎红的父亲是部队干部，一干人不敢奓翅。再一个原因，就是一帮部队子女对阎红的保护。他们对阎红的保护是出于同是部队干部子女、又是同学的原因，更有“肥水不流外人田”的心态。“丁不住”告诉我，41 支队干部子女大部分在盆县县城上学，初中、高中毕业后，有的参加了工作，有的就在县城游荡，每天穿着不戴帽徽领章的军装，像“黄流”在盆县县城流动，保护着在这里上学、工作的部队干部子女们不受伤害，尤其是对女孩子呵护有加，有谁敢对女孩子图谋不轨，他们手中的军用皮带可不是吃素的。因此，部队子女一般都找部队子女处朋友。对阎红，自然有一些部队干部子弟追求她，甚至为追求她还相互间产生了矛盾冲突。

对部队干部子弟的追求，她一概回绝，仍是不软不硬的一句话："非军人不嫁。"这是很好的挡箭牌，也是阎红的心里话。她是跟着父母从铁道兵转到基建工程兵来的，目睹了41支队组建的全过程，受父母影响，对这支部队很有感情，从某种程度上说，也是这支部队养育了自己，因为部队才有目前这么好的工作。要像父母一样把心血献给矿山建设造福人民，不是说"献了青春献终身，献了终身献子孙"吗？自己愿意成为"三二代"，把自己的青春献给三线建设，把自己的爱情献给从事三线建设的这些最可爱的人。因此"除了军人概不考虑"，成了她选择恋爱对象的一个底线。当她的心事逐渐被猜透后，支队、大队两级首长的适龄男孩子就个个摩拳擦掌，要求到41支队当兵，一些人还写了请愿书，找家长做工作，理由当然是"献身矿山报效祖国"，而不是成为阎红的男朋友。肖红述政委、戴兴泉支队长自然不知其中奥妙，但在处理子女当兵这件事上很是慎重，因为上年刚反部队干部子女"走后门当兵"歪风，确有一些干部子女从外地其他兵种调入本部队，安排到安逸的岗位上，虽然已得到纠正，但已在部队内外造成不良社会影响。不是说部队子女就不能当兵，保卫祖国，人人有责，他们自然也不例外，但是不能当"特殊兵""老爷兵"。部队子女想到41支队当兵，可以，但入伍前要先到矿建连队下井一年，不怕苦、不怕死，符合条件，在正常征兵时报请昆明军区批准，再办理入伍手续。干部子女在外地当兵的想调入41支队，可以，但调入后平级安排到矿建连队下井。支队党委做出的这两条规定，一下子就把"当兵走后门""调兵走后门"这两道门堵死了。不是堵死了，而是谁也不来找了。肖政委在党委会上说："成千上万的干部战士都能下井，都在下井，难道我们的子女就不能下井吗？我们不能宠坏子女，不能培养精神贵族，要引导他们艰苦奋斗，像父辈们一样，把青春热血献给矿山建设和贵州大地！"戴兴泉说："我回去做工作，让子女带个头。"乔山田说：

“我有一个闺女安排到盆县工作了，还有两个闺女，我让她们下乡接受贫下中农再教育!”孙副主任说:“我有一个侄女，是从老家找来侍候我卧病在床的爱人的，也帮我带孩子，我也动员她下乡。”肖政委把手一挥说:“你的情况大家都知道，不用了，让她安心照顾你爱人养病吧!”孙副主任的爱人原是铁道兵女篮的，因为打球重伤了腰，是个常年病号，长期卧床致使性格变得急躁，孙副主任对她不离不弃，精心照顾，还从老家把侄女接来，照顾爱人和孩子。他常下部队，因为不能照顾家里，爱人常对他发火，有时回来晚了还不让他进家门，这些他都默默承受了。他既对妻子有感情，又对矿山建设有感情，在两情间奔波忙碌，为此吃了不少辛苦，受了不少委屈，他都一笑置之，从来没有沮丧过，精神专注在部队建设上，因此也赢得大家的敬佩。

就是在这次党委会上，支队党委做出决定:要求对部队干部子女严格要求，加强教育，同时采取措施，对他们妥善安置。41 支队作为工改兵部队，存在干部年龄偏大、子女偏多、安置任务重的问题。针对干部子女以前存在的问题，要求支队首长和机关干部带头管好自己的子女，不能说别人头头是道，让自己的子女横行霸道。要引导子女加强思想改造，只有“改造红”，没有“自来红”，要消除“老子英雄儿好汉、老子反动儿混蛋”的血统论思想。要培养革命事业接班人，而不是精神贵族。对动不动就打架斗殴、动刀子动匕首造成严重后果的，由保卫部门扭送地方公安机关处理，绝不姑息。为了避免干部子女毕业后没有工作，在盆县县城游荡和坐在家里吃闲饭，部队党委联系盆江矿务局，让他们协调给一部分招工指标。再就是在盆县县委支持下，由部队政治部出面，在远离支队的盆县鸡场坪建立了知青点。是去盆江矿务局上班，还是去知青点，让部队干部子女自行选择。

部队干部子女看到有人关心他们，感受到了部队的温暖;部队干部看子女有人管，也为之放心。这样一来，干部子女的就业和下乡问题就得到了解决。而且部队还承诺，如果他们在矿上或乡下表现好，符合条件，受到地方推荐，可以优先当兵或选送上大学。由此，这股由青春期荷尔蒙引发的一股躁动力量终于平息下来，找到了合理的流向和出口，负能量变成了正能量。这些干部子女受到艰苦锻炼，多数留在了盆县大地，有的搞矿山建设，有的和当地农民结婚生子，永远在乡下扎了根，也有的参军入伍为国捐躯。邢飞副支队长四个子女，除一个通过正常途径上大学提干外，其余三个全都下乡到鸡场坪。其中二儿子邢跃华表现优秀参了军，在对越自卫反击作战中英勇牺牲，被部队追记二等功，成为41支队干部子弟们的典型代表。

阎红当然也是41支队干部子女的优秀代表，她工作积极上进，为人坦诚，没有领导干部子女的架子，又年轻漂亮、善解人意，自然成了年轻男子的追逐对象。无奈她设有底线在先，许多人被白色卫生球划了一条线，像蚂蚁一样干着急进不来。那么这个女子的意中人到底是哪一位呢？人们在拭目以待。

一个星期天，阎红休班回家。阎副政委去北京开政工会去了，家里就剩阎红母女俩。两人正在聊天，夏志文推门进来。他是阎副政委树立的学毛著典型，调机关工作后，也到阎家拜访过阎副政委。今天到家来，是给阎副政委汇报去《贵州日报》学习的事，顺便辞行。他手里拿一个用报纸卷着的筒状物品。看见阎红，夏志文一下子被她的漂亮惊呆了，手中的物品差点掉到地上。阎副政委爱人童姨赶快解围说："哟，小夏呀，你手里拿着的是什么呀？我们家老阎不抽烟、不喝酒，他最烦有人送烟酒啦。"夏志文回过神来："童姨，这不是酒，这是我老乡回家，从河南文县带回的小磨芝麻香油，我要了一瓶送您尝尝。"他把卷着的报纸打开，原来是用医院输液瓶装的一瓶香油。

童姨接过来笑说："这可是稀罕物，多少年都没有尝到过啦，谢谢啦！小夏，这是我闺女阎红，在盆县邮电局上班，我给你介绍认识一下。”

阎红落落大方地站起来握手：“很高兴认识你，也谢谢你送的小磨芝麻香油。”

从来伶牙俐齿的夏志文，这个在讲用会上滔滔不绝的家伙，今天的嘴似乎被焊住了：“也，也高兴认识你，不用谢小磨香油。”童姨和阎红都笑了。

阎红说：“我见过你，你在盆县县委礼堂做过许际执英雄事迹报告，讲得生动形象，很有英雄气概，台下一片掌声，我还给你鼓了掌呢！”

童姨说：“红儿，小夏可是个才子，你爸说他去《贵州日报》学习回来就提干了。小夏啥时去贵阳啊，走前童姨给你包饺子送行。”

夏志文此时稳住了神，口才也恢复了许多：“不用啦，不劳烦您啦，我在再下一周的周一出发！”

童姨是个爽快人：“那说好啦，下周日一定要来，我给你包饺子，上车饺子下车面嘛。”

听完这话，夏志文只好诺诺答应。他隐约感到母女俩对他有一种好感，有什么幸运之神似乎要落到自己头上。

对夏志文来说，接下来的一周时间过得很漫长，他赶着在离队前写好几篇稿子，准备好全部行装，还到一中队和哥哥夏志武告别。我见到他时，看他满脸兴奋，心中的欢喜绷不住窜到脸上。

又是一个星期天，夏志文如约到了阎副政委家。阎副政委开会尚未回来，童姨和阎红正在包饺子。夏志武洗洗手，赶紧加入进来。他老家在河南小麦产区，以吃面粉为主，对包饺子并不陌生，还会好几种包法，今天正好露一手，包一种麦穗形的，从边口一字形往前捏，到头上往扁一捏，就像个麦穗一样。阎红感到很惊奇，昨天在心里给他起了个“小磨香油”的外号，今天这个外号就成“麦穗哥”了。心里想，这个“麦穗哥”不仅会在井下掘进，还会包这么好看的饺子，心里就多了一份好感。

吃完饺子，童姨说她要去王副政委家找王副政委的爱人说个事，就起身走了。走前说：“你们小年轻，在一起有话说，好好聊聊天。”话语间流露出对晚辈的关心。

童姨走了，空气一下子沉静下来，两人都不知说什么话好。阎红把志文的茶杯里加了一些水，率先打破沉闷：“我从小就崇拜军人，崇拜军人的牺牲精神，那天你的报告真的把我感动了。没想到在家里见到你，见到我心目中的英雄，我崇拜你！”

夏志文说：“我不是英雄，我只是讲许际执的英雄事迹，传颂一种英雄的精神。”

阎红说：“在我心目中，你就是英雄！许际执烈士是英雄，他救了你，如果他没有把你救出来，你不也牺牲了吗？不也成了烈士了吗？我听爸爸说，在井下掘进的战士都是英雄，掌子面就是布满硝烟的战场。我爸说，这个战场很奇特，下到几百米井下，就得有不怕死的精神。有多少人一看黑洞洞的井口就害怕，更不要说成年累月在井下施工啦！小夏，你告诉我，你下井时害怕过吗？你是怎么战胜下井恐惧症的？还遇到过什么样的危险？”

阎红的连珠炮把夏志文打懵了，不知怎么回答是好。他在区队部当文书，没下过几次井；调到宣传股搞报道后，多是在井上转悠。对井下的情形都说不清，更别说经历什么危险啦。但面对阎红的追问又不能不回答。不得已才道出了做许际执英雄事迹报告的真相。他对阎红说：“我在台上做的英雄事迹报告，自己没有亲身经历过。许际执救的是我的孪生哥哥夏志武。夏志武被砸伤了，不能登台演讲，只好由我替代。你问的这些问题只有我哥哥知道，我回答不上来。”

专注听讲的阎红一下子惊呆了："你把我都说晕了，这到底是怎么一回事呀？"

夏志文沉静一下说："一句两句说不清楚，我要回去参加行前会。政治处肖主任要给我们一起去《贵州日报》学习的三个人开会提要求。我到了贵阳给你来信吧，咱们在信上说。你在邮电局工作，接信也方便。"

阎红说：好吧。但眼中明显流露出渴望后的失望和困惑，也含有这样一层意思：那就信中解释清楚吧。

夏志文走后，童姨不一会儿也回来了。阎红把夏志文的话转述给妈妈听，童姨也惊呆了，怎么会有这等事？等你爸爸回来，我问问他。不一会儿又自我否定：不行，不能问你爸，问了他也不会说，还说我多事，问东问西干什么。这样吧，过两天我找宣传股丁副股长打听一下，夏志文是他手下的兵，他一准了解情况。到时妈再把真情说给你。说心里话，两次和夏志文见面，阎红对他是有好感的，符合自己心目中的军人形象，但怎么一下子就陷入云山雾罩中了呢？

过了几日，童姨去找丁副股长打探夏志文的情况。如此这般的说了心中的疑问。老丁一直在阎副政委手下工作，和童姨认识，丝毫没有隐瞒地说：嗨，都是我惹的祸！就把事情的经过说了一遍。末了问："童姨，你打听这个干什么？"

"我看出我家红红对夏志文有点意思。这闺女非要从咱部队士兵中去找，这回好像有点对上眼啦！"童姨说。

"童姨，我有话直说，志文这孩子有点飘浮，说话办事不怎么牢靠，红红要嫁给他，那可是一棵白菜让猪拱了！"老丁没有掩饰对志文的不满。

看着童姨失望的样子，老丁又补充道："红红真要找，就找夏志文孪生哥哥夏志武那样的，为人忠厚老实，工作踏实肯干，前途也远大。

怎样做选择，你让红红拿主意吧！”

童姨说：“红红听夏志文作报告时就对他有好感，谁知他是替哥哥去做的报告，她打心里崇拜在井下奋战的英雄，哪知让你老丁给调了包，弄了个张冠李戴。那你把夏志武的情况给我讲一讲。”

老丁在一中队蹲过点，又写过许际执事迹的材料，一直对夏志武有好感，又听我说过夏志武的最新情况，就把夏志武的表现给童姨介绍一番。说到长相，老丁说，两人几乎一个模样，因为在井下施工，志武显得更健康、壮实，如果红红看中志文的长相，那自然就能看中志武，两个人差不离嘛！

童姨一下子来了兴趣，非让老丁安排，让她和红红见志武一面，一是满足自己的好奇心，二是给红红多一个选择的机会。

老丁表示为难，说：这事要是让阎副政委知道了，还不批死我，我可不敢造次。童姨说：不让老阎知道就是，谁不知道你点子多，你给我想办法！撂下一句“我等你信”，就离开了老丁办公室。

老丁果然点子多，一天打电话把我叫到他的办公室，如此这般的交待一番。我问明了情况，才知道了其中的奥妙，就按照老丁的安排去行动。

又是一个星期天，趁阎副政委下连队，夏志武倒班休息，我就按老丁的安排，来实施这件事。我找到志武说：老丁让咱俩去把阎副政委家的杂物棚修葺一下，带着王小新，咱们去一趟。志武说：中。我们就事先备了一些材料，有木板条、油毛毡、旧风筒布、钉子等，在上午10点多钟赶到了阎副政委家。老丁自然没有出面，他是幕后总导演。

童姨阎红母女俩开门迎了出来。我在支队部工作时，是到过首长家的，不那么拘束。志武、小新从来没到过首长家，一方面是紧张，一方面是惊奇。不过，我们同时被母女俩的漂亮吸引住了。童姨也就40多岁的样子，一身成熟女人的风韵，而女儿更是青出于蓝，一切都是那样适中，是我们从来没有见到过的美人儿。王小新惊叹得直挤眼睛、吐舌头，事后对我俩说：我的妈呀，脸蛋像煮熟后刚剥了皮的鸡蛋，胳膊粗细像藕瓜。说着还唱起了豫剧的唱词：棉花白，白生生，萝卜瓷，瓷格丁丁……说阎红像下凡的仙女一样漂亮。又叹气说，这么好的姑娘，不知便宜了哪个龟孙子。一脸羡慕而又嫉妒的表情。

阎副政委家的杂物棚确实该修理了。志武干活沙愣[①]而又细致，我和王小新给他打下手。我们把已破旧的油毛毡揭下换上新的，在四周木条上钉上防潮的风筒布，用水泥重新抹了地面。顺便把里面的东西清理一遍，基本做到里外一新，童姨和阎红很是满意。这个杂物棚多年未修，阎副政委顾不上，阎红不常回家，童姨一个人弄不过来。一下子来了三个小伙子，活不够我们干的。母女俩站在一旁看着，被王小新推了回去：你们回屋吧，回屋吧，被钉子、木条碰到可不得了，娘俩细皮嫩肉的。把童姨、阎红逗得笑起来，只好进屋隔着玻璃窗瞧我们干活，阎红跑出来几趟，给我们送来茶水，还送来热毛巾让我们擦汗。夏志武一句话没有多说，只顾干活。我心里清楚是怎么回事，此时眼观六路，耳听八方，注意方方面面的动静。等杂物棚整修完毕时，童姨礼让我们进屋坐坐，我们说“不了，有事再找我们”就告辞了。临走时，我看到童姨和阎红都流露出满意的眼神。

过了几天，我问老丁有没有戏？老丁说，看来是相中啦，童姨问我夏志武在连队的表现，能不能提干、何时能提干！

我说：这事夏志武还不知道，知道了不一定同意哩！他说过不找对象不成家，怕咱井下连队遇到危险，一旦出事后给对方带来痛苦。

“你懂个球！哪有男人不喜欢漂亮女人的，只是没遇到。这事你先不要说透，让他们慢慢处吧，等志武提了干，就赡等好事吧！”老丁

① 沙愣：东北方言，形容动作麻利、快。

善意地训斥我。

我说，我还是有一丝担心，按你所说，是阎红先看上了志文，结果最后却看上了志武，如果事情挑开了，两兄弟还不为此闹矛盾？我说出了心里的隐忧。

老丁说，你真是个咸吃萝卜淡操心！选不选谁是阎红的自由，是咱们说了算的？从内心讲，我愿意让阎红和志武成，好人好报嘛。那夏志文是个啥，成天嘘嘘呼呼的，想和阎红好，那是癞蛤蟆想吃天鹅肉，就是能成，我也给挑黄它。老丁爱憎分明，他和阎家关系很好，也生怕阎红跟了夏志文吃亏。

我没有再说什么，毕竟志文志武两个是亲兄弟，若为争阎红闹起来，这可咋办呢？我夹在中间又如何相处呢？唉，羊跳起来撒尿，流到哪算哪吧。我还是腾出点时间，考虑一下自己的事情吧。

自从动了那个念头之后，我对“蓝月亮”思念日深，有一种控制不住的渴望。我不再考虑她是已结过婚的人，也不再考虑年龄这个鸿沟，甚至不考虑自己的身份，即使提不了干，我也要和她好。我们一起去深山老林，或者天涯海角。我对“蓝月亮”的感情是复杂的、多元的，有感恩的心，有爱的成分，有性的欲望等等，但共有一个走向，就是心中从来没有过的爱，从来没有过的渴求。对于一个正值青春期的男人来说，这种爱又是一发不可收的，是任何力量也难以使之回头的。那蓝蓝的月亮出现在我的梦中，是那样远，挂在天上，冰清玉洁；又是那样近，幻化为圆圆的眼睛，毛茸茸的睫毛，椭圆形的耳郭，温润的嘴唇。也常常会梦见一片白云从天而降，好像是一个降落伞，降落伞后面是穿着军装的“蓝月亮”。我想，这也许是我从她常穿的白大褂幻觉而来的。实在忍不住，我就在美梦醒来时，把这些想念化成一句句诗行。我在诗中说：“哪怕你是一捆湿柴，我也用我的心把它暖干，让它发出幽蓝的火焰。”我在诗中说：“冷静不是冷漠。冷静是夜空，冷漠却是石头。热烈不是狂热。热烈是火焰，狂热是烫伤人的钢水。”但是“蓝月亮”湿柴依旧，不仅没有暖干，而且更像一块冷漠的石头。

一天休班，我忍不住去大队卫生队看她，她恰好无事，在宿舍看书。她问我为什么来啦？我不好意思直言相告“我想她”，就说“老谷头”看着身体有点消瘦，想让她去检查一下。“蓝月亮”一听，二话没说，背起药箱就出发。在去一中队的路上，她问这问那，问工程进度、我的表现、有什么故事发生，不给我任何表白爱情的机会。算啦，等送她回来时再说吧，机会总是有的，面包也会有的，我安慰着自己。

“老谷头”见到“蓝月亮”到来，很是高兴，主动配合检查身体，还询问了“蓝月亮”妈妈和家里的一些情况。有点压抑不住兴奋地说：“写信告诉你妈妈保重身体，我们快熬到头了。”我对这些似懂非懂，但也似乎感到将会有什么变化。

“蓝月亮”给“老谷头”检查完，没发现什么问题，叮嘱他要按时睡眠，少服安眠药，遇事不可以过度兴奋，尽量保持一种平静心态。“蓝月亮”走时，我要去送她，“老谷头”拦住我说：“今天你不用去送她，我想向你了解一些情况。”就这样，我又一次失去了对“蓝月亮”表达爱的机会。

“老谷头”非常关心部队建设，问我干部战士最近有什么思想动向或者具体议论，让我把听到的摆给他听。

我说，现在部队真还有一种议论，需要关注和解释清楚。1974 年 10 月 24 日，国务院、中央军委批准试行关于中国人民解放军基本建设工程兵领导关系的几项暂行规定中指出：“中国人民解放军基本建设工程兵的建立，是经毛主席和党中央批准的，已列入中国人民解放军的系列，是一支劳武结合、能工能战、以工为主的部队。”“劳武结合、能工能战、以工为主”这十二字，高度概括了基本建设工程兵的性质和任务，是部队建设的方针。现在这个文件已在部队干部战士中贯彻。关于“十二字方针”人们有一些议论。

“都有哪些议论啊？”“老谷头”对这个话题很感兴趣。

我如实回答说，议论无非有两个方面：一是，1966 年基建工程兵建立之初，中共中央、国务院、中央军委把“劳武结合、能工能战”作为整编组建基建工程兵的指导方针，现在又加上“以工为主”，由八字方针变成了十二字方针，两者是什么关系？二是有人对加上“以工为主”不理解，说我们是“穿军衣干活的”，有的认为我们是“名为解放军，干的劳动活，当兵不练武，尽和铁锹铁镐打交道”，觉得不光彩，没意思。有的基层干部认为强调“以工为主”就是放弃部队的正规化建设，不按部队那一套去管理了。有的人觉得自己是工改兵老战士，年龄大了，军队生活不习惯，存在“晚走不如早走”的思想。有的从正规部队来的人，觉得强调“以工为主”，自己不吃香了，有不满情绪。

我一口气说了这些，“老谷头”专心致志，听得津津有味，还拿起笔在小本子上记下来。他停下笔来说：咦，这还真是一个问题哩，你这个小秀才知道的还不少嘛！

“关于这两个问题，你听我给你摆一摆，也许会有用，谁再议论时，你也可以做个回答。”“老谷头”接下来给我说了下面这些话：

关于八字方针到十二字方针，这两个并不矛盾，而且有一个发展过程，是一脉相承的关系。当初提出“劳武结合，能工能战”的方针中，就包含有这层意思。你想，“能工能战”中就有一个“工”字，而“能战”这个“战”呢，也是战时抢修抢建，是一种特殊的战斗形式，具有“工”的性质。我记得 1972 年国家建委领导向中央领导汇报工作时，中央领导同志说：你们汇报的内容概括起来说，就是“劳武结合，能工能战，以工为主”。1973 年底召开基建工程兵整编试点会议，进一步确立了“劳武结合，能工能战，以工为主”十二字建设方针。现在又用中央文件形式进一步确定下来，这对部队建设具有极为重要的意义。关于“十二字”方针中“劳和武”“工和战”的关系，要把二者有机地结合起来，既不可偏废一方，又要有主有从。不论平时或战时，我们都要坚持有主有从，以工为主，绝不可平均看待。我们部队的性质就是“以工为主”，这是我们的优势，也是中央组建我们这支部队的目的。我们的性质是工程部队，不是战斗部队。在这个问题上，特别要注意防止两种偏向：一是对“以工为主”的认识不到位，有抵触情绪，对落实“以工为主”不积极。二是一说“以工为主”，就以为不要部队正规化建设了，就可以放羊了，那我们还是部队吗？那中央当初把我们整编为人民解放军部队还有必要吗？整编的优越性表现在哪里呢？因此必须严格行政管理，坚决落实人民解放军各项规章制度，全面提高军队的战斗力。

接下来“老谷头”讲得更为细致：有人说我们是“穿着军衣干活的”，这话不对，我们是穿着军衣的军人，我们是穿着军衣为国家建设奋斗的特殊军人。可以说，在和平时期，我们这支部队并不比任何一支部队贡献差，即使在战时，我们也能发挥特殊作用。实践已经证明，从整编组建到现在，这支国家基本建设突击力量的面貌发生了深刻变化，充分显示出其优越性。远的不说，就说我们 41 这支部队，几万名官兵，在乌蒙山区浴血奋战，建成和即将建成年产煤 90 万吨的火烧铺煤矿、年产煤 120 万吨的老屋基煤矿，还参加了大田坝、山脚树、月亮田、土城煤矿建设，保证了攀枝花钢铁基地供煤需要。为了完成这些任务，干部战士付出了多大牺牲，做出了多么大的贡献，国家为拥有我们这样一支部队而自豪！“以工为主”的部队并不低人一等，“穿军衣干活”也没有什么不光彩，周总理说我们基建工程兵大有前途，前途无量，一旦有事，好处无穷。我对我们的部队建设充满信心和希望！

“老谷头”的激情也感染了我，我真诚地说：请首长放心，我坚决努力在这支部队干下去，我们许多战友都有这个决心，一定不辜负您的期望。

没过多久，基建工程兵兵办下发了教育提纲，明确指出：我们是基本建设工程兵，有解放军的共性，因此我们必须贯彻人民军队的建军方针，继承和发扬人民解放军的光荣传统，促进部队革命化，同时我们又有“以工为主”的特殊性，要认真贯彻执行建设社会主义的方针路线，深入开展工业学大庆活动，吸取施工企业的技术管理方面的先进经验，多快好省地完成施工任务。劳和武，工和战，二者不能偏废，也不能平起平坐。要坚持“以工为主”，平时执行艰巨的施工任务，战时抢修抢建，也可以参加必要的战斗，做到“平时寓兵于工，能工能战，劳武结合”。劳和武，工和战，又是相辅相成、互为促进的，平时部队施工与大自然搏斗，可以锻炼一不怕苦、二不怕死的革命精神，为将来参与必要的战斗打下思想上和作风上的基础；利用业余时间和施工间隙进行军事训练，培养部队的战斗作风，增强部队的战斗力，促进施工。

我特别注意到，在有针对性地解答干部战士的思想疑问方面，提到了“我们是穿着军衣干活的”这句话，这是我提供给“老谷头”的，这是战友朱北方说的，怎么会白纸黑字上了文件呢？我身上一激灵，突然开了窍：“老谷头”不光是老丁说的“不简单”，还“手眼通天”哩！这是怎么一回事呢？我揣摸好久也想不明白。

第九章 "雷黑子"终于亮剑

转眼之间,"雷黑子"到402大队任大队长快三个月了。他下井不多,下棋多,又干了几件让人匪夷所思的事,反对的也好,支持的也好,都在等他三个月后,在年底端出"什么菜",结个"什么茧子"。

果然不负众望,在年底之前,经过和王政委沟通,他在全大队干部会上宣布:在正常施工、训练、学习之外,要把以下三件事作为重中之重。

一个是充分发挥技术人员在施工中的作用。他搞了一个月的调查,部队刚组建时,大队、中队两级技术力量很强,而"文化大革命"中,一些人借口正规化,在部队大砍技术力量,把老工人和技术骨干处理一大批,使这批人的数量大为减少,而且不少单位出现歧视、排斥老工人和技术人员的现象。一些人员长期受歧视,心灰意冷,缺少积极性。"雷黑子"说:这种现象再也不能继续下去了!我们是搞什么的,是搞煤矿施工的,搞煤矿施工不依靠技术力量,不发挥技术人员的积极性,就是猪八戒用嘴拱地——吃力还不见效果。我举一个例子,大家都把万米成巷看得很重要,但万米成巷中有一个很大的技术难关,就是南北大巷的贯通问题。南北大巷两头井口相距数千米，中间隔着两座大山，要求贯通时两头对接口的中心线误差不能超过20厘米，没有许延安那样的技术骨干能办到吗？不发挥他们的积极性能成吗？说到这里，大家才明白“雷黑子”批准许、宋两人结婚并操办婚礼的缘由。大家说，这不是“雷黑子”动了什么恻隐之心，是在为打通大巷谋划哩！怪不得许延安婚后天天住在技术室，是在搞“士为知己者死”，千方百计想精准打通南北大巷哩！

“雷黑子”要求加强大队技术股的力量，配齐区队、中队两级技术骨干，把流失的人才请回来，特殊需要的人从盆江矿务局去“挖人”，为了挖到人，可以提高待遇。这样一来，一下子配齐了中队、区队、大队各级班子中所需的技术员、工程师，施工中遇到难题由他们出主意、想办法，并由他们做老师，给干部战士上技术课。理解的人说，“雷黑子”这一招对着哩，是一招好棋；不理解的人说，这是让“臭老九”翻天哩，还说什么提高科技人员的待遇是“黑爪子挣钱白爪子花”。不管说什么，“雷黑子”对重用科技人员这一条照推不误！他说，科技人员在咱们部队是个宝咧，宝在身边不识宝，那是傻蛋，注定搞不好矿山建设。

二一个是大胆采用新技术新工艺。“雷黑子”在赋闲期间没少看新技术方面的书，也私下里求教工程技术人员，获悉矿建技术日新月异，知道在矿井施工中，有科学打眼、定向爆破、激光导向、锚杆喷浆等当时比较先进的技术，掌握这些技术可大力提高功效和施工进度，他尤其对锚喷支护技术感兴趣，说那可以减少使用多少木材呀，又能加快进度，为什么不尽快采用呢？为此他采用新技术的第一件事，就是学习和抓紧在井下施工中推广锚喷支护技术。理解的人说：“雷黑子”有眼光，看得远；反对的人说他别出心裁，打巷道就是支护、砌碹，这是多年的老经验，“雷黑子”是不懂经、瞎胡整哩！

三一个是抓矿建安全生产。他提出“出烈士多不光彩，少出事故才光彩”。这句话一出，立刻在全大队干部战士中炸了锅：这“雷黑子”吃了豹子胆，竟敢对烈士大不敬，说“出烈士多不光彩”，要是在“文革”初期说这话，不被扒层皮才怪，但大家细一琢磨，“雷黑子”说得也蛮有道理。咱们是搞矿山建设的，井下安全最为重要，少出事少死人，伤亡率就降下来了。这也是上级一再要求的呀。既保证安全生产又能促进施工任务完成，不比多几个烈士值吗？干部战士年轻鲜活的生命，付出的要值当，不能做无谓的牺牲，“雷黑子”说得有什么不对呢？且听他自己如何解释。他说：井下施工每天都有大大小小事故发生，有的是难以预防、无法避免的，如突遇冒顶、塌方，我们为了抢险、救战友，付出了必要的牺牲。有的是可发生可不发生的，如预防得好，事故就不会发生，如瓦斯突出爆炸，有些是有预兆的，预防得体到位，是可以避免牺牲的。有的是不该发生的事故，完全属于责任事故，由于一些人失职，发生了不该发生的事故，造成重大伤亡和无谓的牺牲。在我们部队就曾发生过这样的事故：由于一名湖北新兵夜班打瞌睡，误将未挂钩的矿车推下斜井，上吨重的矿车掠过几百米长的轨道冲到掌子面，把一个班的战士全部撞倒，当场牺牲了几名战士。你们说，这样的事故难道不应该避免吗？让战士们做出这样的牺牲值得吗？当年要不是因为我莽撞行事，能发生火烧铺矿瓦斯爆炸，使16名战友葬身火海吗？那个惨烈的景象我永远都不会忘记，后来我翻看他们的档案，有的是刚入伍的新兵，有的连照片也没有留下。我的通讯员小张也在其中，他强烈要求到施工连队，才下去一个星期……

“雷黑子”说不下去了，下面静悄悄的，掉一根针都能听见，大家为他讲的道理而折服，也为他敢于揭开自己身上的伤疤、不回避自己的错误而投来赞佩的目光。

对如何搞好安全生产，“雷黑子”进行了具体布置：一是树立安全第一的思想，将安全教育制度化；二是在井下形成安全网络，让专兼职安全检查小组、班组兼职检查员、“情报员”、“战士监督岗员”共同发挥作用，层层有人抓，人人抓安全。三是开展扎实的安全技术培训，让干部战士掌握应知应会的安全技术常识和正确排除险情的办法。四是抓好安全生产关键环节，尤其关注工程任务紧张时期、月末完成任务取得成绩时，及时发现和排除不安全苗头，做到防患于未然。用“雷黑子”自己的话说，就像下井一样，每个干部战士都戴安全帽，这还不行，要给整个部队、整个老屋基矿戴上安全帽。他让宣传股用白石灰浆在斜井入口处的山坡上，写上“安全重于泰山”六个大字，在竖井挂下“施工必保安全”条幅。我们每天上下班都能看到，感到新鲜和亲切。

我把“雷黑子”抓的三件“重中之重”说给“老谷头”听，“老谷头”破例开怀大笑，说：这个“雷黑子”，士别八年，让我刮目相看啦。我心里想：这里面恐怕也有你“老谷头”的功劳吧，你没少给他支招吧，要不两人谈了一夜，都说了些什么呢？不过这些话，我没敢对“老谷头”说出来。

原本以为“雷黑子”说的三件事只有“安全生产”和自己有关，每天戴好安全帽，在井下集中注意力、眼观六路耳听八方就是了，没想到其他方面也深度关联到自己头上。

“雷黑子”抓工作有个狠劲，抓什么事紧紧盯住不松手。在会上讲话不久，就指定派一中队组织一个排去徐州矿务局学习锚喷支护新技术。

为了不影响连队施工正常进行，周树成连长决定抽一个排前往徐州，余下三个排临时变成八小时工作制，三班倒作业。抽哪个排去呢？他思考再三，决定抽夏志武任代理排长的一排。本来，上面指定周树成带队去的，他以连队施工紧张离不开为理由，让夏志武带队，全面负责这次外出学习任务。为了给夏志武“保驾护航”，他派吕师傅也参加进来，以便和地方加强联系，也把我从四排抽出来参加这次活动，说我是秀才，可以帮助做学习技术方面的经验总结。为此成立三人领导小组，夏志武任组长，吕师傅和我为副组长。报到上面后，有领导认为没有干部带队终归不妥，就临时指定一区队区队长老魏为部队外出学习技术队负责人。三人小组不变，学习技术方面的工作由组长夏志武负全责。时间定在1月10日到2月10日春节之前，为期一个月。“雷黑子”已经责成有关人员和徐州矿务局联系好了，对方随时欢迎我们派人前往。

临行前，周连长把夏志武、吕师傅和我叫到连部，当面交待这次任务，包括队伍的组织、学习的安排，如何严格加强纪律和处理好地方关系，都一一做了交待。接受这样重的任务，代表全大队去地方学习先进技术，夏志武内心很高兴，他知道这是周连长抬举他，但也流露出一丝畏难情绪：“连长，你这是让我瘦驴拉硬屎呀！”周树成眼一瞪说：“别给我犯软蛋！你就是瘦驴，也得给我拉一坨硬屎出来！”吕师傅赶紧插话：“周连长放心，我在徐州那边人头熟，矿上有不少老朋友哩，会尽量把这次学习技术安排好，把真经取回来！”我也表示说，学习的安排、资料的收集、学习结束后的总结，我会多动一些脑筋，给志武当好参谋，给吕师傅当好帮手。“这还差不厘！你们三个是拴在一根绳子上的蚂蚱，弄好了，人人有功，搞砸了，谁也跑不了。”尔后给我们交底说：“其实我压力也很大，这是让我们当推广新技术先行连，推广得好，脸上有光，弄得不好，丢人现眼，说不定有人等着看咱们笑话呢。你们掂掂这分量！不过，这也是好事，是雷大队长看重咱哩！我可给你们说，只能成功，不能失败！要是失败了，锚喷支护技术在咱大队推广不开，连雷大队长都跟着丢人哩。有人背后散布说，什么锚喷、狗喷，都是等着看雷大队长笑话呢！”周树成平常说话挺干脆，今天有点磨磨叽叽，但在这个磨磨叽叽中，我们掂量出了此次外出学习任务的分量。我们反复在吕师傅房间碰头，一个一个环节地设定计划，进行周密设计安排。说实话，我很佩服夏志武的组织能力，经过不到两年的锻炼，他已经成为合格的基层指挥员。虽然现在还没穿四个兜的干部服，但指挥一个排已经没有任何问题了。

为了保险起见，我偷偷去找“老谷头”，向“老谷头”讲了此次安排。“老谷头”一眼识破我的心思：“你小子给我耍心眼，是想求我办什么事吧？”

“报告首长，实不相瞒，是想问您在徐州矿务局那边有无关系，如有，需要时关照我们一下。”我如实讲明情况。

“好，我就给你写封信，那里的一个姓徐的副矿长我认识，这几年刚结合出来工作，如有需要，你就拿信去找他吧！”“老谷头”痛快地答应，并很快写了一封信交给我。我近来发现“老谷头”的情绪大有好转，身体状况也好不少，能有什么好事让他这么高兴呢？

“谢谢首长，有您这张护身符，我们就好办多啦！”我一阵风跑出“老谷头”房间，去找夏志武去了。

出发在即，我还有两件事要办。一是老丁找我，让我去一趟，再就是我要和蓝医生辞个行。

先到了老丁办公室，老丁听说我参加学习先进施工技术小分队去徐州，很为我高兴，说这是一次锻炼，也是一次露脸的机会，你可以借此写一篇报道，反映部队借助新技术加快施工步伐多做贡献，这样的报道报纸肯定能登。不愧是“老报道”，他一下子就嗅到了这件事的新闻价值。

“我让你来，是告诉你阎红确实对夏志武有好感，想和他建立联系，我想让你从中牵线。”老丁开门见山地说。

我急忙回答:“这个事我可干不了!你让我给她和夏志武牵线,夏志文还给我来信,让我从中给他和阎红牵线呢!”

老丁说:“夏志文小子是怎么回事?在报社还不好好学习,搞什么名堂!也不撒泡尿照照自己长啥样,也不上秤称称自己有几斤几两,那阎红能看上他吗?上次阎红对他有好感,还不是把他当成了他哥哥。现在事情真相都清楚了,你让他快死了那份心吧!”

我说:“志文给我来信倒没说什么,我看出他有那么个意思,说说而已。”其实,我没给老丁说实话。志文到《贵州日报》学习分配在政文组,很符合他的愿望。能到省城贵阳,又在全省最大的报纸《贵州日报》学习,志文心情很好。一个星期天和同去的战友到花溪公园玩,还照了一张相。他在信中夹了这张照片,一副潇洒自得的样子。他说,他也给阎红去信并寄去了照片。第二封信告诉我阎红给他回了信,祝他学习进步,态度似不怎么热情,一副公事公办的样子,让我设法打探一下阎红那边的情况,弄清她的态度,好在下封信中找到火力点。好像信心满满,志在必得,有点不达目的决不罢休的劲头。实际上他是剃头挑子一头热,阎红的兴奋点和注意力已移到夏志武身上。我在中间怎么处理?两个都是战友加兄弟的关系,弄不好就猪八戒照镜子——里外都不是人啦!

老丁看出了我的意思:“你不要太为难,在徐州学习期间给志武捎个话就成,让他有个思想准备,到提了干再谈不迟。童姨的意思你一定给我带到,她说的也是阎红的想法,君子成人之美嘛。情况如何你回来告诉我就成。此事不急,猪肉炖白菜,慢慢熬吧。”

我从老丁办公室出来,去了卫生队蓝医生处。自从我明确表达了爱的意向,“蓝月亮”就和我若即若离了。以前她常来连队看我,现在也不怎么来了。我想借送她回卫生队的路上进一步表达心中的意思,也随着她不怎么来而失去了机会。她不来看我,我就去看她。但每次去看她，时间都很短暂，说不上几句话，她不是去值班，就是有事离开了。我走时，她不出来送我，在门口白大褂一闪，也就没了影踪。我知道她是在刻意躲避我，而我这次外出一个月，写信又不方便，就想当面把心里话说一说。听说我去徐州学习先进施工技术，她真诚地为我高兴，反复叮咛我注意安全。又说两地气候不一样，要多带衣服，注意冷暖起居，就像个大姐姐嘱咐出远门的亲弟弟。而且这次破例把我送出门，走到卫生队的山坡下面。看看周边没人，我急忙拉着她的手说："蓝姐姐，我爱你！"她一听怔住了，立即收回手说："曾宪云，你开什么玩笑，今后不许再胡说！"说完在我肩上拍了一巴掌。巴掌结实而有温度，让我在回连队的路上思索良久。

回到连队，去吕师傅住处坐坐，却看见吕美来了，正蹲在大铝盆前给我洗衣服。自从蓝医生不怎么来了之后，吕美每次来都主动给我洗衣服，劝也劝不住。吕美说："我闲着也是闲着，咱们换工吧，你帮我改改新写的几首诗歌。"吕师傅也说："吕美从小就爱干净，爱洗衣服，她的衣服不是穿烂的，都是洗烂的。你就不要客气了，放心让她洗就是了。洗衣服也累不着人！"我不再说什么，任他洗去吧，但心里总觉得不落忍。

"听说你和我爸一起出门，我帮你们洗洗衣服，收拾收拾！"吕美说。她一会收拾这，一会收拾那，使我想起了四处飞舞的蝴蝶，内心也生出几分好感。但我的心在蓝医生身上，不会往其他方面去想。

把洗的衣服晾完，吕美从随身带的包里拿出两件织的背心，一个大一点，一个稍小一点，一看就知道手工不错，平针上面还织上了隐形的图案，看来花费不少心思，一件毛背心400多针，这得用多少不眠之夜啊。吕美说，这都是她把爸爸发的劳保手套拆成线织成的。部队施工需要，每年都发不少线手套。吕师傅用起来节省，现在被吕美的巧手利用起来了。

一针一线来之不易，我怕拒绝会引起吕美难过，就主动抓起一件小一点的说：“大号的留给吕师傅，小号的给我，谢谢你啦！”便拿起线背心向外走，一边走一边说：“你们父女俩再聊聊，我去找夏志武商量点事。”

我提醒夏志武说：“咱们都快要出发啦，魏区队长也不找咱们去研究有关事项，怕是等我们去汇报吧？”

志武也感到奇怪：“魏区队长这是怎么啦，以前执行上级命令都很爽快的，这不符合他的风格呀。”

我们去找吕师傅开“三人小组”会，吕美已经走了，屋内收拾得井井有条，吕师傅心情高兴，正在唱“辕门外三声炮如同雷震……”听我俩讲了心中的疑虑，就说道：听说他是对推广锚喷支护技术有看法哩。他是老矿工，习惯了现在干的支拱砌碹这一套，对新的方法不肯接受，不怎么积极也很正常。

志武说：咱们先不这么想，主动去给他汇报吧，听他有什么指示，好准备的再细一点。于是我们和周连长打了招呼，相跟着去了区队部。

魏区队长就是我们过去的一中队长老魏。老魏是从鸡西矿务局到贵州支援三线建设的，整编41支队时成了部队的一名排长，一直干到中队长，在掘进中以不要命、不怕死著称，带领中队成为先进掘进连，各方面都走在其他中队前面，因为成绩突出，被提拔为一区队区队长。

老魏见我们到来很高兴，说：“这几天工作有点忙，临行前有很多工作要安排。具体方案你们商量怎么样啦？”志武细致汇报后，老魏说：“好，考虑很周到，你们俩新兵蛋子要多向吕师傅请教，他吃过的盐比你们俩吃过的饭都多，要尊重老同志！”接着对如何安排好此次行动做了指示。老魏是我们老领导，有他在，我们就有了主心骨，心里踏实了许多。

临出发前，周连长召集我们去学习的30人开了动员会，提出了明确要求。尔后开一辆卡车送我们到沾益火车站。此前，大队部已通过沾益站军代表，给我们订了火车票。老魏和吕师傅坐卧铺，我们战士们坐硬座。本来我们是有座位的，但一上车大家都个个学雷锋，把座位都让了出来。好在夏志武考虑周到，他让每一个战士的背包外面都包一张废旧风筒布，坐在背包上既防潮又耐脏。通过这件小事，我看到了夏志武的细心和考虑问题的周到妥帖。

从沾益到贵阳，从贵阳经麻尾、柳州、长沙、武汉、郑州，沿陇海路经开封、商丘到徐州，我们历经三天两夜，终于到达目的地。徐州古称彭城，自古就是古战场，有诗句称："九里山前摆战场，牧童拾得旧刀枪。"举世闻名的淮海战役就是以徐海一带为核心展开的。陈毅元帅说过，淮海战役的胜利，是民工用手推车推出来的。这里的军民关系极为密切，我们到这里学习极受欢迎。徐州矿务局领导对吃、住、行都做了周详安排，精心选择了实习矿井。第一天，安排工程师给我们上了专题技术课，讲锚喷支护技术原理和技术要点。锚喷支护是由锚杆和喷射混凝土面板组成的支护。其主要作用是限制围岩变形的自由发展，调整围岩的应力分布，防止岩体松散坠落。既可作为施工过程的临时支护作用，也可以在某些情况下作为永久支护或衬砌，这项技术主要有两部分组成。一是确定和置放锚杆，锚杆的主要作用是增强节理面和岩层间的摩擦力，增强岩块和岩层的稳定性。二是喷射混凝土，喷射混凝土的作用是加固围岩，防止岩块松动、剥离和坠落。二者结合发挥围岩的自承能力。与我们以往的砌碹支护相比，具有很多优点：不需要模板；喷层具有高粘附性，使喷层与岩层共同承受荷载；胶结松散的岩块，充填裂隙并深入内部，减少岩石的应力集中；减少岩块位移或坠落；具有高密度和高强度；紧随掘进工作面，防止岩石风化和塌落；支护占衬断面小，节约投资和劳力；等等。现在徐州矿务局的主要矿井都已推广使用，尤其适用贵州盆县青山岩地区，有极强的坚固性和稳定性，可以加快井巷掘进的进度。接下来的大部分时间是安排井下现场进行实际操作训练。老工人在井下施工中教战士支锚、喷浆，亲自做示范。为了更好传授技术，始终和战士们坚持共同作业，战士身上有多少汗，他们身上就有多少汗，在共同施工中，使战士逐步掌握了锚喷支护技术。采用锚喷支护技术劳动强度大，喷射过程中混凝土回弹力度大，弄得满身都是，除了眼睛，身上都是水泥浆，战士们个个像泥猴似的。夏志武带头冲在前面，战士们没有装孬的、耍熊的，都坚持了下来。煤矿在徐州郊区，志武和战友们没去过一趟徐州市区。只是在矿上的安排下去瞻仰了淮海烈士纪念塔，在塔前献了花圈，宣誓向先烈们学习，为保卫祖国建设祖国而献身。

这一个月，我不离夏志武左右，也都在掌子面施工，一方面想学技术，另一方面想了解志武和战友们的表现，为完成“丁不住”交代的写报道稿做准备。吕师傅年纪大了，我和志武劝他不要班班跟着，免得累坏了身体，多出主意多参谋就中。对老魏，我们倒没有劝他，他自己带我们下井几次就不来了。看来，他真是对推广锚喷支护技术有看法。不过，他没有直接说出来，只是说：砌碹和锚喷各有千秋，谁也代替不了谁；每个矿的地质条件不一样，在徐州能行的，在贵州不一定能行；在贵州能行的，在徐州不一定能行。又说：咱们盆县是战备煤矿，要求高，千年大计，徐州是地方煤矿，是百年大计。咱们强度要求高，可马虎不得。老魏对我和志武说：好好学，学好艺不压身，也许以后用得着。说心里话，老魏还是顾全大局的，只是对推广新技术不怎么太热心。何止老魏，大队里不是也有一些人不看好这项新技术吗？

理想决定信念，理论支配行动，因为不热心，老魏下了几次井后就待在矿里给他安排的招待所了。老魏说：这里不少工人是在盆县整编建队后分配到这里的，熟人很多，一些人还因为存在遗留问题来找他上访，向部队反映情况，为了维护部队荣誉和不使过去的兄弟吃亏，他得分点心做这件事情。这样，我们就兵分两路，一路由“三人小组”带领战士们在井下苦练技术；一路由老魏去做群众思想工作。

一个月很快过去，眼看“收兵回营”，老魏接到部队电话，说他得先走一步，区队有紧要事处理，让我们做好总结、做好善后工作随后赶来。因为来徐州矿务局学习进展顺利，我就没有拿“老谷头”的信去找徐副矿长。要走了，我决定去徐副矿长那里一趟，替“老谷头”给问个好，道个别。徐副矿长叫徐进玉，是个热心实诚的人，看来和“老谷头”交情不薄。问了我们的学习情况，打听了“老谷头”的近况后，说：别看老谷年纪大，对新技术可感兴趣，保不齐你们来学习就是他推荐的。此前我给他写信，讲过我们推广锚喷支护方面的情况，追根源，这秘密还是我泄露的呢！又说，你走得急，我也没有什么好东西带给他，柜子里有两瓶双沟酒，是我闺女孝敬我的，我就“孝敬”老谷了。除了带这两瓶酒，你再带一句话，我过了年就带矿务局技术传播队去你们部队，一是看看现场地质情况，让工人们做现场技术演示，再就是看看老谷，我多年不见他啦，我要看看他，看看我的恩人。“文化大革命”中造反派揪斗我，说我有历史问题，去北京外调，让老谷写证明材料，老谷材料中写道：“徐进玉同志是个好同志，我们在一起工作过，我证明他的历史是清白的。他常年战斗在井下，对党忠诚，品质像名字进玉一样洁白无瑕。”我因此躲过一劫，也提前被解放出来。我不能忘了老谷的恩情，说定了，我春节后就带人过去！

听了徐副矿长一席话，我心头发热，这又是一个老革命、热心肠。心头窜出一念头：这次学习新技术肯定成功了，有我们的努力学习，有徐副矿长的“保驾护航”,“军民团结如一人,试看天下谁能敌”这句话,也要在我们矿山建设方面应验了。

我把徐副矿长的话说给志武听,志武一下子蹦起高来:“这下子,我心中的包袱可卸下来了!”吕师傅说:这可太好了。正想睡觉呢,就有人送个枕头,来个“双保险”,咱们回去睛等好啦!

回程很顺利。老魏已先归队,吕师傅坚持坐硬座,我们一路上都在琢磨到部队后的实施方案。一个月太累了,战士们也讲不了军容风纪,都钻到车座底下睡着了。到沾益下了车,刚住到沾益旅馆,战士们顾不上吃饭,就倒头睡下了。做好了饭,揪着耳朵都叫不醒。没办法,我和志武、吕师傅商量把做好的饭,交给旅社经理处理,无论如何也不能倒掉呀。

经理来啦,看着我们三个人说:“你们是41部队的吧,战士们辛苦成这样,饭菜就不收钱了,我们另行处理。你们这些人都是好样的,为了三线建设累成这样,我们打心眼里感动。”

回到连队,正赶上过年,为了欢度春节,也为了欢迎我们外出学习小分队归队,周树成连长让杀了两头猪,全连干部战士喜气洋洋,沉浸在节日的气氛中。因为加快施工进度,春节只放三天假。这三天除了值班的,大家放松休息,尽情吃、喝、玩,养精蓄锐,待春节后再打掘进硬仗。

我去看“老谷头”,把徐副矿长带给他的两瓶“双沟”酒送上,告诉他节后徐副矿长带技术小分队来传经送宝,看他这个老领导。“老谷头”高兴得像个孩子似的,问这问那,问我们在外学习的情况,路上看到听到的事情。说:他已接到上级指示,让回京等候分配工作。原本定于春节前动身,但还是想和战友们再在连队过一个春节。既然徐副矿长来,那就等见了面再回北京。

我听到这个消息,真为“老谷头”高兴,预感到上面要启用这个老革命了，所谓“东山再起”，就是这个意思吧。“老谷头”是国家栋梁之材，早就该启用啊。我为“老谷头”高兴，也为自己高兴。周树成连长告诉我，说我外出学习期间，大队按照支队的要求，给我记三等功一次。我一听惊呆了，这怎么可能呢，这不是天上掉馅饼吗？但馅饼真的从天上掉下来了。原来是我写的说唱剧《改灶》在兵种汇演时，受到了兵种主要领导的关注，说这个节目很好啊，问里面说的改灶有没有事实根据？当知道这个节目是根据41支队402大队九中队改灶节煤的真实情况创作的，首长说：这可以在全部队推广啊，推广开能为国家节约多少煤啊！于是，兵种后勤部就派人下来总结了九中队改灶经验，在402大队召开了改灶节煤推广现场会，推广“马蹄形双板双眼回风灶”。因为这件事是我首先在连队发现并创作成节目的，肇始有功，上级决定在给九中队炊事班岳班长记功的同时，也给我这个创作人员记三等功一次。人在家中坐，功从天上来，这是怎么也没有想到的。战友们有抢险立功的，有施工立功的，我却用笔立了一功。在心虚的同时，心里也着实高兴。忍不住把这件事告诉了“老谷头”。和“老谷头”相处久了，心里产生了依恋之情，就像对待父辈一样尊重他，有了啥想法也愿说给他听。“老谷头”笑着说：你小子捡了一个大便宜，不过，写作也是劳动，耕耘就有收获，虚心使人进步，骄傲使人落后，不要浅尝辄止，只要肯努力，收获还在后头。我提出节日聚一聚为他送行。“老谷头”痛快地说：行，也给你庆庆功，到时把蓝医生叫来，就在吕师傅房间热闹热闹，把徐副矿长带的两瓶酒作为庆功酒。你们这一次外出学习，可是为部队立了大功啦！我说，那可否把这次带队的夏志武也叫来？“老谷头”说可以，再也不能扩大了。菜就从食堂打，千万不要犯纪律！

节假日连队两餐饭，我们和“老谷头”的小范围聚会，定在大年初二下午四点。趁连队开饭，我们打了菜到吕师傅房间。春节改善生活，菜做了不少，摆了满满一桌子。徐副矿长送“老谷头”的两瓶“双沟”酒也都上了桌。今天，吕师傅做东，聚会的有“老谷头”、周连长、夏志武和我，蓝桂荣医生也特意赶来了。

吕师傅端起酒杯站起来说：咱们今天欢庆春节，主题是给“老谷头”送行。“老谷头”，您要回北京啦，我们舍不得您啊！

吕师傅的一席话，把大家的眼圈都说红了。周连长和我们几个刷地站起来举杯敬酒：祝首长春节快乐，回京工作顺利！然后一饮而尽。

“老谷头”也动了感情，他让大家坐下来，说：来这里几年了，就要离开连队了，真有点舍不得。你们别首长、首长的，我不习惯，我知道你们背后叫我“老谷头”，大家就叫我“老谷头”，这样叫着亲切。我感谢大家，我也祝贺我们中队取得的成绩，祝贺这次小分队取经成功。我敬大家一杯酒，表示一点心意啦！

“老谷头”敬酒，大家刷地一下又站起来，“老谷头”说：坐下，坐下，都坐下，别把动静闹太大，影响战士们就餐和休息。

不知是保密工作没做好，还是王小新有意泄露出去的，战士知道了在吕师傅房间为“老谷头”举办送行宴，大家都涌了进来，房间小，人挤不下，周连长就将窗户打开。这一下热闹了，战士们拥挤着隔着窗给“老谷头”敬酒，有端搪瓷碗的，有端口缸的，有拿军用水壶的，纷纷过来和“老谷头”碰杯。“老谷头”眼睛湿润了，继而大滴的眼泪淌下来。他让我把剩下的一瓶双沟酒倒到洗干净的菜盆里，再加上温开水，端到窗口让大家舀，说“酒不够，水来凑”，让我们共同举杯，为把矿山建设好，干杯！窗外呼喊着“老谷头”的名字，战友们尽情表达依依不舍之情。

在饮酒间，大家互相祝贺、祝福，我立了三等功的消息也传开，大家真诚地祝福我，从不喝酒的“蓝月亮”，今天也和我碰了满满一杯。

夏志武和我连干三杯，一杯是同乡友谊酒，一杯是感谢我支持他的工作，一杯是真诚祝贺我荣记三等功。朋友间是否真心，有一块试金石可以试出，凡对你取得成绩由衷高兴、毫无妒忌之心，这才是真朋友。我为有志武这样的朋友而高兴。我也敬了周连长、吕师傅，感谢他们对我下连以来的帮助，使我逐渐成为一名适应和热爱连队生活的合格战士。大家借酒抒情、碰杯表意，你来我往，时间在不知不觉中流逝。在天快黑尽时，蓝医生告辞回队，“老谷头”点将：曾宪云，你去送送蓝医生！我道“得令”，就陪“蓝月亮”走出了营房。

因为今天放假，卫生队没什么事，我看出蓝医生没有急着回去的意思，就提议到拖长江边走走。她点点头答应，我们就走下中队通往大队部的道路，到了熟悉的拖长江边。

这时夜幕已渐渐合拢，笼罩着远近的山头，营房中射出的灯光，映照在江面上，像有金子在流淌，渐远渐弱，一切都归于黑暗，但黑暗中又有朦胧，让人从黑暗中看到希望。夜也是有生命的，似乎懂得人们的心思，让男女双方避免看清脸上表情的尴尬。

我今天格外兴奋，协助夏志武顺利完成外出学习任务，回来后还“天上掉下个金元宝”，立了个三等功，心里一高兴就多喝了几杯，有点控制不住自己的情绪，当走到江的拐弯处，路将在悬崖边消失时，突然回身抱住了“蓝月亮”。“蓝月亮”身材娇小，一下子紧紧被我抱在怀里，“圆圆的月亮”正好落在我左侧的肩头。

出乎我的意料，“蓝月亮”没有反抗，也没有叫唤，但也没有回应，没有配合，就像一堵墙、一棵树、一捆柴那样被我抱着，纹丝不动。我摇摇她，难道喝醉了吗？但因为看不清脸庞，我难以判断，很明显感到一阵润热涌遍全身，身上的荷尔蒙发作起来，两手紧紧把“蓝月亮”的腰箍住，左右临风，使劲揉搓，恨不得把她和自己变成一个身子，甚至是一张纸，总之要融合到一起，融化到一起。嘴也在到处找地方，但就像猪八戒拱地，老也拱不到正地方；手也不老实起来，但又不知干什么好，一个劲地在“蓝月亮”背上揉搓，胸前那两个地方烫得我头晕目眩，给我以更大的鼓励。我不住地重复着自己的动作，似乎要把“蓝月亮”揉碎，装到自己心里，变成自己身体的一部分。正当我渴求进一步深入时，“蓝月亮”突然大喊一声：“曾宪云，你要干什么！再这样，我就跳到江里死给你看！”我一下子吓醒了，虽然仍紧紧抱着她，但修正了动作，像刚刚停下来的机器，一时失去了动能。也许我真怕她跳到江里边，仍然紧紧抱着她不松手，也不再动作，像两个泥塑僵在一起。真是女人的心，海底的针，让人琢磨不透，刚才还任我摆弄，现在就突然翻了脸。我脑袋里闪过这个念头，却不知说什么好，就那么静静地搂着我心爱的身躯。“蓝月亮”没有反抗，也没有从我怀里抽出身，相反，两只刚才像冻僵的手开始化冻，柔和地在我后背上摩挲，久久，她才喃喃地说：“我是个结过婚的女人，懂得你们男人的心，也有女人的需求，但我有自己的底线，我们不能越过底线！”

“什么底线，底线不就是自己划定的吗？”我把心中的不满，借这句话发泄出来。

“我结过婚，又大你五岁，咱们俩怎么可能呢？”

“怎么不可能！不就是我是战士，你是干部吗？我没这资格，配不上你吗？那我离开部队，咱俩去天涯海角，去深山老林，过一辈子两人想要的生活！”

“净说傻话！你在部队刚刚进步，刚立个三等功，就长本事啦，就说这么硬气的话！离开部队你能成长进步吗？没有在部队锻炼，你能成长进步吗？即便你愿意，我也离不开部队，离不开这支在乌蒙山区吃尽千辛万苦为民造福的部队！宪云，咱们姐弟的命运和部队紧紧相连分不开了。”“蓝月亮”劝导我。

“什么姐弟，我不要姐弟关系，我要你做我的妻子！”今天既然豁出去了，就把话说个明白。

“真是个犟种！你是同情蓝姐姐，觉得我是不幸的女人，才来安慰我！”

“不是的，开始有同情的成分，但接触多了，我爱上了你，觉得你是我见到的最漂亮最善良的女人。我的心已属于你，你摸摸它滚烫不？”我把“蓝月亮”的手拉到我胸前心脏的位置。她的手轻轻触碰一下，就像一阵电流击来，我身上有一种莫名其妙的快感。

“别胡思乱想了，等你进步啦，入党啦，提干啦，我们再来讨论这个问题！”

“你答应我啦！”我一阵兴奋，差点把怀里的“蓝月亮”举起来，又恢复了在她身上的揉搓。

“别这样，姐姐求你啦，等到你真有明显的进步，为咱部队做出了大贡献，符合部队规定的条件，再考虑这个不迟。只是现在千万不能分心，不能胡思乱想，那样会伤害你身体。”“蓝月亮”柔声细语地叮咛。

我不再说话，双臂把“蓝月亮”抱得更紧，表现得更急不可待。“蓝月亮”掰开我的手说：“今后再不许这样！你要真喜欢姐姐，等你有了大出息，姐姐就把自己给你！”说完，掉头从江边上了山路，我紧追几步，一直到卫生队，我们俩都一前一后地行走，她走在前面，我走在后面，她就像头雁一样领着我前行。

回连队之后，躺在床上难以入眠。今天晚上我平生第一次把一个女人抱在怀里，那种新鲜奇异的感觉迟迟盘旋不去，“蓝月亮”不时浮在眼前，一会冷艳，一会热烈，一会笑脸，一会恼怒，在脑际间转换。他给了我女人的爱、女人的温热，为了鼓励我进步，又有着怎样的良苦用心，我一一品味，下定决心，这辈子就跟定这个女人再无二心！除了她，我的心里再也装不下别的女人。这个世界上，男人女人千千万万，好男人好女人千千万万，但属于自己的只有一个。“人生得一知己足矣”，人生得一女人也足矣。经过这一晚上，“蓝月亮”不再是一个绰号、一个概念，而是具体的、温热的、性感的，让人心旌摇动的，每想到这些，身上就爆热起来。但理性又提醒自己：要追求就必须有追求的条件，要呵护必须有呵护的资本。因而也就更下定决心，不辜负心上人的嘱托。

睡不着觉，想东想西。有本书中写道，哪个男女不怀春？这是成熟男女的生理需要，也是走上更加成熟的阶梯。年轻男女谁不考虑这个问题，有谁不面临着选择？

我想到夏志武。在徐州学习期间，趁一次空闲，我按“丁不住”的吩咐，问了夏志武对阎红的看法。志武直言道：像阎红这么漂亮优秀的女孩子谁不喜欢，但咱喜欢得上吗？人家是啥家庭，咱是啥家庭？再说啦，咱现在连干部都不是，还背了一个严重警告处分，提干不知有无希望，拿啥去和人家好？趁早死了这份心，怕耽误人家不说，假如真处对象，还不让人家天天惦念，在井下那是好玩的。谢谢人家姑娘一片心，替我回个话，别耽误了人家姑娘前程。志武就是这样的人，处处替别人考虑。

我想到夏志文。从徐州学习回来，我接到志文两封信，信中言及他在《贵州日报》学习的情况，说他去了遵义，参观了遵义会议会址，瞻仰了红军山，受到了教育。还说到他给阎红去了信，阎红没回，他表示理解，等自己提了干再追求，现在经常写信溜着点，积蓄到力量后再发动猛攻。志文是既有自知之明，又志在必得。看来这件事一时半会不会引起争端，志武志文兄弟俩也不会起什么冲突。我去“丁不住”处说了夏志武的想法。“丁不住”说，志武不把口封死就好。花落谁家，那是明摆着的。这次志武带队去学习新技术，为部队立了大功，“雷黑子”能不重用他？等到他提了干，咱们就揭这锅。至于夏志文，让他去喝西北风吧。哪个女人愿跟他，不是瞎了眼，就是白痴。

我想到小陈，因为把控不住犯了错误，性这个东西不关进笼子里也会惹祸，小陈就是沉痛的教训。看来在这个问题上得十分谨慎。思来想去，终于进入梦乡，梦见“蓝月亮”叫我起床，却是连队的起床号响了。

大年初五之后，徐副矿长一行10人的技术传播队如期而至一中队，见过“老谷头”、周连长之后，便具体商量在井下现场示范的工作。“雷黑子”也来到中队，就现场会事宜进行具体安排。具体由参谋长带工程股协同一中队学习小分队、徐州矿务局技术传播队进行协调落实。徐副矿长稍作休整就和周连长、夏志武进入井下施工现场。

现场演示会这天，要求每个矿建中队的中队长、技术员、技术骨干都来参加，“老谷头”提出到现场，“雷黑子”说，好，我陪你，你检查一下我们学习使用新技术够格不够格，当初不是你提醒我，哪能这么快就实施了。

在演示现场，夏志武、徐副矿长各带一路人马，相互配合，锚喷支护技术演示得完整具体，取得了意想不到的效果。过去打巷道，是掘进之后紧跟着用木架支护、砌碹，这是传统的施工方法，和砌拱造桥的道理大致相同。锚喷支护是利用新材料的现代科学施工方法。掘进出毛巷后，用锚杆固定，起加固作用，尔后喷水泥浆料使之凝固。现场参观的人看见锚喷支护技术节省材料、进展快、外立面整洁光亮，施工现场整洁，都啧啧连声夸好。

上到井上后，即在一中队召开现场座谈会。各中队先发言，都表示尽快学习使用锚喷新技术。“老谷头”说，我在现场看出一个问题，就是混凝土在喷射过程中回弹大，粉尘多，会产生矽肺病，影响操作人员身体健康。这个技术难题怎么解决？

徐副矿长说，你个“老谷头”眼光就是毒，一下子就抓住了问题关键。这种喷射支护技术确实会造成混凝土和粉尘污染超标，但经过科技人员研究设计，这一问题可采用水幕、水力旋流器和特殊喷头解决，也可以在输料管内增加混合料湿度和加强通风、或用水泥裹砂法降低污染。我们走得急，这些设备没有随手带，但很快就会运来一批设备支持部队，让干部战士使用新技术时，不影响身体健康。徐副矿长讲完，下面响起一阵热烈掌声。“老谷头”夸赞道：行，你老徐还像当年支前那样对部队有感情！

“雷黑子”对徐副矿长说：我有一个问题请教。徐副矿长说：请讲。“雷黑子”对锚喷支护技术的坚固度提出质疑，他说：有人说锚喷支护不如砌碹坚固结实，还散布说，我们这是搞战备施工哩，不是坟头上烧纸——糊弄鬼哩。对两者坚固度的差异怎么证实？徐副矿长说：提到这个问题的人是小和尚挨磬槌——不懂经，不存在锚喷比砌碹坚固度差的问题。但要证明也可以，就是用同等当量的炸药去进行爆破试验，一试就看出来了。不过，要等我们今天锚喷的凝固七天后才能试验。你们自己搞也可以，我帮你们搞也可以，都管。徐副矿长是徐州铜山人，不说中，说管，管就是中的意思。

“老谷头”笑了，试验一下也好，更有说服力，但我看不到实验结果了，上面来电话催，让我抓紧去报到呢！到时试验结果告诉我一声就成。

当天晚上，“老谷头”和徐副矿长把酒言欢，用贵州的习酒招待老朋友，以报“双沟”之情。我去给他们送菜、送水“打下手”，“老谷头”告诉我，他和徐副矿长是在淮海战役战场上认识的，“老谷头”带一支部队在前面打冲锋，徐进玉带一支支前队紧跟着，保证粮草，运送伤员，当年的军民情维持到现在，让人感叹。我受到触发，灵机一动将我们这次派人去徐州矿务局学习新技术，徐州矿务局技术传播队到部队送宝传经这两件事，捏合到一起，以“军民携手谱新篇，建设三线新矿山”为题目，写了一篇见闻，刊发在《解放军报》和《贵州日报》上，既宣传了新时期军民鱼水情，又对在部队推广新技术新工艺起到了促进作用。

“老谷头”要走了，周连长让我去帮他收拾东西。一个时期以来，我已经悄然觉察到“老谷头”情绪的变化。从 1974 年冬季开始，他比过去更加振奋，更加关心全局的变化。现在要回北京复职，虽不似杜甫那样“漫卷诗书喜欲狂”，但心中的喜悦之情却是有所流露的。这种变化的确和国家大局变化有关。

1975 年 1 月 5 日，根据毛泽东提议，中共中央任命邓小平为中央军委副主席兼总参谋长。这是一个显著的信号，在社会各界引起强烈反响。1 月 31 日，为了加强对基建工程兵煤炭部队的管理，“煤炭部兵办”成立。这一切都预示着党和国家在极力克服“文化大革命”造成的困难，为国民经济的恢复发展而奋斗。而基建工程兵的正规化管理，也进一步提上了日程。与此相关联，一些领导干部重新走上了领导岗位，在社会生活各个层面发挥作用。对此，“老谷头”是春江水暖鸭先知，他有一双历经沧桑的慧眼。在被迫到连队“锻炼改造”的日子里，他也尽力发挥一些作用。他临行前的喜悦是由衷的，我自然也为他的高兴而高兴。然而却由于我的不慎，在他将要出发之际发生了一次不愉快的冲突。

战友朱北方知道“老谷头”要回京，特意从连队赶来给他送行。自从上次围绕“给毛主席党中央写信”的事进行交流后，朱北方这个“犟种”，这个轻易难以服人的人，对“老谷头”很信服，说这个“老革命”有水平。“老谷头”也时常问一下朱北方的情况，我就我所知作答。然而两个人还是存在代沟，在一些问题上的看法不一致，尤其是在对待“文化大革命”的看法上很不一致，这次冲突就是围绕对“文革”的评价引起的。

“文革”开始的那一年我已 11 岁，自然也卷入到席卷全国的“大革命”中来，但由于年纪小，陷得不深，只是跟着游游行、喊喊口号而已。朱北方和我不一样，他那年16岁，是县一中的学生，是造反的先锋闯将，是忠心耿耿跟着老人家的战略部署，一路冲杀在前的人物。先是在县里红极一时，后来受到打压，不久又“翻烧饼”翻了起来，成为县里人人皆知的头面人物，响当当很有名气。虽然毕业回村当了一介农民，但也是心忧天下的主，他参军是为了保家卫国，也是为保卫毛主席的无产阶级革命路线而来。虽然身在连队，却天天翻阅《人民日报》，从中去看政治风云的变幻。去年入秋以来，“老谷头”的情绪越来越好，朱北方的情绪却越来越糟。他几次对我说：现在有一股复辟的潮流，有人否定“文化大革命”，有的人跟毛主席不一心想改变航向。我不以为然，但朱北方却有“高天滚滚寒流急”的焦虑，似乎为此得了抑郁症，脾气也越来越暴躁。本来两个人谈得好好的，朱北方还给“老谷头”送来一张麂子皮，让他到北京后铺在床垫下御寒。就在我去打一壶水的工夫，两个人却吵了起来。

“老谷头”说：纠正“文化大革命”的失误，弥补存在的不足，怎么叫否定“文革”呢？

朱北方说：伟大领袖毛主席发动的“文化大革命”怎么会有失误？这场伟大运动是完全必要的，非常及时的，极其正确的！

“老谷头”说，毛主席自己也说对“文化大革命”三七开呢，怎么没有失误？它的影响是全面的、深刻的。咱不说大局，就说基建工程兵这个局部。受全国开展“文化大革命”运动的影响，从地方企业整编为基本建设工程兵的少数人，提出要按地方一样开展“文化大革命”，受地方普遍建立“造反”组织的影响，一部分人以国务院、中央军委关于基建工程兵可以实行“四大”为借口，在部队中建立了各自冠名的群众组织，展开了“文化革命运动”。大字报揭批，批斗会揭发，揪斗原企业的领导干部，不仅批判所谓“原企业干部执行的资本主义、修正主义路线”，而且揭批部队来的领导干部“执行资产阶级路线”；有的“群众组织”与地方“造反派”组织串联、联合，参与地方的“造反活动”，个别的人还参加武斗。“四大”的开展，使部队党委和领导干部受到严重冲击，有的支队、大队党委失去对部队的领导力、控制力；有的原企业领导干部和部队调入的领导干部被批斗；各造反派派性对立，严重影响部队团结。到1967年下半年，有的部队陷于半瘫痪状态，有的部队施工生产处于半停工状态，部队建设和施工生产都受到严重损失。而对这种局面，考虑到“文化大革命”的形势和基建工程兵是由企业改编的情况，中央决定基建工程兵与军队院校一样，在保持部队稳定、保证施工生产照常进行的前提下开展“文化大革命”，专就基建工程兵开展“文化大革命”下发了《七条通告》，这才扭转了形势，稳定了局面，使这支毛主席党中央决定成立的部队，较好地完成了三线建设的使命。

“老谷头”一口气说了这么多，句句是实，句句在理，朱北方无可辩驳，就换了一个角度，说种种迹象表明，有资反路线回潮，有人想卷土重来，全面否定“文化大革命”。

“谁想卷土重来？”“老谷头”问。

朱北方没有回答，但他明显指的是邓小平，邓小平刚刚复出。

“老谷头”来了气：“你这小同志看法这么片面！邓小平复出是毛泽东党中央的决定，是全国人民的期盼，有利于调动方方面面的积极性，你怎么会有这样看法！”

“全国人民期盼？谁期盼，我就不期盼！毛主席号召我们打倒他，今天他出来，不是否定毛主席吗？我看你们这些老同志、老干部期盼，你们是和他一条线上的，从根本上就对‘文化大革命’不满！他出来了，你们就有指望了，但‘文革’的成果不就流失完了吗？我们坚决不答应！”

“老谷头”拉下脸说：“不讨论了，没法讨论了，一切让历史去证明吧！”我看“老谷头”真的动了气，赶快把朱北方拉过来推出门去。

朱北方气得呼哧呼哧直喘气，大声喊道：走资派还在走！

我急忙搂住他，说，你是造反派还在斗！他听了这句话，狠狠剜了我一眼，流露出“你啥也不懂”的神色。

我怕朱北方想不开生闷气，就陪着他走了一段路，看着情绪渐缓，就逗他说：“要不，我去把你送给‘老谷头’的鹿子皮要回来？”

朱北方眼一瞪说：“操！你把我当成什么人啦！‘老谷头’是好人，就是太犟！”

锚喷支护的巷道做了爆破试验之后，得出的结论是，坚固程度不低于砌碹支护。“雷黑子”心里有了底，也堵住了别人议论的嘴，在全大队大力推广锚喷支护技术，使井下掘进进度大为加快。一些人议论说，“雷黑子”就是有两下子，要是没有金刚钻，敢揽这个瓷器活？也有人说，“雷黑子”就是胆子大，还在试验阶段就敢立“军令状”！也有的说：他有什么把握？不过是押宝哩，运气好，押对了而已。

听到这些议论，我有些疑惑：“雷黑子”押了什么宝？又立了什么“军令状”呢？

第十章　一中队发生的离奇事件

1975年1月5日，每年一度的研究全年工作计划的支队党委会如期召开。

按照上级要求，第41支队所属各大队务必于当年10月1日完成在盆县的煤矿施工任务，于年底转场到辽宁铁法矿区，执行新的煤矿建设任务。

军令如山。2万多名指战员在盆县地区奋战了十个年头，已完成了三对矿井的建设任务，目前老屋基矿、月亮田矿到了决战阶段，大家憋着一口气，想早点奉献出建设成果，为伟大祖国的国庆献礼。乔山田参谋长已按肖红述政委、戴兴泉支队长的要求，遵照上级下达的命令，把全年的工作任务进行分解，拿出了确保任务实现的计划书。但这一切，都被"雷黑子"的一份报告打乱了。在"雷黑子"签署的402大队向支队的年度工作报告中，提出本大队计划在8月1日部队建队十个年头纪念日，完成井下施工任务，确保老屋基矿建成投产。报告对可行性进行了论证，有理有据，扎扎实实。整个报告精气神十足，透露着只争朝夕的劲头。说一石激起千层浪，有点过分，但这个报告在支队党委委员中引起震动不小。有支持的，有不支持的，有看好，有不看好的，看法不一，能否提前完成投产移交，大家有不同看法，存在疑虑。牵一发而动全身，涉及整个支队的全盘工作安排。402大队的矿建任务提前完成，与之配合的407大队也要相应完成土建任务。老屋基矿提前移交投产，那么月亮田矿也要提前，两矿实现共进退，整个支队工作都向前提才有意义。而且整个支队提前转场辽宁，也要得到上级批准并做好充分准备。也就是说，整个支队的年度计划在402大队的牵引下，要整个提前包括提前两个月转场到铁法矿区。这可是个大动作，肖红述、戴兴泉也下不了这个决心。有的人埋怨说：他"雷黑子"显什么能耐？上级有命令，支队有安排，非要提前两个月干什么，风头主义、个人英雄主义老毛病犯了，得整治整治。肖红述说：先别下这个结论，我们在党委会上认真研究一下老雷的报告，让他到会上做个说明，听他讲讲自己的想法，再具体商定。今天的党委会就是围绕老屋基矿是否能提前完成移交这个话题进行。乔山田亲自打电话给"雷黑子"，让他从老屋基矿赶来列席党委会。

党委会在肖红述主持下，开得紧张、严肃而又热烈。"先由雷明同志简要谈谈自己的想法！"肖红述一句开场白之后，会议进入了正题。

"雷黑子"扫大伙一眼，心里变得轻松起来。上次列席党委会，是研究对他的处理决定，闹得不可开交，现在大家坐在一起，研究如何加快矿山建设，他心里感慨良多，个人恩怨算什么呢，国家利益高于一切。第四届全国人民代表大会召开在即，周恩来总理已多次讲到，要加快四化建设步伐，把被耽误的时间抢回来，老马思奔，他浑身上下都是劲头。喝了口茶水，润了润嗓子，一口气把自己的想法讲了出来。他声若洪钟，说，我就讲两点：一、有没有可能提前？有可能，也可说完全有把握。我大队在井下掘进中将采取新技术新工艺，施工进度可以比原来计划提前完成。目前最大的技术难题，老屋基矿井下南北大巷精准贯通问题已找到解决办法，由许延安、宋蓉蓉带领的测量技术人员，坚持用激光导向跟踪测量，及时矫正南北两方的掘进方向，目前正在向贯穿点靠拢，预计可以顺利实施对接。这是目前最大的难题，这个难题能够解决，其他都不在话下。二、为什么抢工期、赶进度，非要提前两个月？我是这么考虑的。赶在8月1日移交投产，再紧紧手，边施工边做转场准备，我们就可以在10月1日国庆节前完成向铁法矿区转场的任务。我生长在东北，对那疙瘩的天气状况熟悉。如果“十一”前后赶到，就可以实现当年转场当年开工，先把竖井建起来，井下掘进就可按部就班进行。如果按原计划到年底转场，那疙瘩贼冷，地冻得生铁块一样，加上冰雪覆盖，还开什么工，等着到那里去“猫冬”吧！何去何从，由各位领导决定。我话已说完，告辞！

“雷黑子”离开了党委会议室，他话语不多，但句句有分量，落在与会人员每个人心上，都产生敲击的能量。

肖红述边听边记，他对“雷黑子”说的话很感兴趣，脸上露出赞许之色，但没有明显表露出来，只是像平常一样，请各位发言。作为党委书记和会议主持人，他要广泛听取大家意见，集众智合众力，最后进行归纳总结。如果上来就“一锤定音”，大家还讨论什么，不仅没法讨论，也缺乏了参与的积极性，最终导致一个人说了算，出现决策失误。肖红述深谙此道，又具有领导干部的民主作风，表现出很强的亲和力。

戴兴泉先说。此人行事干脆，说话办事不拖泥带水。他说：我同意雷明同志的建议，并表示赞赏。一个老同志，这样有担当、有劲头，值得我们学习，建议按402大队提出的计划调整全支队工作布置，在八一建军节之前实现全支队承担的矿建任务一揽子投入使用，于10月1日之前完成向东北转场。

“我们可以尽快组织力量，按照新的时间表调整工作部署。”乔山田说。

朱副政委、曲副政委都表示赞同把老屋基矿、月亮田矿移交日期提前，围绕这一重大调整，做好思想政治工作，保持部队稳定，动员干部战士以更积极的姿态去完成施工任务。

邢飞副支队长说：如需要提前转场东北，我情况熟悉，愿提前去打前站，为部队安营扎寨做准备。

孙心芳此时已接替赵项文任政治部主任，他说：如果提前移交的计划定下来，政治部马上拟定宣传提纲，按新的要求进行宣传和动员。

蓝贤春说：后勤保障决无问题，后勤部兵分两路，一路保障现有施工材料供应，一路提前向东北运输设备和物资，为抢在东北封冻前开工做准备。

肖红述被大家的情绪所感染，总结时激动兴奋之情溢于言表。他很有激情地说：同志们，雷明同志写的一个报告、讲的一席话，给我们上了一课，这是一堂什么课呢？就是一万年太久只争朝夕的课，就是没有条件创造条件也要上的课。作为党委书记，我没有雷明同志想得深想得远，我感到惭愧。方才大家的表态，也让我深受触动。国家建设需要煤炭，我们就应该为国家分忧，能将煤矿早建成一天就早建成一天，能多出一吨煤就多出一吨煤，这是我们的责任，也是我们的本分。综合大家的意见，我提出如下几条请大家表决。一、同意雷明同志提前到 8 月 1 日完成老屋基矿移交投产的意见。二、根据老屋基矿移交投产的时间表调整全支队工作部署，实现全部工作的整齐划一，即全支队在完成老屋基矿、月亮田矿移交后，休整准备一个月，实施转场一个月，在 10 月 1 日前实现向辽宁铁法矿区转场，并在东北封冻前开凿竖井，形成新的施工格局。三、为了完成这项工作计划，必须加强党委统一领导，同时分工负责，确保把各项工作落到实处。

建议充实加强老屋基矿指挥部，由戴兴泉、熊炳华副参谋长、雷明同志组成领导小组；我和乔山田参谋长、冯福森总工程师坐镇月亮田矿指挥部。邢飞副支队长、曲副政委、蓝贤春同志去辽宁打前站，为部队顺利转场并提前开工创造条件。朱副政委、孙主任留支队处理相关事务，并开始着手进行支队机关和各直属队的搬家准备工作。把几股绳拧成一股绳，全力推进按调整后的新计划实施。四、新的调整方案和工作计划报煤炭部兵办和基建工程兵办公室批准后即行实施。是否赞成，请党委委员举手表决。

肖红述刚说完，众人的手就刷地举起来，这是无声的誓言，表明41 支队将按新的时间表打响最后的攻坚战。

举手表决完毕后，肖红述接着说：提前移交、提前转场的计划一定要实现。一切向前赶，一切按计划的进度实施，一分一秒地抢时间，一件一件地抓落实，分头负责、全面推进。新的方案和工作计划报送上级机关后，我去看一下“老谷头”，听说他要回北京任职，我请他帮催一催，让上级尽快批准我们的方案和工作计划。

41 支队关于提前移交老屋基矿月亮田矿、转场辽宁开发新煤田的请示报告上报后，受到煤炭部兵办、基建工程兵兵办两级机关的高度重视，很快予以批准。最后的攻坚战开始了，全支队像一架快速运转的机器，每一个零件都紧急转动起来。

在这场攻坚战的老屋基主战场，一中队是主力中队之一，夏志武成了主战场上的“红人”，因为带队去徐州矿务局学习，成了锚喷支护技术的传播者，各中队有疑难问题，大家都来找他讨教，渐渐有了“小师傅”的名声，一起去学习的人也都成了“香饽饽”，被邀请到各中队传经送宝。一中队更是近水楼台先得月，最快掌握了锚喷支护新技术，施工进度在各中队遥遥领先。周树成中队长笑得合不拢嘴，更喜欢夏志武这个他一直喜欢和器重的小伙子。但一想到夏志武的个人进步问题，心里就沉了下来，似乎有一道迈不过去的坎。前几天，夏志武又写了一份入党申请书，要求在老屋基矿决战的火线上入党。这是他分配到一中队之后第五次递交入党申请书。周树成把志武写的要求火线入党申请书交给了姚指导员。

姚指导员接过申请书，沉吟半晌才说：夏志武的情况非常特殊，在新兵连组织新兵出走挨过严重警告处分。当然喽，不能说挨过处分就不能入党，但必须经过长期考验，证明已对党对人民军队忠心耿耿，和过去的错误划清了界限。现在才两年多时间，根本不可能解决入党的问题。这个话，姚指导员和夏志武当面也说过，不光给他说过，给王小新、夏振平、朱云良、夏占义、赵得义等一起挨处分的人也讲过。让他们做好长期接受组织考验的思想准备。王小新说，什么长期考验，还不是嫌咱们和周连长走得近，看咱们不顺眼，故意卡咱们。夏志武瞪了他一眼，王小新便不再说什么，但几个人的沮丧心情却蔓延开来。

周树成知道，按照部队的规矩，夏志武入不了党，就提不了干，提不了干就不能发挥更大的作用，而且也不能在部队长期干下去，这对个人成长不利，对部队也是一个损失。从夏志武的综合素质看，一定能成长为优秀基层指挥员，矿建部队尤其需要这样的骨干。他一不怕苦，二不怕死，吃苦耐劳，能打硬仗，处事果决，有胆有识，已经显示了不凡的组织指挥才能。一次，夏志武带班在掌子面掘进，打眼、装药后，他让战友们撤离，自己进掌子面察看，突然发现岩壁有渗水，细流沿石缝渗出。“不好，遇到渗水层！”他急忙后撤到战友们所在的安全处，尚未来得及制止放炮，眼疾手快的朱云良就启动了电爆器。“轰隆隆”一阵爆破声响过之后，硝烟未尽，一股巨大的水流穿过岩壁喷涌而出，在掌子面蔓延开。“透水啦！透水啦！”战士们中间有人惊呼。夏志武临危不乱，他让大家沿斜坡撤到高处，只身一人返回近处观察。在巷道掘进中，经常会遇到渗水、透水事故发生，有的是打通了地下暗河，有的是遇到了岩层煤层的积水，情况不一样，处置的方式也不一样。夏志武细细观察，掌子面的积水已有齐腰深。过了一会儿，水流缓慢下来，原有的积水退去不少，但还有齐腿深的积水，使施工不能正常进行。“怎么办?”大家都看着夏志武。夏志武沉思半天，对负责放炮的朱云良说:“局部打眼、装药，再放一炮!”朱云良说:“可不敢，要是打通暗河可毁啦!”夏志武解释道:大家不用担心，从现场情况看，是打到了有积水的地方，把积水潭捅破了，再放一炮，就能将积水释放，否则对巷道不利，我们也没法施工。“咦，可不敢惊动龙脉，惊动龙脉，龙王发了火，可不得了!”朱云良等战友心有疑虑，但还是按夏志武的要求又放了一炮。这一招还真灵，一阵炮声响过之后，掌子面的积水退去，渗水再没有发生，水魔被降服了。夏志武带领大家按技术要求对岩壁做了防漏处理后，巷道掘进照常进行。这件事夏志武升井后给周树成汇报过。周树成提醒夏志武今后遇到这类险情要格外慎重，同时肯定了他临危不惧、果断决策的做法。像这样敢打敢冲、勇于负责的精神，是三线建设特别需要弘扬的。事实已经证明，夏志武是一块好钢，一棵好苗子，是部队矿建需要的人才，怎么能为一个“警告处分”就不让人家进步呢?周树成为此和姚指导员争论，希望尽快解决夏志武的入党问题，但他是党支部副书记，指导员是书记，在发展战士入党问题上，书记的话语权更大一些。姚指导员说，这样吧，我把夏志武的情况向政治处肖主任当面汇报一次，听听上级机关的意见。肖主任听了姚指导员介绍的情况，也拿不定主意，就把这件事汇报给了大队负责组织工作的阎副政委。阎副政委态度很明确:对夏志武必须进行长期考验，近几年不能考虑入党问题，跟他一起犯错误的战士要求入党的，也照此原则办理。

姚指导员把这个结果告知周树成，周树成很不高兴:事情没办成，还支到八竿子远的地方去了，这不公平！因此对姚指导员有一些想法：我主持完成全连的井下施工任务，你却在骨干入党问题上死死卡住，是什么意思？像夏志武这样优秀的战士，这样在推广新技术方面立了大功的骨干，都不能入党，那什么人能够入党呢，就靠耍嘴皮子、表忠心入党吗？他决定另辟蹊径，来推动夏志武的入党问题。

一天，"雷黑子"到一区队检查工作，把几个中队长叫到区队部汇报情况。听说几个中队都能提前完成掘进任务，心中很高兴，黑黑的脸上闪动着笑容。看大队长心情不错，周树成就在会议结束时凑到"雷黑子"身边，说：雷大队长，我想请你顺便到一中队去一趟，有一件事要向你当面汇报。"雷黑子"说：有啥子事要当面汇报？周树成说：你到了就知道了。"雷黑子"说：好，没几步路，咱俩就走路去一中队。

在路上，周树成告诉"雷黑子"，说他前时去山上打猎，捉到了一只麂子，送到炊事班，让杀了给战士们改善生活。炊事班长不让杀，说这是一只母麂子，怀了身孕，让他杀生他不干，说他们老家不杀怀孕的猎物，杀是要遭报应的。问题是谁也说不清到底怀崽没有，就先那么养着。听说雷大队长年轻时在东北打过猎，请你去辨认一下。要是搁平时，"雷黑子"一定眼一瞪，骂一声"瞎扯蛋"，但今天高兴，不仅没发火，还兴致勃勃地说：嘿，要说打猎，我可是行家里手。你说的麂子是一种小型的鹿，没有尾巴，腿细而有力，善于跳跃，雄的有长牙和短角，按颜色分有黑麂、黄麂，皮毛柔软，是高级的制笔原料。鹿的种类很多，有梅花鹿、马鹿等。啥是马鹿？就是看着又像马又像鹿，说赵高指鹿为马，但马鹿一身，真是让人不好辨别。还有一种矮鹿，就是人们说的"傻狍子"，反应慢，猎人一打枪，别的动物跑了，它却"回头瞧"，一下子让人击倒。东北林子中还能见到一种怪物，名叫"四不像"，头上长鹿角，马头、驴身、牛蹄，不知道算不算鹿科。"雷黑子"年轻时是打猎好手，说起林中动物来如数家珍，周树成听得津津有味，心里想：这下求大队长说句话有门了。

十分钟就到了一中队，周树成领“雷黑子”去看母鹿子。在临时搭建的鹿舍里，放有吃食和饮水，被逮来的“客人”安详地待在客舍里。“雷黑子”打眼一瞧就说：可不是怀崽了吗？你看那肚都显形了。这还看不出来，不能杀！我把它带到大队部，许延安小宋刚结婚没孩子，我让他们当孩子养起来！“雷黑子”的话，说得周树成、炊事班长和在场的战士们都笑了起来。栏子里的母鹿也欢快地跳跃，表示同意迁移大队部的安排。也许看见鹿子想起年轻打猎的时光，“雷黑子”一时技痒难挠，起了打几枪的瘾。问周树成这附近可有鹿子打？周树成回答：近处的鹿子都已打光了，拖长江里倒是有野鸭，不知大队长枪法如何？

“雷黑子”一下子来了劲：“枪法如何，我打猎时，你还在你娘腿肚里转筋呢！去，取枪去！”

到了拖长江边，果然看见江中有野鸭觅食，“雷黑子”抓过周树成手中的半自动步枪，就地卧倒，匍匐前进，找到一个射击最佳位置，轻轻拉动枪栓，子弹上膛，紧握枪托，食指轻放扳机上，左眼闭，右眼三点一线瞄准野鸭，说时迟，那时快，只听“叭”的一声枪响，子弹飞出了枪膛，山谷里传来接连不断的回声。让“雷黑子”遗憾的是，野鸭子没有被击中，而是受了惊吓拍打着翅膀飞走了。他自我解嘲地说：“他妈的风太大，野鸭子老是晃动！”周树成等人跟着笑，跟在后面的连部文书王小新说：下次把野鸭子捆起来让首长打！“雷黑子”也笑了，揪着王小新的耳朵说：“你小子埋汰我不是！下次非打几只给你瞧瞧不可。”

笑过闹过，“雷黑子”一脸开心，突然想起什么似的，转身对周树成说：“你找我不光是为了母鹿怀崽的事吧，你个连长，连母鹿怀崽都没看出来，还让我来帮你瞅瞅？一定有什么事求我，你说吧！”王小新等见首长说话，就自觉走开了。

周树成说："大队长，我还真有一件事求您。我们一排代理排长夏志武，就是带队去徐州矿务局学习的那位，您在现场演示会上见过的，已服役期满，表现优秀，我想给他提干！"

"好啊，按程序上报审批就是！""雷黑子"爽快答应。

"这中间还有点障碍。"

"什么障碍？"

"他过去在新兵连时捅过一个娄子，挨过处分，有的人揪住这一点，不让他入党。不入党就没法提干，这您是知道的。"周树成说。

"挨一次处分就定终身啦，就入不了党啦，新兵刚到连队不定性，重在现实表现嘛，表现好就可以入，怎么这么教条？谁管这事，是谁揪住不放？""雷黑子"问。

周树成只好如实说卡在阎副政委那里。

"行，我知道啦，回头我给宋洋政委说说，让他过问一下。""雷黑子"办事就是干脆。

宋洋原任41支队宣传科科长，402大队王耀堂政委调任支队政治部副主任之后，他被派下来接任政委，刚到职一个月。宋洋和"雷黑子"都是山东人，宋是青岛人，雷是章丘人，雷是老一辈闯关东到黑龙江宁安的。山东人性格豪爽，两人很对脾气，都有坚毅执着、敢做敢为、实话实说、平强扶弱的一面，但各有性格特点："雷黑子"勇于负责，敢打猛冲，临危不惧，是一员虎将，严厉、暴烈而不乏机敏；宋洋坦诚率真，平易随性，刚柔相济，是一名优秀政工干部，严肃、稳健而充满智慧。两人一见如故，相处讲党性、讲原则，又肝胆相照。"雷黑子"把一中队长周树成的请求说给宋洋，让他过问一下此事。说一个年轻战士入伍以来写了5次申请书，就因为在新兵连捅过娄子，就不让人家入党，是哪门子规定？

宋洋听“雷黑子”这么说，大体猜到了这个“捅娄子”的新兵是谁，当年把夏志武分到最艰苦的井下连队一中队，他是知道的，自己还为夏志武入伍的事受过牵连。他也认为因这件事就不让入党，做得有些过分了。

“大队长，你说的这个战士的情况我知道，我给你详细汇报一下。”宋洋比“雷黑子”小十多岁，又是刚从宣传科长提拔上来的，对大队长说话尊敬有加。

“什么汇报？今后不要用这个词，你是政委，咱俩平级，有事商量叫沟通。”“雷黑子”认真地打断宋洋的话。

宋洋说，好，好，我跟您把情况沟通一下。就原原本本详详细细地讲了事情的来龙去脉。他任政委后，也私下了解过夏志武的表现，确实表现优秀，新兵连那件事不应当成为入党的障碍。明确表示了同意夏志武入党的意见。

粗中有细的“雷黑子”说：周树成这小子只给我说在新兵连捅过娄子，没想到这件事情这么复杂，你还是当事人之一，不便出面，这样吧，解铃还须系铃人，我找肖红述政委汇报吧！

不久，肖红述到402大队传达全国四届人大会议精神，开过全团军政干部会，在招待所吃了晚饭。“雷黑子”提出陪肖红述到拖长江边走一走。两人迎着晚霞，看着晚霞在江面上闪现的波鳞，似乎回到了过去共同战斗的岁月。两人年龄相当，肖红述还要大一二岁，两人都是参加过抗日战争、解放战争和上过朝鲜战场的老战士，今天又为国家三线建设走到一起来了，过去的恩怨已烟消云散，都在思考再利用余生，为国家建设做出更多的贡献。肖红述当选为第四届全国人人代表，他给“雷黑子”讲了在北京参加会议的感受，说周恩来总理在会上发出“加快四个现代化建设”的号召，鼓动着与会者心中的风帆，国家的能源建设必须走在前面。他兴奋地对“雷黑子”说：老伙计，盆县建矿移交后，我们再到东北大干一场，把更多的乌金挖出来，让它为国家送去光和热！“雷黑子”向肖红述汇报了施工进展、部队建设、转场准备等有关方面的情况，说请肖政委放心，就是拼上这把“老骨头”，也要把以上各项工作落实好，保证质量按照期限移交转场。您不计个人恩怨提出起用我，给我这么一个机会，我定会竭尽心力。咱们都是共产党员，不搞“士为知己者死”那一套，但我不会辜负组织和你对我的期望。咱俩在支队、大队领导中年龄最大，今后为党和国家做工作的机会不多了，咱们就争分夺秒吧。肖红述对“雷黑子”说：那也要保重身体，你在第一线，可不能把自己累倒下。“雷黑子”眼一热，两双大手紧紧握在一起。

在回招待所的路上，“雷黑子”说：政委，还有一件事请你批准，我想提拔一名排级干部。

你个“雷黑子”！肖红述亲昵地开起玩笑来：“提拔基层干部，是你大队的管理权限，你跟我请示干什么？你该报告的不报告，擅自批准许延安和小宋结婚，让我在中间做恶人。不该报告的你报告什么？”

“雷黑子”说：“是这么个情况，我要提拔这名战士叫夏志武，在新兵连时给部队惹过麻烦，是你做主研究提出的处理意见，给他一个严重警告处分。现在表现很优秀，这次为我部推广锚喷支护新技术立了头功，但有的人揪住他在新兵连挨的处分不放，不让他入党，入不了党就提不了干，这么好的骨干部队都留不住。因为是你经手处理的，我想听听你的意见。”

“这件事是我处理的，我也听说这个小战士表现优秀，他父亲上过朝鲜战场，对他影响很大，立志精忠报国，在新兵连走了一段弯路。但谁说挨了严重警告处分就不能入党了，党章有这个规定吗？你回去再了解一下，确实表现好，确实是部队建设需要的骨干，入党、提干都没有问题。你回去给宋洋说一下，让他负责处理此事。这个兵还是他带到部队来的，熟悉情况，该怎么办就怎么办，一切从实际出发，一切从部队建设的需要出发！要是都那么教条、死板，你这个被撤了职的老伙计还能出来工作吗？”肖红述没有明确表态，但却表明了态度。

“雷黑子”心里有了底，就把话题转到许延安和小宋身上：“真是对不起肖政委，我对他俩的婚事先斩后奏了。我太需要技术力量了，太需要他们的支持啦，这南北两巷的贯通，就指靠他俩带一帮技术人员在鼓捣呢。”

“这个情况我都知道了。我不埋怨你，而且是你帮助解决了这个难题，硬是棒打鸳鸯，卡住两个相爱的人不让结婚，我心里也难受啊！谁让老首长有交代呢，你批准他俩结婚，全支队都知道我发了火，我不发几句火能行吗？怎么向老首长交待？现在两个人结婚后过得怎样？”肖红述对老首长子女的婚姻很关心。

“两人很幸福，我让许延安小宋当面向你汇报吧！”“雷黑子”说完，撤身离开，去找人下棋去了。

没过多长时间，许延安和小宋敲肖红述的房门：“肖叔叔好！”小宋一下子蹦到肖红述面前，递上一包喜糖，说：“我和许延安结婚时，给您留着呢！”

肖红述笑了：“许延安，你要是敢对小宋不好，看我怎么收拾你！”又转向小宋：“这下生米煮成熟饭了，你爸啥反应呀？”

小宋说：“开始还是不乐意，我跟延安说，他认不认咱们，咱得认爸妈，我太想我爸我妈啦，哪怕他把我们打出门，我们也要回去一趟。今年春节我俩借休婚假回了成都，见了我爸我妈，肖叔叔，你猜怎么样？”

“怎么样？你爸扇你两耳光？把许延安打出门了？”肖红述来了兴趣。

“嗨，我爸妈问了许延安父母的情况，许延安说父亲是干什么，母亲干什么的，叫什么名字。刚说完，我爸说，你个龟儿子，怎么不早说，你爸不就是中央党校的许子昌老师吗？我认识，他在延安还给我上过课呢，什么叛徒，那是个老革命、理论家，真是大水冲了龙王庙，一家人不认一家人。我妈也接过话头对许延安说，你妈不是中央保健局的徐医生吗？我那时在延安保育院当保育员，你妈让我照看你，你身上、头上长了疥疮，我找到一个土偏方，把小米糠点燃烧着后，把烧出来的米糠油每天涂在患处，然后让你在烈日下暴晒，这样就治好了你的疥疮。要不是我，你就变成瘌痢头，哪有这一头密发？我妈一席话把全家人都说笑了。晚上摆了酒宴，欢迎新女婿回家，认了这门亲事。”宋蓉蓉一口气说了这么多。

“这就好，这就好！你爸身体如何？”肖红述问。

“好着呢，他让我代他向您问好，还说您啥时去成都，他等着跟您喝酒呢！”

肖红述一时感慨良多，天下事如此奇巧，此一时彼一时，一些事情完全是两个样子。他关切地问：“井下南北大巷精准贯通没有问题吧？”

许延安回答：“请政委放心！当初建老屋基矿我参加了设计，现在又采用激光导向新技术，顺利实施对接没有问题。不敢说不差一分一厘，但肯定误差在允许的范围内，我敢向您立军令状！”

肖红述赞许地看着许延安、宋蓉蓉两口子说：“太好啦，这次在北京周恩来总理给我们讲话，强调要重视知识分子，重视工程技术人员，真是深谋远虑啊！你俩好好干，在咱们矿建部队大有用武之地啊！”

从招待所出来，两人感到肩上更大的压力，宋蓉蓉说：咱俩还得多几次到实地测量，不敢稍有疏忽。现在雷大队长给咱弄个麂子回来，咱们哪有时间养，去跟他说说让军务股打字员邓玉珠管，小邓姑娘心细，去那里打字的人又多，会比咱俩照顾还细致。

许延安说：那倒是，不过雷大队长是怕咱俩累着，给咱俩调剂生活哩，现在也顾不上啦，就让小邓养吧。

两口子相跟着朝“雷黑子”办公室走去，还没到门口，从窗口里看到一幕太好玩的事，两个下棋的人下着下着竟然打起架来。下棋的是“雷黑子”和军务股曹副股长，两人互不服气，从局势上看是“雷黑子”占了上风，他歪着头，半闭着眼睛，边吸着大烟斗，边看曹副股长如何动作。曹副股长看来已濒临绝境但仍不服输，趁“雷黑子”半闭着眼睛，用拇指和中指按住敌我双方的两枚棋子，刷地移动到对己方绝对有利的阵地，但还没等他回过手来，“雷黑子”的大拳头就迅雷不及掩耳地砸到肩头上：“我叫你耍赖，搞小动作！”没想到出手过重，砸得曹副股长一个趔趄，“雷黑子”伸手去拉，却没站住，两个都倒在地下，躺在那里哈哈大笑。

“真是童心未泯！”宋蓉蓉说了一句，拉着许延安走了，把谁养鹿子的事暂且忘记到脑后。过几天果然把怀了崽的母鹿交给打字员邓玉珠管理，姑娘很尽心，等到母鹿产仔后双双放回山林时，还哭了一鼻子。人们都说这姑娘心真善，以后会有好报应。

经过上下沟通，发展夏志武入党取得比较一致的意见，姚指导员以积极的态度对待这件事，进展很快。到“五一”时，就已开了支部会，并张榜公布。一起发展的共有六名党员。除夏志武之外，有我、朱云良和另外三名战友。我的情况比较特殊，姚指导员让支队那边就我的表现写个材料，我找了老领导宋洋，宋洋让新任宣传科长朱奇材给我写了一个鉴定。结合我在连队的表现，连队党支部同意发展我入党。这批中原来还有王小新，但姚指导员坚持把他拿下来，再考验考验，说他牢骚话太多。一次对别人说姚指导员不讲究，光着脚穿皮鞋，是个老土。这话传到了姚指导员耳朵里，加上王小新平常说话随便，便对他不怎么“感冒”，把这个积极要求入党的人关在大门之外。

没过几天，一中队发生了一件很奇特的事，算是一桩无头案，被传为笑谈。三排一个云南老兵的家属来队，在女厕方便时，突然进来一个男军人，女的吓了一跳，提起裤子就跑，一头把男的撞倒坐在厕所的墙角里。女的边跑边喊：抓流氓，抓流氓！值班的副连长问女的，女的说没看清长相，但她一头将男的抵到了墙角，墙角存有厕所消毒用的白灰，看到男的坐在了白灰堆上。事情汇报到周树成那里，周树成叫吹紧急集合号，让全连所有在岗人员跑步到操场集合。“立正”“向右看齐”之后，让值班副连长去看哪个人裤子上有白灰，以抓住这个在女厕所要流氓的人。这一招果然灵，有一个甘肃兵的军裤后面发现有白灰，扭住这个兵让女的看，女的说没看清，要是屁股上有白灰，那就应该是。但同排的战友都证明不是这个甘肃兵，因为那个时间段他们刚下班回来，正在浴池洗澡，这个甘肃兵还在浴池中和人打闹玩呢，听到紧急集合号才穿了衣裤跑出来，头发还是湿漉漉的，身上的水都没擦干，怎么可能是他，难道他有分身术？周树成见大家说得有道理，也有点奇怪，弄不清怎么回事，但也不能冤枉一个没有作案时间的战士呀。他对云南老兵的家属说：这也许是一个误会，因为这个女厕所是连队干部战士家属来时才使用，平常不来女的时，战士们男女两个都用，可以提高办事效率。如果哪个战士无意中撞上了你，请你原谅。在我们这个军营里，从来没有发生这样的事情，请你安心在军营居住，度过一段探亲的快乐时光。这件事成了一个谜，也成了一个笑谈。战士们开玩笑时会说：抓住屁股上有白灰的！“屁股上有白灰”成了不光彩的代名词，那个被看到屁股上有白灰的甘肃兵自知冤枉，但很长时间抬不起头，一听人说白灰就脸色苍白，脸上冒汗。

一天下午休息，我和夏志武商量找王小新唠一唠，他没入上党情绪很低落，想安慰安慰他。如果根本没有研究王小新入党这件事，他也不会反应这么强烈，研究了又没解决，这是让人失望的事。很多事情就是这样，如果你根本就没想这件事，不指望成，也就没有什么失望，如果寄予很大期望，或者说把欲望挑起来了却没有实现，那就会失望，所谓寄希望越大失望感越强，就是这个道理。王小新是连队文书，在连领导身边的人，一般说进步要快些，尤其是在入党方面会受关照。夏志文是区队部文书，又是学习毛主席著作积极分子，在当兵第二年就入了党，这和他在领导身边有很大关系。王小新也在领导身边，但周树成赏识他，姚指导员却看不上他，这次入党就泡了汤。一次发展6名党员，连队文书却不在其列，王小新脸上很无光，他又是一个很性情、把一切都写在脸上的人，想不开会出事哩，必须找他聊聊。

我们三个来到拖长江边，仍坐在散开的圆木上。王小新耷拉个脑袋，像茄架上垂下来的一个茄子，脸上也像茄子色，不怎么好看，一看就知道那股劲还没有过去。我和志武正在考虑用什么话安慰他，王小新却抬头说话了：不用安慰我，我想得开，入党不够条件，咱可以继续努力，但我做了件坑人害人的事，我不能原谅自己。

怎么回事？我和夏志武急忙问。

唉，我真是倒霉，屋漏偏遇连夜雨。那天得到没有被发展入党的消息，心里很郁闷，不知怎么就进了连队的女厕所，还没有反应过来怎么一回事，就被女的顶撞到地下，坐到了墙角的白灰堆上。女的边跑边喊“抓流氓”，把我吓坏了，被当流氓抓住可不得了！我知道裤子上沾有白灰，白灰就是证据，灵机一动，赶紧跑到连队浴池，我在外间脱了裤子，随便抓一条军裤穿上跑了出来，正赶上紧急集合，就站到队列里。事情是我干的，却让人家那个甘肃兵背黑锅。天地良心，我根本就没有看到那人是个女的，更没动什么邪念，如果做下那等事我就猪狗不如，让天上雷电劈死我！但我又不敢站出来澄清，这是扯不清的事。我不出来澄清，那个甘肃兵就永远蒙受冤屈，我每想到这一层，就心像刀割一般。你们帮我出出主意，我该怎么办呀！

我一听急了：你早干啥啦？现在能说清吗？裤裆里抹进黄泥巴，不是屎也是屎啦！

王小新一听，哇哇地哭起来。夏志武瞪了我一眼，和声细语地说：小新，你不要急，你入伍就和我在一起，我了解你，你不会干那种龌龊事。假的真不了，真的假不了，实实在在说清楚，给自己一个清白，也还别人一个清白！

王小新停止了哭泣，却突然大喊：快看，圆木被江水冲走了！原来上面泻来山洪，把散放在江边的圆木冲走了。王小新边喊，边跃身过去抓圆木。等我们反应过来，他就抱着圆木被冲走了。

“王小新！”“王小新！”“小新，小新！”我和夏志武喊着，顺江边向下游跑去，却见混沌的江水一涌而过，再也看不见王小新的踪影。

“王小新为抢救国家财产被江水冲走了！”消息在连队传开，并传到区队、大队，部队组织不少战士沿江寻找，直到第二天上午，才在60公里开外的拖长江转弯处的草丛中，找到王小新的遗体，脸上和身体已经变了形，嘴里、耳朵全是沙粒。

连队整理王小新的事迹上报，大队认定王小新是为抢救国家财产牺牲的烈士。他虽然没有实现入党的愿望，但认定为烈士，也可以告慰其地下之灵了。

这个时间段，注定是让我不断受打击的时日。王小新刚刚牺牲，被定为烈士，不几天，又传来战友朱北方在井下掘进中献身的噩耗。听到这个消息，我立即赶到他所在的中队。听中队长介绍情况，看能不能为朱北方的牺牲写篇报道。我最终未能见上这位知心战友一面，他被塌方落下的石块掩埋，等扒出来时已不省人事，送到盆江矿务局医院抢救无效，直接装殓送去了棋盘坪烈士墓。我问其发生事故的经过，中队长做了详细描述。

那天，朱北方所在的排正在掌子面掘进，突然发生塌方冒顶，朱北方反应机警，大喊一声：有危险，撤！就和大家一起撤了出来，他撤在最后，已离开危险区域，但不知为什么，他又返身向掌子面跑去，后续的冒顶掩埋了他。他为什么这样做？许多人不理解。但有一点解释可以说得通，因为掌子面还有一台钻机没来得及取出来，他要跑回去取钻机。这是朱北方最心爱的工具，他一次能操作两小时不休息。为了抢出这台钻机，为了保护国家财产，他冒着生命危险，返身冲进了正在落石的掌子面。事迹感人，朱北方被确认为烈士，棋盘坪又多了一位战友的坟茔，我失去了一位互争互辩能讲真话的好兄弟。我对他的死有一种不同于别人的哀悼。

进入六月份之后，大队要在上半年提拔一批基层干部，经过层层筛选和慎重研究，一中队一排夏志武被提拔为一排长，四排十四班班长郑振汉被提升为四排排长，四排长杨忠祥升任副中队长。

我由衷地祝贺夏志武、郑班长，为他们的提拔而高兴。这次提拔体现了公平，真正把务实能干、有水平的人提拔上来。看来部队领导还是讲究公平、慧眼识珠的，不让老实人吃亏，又一次得到具体验证。但从内心讲，我也有一点小的失落感，觉得自己立了一个三等功，在推广新技术方面也有贡献，似乎也够提拔的条件，怎么幸运之神就不出来垂青我呢？

带着这个想法，我去见“蓝月亮”。“蓝月亮”开导我说：你得换个角度想问题。你和夏志武、郑班长比比，他们是不是比你强，你服气不服气，服气就能想得开，假如他们不如你，你不满才对，比自己强，有什么不满呢？见贤思齐呗。再换一个角度，还有许多老兵不也没提拔不是？人家干了那么多年，吃了那么多苦，都没有提拔，自己没有提拔就想得开了。

我说，你们当医生的就会劝解人。“蓝月亮”说，是啊，这是一个医生应有的素养，不光是给人家治病，还要在精神上不伤害别人。有的医生就不怎么注意，病人让他给看看片子，看看有没有问题，他看了后说，没跑了，就是癌症，一下子把病人吓个半死。有善良心会说话的医生，说出的话让病人感到舒坦。你的劝解，要让他感到有的人不如他，他比别人还强。比如一个人伤了一条腿，他很沮丧，说我咋这么倒霉呢？你就劝他，一个病人一下子伤了两条腿，到现在还站不起来呢。被劝的人觉得有的人还不如自己，比自己还倒霉，心里就会好受不少。这就是劝解的艺术。听了“蓝月亮”一番话，我更感到她为人的善良，更坚定了自己的选择。

又过了几天，宋洋政委让我到他的办公室。这是我第一次在他到大队任职后与之见面。和大领导保持距离，不叫不到，这是我坚持的一个原则。宋洋开门见山地告诉我：这次提拔基层干部，一中队一区队都报有你的名字，让我给画掉了。为什么画掉，一个是你在宣传科是我的老部下，我第一次在大队主持选拔干部工作，就把你提起来，别人会有议论。再一个是我觉得你再锻炼锻炼提拔不迟。一个名人说过，要想着干大事，不要想着当大官，你还是集中精力体验生活搞创作，写出优秀的作品，我相信你有这个能力。你的能力就是在创作方面，已经显露出这方面的才能和天赋。现在要集中注意力写个大作品。你的前途很远大，不要被“巴掌山挡住了视线”，只要做出成绩，组织上不会看不见。提干、上大学，有的是机会。你要经受住考验。成吉思汗说过：马肥时能疾驰，瘦时亦驰，肥瘦得中亦驰，乃为良马。你就要做这种良马。到底是了解我的老领导，几句话就点准了我的“穴位”，也给我指明了方向。我由此而沉静下来，努力在发挥优势上下苦功做文章。

夏志武提干后，具备了部队规定的条件，可以考虑个人问题了，“丁不住”找我去探探志武的口风，说人家童姨那边等着回话呢。

志武是个老实人，说：部队刚把我提起来，还没有效力呢，就去考虑个人问题，有点太那个了点吧，过一段再说吧。

我说：童姨在家等回话呢，人家就这一个闺女，宝贝疙瘩似的，你可别把豆包不当干粮，过了这个村就没有那个店了！

志武说：说实话，阎红姑娘这么好，我也有点动心，但咱这条件配不上人家呀！家里条件明摆着呢，工作呢，人家干干净净成天坐在邮局里，我整天一身泥一身汗的。你说人家相中我啦，我也不知人家相中个啥？

我说：人各有志，阎红这姑娘不俗气，她是对咱部队有感情，重在看人品哩！

志武说：你让我再考虑考虑，或者等志文回来，我和他商量一下。

“还考虑什么，商量什么，等你考虑、商量好啦，黄花菜都凉啦！志文自己都找对象了，你还和他商量什么！”我有点着急。

“志文找了对象？”志武瞪大了眼睛。

“对，志文找对象了。”

“你咋知道？”

我把已知道的情况告诉志武说：这，我也是从侧面了解到的。志文近来来信不多，来信也讲的是学习方面的事。说他会画版啦，说报社的老编辑对去学习的战士都很好，还请大家到家里吃饭。还说第一次坐飞机闹了笑话。从贵阳飞铜仁，客舱服务员端着托盘来送烟、糖果，怕花钱没敢拿，听说免费再去拿时，抓了一把没抓住，撒了一地，闹了一个大红脸。还说省城贵阳多么洋气，有小上海之称，看的地方也多，甲秀楼、文昌阁、南明河、大什字、小什字、喷水池，看也看不够，转也转不完，就是没说他找对象的事。

“别扯闲篇了，说正题，你是怎么知道的，找对象这么大的事，他也没有告诉我这个当哥的。”志武打断我的话。

我说：他也没有告诉我，是咱们老家东林村李小雪来信打听志文在部队的表现，我才知道的。李小雪原本和你和志文同学，后来她生病降了级，就和我成了同学。我们在高中还是一个学习小组呢。

夏志武说：我知道李小雪，个子高高的，长得漂亮出众，穿着挺洋气，说话也挺文静的，她不是毕业后上了县面粉厂，两人怎么联系上的？

“这你就有所不知了。我半个月前接到李小雪从贵阳给我来的信，说她在面粉厂干一阵受不了，成天被面粉呛着，都喘不过来气。正好在贵州都匀铁路上工作的父亲要退休，让她去接班，问她嫌不嫌家远，她说不嫌，就到都匀顶替父亲上了班。开始学机修，不久子弟学校选老师，她被选上了，就去当了小学老师。又没过多久，贵阳铁路分局子弟学校从下面选调教师，她又被选中了，这就到了贵阳。也是巧得很，志文随《贵州日报》记者到贵阳站采访，两人就遇上了。开始都不敢相信，一问才知道志文在盆县当兵，被部队派到《贵州日报》学习，这样，老同学就他乡遇故知了。”

“同学见面不见得就是搞对象呀？”志武说。

“是，他俩后来又见了几次面，是志文约人家的，还主动提出处对象，说他喜欢上了贵阳，事成了以后转业到贵阳。这不，李小雪就动了心。李小雪是个细心人，知道咱们是一批兵，我和你兄弟俩在一个部队，就给我写信打探志文在部队的表现。我回信告诉李小雪，说志文在部队表现很优秀，要不能选送到《贵州日报》学习吗？回部队后还要提干，前途远大呢，可作为终身伴侣！”

“小雪回信咋说?”志武问。

我告诉志武:小雪回信说,这下心里有了底,就好下决心了,是同学、是老乡,又知根知底,两人在上学时就有那么点意思,现在真要成了,她就成了军嫂了,到时来部队探亲,还要请我喝喜酒哩!还特意叮咛我,这事不要让志文知道,我背后打听人家,好像对人家不信任哩。小雪漂亮、聪明、善良,我从心里祝福他们。

志武听我讲完,也为志文高兴。弟弟能找到漂亮贤惠的女人为妻,当哥的心里自然乐意。但他还是叹了一口气说:太早了,志文处理个人问题太早了,还在报社学习,也没有提干,急什么呢!

我开玩笑说:你这是怕自己落后,怕“大麦没熟二麦熟”吧?

志武捣我一拳说:去你的,说话没个正经!

我去找“丁不住”,说夏志武答应考虑考虑。“丁不住”笑了:榆木疙瘩脑袋终于开窍了,这么好的姑娘上赶子追,要是我,早就下手了。说罢就去给童姨回话去了。

万万没想到,童姨那里却出了岔头。童姨已知道夏志武提干的消息,阎红相中的人,现在提干了,这好事不就来了吗?就把她和阎红的想法告诉了阎副政委。

阎副政委坚决不同意阎红和夏志武处对象,说这个人胆子太大,无纪律性,在新兵连就闯了大祸,别看现在入了党、提了干,指不定哪天老毛病又犯了,再弄出个什么让人想不到的事。红红跟着这种人,天天提心吊胆的,还能过安生日子?兄弟俩几乎长得一模一样,阎红相中哪一个,要重在看内心、看品质。志文这孩子是我一手培养的,处事文静,办事不过激,又会来事,又有文才,现在在《贵州日报》学习,回来提干后前途远大,应该选志文才对。

阎副政委一席话,把童姨心给说活了,她把夏志武、夏志文兄弟俩在心里的天平上掂来掂去,还是倾向夏志文多一些,别的不说,就夏志武天天在井下就让人放心不下，天天提心吊胆的，万一有个三长两短的，红红可咋办？自己就这一个宝贝女儿呀。

等红红休班在家，童姨向她说了阎副政委和自己的想法，没想到阎红"一根筋"，说，看什么内心，看什么品质，干实事立大功的还不如耍嘴皮子握笔杆子的内心好、素质好？下井怎么啦？我不管，我就想嫁给夏志武！阎红不仅这么说，还大胆地给夏志武写了一封信，让老丁转交我再交给夏志武，表明自己的心迹。

信到了我手里，我没让它轻易到志武手中。这天几个老乡聚会，在连队后面的山坡上。自从王小新"光荣"后，我们聚会就不到拖长江边的圆木垛那里去。那里也进行了加固，没有散乱的圆木可坐，怕再发生山洪冲下来发生事故。

老乡们聚在一起，说了一会话，我就拿出了信，说：我这里有一封信，是一个漂亮姑娘写给志武的，我们先打开看看好不好？

"好！"众人齐声欢呼。志武却跑过来抢夺，我们几个你传我、我传你，让志武团团转，就是抢不到手，气得没脾气。闹够了，我说：这封信咱就不看啦，但确实是一个姑娘写给志武的，咱志武要交桃花运了，咱战友快有新嫂子了。志武接过信跑了，几个战友还在学电影里那样，"呜啦""呜啦"在喊叫。

后来志武告诉我，他看了阎红的信深受感染，那些滚烫的句子把自己冰封的心融化了，尤其是"下井光荣，能下井就了不起，我喜欢井下英雄"这句话，让我热血沸腾，有人这样佩服咱们，有姑娘喜欢我们井下战士，这一辈子在井下掘进也值了。

他给阎红写了一封信，写得很矜持：我不是你心中的英雄，我会朝着英雄的方向去努力，你的理解是我前行的动力，我会更加奋进。这封信不失礼貌而又含蓄地表达了自己的意思。我没有想到，我竟成了阎红和志武之间传送信件的"邮递员"。

时间一天天过去，六月中旬志文学习结束归队，仍在宣传股搞新闻报道，在报社深造后，如“猛虎添了翅膀”，精神振奋，业务水平大有长进，沿着自己设定的道路前行。

回队的当天，志文就去了阎副政委家，正好是星期天，阎红也在。他给阎家三口人都带了礼物。给阎副政委买了一套画笔，这套上海产的画笔是他到贵阳美术用品商店精心挑选的，其中有山水画笔、大描笔、翎毛花奔、点梅、叶筋笔等。阎副政委心里甚是高兴，他不喜烟酒和应酬，业余时间就在家自修国画，这些文具是日常的最爱。给童姨买了一件的确良浅绿色衬衫，那时的确良在大城市很时兴，但在山沟里还不多见。童姨把衬衫打开，在胸前比量一下，笑得合不拢嘴。给阎红带一条上海产深红色拉毛围巾，长长的，厚厚的，柔柔的，阎红内心里也很喜欢。“四川的雾云南的风，贵州下雨如过冬。”遇到天冷时用一下，既好看，又实用。童姨心里想：难怪老头子说志文这小伙子会来事，心多细呀，考虑多周到呀！心里顿时增加了几分喜欢。阎红心里虽有选择，但对志文心细会体贴人这一点，也是欣赏的。确实，志文买这些礼品是动了脑筋的。送礼要投人所好，送人家真心喜欢的东西，又很得体不过分，这里也很有学问。在日常生活中，有人送礼就不考虑这些，以为自己喜欢的人家也喜欢，以为贵重的就是好的，有的把自己用不上的东西当礼品送给别人，往往收不到好的效果，甚至事与愿违，起不到好的作用。看来，还真得开一门送礼心理学课。夏志文不用学，属于无师自通，无非是勤观察、多揣摩，善于动脑和将心比心而已。

志文走后，童姨对阎红说，看来你爸看人不错，这孩子有出息。论长相，和他哥一样，论才学，也比他哥强，会写文章，又在机关工作，离咱家近，来往方便，你琢磨琢磨是不是这个理。阎红没说什么，脸一红，进了自己的房间。阎副政委对童姨说，凡事都不要急，性急吃不了热豆腐，这些道理让她自个琢磨吧。

志文到一中队来，我和志武与他聚在一起很是亲热，我们祝贺他学成归来。他为我和志武入党祝贺，对志武提干发自内心地高兴。尽管内心有一种失落感，原以为自己走在前，没想到起大早赶了一个晚集，让志武占了先。但毕竟是亲哥哥进步了，自己脸上也有光呀。再说啦，志武就是比自己优秀，敢做敢为，入党、提干是应该的。

说起在《贵州日报》学习，志文说这次收获可大啦。社长陈健武、总编辑吕瑞林亲自给我们上课，工业组、理论组、政文组、文艺组王保民、吴熙韬、张晓通、熊国光、涂永康、周敌非、林钟美、贺其瑞等老师带我们外出采访、开研讨会，手把手教我们写稿件。去了安顺、遵义、铜仁、赤水、习水、桐梓、金沙、余庆、赫章等一些地方，参观了娄山关、遵义会议纪念馆、四渡赤水、打鼓新场等红军经过和开会的纪念地，写了新闻评论、专访、侧记、调查报告、诗歌、散文等各种体裁的新闻报道和文艺作品，在报纸上发了20多篇。从志文的叙述中，我们听出他确实学有所获，而且说话办事比过去扎实了不少，从内心称赞他的进步。

我和志文开玩笑说：除了学习收获，别的方面也有收获吧？

“别的收获，指哪个方面？”志文不解。

“比如交没交桃花运呀，交没交女朋友呀，贵阳的姑娘可漂亮哩，咱们支队宣传队宋宁琪、燕黔兰、汪冰洁等都是贵阳人咧。”

“噢。”志文“噢”了一声接着说道，“这个真没有，天天忙得像驴拉磨一样，哪有工夫弄这事，再说，谁看得上咱小当兵的！”

志文不愿说，我和志武也不便再问。他不说，就是不想说，再问就没有意思。他不愿说自有不愿说的道理，各人有各人的想法嘛。

一天我上夜班，升井后洗过澡、吃了饭，正在倒时差睡觉，安修区队战友、我的好朋友任全科来找我。他是来跟我辞行的，说他要调到驻扎在湖北襄樊的406大队去了。406大队是41支队下属的一个团，在完成土城矿建设任务后，被上级调到襄樊执行战备磷矿建设任务。襄樊离贵州盆县很远，再想见面不容易，全科是跟我告别来了。我问他：在盆县两头河安修区队这边好好的，非要调去406大队干什么？你是学车钳铆焊技术的，到施工部队能用得上吗？全科说，唉，一言难尽，一会找个地方细说吧。

中午我在食堂打几个菜，借吕师傅的房间和全科小聚，把盏为他送行。吕师傅柜中半瓶“三花”成了送行酒。真是个“三杯酒下肚，话也多了”，全科一肚子话都倒了出来。

全科说，贵州这个地方好，人实在，气候也不错，我待三年待习惯了，舍不得离开这个地方。每年春天映山红开了，漫山红彤彤的，就像《闪闪的红星》里那样，比《闪闪的红星》中画面还要漂亮红火……

“操！你来是给我讲《闪闪的红星》吗？快说正题，为什么要离开！”我打断他。

“兄弟呀，真是说不出口，你听我慢慢说。”全科欲言又止，吞吞吐吐，我猜想他一定是遇到了难以启齿的事情，就静下心听他慢慢讲述。

我怎么也没想到，全科是因为那次受伤引起现在调离两头河安修区队的。上次我在支队医院泌尿科见过他没多久，他就出院了。表面看四肢健全、能吃能喝，上班工作，下班训练，出操跑步都没有问题，啥都不影响，但伤在要害处，隐痛在心里，不能给别人说，也不好给别人说。就是受了一次伤而已，在部队施工搞建设，谁不受一点伤，可以说司空见惯。连队干部战士都知道他伤愈出院，和健康人一样，谁知道他伤了要害，失去了勃起功能，没有了生育能力了呢？这种隐痛才是真正的伤，触及灵魂的伤，是虽然看不见但无法愈合的伤口。一想及自己家三代单传、自己无法履行传宗接代的职能，他都痛不欲生。多少个夜晚，都望着宿舍上方石棉瓦默默流泪，人也渐渐消瘦下来。他认为这一切并没有人知道,但他情绪的低落和日渐消瘦的身体受到了师傅的关注。师傅两口子也是从东北到盆县支援三线建设,在“工改兵”时参军入伍的。两个人都是技术员身份,负责在连队带新兵学技术。任全科的师傅刘喜梅是个女军人,从全科入伍起就带他学习技术,独立操作后仍保持师徒关系。因此,师傅家他是经常去的,熟门熟路,上门也是求教技术。这种情形在安修区队很正常,也没人说什么。我在支队宣传科时,全科就托我在支队军人服务社和盆县给师傅买过白糖、香皂、凡尔丁裤等,由此知道他和师傅两口关系密切。我去安修区队时,还见过他师傅,两人在操作台上的合影照片送过我一张,一男一女笑容灿烂,战友情深,纯洁无瑕。既然关系密切,师傅自然对他的变化看在眼里,但并不知道个中原因。一个星期天,师傅的丈夫老何不在家,师傅让全科到家里来,询问他最近遇到了什么事,何以这么萎靡不振,原本爱说爱笑的人长吁短叹,身体也日渐消瘦?

听了师傅的关切询问,全科像受了委屈的孩子,“哇哇”大哭起来。师傅吓坏了,急忙拿毛巾堵住他的嘴,劝说道:“别哭,别哭,有话慢慢说。”就像姐姐对弟弟一样温柔,又掏出手绢,擦他脸上的泪滴。再也控制不住,全科扑到师傅的肩头哭道:“师傅,我不活啦,我没脸活啦!”

“怎么啦,怎么啦?有话慢慢说。”师傅抚摸着全科的后背,让他安静下来。从全科断断续续的叙述中,知道了他极度痛苦的根由。处于母爱,出于女性温柔体贴,出于对徒弟的怜悯,她把全科紧紧抱在怀里,用一个成熟女子的身躯安慰一个受伤的灵魂,就这样紧紧地拥抱着。以后,他俩一有机会就见面,就这么紧紧地拥抱着。在师傅温柔体贴下,他失去的性意识得到唤醒,丢掉的性功能逐渐得到恢复。一次在搂抱之后,没有把控住,师徒两人发生了性关系,在忐忑不安的心跳中得到了性满足。全科第一次尝到了女人的滋味,裤裆中的铜铃铛展示了强大威力。师傅也领略了性的快乐。因为丈夫有性功能障碍,她结婚后还没有品尝到性爱的甜蜜。从此之后,两人一发不可收,只要有机会就约会见面。师傅提出和老何离婚,和他结婚,光明正大地过两口子生活。全科说:这万万使不得!这会伤害何师傅,我现在还是个战士,传出去就得让我复员,咱俩就再也见不上面了。没有别的好办法,就这样悄悄地维持着两人不为人知的关系。

但要想人不知,除非己莫为,师徒俩的这种关系还是被老何察觉了。老何打了妻子几耳光,嚷着去离婚。刘师傅说:离就离,离婚原因我就说因为你性无能,看谁丢人!老何一听蔫了。最后两人达成协议:女方终止和徒弟不正当两性关系,男方不再提离婚之事,也不追究师徒双方的错误,保持家庭稳定和谐。这件事也就算告一段落。全科对给师傅惹这么大的麻烦,内心很不安,也觉得对不起师傅,至此一刀两断,重新做人,痛改前非。最大的安慰是,他已重新证明自己是男人,有了男人的雄风,传宗接代已无问题。过几年复员回家娶妻生子接续香火就是了。

但是事与愿违再起波澜,没想到刘师傅怀孕了。得知消息,全科吓坏了,纸里包不住火,这下如何是好?何师傅知道了这个消息却心中窃喜。结婚七八年了,由于自己的原因,妻子一直没怀孕。家中父母盼孙子孙女都发了疯,逢信必问,这下有了着落了。就坡下驴顺手牵羊,没有比这再好的安排了!老何有意宣传妻子怀孕的消息,下了班就回家炖鸡汤熬鱼汤忙得不亦乐乎。自从全科和师傅关系断了,就谨守诺言,也没有和师傅私下见面。一天,何师傅递给全科一张纸条:“为了大家安宁,请你调离安修区队,离得越远越好,从此两不相扰。否则,大家脸上都不好看。你在支队老乡多,我相信你有这个能力。祝你在新的部队工作顺利。”

全科讲到这里，我明白了事情的经过，就像听一个传奇故事，然而这又是一个真实的故事，让人扼腕兴叹。我安慰全科说："事已至此，也没有什么好的办法，你往宽里想吧！"

全科说：思索再三，确实没有好的办法，只能选择离开。我找了在支队司令部军务科的老乡袁书泽，袁书泽找了他们科长，说安修区队一个同年入伍的战友想去406大队参加施工生产，才把调动手续办妥。这一切都是悄悄办的。我现在东西已收拾好，明天就出发了，还没有见刘师傅一面告诉她个信。不是老何不让，是我决心一刀两断，再也不给两口惹麻烦了。"宪云，哥想托你办一件事。"

"什么事？说吧！"我说。

"哥托你带一封信给我师傅，我已经写好了，她看了才知道我的下落，才不惦记我。"说着全科又抹起眼泪。

"老兄放心，这事我一定办到。"送走全科，在深表同情的同时，我也在内心嘲笑自己："嗨，我都成了传递信件的信使啦！"

第十一章　“丁不住”的伤心事

大约六月底的一天，宋洋政委把我叫到他办公室，一起叫来的还有“丁不住”。宋政委开门见山地给我俩交待一项任务。他说：“支队接到基建工程兵兵办将在本溪召开全兵种施工安全经验交流会的通知，让我们支队推荐一个先进单位到会介绍经验。支队领导决定让402大队写一份典型材料上报。整个基建工程兵煤炭部队就我们一家，这可是一个露脸的机会。雷明大队长去年上任以后，就把施工安全作为一项重要工作来抓，取得了显著成效，我们施工现场的伤亡率大幅度下降。你俩秀才要把这个经验好好总结一下，在全兵种放一个‘响炮’。让你俩来写这个材料，是雷大队长点的将，你们可要铆点劲。怎么写？我没有具体思路，但我提醒你们抓住两头：一是找雷大队长，问他是怎么想的，为什么这样做；二是跑基层单位，看他们是怎么做的，怎么把安全生产落到实处的。总之，通过走访、实地调查写文章，不能‘秀才不出门，全知天下事’，搞隔空对话那一套。”宋政委这几句话实际上点明了如何去写作的方法，我和“丁不住”大体上知道该怎么做了。

“丁不住”发牢骚说：“支队有安全科，大队有安全股，这帮孙子自己不去写，推到咱们身上。这可是一场硬仗，写好得交大队、支队审定，还得报兵种通过，麻烦着呢，不是好差事！”

我劝“丁不住”说：“能者多劳嘛，谁不知你是大队的一号笔杆子，那是大队长器重你。”

“丁不住”说：“什么能者多劳，你也成能者啦？”

我说：“我哪敢以能者自居，还不是借了你的光！狼狈为奸，你是狼，你在先！”

“丁不住”乐了：“什么狼狈为奸，就不能用点好词！”

我说：“有一个词倒不错，叫夫唱妇随，不过，我可不是你老婆，你老婆在北京呢！”

“丁不住”的牢骚话不是给我一个人说，传到司令部安全股，安全股马参谋说：“哪里是我们向外推的，还不是雷大队长、宋政委为了照顾‘丁不住’，让他借去北京送材料回一趟家，多享受一次探亲假，搂着老婆好好享受一番。”

我把马参谋的话学给“丁不住”，他笑笑说：“这还差不离！”

按照宋洋政委的指示，“丁不住”带我去抓“两头”，但老屋基矿处于收尾阶段，“雷黑子”忙得不可开交，别说抓不住他的头，连他的影也“摸不着”，他现在不下象棋了，天天在井下，不在这个巷道，就在那个巷道，多数时间和许延安他们在一起攻技术难关。精准打通南北大巷成了他的工作重点，也是一块心病，这是整个收尾工程的关键，绝对马虎不得。他提出把移交日期前移两个月，拉动了全支队移交转场的提前，自己成了漩涡的中心、打靶的靶心，身上压力之大可想而知。而且听说他对报什么“安全生产先进事迹材料”不感兴趣，当宋洋政委把这件事说给他听时，他眼一瞪说：“当什么先进，报什么先进，安全生产努力去做就是了，咱不要那个荣誉！别动不动就想露脸，露多大脸现多大眼，还是眯着一点好！”戴兴泉支队长在电话里一顿训斥：“你以为这是你个人荣誉？这是402大队的荣誉，是全支队的荣誉，是整个基建工程煤炭部队的荣誉！我们可以借这个机会认真总结一下好的经验和做法，查找一下不足，把部队的安全生产再扎扎实实抓一下。好的做法和经验介绍到外面，在施工中可以少伤人死人，这是功德无量的事，你推三阻四干什么！”“雷黑子”这才不说什么，任由宋洋政委组织人弄这个材料。

抓不住“雷黑子”这个头，我们就跑矿建中队这一头。“丁不住”带着我跑了4中队、6中队、11中队、17中队、19中队，到了一区队通风班，找了军务股、工程股，召开了小型座谈会。不下去了解不知道，原来基层单位在安全生产方面还真下了功夫，采取了不少好措施。比如有的中队每星期上一次安全课，班前安全“戴帽”，班中坚持安全检查，班后有安全小结，月末有安全评比，做到警钟长鸣。有的区队坚持一季度评比一次的制度，对安全工作做得好的中队和个人给予表扬奖励，对于严重违反安全规定的给予行政处分和通报，调动了干部战士做好安全工作的自觉性。

在全面深入了解情况的基础上，我们拟订了写作大纲，材料分为四个部分：一是以批林批孔为纲推动部队安全生产工作；二是充分发动群众，实行人人把关；三是掌握客观规律做到以防为主；四是严格规章制度，加强组织纪律。每个部分下面也形成了细的纲目。“丁不住”带我去向宋洋政委汇报，宋洋政委认可这个写作提纲，只是说：“这样铺开写文字会过长，写时要把握重点，注意文字简练。”“丁不住”向宋洋政委请示两个问题：一个是到现在也没有抓住雷大队长“这个头”，怎么听取他的意见；一个是雷大队长说“出烈士多不光彩，少出事故才光彩”这句话很出彩、很有特点，在材料中引用不引用？

宋洋政委回答说：“找不到雷大队长本人听取指导性意见，就等把材料写好后交他审阅。‘出烈士多不光彩，少出事故才光彩’这句话确实有特点，这也是雷大队长抓安全生产的指导思想，但这句话容易被人误解，或者抓住‘小辫子’。这句话在特定语言环境中正确无误，但如果有人断章取义，说雷大队长说‘出烈士多不光彩’就是政治问题了，再一上纲上线哪还有好！这句话就不要在材料中出现了。”

“丁不住”果真是写材料的高手、快手，提纲定下后，他和我关在他的办公室闷了三天，他写我抄，他写一张稿纸，我抄写一张，流水作业，在第三天吃晚饭时，终于把材料写完了，全稿加起来近一万字。我问“丁不住”：“是不是太长了？”“丁不住”说：“有屁股不愁打，文字长往下删易，文字短往上加难，征求意见后再精简不迟。”

“丁不住”还给我介绍经验说：“写材料要抓住主题，把要表达的意思，最想说的话写出来，其他如逻辑关系、文通字顺、标点符号向后放，先在后几个方面用力，材料就写不好了，也写不下去了。这是一个诀窍。”

我进一步请教他：“你写的材料谋篇巧妙、主题突出、观点鲜明、材料扎实，为什么偏偏在一些不太重要的地方出现明显漏洞，出现不应该疏忽的地方？”

“丁不住”笑笑说：“这你就不懂了。但凡材料，拿出来没有不挑毛病的，我故意留几个地方，就是让领导挑毛病的。挑出这些毛病，好改，他就不会在大的方面提出意见了，你不给领导留出挑错的地方怎么能行？”“丁不住”一席话，让我开了窍：这写材料不仅是力气活，还是动脑筋要心眼的勾当。

我们把最后定稿的材料交给宋洋政委看，他比较满意，说就是太长了点，但又说：“长一点也好，反正你们俩去送材料，到时再修改也许会让调整精简，这样，不管从哪方面调，材料都比较充实。”看来宋洋政委也是写材料高手，一语中的。

我们把材料送到"雷黑子"手中，这一次倒是反馈及时，第二天就通知"丁不住"和我去他办公室听取反馈意见。

自从离开支队宣传队，我就没有和"雷黑子"单独会过面。一年多没见，他没有显得苍老，反而更加健康精神，也许是英雄有了用武之地，精神状态使然吧。就像陶渊明诗所言"久在樊笼里，复得返自然"，人在困顿中被解放出来，精神自然就大为不同。"雷黑子"闭门思过七年，现在英雄良将，雄风不减当年。人是这样，动物也是如此，即便是汗血宝马，关在笼子里，也是"一声长嘶泪满眶"，得返疆场后，便驰骋纵横不复哀鸣了。

我正在沉思间，突然听到"雷黑子"朗声发问："秀才在连队干得不错呀，听说还立了三等功了？"

"哪里，哪里，谢谢首长鼓励，我那是走路不小心，捡了一个金元宝。"我急忙回答。

"丁不住"见我俩如此对话，就问"雷黑子"道："大队长认识我们曾秀才？"

"认识？我们还是忘年交咧！当年我倒霉时，住在支队第二招待所，除了组织上派后勤供应科定期送日常生活用品，就没有几个人来看过我。我在大队的警卫员王德子不相信我反对毛主席，不相信我是什么日本特务、汉奸，长期给我送煤送柴送油送肉，帮我解决生活上的困难。曾秀才在我最困难时来看我，还送来酒陪我喝，我俩一气造了两瓶！他还把我当成英雄来采访什么英雄事迹。我不是什么英雄，但我受到了尊重，得到了理解，在遭难中看到了希望和光明。那哪是一顿酒，是灌在我心头的琼浆玉液啊！"

我怎么也没想到，我当年向"雷黑子"请教，陪他喝顿酒，能有这样的效果。当时的情况是，我从"雷黑子"这位老革命处得到安慰，排解了心中的忧愁，进而振作起来。由此可见，人在困顿之中时，哪怕给一点小小的温暖，他都会牢记不忘。我小的时候母亲常说“有饭送给饿人，有馍送给饥人”，看来就是这个道理。

“雷大队长这是英雄不忘故旧啊！”“丁不住”调侃。

“什么英雄？少拍马屁！你们年轻人后来居上，前途无量啊。我这是廉颇老矣，余勇可贾，老猫从房坡上滚下来——假装东北虎下山哩，蹦跶不了几天啦！”“雷黑子”几句话逗笑了我和老丁，他自己也笑了起来，接下来对材料修改意见的沟通就和谐自然许多。

“雷黑子”直言，第一条以批林批孔为纲推动部队安全生产工作不妥。他说：“部队安全生产和批林批孔有什么关系？是林彪、孔老二让我们抓安全生产的？不批林批孔就不抓安全生产啦？去年才说批林批孔，这安全生产从 1966 年建队开始就抓啦，是这两年才抓的吗？批林批孔促进了这，批林批孔促进了那，净他妈胡咧咧，还不知什么人在装神弄鬼哩！还说林彪在东北不听毛主席指挥，打仗不积极，批得一无是处。是的，林彪有错误，执行毛主席指示不坚决，但建立东北根据地和指挥辽沈战役还是立了大功的，哪能一风吹！我就是东北四野的，对这一点很清楚。现在还批什么‘三三制’，这是一个具体战术，批它做什么！我看‘三三制’挺好，我们部队就是按这个训练取得胜利、减少伤亡的。现在有些人批这批那，连死了几千年的孔老二也拉出批倒斗臭，不知想干什么！”“雷黑子”这一席话，说得我和“丁不住”目瞪口呆。批林批孔是党中央的决策部署，全国都在开展这一运动，“雷黑子”竟这么不理解，我们真没有想到。

“不说批林批孔，那安全生产的动力是什么？”“丁不住”问。

“嘿，你这个问题问得好奇怪！不批林批孔就没有动力啦？我们是为林彪孔老二安全生产的吗？安全生产的动力是什么，就是少死人伤人。你问我为什么要抓安全生产，一句话，教训太沉痛了。我刚当大队长时，一次就死了 16 人，16 个鲜活的战士！少死人，少让这样的事故发生，这就是我的动力。‘出烈士多不光彩，少出事故才光彩。’这是血泪凝成的经验教训。你把这句话写上，必须写上，这就是我抓安全生产的动力和指导思想，说批林批孔促安全生产，那是扯犊子！”

从“雷黑子”办公室出来，我们直接去了宋洋政委办公室。“丁不住”把“雷黑子”的话学说了一遍，宋政委讲了几点意见：一是对雷大队长讲过的话绝对保密，谁捅出去拿谁是问；二是送雷大队长审阅的材料按他的意见修改，让他满意；三是向支队上报的仍按原材料上报。将来材料下发后如雷大队长不满，就说在北京按基建工程兵办公室意见做了修改。

从宋政委处讨得“锦囊妙计”，我们俩回到老丁办公室，老丁说：“宋政委就是点子高，能让各方满意！”我说：“宋政委点子高，还有你点子高？”老丁说：“高多了，高家庄实在是高！”我说：“宋政委点子比你高，你比宋政委点子多。”老丁挥起文件夹就要打我：“格老子，你敢和老子开玩笑，麻子是你笑话的吗？”

两人笑闹完毕，按照两种思路准备两份材料，分别得到宋洋政委和“雷黑子”通过。宋洋政委批准的材料，被我们送到了支队司令部。

在基建工程兵煤炭部队，安全工作由司令部负责，下设有关科室专职负责此事。丁干事和我携材料到了支队，当面向支队首长汇报。

乔山田参谋长在月亮田建矿前线，目前工程正紧，在那里坐镇指挥。上报材料的工作由熊炳华副参谋长负责。材料交熊副参谋长、彭副总工程师审阅，按他们意见进行调整后，在司令部工程科召开座谈会听取意见。由于工程科地方小，会就在二楼会议室召开。这个会议室，就是一年半之前召开批林批孔会议，就我的问题进行核实、批判的地方。坐在这里自然有一番感慨，为那时的幼稚不成熟感到羞愧。

会议由熊炳华副参谋长主持。他首先肯定了这份材料，说这份材料全面客观地反映了402大队去年以来狠抓安全生产的情况。又说到基建工程兵将召开安全生产工作会议非常及时,很有必要。忽视安全生产就是犯罪,就是对生命的漠视。我们要把这份材料修改好,让它在全兵种发挥作用,尤其在我们41支队把安全生产搞上去。说到具体意见,熊副参谋长说文字有点长,压缩一下可以突出重点。其他与会科长、工程师、技术员提出的具体意见是:个别部分需要调整,充实抓典型内容和纪律部分,减少理论及一些重复部分,加上总路线、安全方针及总参和国家建委有关文件精神,有些部分不要分得太细等。

我和丁干事住在第二招待所修改材料,忙乎了两个昼夜。这里也是我曾经住过的地方。宣传队的战友们下去体验生活,为即将移交矿井的庆典准备节目,人去楼空,整个招待所空荡荡的。“雷黑子”住的房间住了临时来队家属。招待所做饭的战士也换了人,当年关照我的小陈没了影踪。这一切都令我伤感。在支队除了改稿子接触一些人,我没有去探访过谁。我曾经工作过的宣传科就在三楼,我也没有移步上楼。支队已经传开将要撤离的消息,工作照常进行,但一些人已开始做撤离的准备。邢飞副支队长已带队到东北铁法地区打前站,为部队转场做准备的事实告诉人们,支队机关搬迁在即,原有的战役即将结束,新的战役即将开始。不知为什么,我在这空气中嗅到了一丝惜别和悲壮的气氛。

我们修改的材料最终获得熊炳华副参谋长通过,他当面叮嘱道:“你们两人一定要把材料亲自送到兵办,在那里等到修改意见后进一步修改完善,完成修改任务再回来。”又说:“火车票和到京住的地方,我已让支队有关部门安排好,你们和大队首长打过招呼即可出发。”熊副参谋长是工改兵,之前在阜新矿业学院学的就是煤矿安全,在地方时就是负责矿上安全生产的,对安全生产非常重视,考虑问题也非常细致，他希望我们部队的经验能给其他地方提供一些借鉴，在相互学习交流中共同提高。通过写作这份材料，接触有关领导和安全管理人员，我们切实感到，部队组建近10年来，安全生产逐渐被高度重视，现在真正达到了前所未有的高度。安全生产不仅是技术层面的问题，更是一种境界，是一种对生命的尊重，是对干部战士真正的关心爱护。我们基建工程兵煤炭部队担负为国家建矿的任务，为攀钢供应优质煤炭，但这些煤炭应该是汗水浸泡过的，而不应该是血染成的。没有干部战士害怕牺牲，“绝不后退半步生”，但不必要的牺牲一丝一毫都不应该有。而要落实这些，就必须狠抓安全生产。安全生产就是按客观规律、既定规程办事，不冲动，不蛮干，一切遵从科学。而这种认识，是付出了血的代价才认识到的。我和老丁议论：假如早重视、更加重视安全生产，棋盘坪上的烈士墓就会少一些，我们付出的牺牲就会小一些。

按照熊副参谋长的安排，我们在支队电话请示宋洋政委之后，直接从支队出发去北京。熊副参谋长派车把我俩送到红果车站，上了去北京的火车。

部队规定干部坐卧铺，战士只能坐硬座，故此我和“丁不住”分别在两个车厢。好在“丁不住”心地慈善，白天就让我去卧铺找他，蹭着睡一觉，也不怎么累。说实在话，即使不蹭卧铺，我也不会感觉累，一则年轻，二则头一次去北京。北京，那是什么地方？是全中国人民向往、毛主席居住的地方，我做梦都想去北京一次，现在有了机会，怎么会累呢，兴奋都来不及呢。记得“文化大革命”开始那阵，时兴红卫兵大串联。我当时读小学五年级，不让去。我们班荷花她姐荷仙是初中生，串联去了北京，在天安门广场见到了毛主席，还和老人家握了手。从北京回到村子里，许多人和她握手，说和毛主席握不上手，握着她的手也算握上了。荷仙她奶奶说，可不敢洗手，这是沾了仙气啦。见到说一口四川话的夏家威的老伴何菊花，荷仙突然想起一件事，说在天安门广场人山人海，挤得不得了。正拥挤间，突然听一个女的喊："莫挤啦，孩(鞋)挤掉了。"大家一听，赶快让出一块地方，谁知这个女的弯腰把鞋提上啦。大家都笑何菊花，说你们四川人真能整，"鞋""孩"不分。何菊花笑道："个龟儿子们，莫笑话四川人咯！"在车上想到这些，我忍不住地笑，更向往北京，向往祖国的心脏。

从红果到北京，一共走三天两夜，闲得无聊时，我就和"丁不住"扯闲篇，自然又说到志武和阎红的关系。"丁不住"说，让志武上点心，要想在部队长期干，最好在部队找对象，省得两地相思、鞍马劳顿之苦。阎红人漂亮，家庭条件又好，过了这个村就没有这个店啦！

我说："志武有点动心了，现在也提干了，可以处理个人问题。以前都是我给他两人传信，现在两人直接通信，取消了'转运站'，我是什么消息也没有了。"

"丁不住"说："下了决心就攻坚掘进，什么东西到了手才是好东西。女人的心秋天的云，说变就变，变幻莫测，告诉志武主动点、抓紧点，不要'绣球抛来你不捡，两手空空捡忧愁'！我最近注意到夏志文从报社回来之后，向阎副政委家跑得欢着呢！"

"不可能吧，他……"

"他什么，他比猴都精着呢，上竿子追阎红，可下功夫哩！"

我不以为然，说："你是戴着有色眼镜看人，对志文有成见哩！"

"我有成见，我有什么成见？这小子心里有弯弯绕，你可防着点。在新兵连检举他哥，为什么不看到信时就揭发，而是等到第二天早上才揭发，这不是明摆着让既成事实，他在背后踢一脚吗！""丁不住"分析得鞭辟入里。

我并不认为志文是这么想的，但听了"丁不住"的分析，还是打了一个寒颤：人心真的有这么险恶吗？

说到我和“蓝月亮”的关系，我坦诚一切，为追不到手而遗憾。“丁不住”说：“‘蓝月亮’是我见到的最善良的人，也是最苦命的人，但你俩条件不般配，起码年龄上就不合适。男的大女的五六岁正好，女的大男的五六岁不合适。因为女的比男的成熟早，再大几岁，以后那方面的生活就不和谐，心理上也不在一个阶段，更容易闹矛盾。男女之间年龄差是有界限的，女的大男的最多三岁，没听讲‘女大三，抱金砖’嘛，但没听说女大四、女大五的。你死了这份心吧。要说年龄段，我和‘蓝月亮’倒般配，我比她大三岁，但没有缘分呀。她和龚连长之间恋爱，还是我传的信，龚连长牺牲，我也在现场，‘蓝月亮’哭得死去活来，听着让人心碎，那时候我就想，‘蓝月亮’的一颗心被龚连长带走了，她不会再去爱什么人了。这个女人是我们部队最优秀的女军人，是天下最善良的好人，你说好人咋就没有好报呢？以后有机会时，我和她好好聊一聊，问问她对你的真实看法。”

我笑笑没有说话。我相信心诚则灵，相信只要功夫深铁杵磨成针，人心都是肉长的，我就不相信“蓝月亮”不动心，愚公还感动了天帝，把挡在家门口的两座山移走了呢。听了“丁不住”的话我没有动摇，只是感到这个世界太小，人与人似乎都在一个锅里搅勺吃饭，绕着圈子有千丝万缕的联系，说话办事可得注意一点。

到了北京站，我们坐104路电车到东单，入住煤炭部东单招待所，被安排在二楼一个小房间。为改材料方便，只住我们两个人。安顿下来吃了早餐，稍事休息，“丁不住”就带我坐104路到美术馆换103路电车，去百万庄国家建委。“丁不住”在北京读大学，又在北京结婚安家，对北京很熟悉，去哪里都熟门熟路，途中节省了不少时间。

1966年8月基本建设工程兵组建，其领导机构，中央军委在1966年7月27日批示国家建委党组的报告中规定：在中国人民解放军基本建设工程兵领导机构未组成前，为了做好整编试点的各项具体工作，在国家建委内暂设中国人民解放军基本建设工程兵整编办公室。1974 年 10 月 24 日，国务院、中央军委下发《关于中国人民解放军基本建设工程兵领导关系的几项暂行规定》，基本建设工程兵整编办公室改为“中国人民解放军基本建设工程兵办公室”，主持日常工作。基本建设工程兵同时接受中央军委各总部的领导。1974 年 11 月 25 日，国家基本建设委员会发出通知，自 1974 年 12 月 1 日启用“中国人民解放军基本建设工程兵办公室”印章。1975 年 1 月 13 日，国务院、中央军委任命李人林为基本建设工程兵办公室主任，萧彭、杨杰先后任第一副主任，还设了若干副主任。经谷牧副总理、国家建委党的核心小组批准，基本建设工程兵办公室下设工程、参谋、政工、后勤、秘书 5 个组 16 个处，编制 110 人。基本建设工程兵从成立那天起，领导机构就设在国家建委大楼内，下属部队去办事，自然去找国家建委。

在《关于中国人民解放军基本建设工程兵领导关系的几项暂行规定》中明确，国务院有关部要加强对所属部队的领导和管理，指定一名副部长负责，并组织一个精干的办公室管理日常工作。基建工程兵各部办公室在接受本部门领导的同时，在业务上接受中国人民解放军基本建设工程兵的领导。1975 年 1 月 23 日，基建工程兵办公室下达《关于基本建设工程兵的名称、人员编制、经费来源的意见》，对各部基本建设工程兵的名称、人员编制和经费来源提出了具体意见。关于基本建设工程兵各部办公室的名称，将国务院有关部属的第 X 纵队整编办公室改称为“中国人民解放军基本建设工程兵 XX 部办公室”。据此，原第 41 支队的上一级主管单位中国人民解放军基本建设工程兵第三纵队办公室，改称为基本建设工程兵煤炭工业部办公室。因为这次基建工程兵安全生产会议是兵种主抓的，我们的材料就直接报基建工程兵办公室，而不通过煤炭工业部兵办中转。通过这一次去北京报送材料，我也才弄清我们部队上一级以及再上一级的领导关系。

这次基本建设工程兵安全生产会议，是基本建设工程兵领导机构正式成立后主抓的一项重要工作，受到了兵种领导和有关方面的高度重视，具体筹备工作由工程组下设的工程处负责。接待我们的是肖处长，他对我们及时把材料送来表示满意，至于修改意见，那要到有关同志看完之后，并在综合平衡其他材料过后，才能给出，让我们耐心等待。

基本建设工程兵办公室设在国家建委机关三楼西南头，办公室人多拥挤，我们不便久留，在递交材料之后就走出了这座心目中很神圣的大楼。从大楼门口百万庄站，坐103路原路返回，过了故宫博物院，“丁不住”让下车，我跟着他走进故宫东北角楼附近一家叫“东方红”的饺子馆。“丁不住”点了两盘饺子，要了两个小菜，还要了两碗啤酒，一碗一角八分钱，我记得清清楚楚。我俩碰碗祝贺这次送材料初步成功。“丁不住”说：“看来这材料三五天也不会有什么消息，我先回家住几天，你在住处等修改意见。有事打我爱人电话，没事你就出去转转，第一次来北京，可去的地方很多。”哪些地方一定要去，路怎么走，他都给我做了详细交待。我端起碗，祝他夫妻团聚得享久别胜新婚之乐。饭后“丁不住”带我沿五四大街东行，过沙滩、北大红楼，到美术馆分手，他坐108路电车回家，我坐104路电车回东单招待所休息。

也许是旅途太累，也许是中午的一碗啤酒起了作用，我一觉睡到下午4点多才醒来。按照老丁的指点，我出招待所过马路向南，就到了长安街，沿长安街西行，过北京饭店，就到了天安门广场。先去金水桥，向北凝视天安门城楼上的毛主席像，然后向西过街南下，瞻仰人民英雄纪念碑。在天安门广场漫步，别有一番情怀。过去我曾写诗《战士心向北京飞》，诗中写道：“清晨，我登上高高的山巅，白云哟，莫挡住我的视线。我要看一看欢度佳节的北京，我要看一看天安门上的五彩灯盏。”现在，我终于站在天安门广场，一切尽收眼底，真个是我诗中描述的那样：“天安门前彩旗如画，中南海里簇拥花环。长安街上车轮滚滚，金水河畔碧波涟涟。”这一切，都让一个来自乡村的年轻人，让一个来自乌蒙山区煤炭部队的基建工程兵战士流连忘返。直到华灯初上，我才想起回招待所用餐。然而在走到北京饭店对面时，隔着马路，我被饭店门口自动开合的自动门吸引住了。这里住着外宾，每逢有人进出时，门就自动打开，人过后自动关闭。“这个真稀奇！”我心里好奇，就走过去看个究竟，想站在近处看个明白。看着还不过瘾，就仗着身穿军装，装着进去执勤的样子，走过去试试。嗨，真是奇妙！我以为外国人进出才如此，却原来中国人也是一样。怕引起哨兵怀疑，我走了几个回合赶紧逃离，一直走到东单菜市场，还在想个中原理，禁不住有点走神。就在过南北马路回招待所时，突然在树下的马路牙子上踢到一个人，差点绊我一跤。我原以为是绿化部门放的一个麻袋，伸手一摸却是一个人，再细一看还是一个军人，是一个晕倒在地的军人。我急忙俯下身去看，却猛冲上来一股酒味，这个军人喝醉了，身上都是醉酒的污物。我心里想，这是哪个部队的，怎么喝这么多酒，一点也不讲军容风纪，听此人嘴里嘟嘟囔囔，想努力说什么，又说不清楚。这时突然听到他似乎在喊我的名字：“曾宪云，曾宪云……”我一下子惊醒了：这不是老丁“丁不住”吗，他不是回家了吗？怎么醉倒在这里？我摇、喊，老丁都不应，嘴里还“狗东西”“狗男女”地骂着。

好不容易，我把老丁架着过马路，架着进招待所，架着进了我俩的房间。我把他放倒在床上，脱掉他身上被呕吐物弄脏的衣服，只剩下短裤在床上躺着。又给他喂了半茶缸温开水，拧了一条热毛巾敷在额头上。然后去水房洗净了他弄脏的衣服，晾在铁丝上。一切弄毕，吃饭的钟点已经错过，我也没有心思吃饭，想着老丁为何这样，迷迷糊糊地靠在被子上睡着了。

半夜时分，老丁有些清醒过来，嘴里喊着“水，水”地要水喝。我开了灯，倒了一缸温水给他，他挣扎着坐起来一饮而尽。

我问老丁：“还要吗？”

老丁摇摇头，不说话，瞪着两只通红的眼睛。

我问：“你哪里不舒服？”

老丁还是摇摇头，却“哇”地一口吐了一地，我急忙找脸盆来接，没接住，又吐了我一身。我赶紧收拾，好一阵忙活，就忍不住埋怨老丁：“你这是咋的啦，喝这么多酒？”

老丁没有正面回答，却“哇”地一声大哭起来，边哭边喊：“我老丁没法见人啦，我老丁没法见人啦！”哭喊声上震屋瓦，我赶紧劝住他，说这是半夜，有话慢慢说。

老丁说，他本想中午悄悄回家给媳妇一个惊喜，再好好温存一番，他是旱地里的禾苗，太干渴了。因为他知道媳妇有中午回家午睡的习惯，单位离家近有这个便利。为了不影响媳妇午睡，他就悄悄地开了大门，蹑手蹑脚地来到卧室门口，本想默默地推门进去，突然听到里面有动静。这里面的动静是一男一女传出来的，男的“哎咳哎咳”地喘粗气，女的“哼哈哼哈”地配合着。隔着门缝一看，却原来是两人在行男女之事。男的是媳妇单位的主任，女的是自己媳妇无疑。两人对老丁的到来毫无觉察，正处在高潮中，自顾自在床上一张一合地享乐。老丁肺都气炸了，一脚把门踹开冲了进去。床上的男女没有任何思想准备，一下子被惊呆了，两人就像泥塑一样僵在那里，还保持着原来的姿势。还是女的反应快，愣怔一会赶紧抓起床头柜上的衣服盖住脸，男的也一骨碌从床上翻滚下来。老丁想扇这两个狗男女几个耳光，却没有这样做，他朝床上踢了三脚，扭头甩门而出，把厅里的脸盆、暖瓶、茶壶等摔个粉碎，然后把门甩上离开了这个带给他欢乐，也带给他耻辱的家庭。

老丁茫然在街上走着，他怎么也想不明白，自己辛辛苦苦在“大三线”为国家出力，对妻子女儿也尽可能地给以关爱，怎么会遭到这种报应？妻子怎么不念夫妻之恩爱，投进了别人的怀抱，给自己戴绿帽子，让自己遭受奇耻大辱？每想到看见的那一幕，他都像吃了苍蝇一样恶心，心像被刀绞一样难受。遇到一个小酒馆，他进去喝了一瓶五十六度北京二锅头，此时此刻他就是要花钱买醉，一醉方休。无人诉说，独自喝闷酒最易醉人。老丁醉了，他已无家可归，摸索着回招待所，在快到时栽倒在路旁不省人事了。

老丁不再放声大哭，而是在悄悄地啜泣：“兄弟，老哥这张脸还是脸吗？我怎么出门见人呐！”

天快亮时，老丁终于睡着了。我为突然发生这样的事而震惊，也从内心里为老丁难过，但我也不知道怎么劝解他。我毕竟涉世不深，又没有处理婚姻方面事情的经验，说不出更多的有分量的劝解的话来，只是说：“老丁，你想开些，想开些。”

约早上七八点钟，老丁醒了，我打来早餐，他也不吃，只是眼睛望着天花板出神，我也只好坐在床沿上陪他。就这样默默地过了一上午。快近中午时分，老丁开口了：“小曾，咱俩是不是无话不谈的好兄弟？”我答：“是。”老丁说：“哥就求一件事，把这件事烂到肚子里，不告诉任何人，就当这件事没有发生过，帮助保全老哥这张脸！这个家我是不能回去了，也回不去了，但我不能离婚，我要给女儿一个完整的家庭。维持到什么时候，就什么时候吧，等到女儿大了再说吧！”

我安慰老丁说：“丁兄放心，这件事我永远让它烂到肚子里！”

“好兄弟！”老丁拍我一下肩膀又说，“这几天没啥事，我想用一周时间去天津看望父母，这我会给政治处肖主任请假，你在这里盯着。下午你陪我去幼儿园看一下我女儿，然后我就打道天津啦。”

中午就在招待所用餐，老丁吃不下，只喝了一碗菜汤，我也没心思进餐，打来的几个菜都浪费了。

下午我先陪老丁去了王府井百货大楼、东风市场，他给父母、妹妹各选了一些礼物。老丁是个孝子，但如他所言，就像儿歌唱的那样："花喜鹊，尾巴长，娶了媳妇忘了娘。"结婚后他把精力全都用到老婆孩子身上，没想到落了这么个结果。我也在百货大楼、东风市场为"蓝月亮"买了礼物，还为去蓝家探望"蓝月亮"的母亲做了准备。

尔后我们去了老丁女儿所在的幼儿园。时值夏天，孩子们午睡后到室外游玩。我和老丁蹲在树荫下栏杆外面，用眼睛寻找哪一个是他的女儿。我对老丁说："你何不进去看一下，也给女儿送个礼物？"老丁说："不能进去，进去见了我，就会拉着我回家，这家我还能回吗？"

到底是自己的女儿，老丁很快就看了出来，说："快看，那个穿粉红色裙子，在滑梯上滑下的女孩，就是我女儿！"我随着老丁的指向望去，果然看见一个活泼可爱的小女孩在跑上跑下地忙活，是那样地快乐。当我回头看老丁时，他已是泪流满面。

送老丁上了去天津的长途汽车，我心情沉痛，无心游玩，便回到招待所休息。一想到老丁的遭遇，心里就不是滋味，对一些事情的发生也百思不得其解。老丁大学毕业就到西南参加三线建设，一下子就下到盆县矿区这个最艰苦的地方，工作踏实肯干，整编时又积极要求参军，为部队建设、战备煤矿建设都贡献了力量，这种人不值得尊敬吗？老丁是爱议论女人，"心里比较花花"，但也只是过过嘴瘾而已，用他自己的话说就是"宣泄"一番，在男女关系、生活作风问题上，都很严肃严谨。他在结婚之后一门心思对待妻子女儿，绝无花心旁骛，为什么到头来妻子却背叛了他，让他的身心受到重创呢？老丁是个有是非观、敢于直言的人，也是一个善良的人，对谁能帮一把就帮一把，处处成人之美，绝无害人之心，怎么好人就不得好报呢？带着这些疑问，在华灯初上时，我漫步到了天安门广场。天安门广场的夜景和白天大不相同，有一种幽远的辽阔的深邃的谜一样的美。广场上空有星星在闪烁，星星可知我的心，你能解答我心中的疑问吗？回招待所路过北京饭店时，那一张一合的自动门依然在吸引我，但我却在思考另一个问题：人生的开合有规律吗？冥冥中又是谁在控制呢？老丁的遭遇是怎么造成的呢？经过昨晚踢到老丁的地方，想起老丁的狼狈相和撕心裂肺的哭声，我又一次潸然泪下，这是什么触动我心灵的柔软处，难道仅仅是对老丁的同情？英雄的牺牲不只是在战场，作为基本建设工程兵煤炭部队的干部战士，我们的牺牲仅仅是在井下吗？

接下来的几天安然无事，我自作主张地安排了几件事。一是到位于兴化路的煤炭部大楼，看望在基建工程兵煤炭工业部办公室任政工组长的老首长赵项文。他原是41支队政治部主任，对我有诸多帮扶。我去时正逢星期天，赵主任和儿子赵军在一间小小宿舍中刚吃过早饭，桌上是昨天从伙上打来的剩馒头，把昨天的剩米饭做了稀粥。我进去时，赵主任正戴着老花镜在补衣服，妻子和女儿们都还在贵州，他和儿子的衣服破了，就由自己缝补。看着老首长笨拙地穿针引线，我心里有几分敬意的同时，也有几分怆然。说了一会话，赵主任请我去吃“东来顺”涮羊肉，最高兴的是赵军。赵军说：“我爸可抠了，一年多就没带我下过一次馆子，天天吃食堂，营养跟不上，我头发都快掉光了。”到“东来顺”坐下后，当涮锅大开，赵军果然是狼吞虎咽，确实一副需要大补的样子。赵主任看我有点不好意思，就说：“小曾，不要不好意思嘛！这个‘东来顺’可是北京有名的咧。”吃完涮羊肉，赵主任坐108路电车回去休息，让赵军陪我逛故宫、景山、北海公园，几个地方都不远，我们又年轻，不多时就逛了一遍。我问赵军在北京习惯不习惯，喜欢不喜欢北京？赵军直言相告：“不习惯，不喜欢北京。

不习惯是指气候方面，盆县湿润，北京干燥，一天到晚嗓子干干的。一天突然发现腿上胳膊上全是一片一片红红的斑点，几个大医院都诊断不了，疑是血液病，真把人吓一跳。后来去看了一个老中医，老中医只问了一句，你是从哪里来的？我说，从贵州盆县。老中医说，你不用看了，回家去吧。我给你开一支药膏，想抹就抹，不想抹也能好，这是南方人对北方干燥气候不适应造成的。果然过了一阵，不治而愈。不喜欢北京，不是北京不好，是太寂寞了，没人说话，我爸爸天天就知道工作，不是开会，就是写材料，父子俩一天到晚说不了几句话，自己真的憋闷坏了。为了解闷，我借了一把小提琴，没事就练琴，有了心里话，就对着琴诉说。小提琴就挂在床头墙上，就像是我的初恋情人！”

“什么初恋情人，你小屁孩懂个啥！”我笑话赵军。

赵军不服：“什么小屁孩，我才比你小两岁！你们农村孩子都能当兵，我们部队干部子女当兵怎么就那么难！还得先下矿井连队锻炼一年，把多少子弟都拒到了41支队门外！”他显然对部队做出的部队干部子女当兵的规定有意见。

“那还有下乡和去盆江矿务局工作两条路啊！”我说。

赵军说：“我让我爸找铁道兵老首长送我去其他部队当兵，我爸不干；我提出上盆县鸡场坪下乡，我妈说我姐已在鸡场坪，姐弟俩在一起下乡不好。看来我只有到盆江矿务局工作这条路了。反正我在北京待不下去了，这里不是我待的地方。”果然在我离开北京不久，赵军就回了盆县，到矿务局参加工作去了。那里的门为41支队干部子弟敞开着，只要去，矿务局就接收。赵军和一起去的干部子弟，都融入到地方老百姓中，在那里娶妻生子了。到底有多少41支队的干部子弟留在了盆县的大地上，谁也说不清，他们也像盆县天空中的星星一样，在闪烁着自己的光亮吧。

在做了必要的思想和物品准备之后，我到“蓝月亮”的家里去探望蓝妈妈。蓝妈妈家在兴化路煤炭部大楼后面不远的宿舍里。我先通过赵军做了预约。故我到来时，蓝妈妈已在家中等我。她五十岁年纪，中等个头，一看就是知识妇女的派头，很有医生的职业素养，为人和善。她把我让到屋里，我鞠一躬说：“伯母好！”蓝妈妈说：“不客气，不客气，快请坐。”我奉上礼品，她显然对我在百货大楼买的京八件等不感兴趣，而对我从盆县带来的中药材感兴趣，一一说明它们的药用价值。她说：“贵州的天麻最好，治偏头疼最有效。天麻主正，不管刮多大风，天麻上的茎都不倾斜。贵州的何首乌也好，个大，有的就像人形，主治神经衰弱。云南文山的三七最好，活血化瘀，云南白药的主要成分就是三七，三七贵在平补，以补气为最佳。”我插了一嘴说：“田七也很好。”蓝妈妈哈哈大笑：“傻小子，田七就是三七，三七就是田七，两个是一样的东西！”我搔搔脑袋，不好意思地说：“这个我真不知道。不过，我当兵前在家种过山药、地黄等怀药，对药材略知一二。”蓝妈妈问：“你是河南文县的？文县产四大怀药，分别是山药、地黄、菊花、牛膝。”我说：“我就是文县的，您对四大怀药比我还清楚。”蓝妈妈说：“在商言商，在医言医嘛。在四大怀药中尤以怀山药为贵。明朝龚廷贤所著《寿世保元》载，山药以河南怀庆者良。文县属古怀庆府，受沁、黄两河环抱，气候优良，土壤肥沃，矿物质和有机成分丰富，为怀山药提供了得天独厚的生长条件。山药能补五劳七伤，去凉风，镇心神，安灵魂，补心气缺少，开达心孔，多记事。但不同的山药药效不同。北京怀仁堂炮制中药，就是以怀山药为伍。有的人常把怀山药和淮山药弄混，二者产地不同，功效也不同，虽是一字之差，但不能不辨。”蓝妈妈一席话，让我折服。我正不知怎么应对，蓝妈妈说：“兰兰来信说你要来看我，还说你是41支队的秀才，在部队大有前途，这次到京有何公干啊？”我把来京到兵办送材料，等待修改意见改定后回去，如此这般说了一番。蓝妈妈问到“蓝月亮”的情况，我也就我所知回告。蓝妈妈叹一口气说：“兰兰这孩子命苦，刚中专毕业就硬被她爸逼着下到了西南三线。孩子在部队找了对象，却被我搅黄了，现在离婚后孤身一人，我调她回来，她硬是不回，在心里还和我置气呢。我真的后悔呀，今后她可怎么办呀！”

蓝妈妈说到这里，我觉得有机可乘，就顺势插了一句：“伯母，我有一句话不知当不当讲？”

蓝妈妈说：“你这孩子，有话就讲嘛！”

我就把自己如何和蓝医生认识，怎样互相有了好感，在获悉她离婚后表白喜欢她、追求她，却遭到她拒绝的情况讲了一遍，表达了一定要娶蓝医生为妻的决心。

听着我说的话，蓝妈妈的表情凝重和严肃起来，等我讲完，蓝妈妈郑重地说：“婚姻是人生的一件大事，你喜欢她，她没有彻底拒绝你，也许有缘分，成不成，关键在你们俩。我接受上次的教训，对兰兰的婚姻再也不横加干涉了，你自己努力吧。兰兰很看重你的才华，我看你也是一个重情重义的好孩子，但愿你下次再来我家时改换了身份。”

蓝妈妈没有说一句肯定的话，但最后一句话却使我看到了希望。

去不去看“老谷头”，我犹豫了很长时间，他是基建工程兵的一名领导同志，我只是一个小战士，二者有天壤之别，我去见他说什么呢？但心中也有想见的意思，临行时雷大队长交代我去看“老谷头”，宋洋政委也让借去看“老谷头”，打探一下上面有什么新精神。而我自己也想把我费尽一年多心血写成的歌剧剧本《地心深处的歌》送他指正。即使没有这些事情，我内心深处也还有一种情愫，想去看一下曾经帮助指导过自己的老首长老革命。

一天，我到国家建委兵办催问有没有对报送材料的具体意见。

出来后在走廊中路过“老谷头”的办公室。恰好办公室门开着，我听到了熟悉的说话声，便不由自主地走了进去。

秘书赶快来挡，问我是哪个部队的，有什么事。我说我是贵州盆县41支队来的，刚说一句话，“老谷头”就把头抬起来：“是小曾啊，快坐，快坐。”随即对秘书说：“我今天下午不见别的客人，好好和小曾聊聊！”

我替雷大队长、宋政委和认识“老谷头”的人向他问好，“老谷头”也一一关心询问他认识的一些人的情况。我汇报说我是来送安全工作会议材料并来做最后修改时，“老谷头”说，402大队抓安全生产这个典型，是他向兵办有关领导推荐的。一个抗联老战士，参加过抗美援朝的英雄，能在安全生产方面接受自身的教训，把部队的安全生产扎实抓好，实属难能可贵。他还对“雷黑子”争分夺秒提前移交转场的举动赞赏有加，拍着桌子说道：“我们四化建设就是需要这样的硬汉和排头兵，部队建设也离不开这样的老同志传、帮、带。”当他听说整个41支队指战员都在以老屋基矿、月亮田矿移交投产为中心，全面推进各项工作，务必在十月一日前完成转场，在东北封冻前开辟新的战场时，激动地站起来在办公室走来走去，说：“真想再回盆县和大家一起大干一场！”

当我说到大队长、政委都让我问一下最近上级有无新精神时，“老谷头”沉吟了一会说：“我先给你吹吹风，你给他们转述一下，下一步还要下发文件，以文件为准。最近，在叶剑英、邓小平同志主持下，中央军委在北京召开扩大会议，集中讨论军队整顿和体制编制调整等问题。军委扩大会议之后，军队从调整体制编制入手，整顿工作全面展开。基建工程兵办公室正就贯彻会议精神研究具体意见。从上到下，都要对‘文化大革命’以来造成的部队建设的软、懒、散问题进行整顿，促进部队的正规化建设，提高部队的战斗力。”

"老谷头"问到我的情况，我看他和过去一样平易近人，就说了一句调皮话："我是床底下放风筝——起色不大。"听说我入了党，他很替我高兴。当我把剧本《地心深处的歌》交他指点时，他谦虚地说："这个我不懂，我找兵种文工团的人帮你看看。"最后就要离开时，我还是没忍住，把朱北方牺牲的消息告诉他，并说出了我的疑惑。"老谷头"叹了一口气说："可惜这个好苗子了，你这个小老乡人不错，送我的鹿皮褥子我还铺着呐。他受一些流毒的影响太深了，看来要肃清一种社会思潮的流毒，得有几代人的努力不可。"可以看得出，"老谷头"内心里为朱北方的牺牲深感惋惜。

俗话说来得早不如来得巧，就在老丁从天津休假一周返京之际，兵办工程处关于材料的修改意见下来了。总体上肯定，改动不大，要求压缩篇幅，再增加一些典型事例。我们俩在房间关了两天，送到兵办后"一次性"通过。老丁为之高兴。他从天津回来后，受伤的心已平复不少。说他这次回天津，扎扎实实照顾父母一周，白天陪父母说话，晚上给父母洗脚，算是尽了一点孝道，以前哪有这样的时间。谈吐间又恢复了过去的幽默，说妻子算什么，妻子就是身上衣，脱掉一件还可换一件，父母却是不能换的，只要父母身体健康，父母健在，其他一切都是扯淡！我逗他说："我在这里辛苦，你却回家照顾父母了，我也想回家看看父母哩！"老丁急忙说："这我可不敢准假！你现在处于进步的关键时期，切不可因小失大！"我说："我不会私自跑回去的，我父亲要知我没请假跑回家，还不用绳子抽死我！"话虽这么说，心里也有点失落。老丁说到他对父母如何如何，更勾起我思念父母之情，但身不由己，有什么办法呢？

老丁看我闷闷不乐，就说："我有办法让你见父母亲一面。"

"怎么见？"我问。

"你家离京广线哪个车站最近？"

“新乡站，新乡离文县只有一百多公里。”我说。

老丁掰着手指头说：“一百多公里不算远。我听你说有个哥哥在焦作矿业学院，你让他把父母接上，事先在站台上等着。咱把坐的车次提前告诉他，在站台上见一面没有问题。”

老丁真是个“智多星”，按照他的建议，我给焦作的哥哥发了电报，我哥带着两位老人赶到新乡火车站的站台上，我利用火车靠站停车的间隙，见到了别离近三年的父母双亲。我抱着父亲哭了，父亲因操劳过度已是白发苍苍。母亲拉着我的手，迟迟不愿松开。站台里开车的哨声响了，老丁催我上车，我一路跑步跳上车，刚上车火车就开了。隔着车窗玻璃，我看见年迈的父母一边随火车小跑着，一边向我招手，为了多看我几眼，竟和火车比起了赛跑，我也在车厢中和他们招手。渐渐地，火车驶出了站台，相互看不见了，但我的脸还是贴在车窗上。我睁大眼睛尽力看去，外面已是一闪而过的田野、村庄，看着它们，似乎又看到了父母的脸庞，泪水从我眼睑涌出。过了好久，我才想起父母给我送上车的两只面口袋。袋口扎得严严实实，解开来看，一个口袋里装着几十个烧饼，一个口袋里装着已被压得变了形的西红柿。这熟悉而亲切的烧饼，一定是母亲一夜未睡为我烙成的。在我的家乡，母亲烙的烧饼十里八村有名。她和的面好，工艺独特，在饼表面用器物旋出浅浅的圆坑形，抹上糖稀，撒上芝麻，烙时火候又恰到好处，出炉的烧饼外焦里嫩，热时好吃，凉时也可口。过去我们出远门，最想带的就是母亲烙的烧饼，最想念的也是母亲烙的烧饼。怀里揣一个烧饼，能解一天的饥饿。带一袋烧饼，那就意味着一路丰衣足食。母亲最理解儿子的心，用一袋烧饼来宽慰我对家乡的思念。那一袋西红柿，一定是父亲踏着露水一个个摘下来的。“文革”后几年，我们那一带时兴种西红柿，也叫洋柿子，各个生产队都种。我父亲老实巴交，但为人忠厚，被社员推举去看菜园子。菜园子里有香瓜、西红柿等，但我去给他送饭时，他从没有让我吃过一个，连烂的都没有，他还让我把送饭的罐子倒过来提，以免别人说闲话。而今天来送我，却带了一口袋西红柿，这一定是他用晚上为别人箍桶挣的几个钱，去生产队买来的。这是父亲的一片心意啊！袋中的西红柿已经发软发蔫，而且由于路上颠簸，都挤得粘连到一块，但在我看来，这是父亲送我的最好的宝物。一手拿烧饼，一手拿西红柿，还没有啃上一口，我的泪水就又止不住涌流出来。

第十二章　挂在天空的“蓝月亮”

在回贵州盆县的列车上，老丁很少说话，就那么睁着眼躺在卧铺上，我知道他心灵上受到的创伤很重，一时半会难以愈合。我从硬座车厢来看他，两人相对也没有多少话好说。只是当我讲到，我见到了“老谷头”，“老谷头”让给雷大队长、宋洋政委带话，把上面的精神吹吹风，下一步要对部队开展全面整顿，在军队正规化革命化上下功夫。把这些精神的内容复述给他时，他才突然眼睛一亮说：这可是一个新精神，也是一个信号，对部队整顿就要开始了。做出这样的决策可不一般，决策后面的力量也不一般，回去赶紧跟雷大队长和宋洋政委说一说，让他们吃透精神，也许“老谷头”是让咱们部队带个头哩！“丁不住”就是聪明，他能见微知著，怎么连自己老婆的变化却没有发现呢？转念又一想，他老婆在几千里之外，背着他做的事他怎么能知道呢？想到我这么想是对老丁的不尊重，就赶快逃离他回到硬座车厢。

我俩鞍马劳顿，一下火车就直奔老屋基 402 大队，因为材料的情况已在北京通过电话向熊副参谋长汇报过，不需要到支队复命，直接回大队即可。

老丁没有回宿舍，在我住的大队部招待所擦把脸，我们就一起去找雷大队长和宋政委。找了一圈没有找到，通讯员告诉我们雷大队长和宋政委今天都在井下，一早就下了井，预计在中午12点时分，南北主巷道贯通。这关系到老屋基矿能否按时移交，两位主官非常重视，一人坐镇南巷道，一人坐镇北巷道，两头同时掘进，准备顺利会师。机关司政后人员分两拨，一拨跟着大队长，一拨跟着政委，全都在井下。听通讯员这么一说，我俩才感到机关大部分人都不在，空前的寂静。老丁对我说：这可是个重要时刻，是这场胜利能否取得的关节点，也许下一步还会让咱俩写总结，赶快下井去吧。我去南大巷，你去北大巷，咱俩分别去现场观察了解情况，也在巷道打通时会师吧！此时我看着老丁，他就像一个老练的指挥员，分派我去执行任务，而他也身先士卒扑到前线去了，全然忘记了心中的不快和心灵受到的伤痛。

北大巷是宋洋政委坐镇的这头，我头戴矿灯帽，脚登长筒雨鞋到了掌子面。掌子面正在紧张施工，不远处站着同样戴着安全帽、脚登长筒雨鞋的宋政委，身边站着宋工程师，她和丈夫许延安也一人把一头，许延安和雷大队长在南大巷那一头。临下井时，“雷黑子”跟许延安开玩笑说：今天南北大巷顺利贯通精准对接，我给你两口子记功，如果出半点差错，看我不整死你。许延安个头虽小，但胸脯拍得咚咚直响：“请大队长放心，绝不会出差错，出了差错，我提头来见！”在场的人哄的一声笑了，“雷黑子”也笑了：“妈拉个巴子的，出了差错，你提头来见，提你头来见吧！”气氛登时轻松不少。不过人们也觉察到，即便是采用新技术反复测量蛮有把握的许延安，心情也是很紧张的。

在宋政委旁站了一帮人，有工程技术人员，也有司令部、政治处的参谋、干事，人们已在准备贯通后举行庆典。我挤到宋政委身边，看了他一眼，他什么也没说，只是紧紧和我握了一下手。我看见宋政委后面，一个人用矿灯照明，在日记本上记着什么，过去一看，原来是夏志文，他在做现场记录，为写新闻报道做准备。

突然间轰鸣声停止，掌子面作业暂停，一个矫健的身姿来到宋政委面前："报告宋政委，根据掘进进度精算，再有三米距离就会南北贯通，我方可否停止向前方掘行，先行锚喷支护，清理现场，人员撤离，等待对方向我方掘进贯通，然后再双方协同作战！"我听得清清楚楚，这洪亮的声音是夏志武的声音。原来这贯通前的最后一班是由他带班，真是光荣而自豪啊。宋政委侧身向宋工程师看一眼，宋工程师点点头。宋政委一脸严肃地大声回复："同意施工方案，坚决执行命令！掌子面人员撤离，确保人员安全！"以前我只知道宋洋是一名老政工人员，但临事而立，却有大将风度。我以前虽在井下作业，但把施工就当施工，掘进就当掘进，从来没有把这当成一场战斗。而今天站在巷道中，完全有身临一场战斗的感觉。

等掌子面施工的战士撤出之后，宋政委、宋工程师在夏志武陪同下，进掌子面察看。我们都要跟进去，被宋政委返身用双手挡住了。现在到了南北协同作战的关键时刻，必须有一方停止操作静心等待，如果到了临界点双方都在掘进，那就会发生事故。按照方案，雷大队长一方继续掘进，宋洋政委一方停工等待。但中间未贯通的米数必须精算准确，误以为还有很长距离，实际则很短，那就会双方"刀兵相接"，发生重大事故；误以为还有很短距离，实际却很长，那就要延误贯通时间。这是一方面。另一方面更为重要，那就是南北巷道贯通的中心线必须准确无误，两头的中心线要在一个水平线一个点上，一方过高或过低，或偏左偏右，幅距超过允许标准，就会出现错层、错向，发生差异性贯通，轻则需要调整弥补，重则会出现巷道废弃，使南北主巷道失去贯通的可能，那对移交投产的影响将是致命的，造成的损失也是无可挽回的。

宋洋政委站在掌子面，头上的碎石落下来，砸在安全帽上沙沙作响，他眼盯着面前的岩石，似乎要看穿过去，看雷大队长他们那边的作业情况，但这是不可能的。他把眼睛转向宋工程师，宋工程师倒是从容不迫，她手拿卷尺纵向横向丈量，不时地做着计算，还把头贴在掘进面的岩石上测听动静。在确认到对方掘进的声音和判断方向、位置并无错误时，拉着宋政委出了掌子面。夏志武要留下来观察，也被她拉了出来。在这个时候，她像指挥若定的元帅穆桂英，担起了重任，把所有人员都撤离到了安全地带。

此时此刻，参战的几十名战士，指挥作战的宋政委、宋工程师，以及我们这些来观战的人员，全都成了一个战壕的战友。谁也不说话，静悄悄地，一分一秒地等待对方率先打通掌子面岩层，实现南北贯通的刹那间。

也许是坐了几天火车太累，我竟然靠着巷道打起了瞌睡，突然间“轰隆”一声，传来巨大声响，我被惊醒了，在场的人也都听到了轰隆声，一起向掌子面断面看去，当硝烟碎石散尽，只见断面上出现了一个一人多高不规则的石洞，从石洞望过去看到矿灯闪闪，人影绰绰。

“老雷，雷大队长！”宋洋冲到掌子面向那边喊话。

“听见啦，我是老雷！先别过来，还要再爆破一次，为确保安全，把人都撤到后面去！”“雷黑子”兴奋地大喊。

过了好一阵，又是一声“轰隆”巨响，待硝烟碎石散尽，两边的掌子面完全贯通，南北大巷不高不低不偏不斜地对接上了。两路兵力会师，宋政委和雷大队长紧紧拥抱，人们欢呼起来，我跑过去找老丁，却没有找到。许延安这时显得更加忙碌，他手举仪器在测中心线是否完全重合，测着测着，突然大喊一声：两头中心线对接分毫不差！分毫不差啊，成功啦，成功啦！刚喊完，就晕倒在地一声不吭了。雷大队长大喊：蓝医生，蓝医生，许延安晕倒了！“蓝月亮”就在现场，她冲过来把许延安放平，用听诊器听听，说没大问题，太劳累了，送卫生队调理观察一下吧。在把许延安往后回抬时，又在巷道边看到一个晕倒的，人们一看是老丁。“蓝月亮”呼喊老丁，我过去拉他，他也不醒，就一起抬上担架拉去了卫生队。我听到有人在议论：老丁这是怎么啦，坐卧铺回来也不怎么累呀，怎么也晕过去了？只有我知道，老丁这十多天就没睡过一个好觉，他在巷道中睡死过去了，连巨大的轰鸣声都没有震醒他。

在地面竖井口指挥部坐镇的戴兴泉支队长也赶来了，表彰会就在现场举行。戴支队长代表支队宣布了嘉奖令，雷大队长在讲话中，提出要发扬“精准对接”的南北大巷贯通精神，精益求精地做好收尾工作，确保高质量把老屋基矿交付盆江矿务局使用。宋洋政委代表大队宣布了给许延安、宋蓉蓉、夏志武等人嘉奖的决定，向支队党委报捷，并给上述同志请功。政治处肖主任的工作非常到位，在巷道两侧拉上“热烈庆祝南北大巷实现精准对接，为祖国大西南三线建设再立新功”的横幅，红底黄字，格外鲜艳夺目，几十面红旗在巷道风筒口吹拂下，随风舞动，欢呼成功的口号声、笑声，此起彼伏，过去沉寂的巷道，一下子成了集会的热闹场所。

我担心老丁，上井后就去了卫生队。在卫生队楼道里遇到“蓝月亮”，我问老丁的情况。“蓝月亮”说：“没啥大事，就是有点虚脱，正吊盐水呢！”我跟“蓝月亮”到她的办公室，把看她母亲的情况说了一遍。“蓝月亮”说：我妈还好吧？我说：好着呢，就是惦念你，说你孤身一人的，她不放心，很后悔当初搅黄了你的婚事。“蓝月亮”说：可怜天下父母心，事情都过去了，还说这些干嘛！我说：我还给你妈妈说，我正在追求你呢！“蓝月亮”一下变了脸说：你这是河里冒泡——多余（鱼），犯得着嘛！我说：你妈妈说她再也不干涉你的婚事啦，让我自己努力，就看咱俩有没有缘分啦。我还给你带了一件的确良衬衣作礼物，只是刚才下井没顾上带来。“蓝月亮”有一点笑意说：谢谢啦，我正想买一件哪！我一听她说这话，就上前一步把她抱住，她也没有反抗。正在这时，突然有人喊“蓝医生”，我急忙出门去了老丁的病房。

老丁看我来了，挣扎着坐起来，就要拔手上的针头，说：好了，不输了，没啥事！咱得赶快去宋政委处，把“老谷头”的话带到，我琢磨着这个精神很重要呢！我说：别急，输完这瓶不迟，咱说说话。我内心里知道老丁没什么大毛病，他是急火攻心，连续多天吃睡不好才弄成这样的。不过，这话我又不能同别人去说，替老丁保密我是答应过他的。

我们到了宋洋政委办公室，宋政委表扬了我俩，说这次到北京送改材料很成功，回来没顾上休息，就下了井，精神可嘉。当我转述了“老谷头”让我带回的话，宋政委严肃地说：这个精神很重要，也符合我们的部队的实际情况，如果能结合转场休整贯彻这一精神，一定会收到好的效果。至于怎么办，还是多听听雷大队长的意见。说完转向我：小曾，你去看一下雷大队长在不在办公室，如在，我就和丁副股长一起过去。我跑过去一看，“雷黑子”正好在办公室，也许是南北大巷贯通了心中高兴，手中端着一个大茶缸，嘴里哼着京剧《赤桑镇》包拯的两句唱词：“未正人先正己己人一样，责己宽责人严怎算得国家栋梁。”我把刚从北京回来，“老谷头”从北京带话来，宋政委和丁副股长要一起过来商量的事说完，“雷黑子”说：“好，马上请他们过来！”

在“雷黑子”办公室，我原原本本地把“老谷头”带的话作了传达，“雷黑子”显然对这一精神很感兴趣，一拍桌子说：好啊，早就该这样了，我就等着这一天哪！你看看现在军队成了什么样子，“文化大革命”冲击部队，“三支两军”也出现一些问题，地方上的坏习气都带到部队上来啦，还有过去过硬的战斗力吗？软、懒、散普遍存在，咱们部队也好不到哪里去！我刚来时，机关出个操都出不齐整，一些人还骂骂咧咧，纪律、作风不整顿怎么能行！

宋洋政委接过“雷黑子”的话说：雷大队长的看法我也同意，不整顿真的是不行了。现在强调“以工为主”，这是对的，我们必须坚持这个方向，但是又出现了另一种偏向，好像不需要部队正规化建设了，一些基层干部也不敢抓不敢管了，有的基层单位出现了放任自流状况，这是有损部队战斗力的，必须引起我们的重视。可否借这次上面提出的军队要整顿的精神，结合我们的实际情况进行一次整训？请雷大队长定夺。

“雷黑子”问宋洋：“政委有什么意见？”

宋洋政委说，只是初步考虑一下，可否在八月一日老屋基矿移交之后，借转场休整之际，用八月份一个月时间，在部队开展“三整一训”活动，即思想整顿、作风整顿、纪律整顿和狠抓军事训练，简称“整训”，通过整训，使干部战士以新的精神面貌转战到辽宁铁法矿区。

“好！就这么定了！把转场休整和军队整顿结合起来，既贯彻上级精神，又符合部队实际，这件事一定要抓好！等移交仪式结束之后，我们就把工作重点转到整训上来。现在忙于收尾和移交，暂时还顾不上，请宋政委组织人先了解基层情况，先把情况摸清，通过调查分析，拿出切实可行方案。”说完，他又补充说：这次丁副股长、小曾到北京，任务完成不错，整训这件事也请他们多参与、多出力吧。关于八月一日移交仪式的事，让肖主任带人配合支队去弄。丁副股长、小曾主要精力就放到整训工作上吧，按照宋政委的意见，认真调研好，拿出具体整训方案，这件事意义也不小。雷大队长发话，这件事就定下来了，具体责任也落到了老丁和我的肩上。

从雷大队长办公室走出来，我们又去了宋洋政委办公室。宋洋政委对如何调研、收集情况、形成材料、拿出方案谈了具体意见，尔后冲着我说：我已和雷大队长沟通，并和肖主任商定，小曾你就不回连队了，借调到宣传股，配合老丁工作，我看你俩配合很默契嘛！这两天休息一下，再到连队告个别，就开始进行部队整训工作方面的调研吧。

老丁领着我到了宣传股办公室。办公室是一个大房间，里面摆着几张桌子、凳子。除了股长、副股长有单独办公室，干事们都在一处办公。夏志文见我进来，率先站起欢迎。他现在已经提干，是负责新闻报道工作的夏干事。这小子就是命好，上半年他在《贵州日报》社学习，提干的机会错过了。没想到上报的一批干部中，有一个条件不合格，被打了回来，大队就把夏志文补报了上去。这样，夏志武、夏志文又成了同一批提拔的干部。所谓“有福之人不用忙，没福之人跑断肠”，也许就是这个样子吧。但我知道，这是阎副政委起了作用，也许是童姨吹了枕头风，在为选拔乘龙快婿创造条件哩！

进了老丁办公室，我俩都放松下来。刚说几句关于整顿调研的事，老丁就困了，看来体力还没有恢复过来。我说：你先休息吧，我得去看一看蓝医生，把从北京带来的礼物送给她。老丁说：“你去，你去，净整些没用的事！”

到了卫生队，把蓝妈妈捎给女儿的饼干奶粉麦乳精一大包东西交给了“蓝月亮”，也把我送她的的确良衬衣奉上。时值夏天，又是在单人宿舍，“蓝月亮”把翠绿色的确良衬衣的包装打开，在身上比画一阵，突然说：小曾，你背过身去！就钻进蚊帐去换上衣。我听话地转过身去，又禁不住被窸窸窣窣的声音所吸引，转过头去，眼前掠过一块白色的肌肤，就像一块白云一闪而过。蚊帐没挡严，春色外泄，弄得我浑身颤栗，再也控制不住身心的冲动，冲上去想抱住我心目中最喜欢、最圣洁的月亮。“蓝月亮”发觉后猛然转身，却把两只鼓鼓的奶子暴露在我的面前，像两只白兔在跳跃，像两朵白云在飘动，像两只白鹿在奔跑。我不顾一切地去逮这两只白兔，去扑这两朵白云，去追这两只白鹿，紧紧地面对面地把半裸的“蓝月亮”抱在怀里，一手紧紧搂她的后背，一手去抓揉白兔，把嘴唇也贴到她的嘴唇上，下面硬邦邦的东西顶到她柔软的腹部。我头上涌血，两眼迷蒙，什么也不管不顾，舍得一切也要享受这天下的盛宴。“蓝月亮”开始还在反抗，用胳膊肘子顶在胸前，在我粗暴地将它拿开之后，两手下垂，任由我抱拥，后来两只胳膊又不由自主地抬起，紧紧抱着我的脊梁。“蓝月亮”如此，更激发了我的情绪，我口干舌燥，周身喷火，恨不得和她长在一起，黏在一起，融化在一起。怀中的尤物也越来越柔软可人，没有反抗，没有语言，嘴唇贴着我的嘴唇嗫嚅着，似有千言万语又无话可说，任由行动表达。我俩抱在一起，揉呀，搓呀，吻呀，一时间天昏地暗，心旌乱摇，裤裆里的东西也在蠢蠢欲动，希望向深处探险。不知哪里来的力量，我用力把“蓝月亮”推倒在床上，紧紧地把她压在身下，一手箍着她的后背，一手去解她的腰带，情急之中怎么也解不开，待腾出另一只手两手去解时，却发现腰带是细背包绳改制的，拴的是死疙瘩。“蓝月亮”不仅不帮我，两只手紧紧护着裤腰带和隐私处，不让我得逞，守卫着她最后的防线。我失望了，一种没什么意思的感觉涌上心头，浑身松软下来。“蓝月亮”看我疲惫和失望交织，一副失魂落魄的样子，在一阵静默之后安慰我：“小曾，你这个情种，你这个傻瓜，你以为我就不想吗？我也是人，是女人，是血肉之躯呀，难道我就不需要吗？”

“需要你还拒绝我！”我明显不高兴。又说，“我听说一个女人喜欢不喜欢一个男人，标准就是愿不愿意把身子给他。你不把身子给我，就是不喜欢我，就是心中没我！”

“不是这样的，不是这样的，我和别的女人情况不同，不能走这一步，那会害了你！”

我粗暴地打断她：“什么情况不同，什么不能走这一步，什么害了我，就是心中没有我，是逗我玩的！”

“蓝月亮”受了委屈，嘤嘤地哭了起来：“净强词夺理，说伤人的话！你要真想要，我就把身子给你！”

我一听来了劲，又去抱她，她一巴掌打开我的手说：“现在不行！”

“那等到何时？”我问。

“等到你提干了、发表了在全兵种有影响的作品，我就随你！不过咱可说清楚，两样一个都不能少，少一样就别来缠磨我！”

“好！君子一言，驷马难追，这两个条件我答应，就是要天上的星星，我也摘给你！”

“这还差不多！像个男子汉！”蓝月亮深情地望着我。不一会，麻利地打开蓝妈妈带来的包裹，冲一杯麦乳精给我喝，说：“你消耗大，给你补补吧。”然后又打开一盒动物饼干，饼干是各种动物形状，她抓了一把让我吃，我不接，说：我不是动物！

蓝月亮说：“我刚才看你比动物还猛啊，好像要吃人的样子。”我笑了，有点不好意思。

“蓝月亮”说：我从小就爱动物，喜欢上了动物饼干，我妈妈知道我的喜好，到现在都没忘，让你给我捎动物饼干来。她挑出一块饼干说，你猜猜你像啥？狮子！雄狮！我也挑了一块饼干说：你猜猜你像啥？老虎，母老虎！两人又说笑着打闹起来。

打闹一阵说起了正事，我说：“我被借调到政治处，从连队出来啦！”“蓝月亮”说：“这是好事啊，你快要进步啦！”我笑着说：“我不进步能行吗，我不进步你不答应我！”“蓝月亮”说：“你要是单为这，就没啥意思了，你是人才，我是希望你为咱们部队建设多发挥点作用！”

“蓝月亮”告诉我，她的工作也要变动了，调矿山救护队任副队长，因为救护队除配备专业救护人员外，还要有医护人员，组织上决定让她去，她也愿意去。我听了没说什么。“蓝月亮”说：“你不高兴让我去?”我说:“不是不高兴,是救护队危险性太大,你一个女人家。再说,你去了救护队,我来看你就不方便了,不像你在医院,我去救护队一点理由都么有!”

“没事的,放心好啦! 你不方便看我,我就去机关看你。你现在跟着老丁,老丁可是好人,有才华,人也善良。当年追求过我,我没答应他,他一点都不计较,还帮我和龚连长传信。”

“蓝月亮”送我从宿舍出来,两人都有点恋恋不舍,我说:“你可不要忘了你的承诺!”“蓝月亮”笑笑说:“看你那点出息,快滚吧!”

回到一中队,我先去连部找周树成中队长。周中队长笑着迎出来:“小曾现在是对着窗户吹喇叭——名声在外啊!”

我说:“哪里,哪里,这不向您报到来了吗?”

“向我报到,是向我告别来了吧? 我已接到肖主任通知,让你到宣传股报到。”

我急忙强调说:“是借调。”

周树成笑了:“现在来调人,都是先借调,借借,就调走了。都是这么个程序。祝贺你! 我早就说咱一中队脸盆里养不了你这条大鱼,还是海阔任鱼跃吧!”

我真诚地说:“周连长,我真心感谢您和一中队对我的培养,我要离开了真有点恋恋不舍哩!”

周树成说:谁说不是呢,老规矩,我们到“吕大拿”那里喝一壶去!

一进吕师傅的门满屋飘香,正好吕美在炉子上炒菜,好像刚炸过辣椒,满屋都是油炸辣椒混合菜的香味。

周树成快活地喊:真个是来得早不如来得巧! 吕美,你爸呢?

“我爸去下面红卫二队打苞谷酒去了,他说生产队的苞谷酒是纯粮烧酒,又便宜,他就好喝这一口。”吕美说。她也已看见了我,笑了笑算是打招呼。

正说话间，吕师傅推门进来了，用烧开水的铝壶提了一壶苞谷酒，大嗓门嚷嚷：哪阵风把两个贵人吹来啦！

周树成说：咱小曾产房传喜讯——生（升）啦！调到政治处宣传股工作，借您老这里办个送行宴不行啊！

“行啊，行啊，这不酒都给你们打来了吗？还找谁，我去找！”

周树成说：“就找夏志武吧，他俩一年兵，又是好朋友，其他人就不叫了，范围大了影响不好。”

吕美像飞舞的花蝴蝶，快乐地一会忙东，一会忙西，很快就弄了几个菜。周树成又让通讯员去食堂打几个菜。刚摆上桌，夏志武满头大汗地进来了，我上去抓住他的手：“你个龟儿子，干啥子去了嘛！”

“这不咱部队要走了吗，我在江边清理场地，尽量给人家老百姓弄规整。”

大家坐了下来，周树成把吕美也拉上桌，五个人围在一起，一个人一缸苞谷酒。吕美说她不会喝，周树成说，剩了给你爸，你爸老将出马，一个顶俩，三两缸不成问题！被逼无奈，吕美也举起了缸子。宴席由周树成主持，他说，你们多喝，我是连长，喝多了，脸像个关公，影响不好。不过他也没少喝，吕师傅、我、夏志武喝得多，吕美像喝药一口一口地抿。最是不堪离别时，别离时都有许多话要说，又不知从何说起。我心里有许多话，一时不知说什么好，就只有说“谢谢！”“谢谢！”然后大口喝酒。

我说：“周连长、吕师傅、吕美，还有夏志武，我谢谢你们啦，我感谢你们对我在一中队期间的帮助，啥也不说啦，都在酒里啦！”然后一仰脖子，把半缸酒喝了进去，然后控制不住地哭泣起来。快一年半了，这里是我的家，是锻炼我的熔炉，这里的一草一木、一砖一瓦都让我留恋，这里是我人生的新起点，多少人伸出帮扶之手，使我走上了人生的正确道路。泪水里含有多种成分，是悲，是苦，是喜，我也说不清楚。

周连长说连里有事，让我们慢慢喝。我送他到门外。周树成说：“你和蓝医生还有来往没有？”

我说：“有。”

周树成说：那你给我捎个话，就说龚连长父母来信，说蓝医生定期寄的钱，他们都收到了。现在龚连长弟妹都长大了，家里不困难，就不要再寄钱了。他们还说蓝医生在外面不容易，不要老惦着他们。周树成说，你一定要把这个话带到，蓝医生是一个善良的女人。

夏志武又坐了一会，说排里有事，得去安排一下，等我走时再来送我。就剩我和吕师傅、吕美时，我突然产生了一种家庭的感觉，吕师傅似乎是我的父亲，吕美是我的妹妹。我妹妹和吕美差不多的年纪，高中毕业在村小学教书，两人的个头、谈吐也都差不多。但我今天注意到，吕美的表情有些羞涩，不像往日一样开朗大方，还没头没脑地对我说：曾哥，我也有一桩好事哩，等定下来我再告诉你！她有什么好事呢？

吕美走了，吕师傅坐到我旁边，又给我倒了半缸酒，他自己却加满了。两人碰了杯，吕师傅说：“小曾，我今天借酒给你说句不该说的话，美美告诉我，她的心在你身上哩！她知道配不上你，也在努力进步哩！像电影上所说，向凤凰山靠拢哩！我这闺女是我掌上明珠，我就把她托付给你了。你俩要有缘分呢，就成个家，互相照顾一辈子。要是没有缘分，就把她当成自己的妹妹，凡事照顾着点。我年纪大了，过两年就退休回河南老家了，把美美一个人扔在外面，我不放心哪！”我紧紧握着吕师傅的手说：吕师傅您放心，我一定把美美当成最好的妹妹照顾好！

夏志武来送我，我俩不约而同地走到拖长江边，走到江边堆圆木的地方，这里已被夏志武带领战士清理干净了，看不到以前的任何痕迹。但是我和战友们在此结下的情谊，王小新在此跳入江中的情景，都永远也不能在心头抹去。我和志武来来回回走着，谁也不说一句话，唯有哗哗流淌的江水声打破山谷中的宁静。而我心中的情感也像江水一样汹涌。屈原有“天问”：“上下未形，何由考之？”苏轼有“月问”：“明月几时有？把酒问青天。”我心中有“江问”：滚滚的拖长江啊，你从哪里来，你到哪里去？你有记忆吗？你身边的青山有记忆吗？你会记住基建工程兵战士在拖长江沿岸的战斗吗？你会记住这些年轻的战士们，还有那跳入你怀抱中的王小新吗？在你的书卷上，会写上他们的名字吗？几万名干部战士在你身边驻扎过，战斗过，奉献过，他们的事迹，你能载入史册吗？

“你又在作诗？”夏志武打破了宁静。

“没有，只是面对江水，感慨良多。我要离开一中队了，一中队也要随部队转战到东北啦，真不知这水呀，山呀，能否记得我们。我们从河南当兵来到这里快三年啦，这里的每一个山头，每一条流水，每一棵树木，都让人留恋。尤其这拖长江，以前每天都听着江声入眠，它都流到我的心上啦！”我抒发内心的感慨。

“谁说不是呢！我刚当兵时，还想着跑走哩，现在你打我我都不走。我不像你那么多小资情调，我就是忘不了我们亲手建的矿山，那巷道的每一米都是经我们的手打出来的，我做梦都梦见高高的井架，长长的巷道哩！”志武说。

“那你就留这里吧，和阎红在这里成个家，守着我们的矿山！”我开玩笑道。

志武说：“笑谈！我还要随着雷大队长去开辟东北铁法矿区呢，他说那里的景色更迷人，冬天白雪皑皑，秋天大豆高粱漫无边际、瓜果满园可劲造，我能为一个媳妇拴在这里？”志武说得很认真。

“你和阎红进展如何啊？老丁问我，我说我自从不当‘邮递员’就什么信息不知道啦。”我急于知道志武和阎红关系的进展。

志武说：“还可以吧，通了几封信，我借去盆县出公差，也到盆县邮电局见过她，挺热情的。我真不知道，人家那么漂亮，家庭条件又这么好，怎么会喜欢我这个泥腿子、傻小子！”

我说：“这姑娘有英雄情结，喜欢英雄气！”

志武说：“咱是啥英雄？不过是在井下施工的基建工程兵战士，要是英雄，基建工程兵部队这么多，人员这么多，那英雄多了去啦！”

我说：“管他啥英雄，只要她喜欢就中。老丁可让我转告你，看准了就下手，过了这个村没有那个店了，要像攻坚掘进一样盯住不放。”

志武说：“老丁说得轻巧，哪能和掘进一样，那石头不会说话，没有思想，崩它、炸它、砸它都中，它不吭一声气，人有思想、会说话，复杂着哩！要我说，女人难拾翻[1]，漂亮女人更难拾翻，一会一个样哩！”

我听志武话中有话，急忙问：“那阎红态度有变化？”

志武说：“倒没有什么大变化，但前时说，不管父母啥态度，她都跟我好，最近又说，也要考虑父母的意见，父母的意见很重要哩！”

我一听这话，就有点着急：“你抓紧吧，捡到筐里才是菜。追求阎红的人很多，她要是活了心，那就麻烦啦！”

志武不以为然：“不至于吧？说听听父母意见就有问题了，咱们处理个人问题就不征求父母意见啦？”

我在心中骂了一句“憨信球”，就转移话题问到志文的情况，说：志文找对象的事，他跟你说了没有？

志武说：我问过他，他支支吾吾，大概不好意思吧。但我父亲给我来信，确实提到过此事。说李小雪的父母托在我们本村的一个姑姑，到我家打听过情况，说她侄女小雪和志文处了朋友，她来家看看。

---

① 拾翻：河南方言，摆弄、对付。

对本分人家、复员军人家庭、贫农成分都很满意。说她侄女在贵阳铁路上，和志文在火车站碰到认识的，两人是“自愿”的，家里不放心，让来打听打听。我爸信中还说，儿喂，你遇到可心的也要抓紧，要是让你弟弟走到头里，那就是大麦不熟二麦熟啦！看来我爸是变相催促我呢！

“那可不！”我给志武加油说：“你真得抓紧点，要是大麦没熟二麦熟，咱农村可是犯忌讳哩！要不你把你爸的信给阎红看一看，也起一点催的作用，也表明家中的态度，这样岂不一举两得！”

“这可是个好主意，我用我爸的信搞一个火力侦察！”志武接受了我的建议。

老丁领着我开始研究如何写作结合转场进行整训的宣传提纲。老丁说：宋政委就是有水平，根据上面精神，结合部队实际，一下子就弄出“思想整顿、作风整顿、纪律整训和狠抓军事训练”的活动大纲。最近我看《人民日报》，已多次提到整顿这，整顿那，看来宋政委是吃透了上面精神，又熟知下面情况，弄通“两头”又一次得到验证。又说，雷大队长就是有能力，在上面还没有发文件，支队也没有布置的情况下，这样做是要冒很大风险的。这些老同志就是不信邪，敢从实际出发，为了党和人民利益敢于舍弃一切。一般人可没有这个魄力，这一点真让人佩服。

我点头言是，问老丁：你有什么高招？

老丁说：能有什么高招，就是吃透两头呗，现在上面精神有啦，就是把下面情况摸清楚，到底在思想、作风、纪律三方面有哪些需要整顿的问题，这是重点。至于军事训练，那由司令部军务股安排就是。弄清存在哪些问题，才有解决问题的办法。调研中还要实事求是，是什么问题就是什么问题，不缩小不拔高，不主观臆断。我建议给各单位下发一个关于进行转场整训的通知，提出围绕三个方面摆问题，分析原因，我们汇总起来，才能形成有说服力的教育提纲。

这回轮到我佩服老丁啦，感到老丁参军后经过磨练，已经具备相当高的水平，看问题抓得准，提办法提的实，我啥时才能像老丁那样，能够具有这样的水准呢？想到这里，我说：老丁，我得好好向你学习，宋政委让你带我，是让我拜你为师哩！

老丁说：我是什么老师，咱俩是兄弟，要论创作，我比你差得远，你那是专业水平。我搞部队教育这一套，只是经见的多了，哪年不搞几次，积累积累就有些经验了。经验不等于水平，你看，这不又在批判经验主义吗！真正高的是思想认识水平，要提高这方面的水平，就得和有水平的人交朋友，拜他们为师。你看，“老谷头”多有水平，肖主任多有水平，宋政委多有水平，都是飞机尾巴上挂暖瓶，水平高得很。一般说，当领导就是有水平，除了个别囊囊不揣的，送礼走后门上来的，谁是一般“皮老虎”？经过从基层干起，反复磨炼，又站得比我们高。我们是站在平地观月，人家是站在楼顶望月，看问题能和我们一样？你不要向我看齐，要向“老谷头”那样有水平的人看齐，你要是向我看齐，就白瞎啦。

老丁又有水平又谦虚，我为遇到这样的好领导好兄长而庆幸。

宋洋政委接受了老丁的建议，与雷大队长商量后，以大队司令部政治处的名义下发了关于结合转场进行整训的通知，这样，我和老丁去各单位了解相关情况就有了抓手，文件要求及时将存在的问题汇总上报，我们也可通过上报的材料掌握情况。

离“八一”老屋基矿交付使用的时间已然不多。“八一”前几天大队召开军政干部大会，传达支队党委扩大会议决定的几件事，以及围绕移交、转场提出的要求。

会议由雷大队长主持，宋洋政委传达。支队党委决定的事有这么几项：

一、八月一日，在中国人民解放军建军节、41支队整编建军十个年头纪念日，在老屋基平田坝召开“老屋基矿月亮田矿建成投产大会”，举行军地双方移交仪式，表彰英模，开展军民联欢活动。

二、用八月份一个月时间进行部队休整和训练，同时做好转场的一切准备工作。

三、九月一日开始所属各大队按既定次序，坐军列北上辽宁铁法矿区。国务院、中央军委批准第41支队到辽宁承担铁法矿区建设任务，原定支队机关驻铁岭，后为靠前指挥方便，经请示同意支队机关改驻法库县调兵山。各大队驻地为承担煤矿建设任务的地方，计有小青、大青、大兴等处。军列终点是辽宁法库三家子。各大队可预派人员去做扎营和接应工作。支队已成立指挥部，由邢飞副支队长在调兵山坐镇指挥。

四、做好善后工作，进一步密切军民军地关系。支队同意地方政府请求，在调离盆县之前再承担两项助民工程：一是帮助兴义县兴义水库打通一条溢洪隧道，确保汛期水库安全和人民生命财产安全；二是帮助盆县沿县城再修一条盘山公路。这两项任务将由下属部队分头承担。同时，在调离之前，要广泛开展助民活动，感谢盆县人民十年来对部队工作的支持，留下人民军队对人民的深情厚谊。

五、应盆县县委县政府的强烈要求，为了在部队撤离后加强对41支队烈士墓的保护，同意将在矿建中牺牲的129座烈士墓，从棋盘坪移到盆县县城凤凰山盆县烈士陵园，让41支队为三线建设牺牲的烈士们和当年解放盆县的先烈们一起安眠，世代享受盆县人民的祭奠。为此，支队机关有关部门、承担迁移工作的部队要和地方上做好配合，圆满完成这项政治任务。

支队党委要求各部队做好善后，搞好休整，严肃纪律，严整军容，再接再厉，圆满完成移交矿山和转战东北任务，为人民再立新功。

我在大队军政干部会上见到了夏志武，会后拉他到我住的招待所坐了一小会，关切地询问他和阎红沟通的情况，希望他在部队迁移之前，赶快把关系定下来。

志武说：你出的主意不错。我瞅阎红休假在家，就把我爸给我的信给她看了，意思是催促她能把这件事定下来。阎红看了信说，你弟弟志文订婚了？不可能吧？我怎么不知道？我说：你怎么可能知道？我也才刚知道呢。阎红又说：你这个当哥的都没有定下来，他怎么会定下来？我说，是啊，是啊，怎么叫大麦不熟二麦熟呢？大麦就是大麦，二麦就是小麦，等收割时，大麦先熟先割，如果小麦先熟先割，就是坏了规矩。阎红笑笑说，你们那里规矩还真不少，志文在订婚方面真的跑到你前面啦？我回答说，应该是吧，不光有我父亲的信，我们一起当兵的小曾，也接到志文未婚妻李小雪来信，打听志文在部队的表现呢！志文为人机灵，身上有文气，有女人缘，走在我前面也正常，我不嫉妒，但家里让我赶快找，避免大麦不熟二麦熟，说那样不吉利哩！

我问："阎红最后怎么说？"

志武说："还行，她说同父母商量一下给我回话。他爸去支队开会了，恐怕得等几天。"

从志武的叙述中，我预感到事情有变。老丁说得不错，看来志文没少往阎副政委家跑，也没少给阎红灌迷魂汤，阎红心中的天平已向志文倾斜。而志武还蒙在鼓中，不知阎红态度发生变化的背后是弟弟在起作用。人心是复杂的，女人的心更是如此，处于恋爱中的男女尤甚，他们会在比对中寻找自己的方位。在志武、志文和阎红的关系中，一开始阎红是倾向志武的，她有英雄崇拜情结，对在井下掘进不怕苦不怕死的志武充满好感。但在父母的影响下，在志文很有心计的软化下，她的选择方向悄然发生了变化。不能不说，志武一心扑在矿山建设上，心眼实，不会说暖人心的话；志文心眼活，会说话，会体贴人，一会送这，一会送那，围前围后不说，还常到家里干活，讨父母欢心。尤其关键的是，孪生兄弟长得都一样，长相上没有比较，那就看谁会来事了。阎红现在的倾斜，已不是一般的倾斜，当志武说志文已找对象时，她都不怎么相信。怎么可能呢，志文是那样的山盟海誓，说她是自己遇到的最漂亮最贤惠的女人，非她不娶，即使娶不了，也终身不娶，单身守望她一辈子，怎么可能去另寻别人呢？恋爱中的女人是愚蠢的，阎红正处于愚蠢期，越被人恭维，就越愚蠢，已愚蠢到真假莫辨了。

好在阎红还没有愚蠢透顶糊涂到家，为了证实这件事的真伪，她让母亲去向志文当面询问，给自己留出回旋的余地。

在此之前的一个晚上，志文到招待所来看我，一个村的，从小玩得来，现在又在一个部门工作，自然有无尽的话题。快结束时，我问了一句：你个人婚姻问题有进展否？

志文笑笑说：现在正和阎红处着呢，她爸妈对我很满意，阎红也有这个意思，但迟迟不吐口，也不知什么原因。也许是追求她的人太多吧。不过，我想问题应该不大。我相信只要下到功夫，千年铁树也会开花哩。

我打趣道：祝你让铁树开花吧。我听说你和咱们同学李小雪也在谈着？

“谁说的，谁给你泄露的这个秘密？”志文立马变了脸色。

我给他解释：“是李小雪给我来了信，说你俩正在处对象，向我打听一下你在部队的表现。”

“这李小雪就是多事。不瞒你说，我在贵阳火车站遇到她了，多年不见很是亲切。是说到这方面的事。那时我想，如果将来能转业到《贵州日报》工作，在贵阳也不赖。小雪有这个意思，我也就答应了。但回到部队之后，觉得还是在部队找对象合适，免得两地生活来回折腾。阎红聪明、漂亮，童姨对我好，阎副政委一手培养我，要是我和阎红成家那多好，还能受到阎副政委关照，对以后进步会有帮助。”志文倒是对我推心置腹。

“那你和李小雪到什么程度了?”

“嗨，就是有一次在她那里吃晚饭，喝了点酒，在她宿舍睡了一觉。”志文说得很轻松。

我心里咯噔一声，怪不得李小雪信中说她也许会成为军嫂，来部队探亲呢，志文这小子非闯下大祸不可！我暗自替他担心。劝他说：恋爱这事可得慎重，别脚踩两只船，最后翻了船，谨慎处之为好。

志文不以为然，说，谁现在找对象不是“普遍撒网，重点捞鱼”，咱们那么老实干什么？不会的，翻不了什么船，你放心就是。

说罢，志文走了，我送他到门口，听他下楼的脚步声，我都觉得很不稳当。

从志文处知道的情况，更印证了我的判断。我一方面为志文担忧，这是在玩火啊！一方面为志武感到不公，我要把这个情况告诉他，让他有一个思想准备。借去一中队了解整训方面情况，我把志武约到拖长江边，把知道的情况和盘托出。

志武听我讲完，一下子瞪大了眼睛：“不会吧，志文怎么会干出这种事？他不是和李小雪谈了吗？怎么会又去追阎红呢，这不是坑人吗？这种事他也干得出来！”

我不想和他争辩，事实摆在那里，就说：“有没有，你去问一下阎红便知，看阎红怎么说！”

在这之前，阎红已让她妈问过志文，让他说清楚和李小雪处对象是怎么一回事？志文机灵着呢，一听是这事败露了，赶快掩饰，他装着一脸无辜地说：回童姨话，这事是有，但那是父母包办订的娃娃亲，现在早已扯清楚，不来往了。

童姨把志文的话告诉阎红，阎红相信了。当志武去问阎红，说志文是不是在和你处对象？阎红说，没处对象，是他追求我，在报社时就多次写信，我也没有给他回话，我爸妈对他印象不错，但我还犹豫着呢，不是有你在嘛！

志武问阎红：你知道不知道他和贵阳火车站李小雪谈恋爱的事？

阎红说：问志文啦，他说是父母自小给他订的娃娃亲，早扯清楚了。

志武生气了，冲着阎红喊道：什么娃娃亲！新社会哪有娃娃亲！就是有娃娃亲，那也先给我当哥的订，哪有他的份！说完，气冲冲地走了。

阎红追到门外，志武已经走出很远。她想想志武说得有道理，现在哪还有娃娃亲呢，扯清楚了怎么还在贵阳见面呢？她知道上当啦，但她不露声色，决定用事实证明自己的判断。

当天晚上，志武约我和志文在我住的招待所房间见面。志文先到，我俩在扯闲篇，志武气哼哼地走了进来，他端着桌上我的茶缸咕咚咕咚喝了一气，把茶缸在桌子上猛一蹾，冲着志文说："你给阎红说你订娃娃亲啦？"

"说啦，订娃娃亲咋啦！"志文不服。

"你啥时候订过娃娃亲，你学会骗人啦，我都没订过娃娃亲，你订的哪门子娃娃亲！"志武怒不可遏。

"不就说说嘛，为了目的，不择手段，这是哪个名人说的。"志文还在辩解。

“我叫你娃娃亲!”志武一拳打在志文的鼻梁处,一股鲜血从志文鼻孔中冲出。

“你打我,你为一个女人打我!”志文像牴羊一样用头顶向志武的胸脯。

“我打你,我不是为一个女人打你,是为你撒谎打你!”志武又举起拳头,被我拦下了。

志文气急了:“算什么哥,和兄弟抢一个女人,我以为是谁在作怪呢,原来是你从中作梗,不知羞耻!”

志武又抽拳来打,志文好汉不吃眼前亏,跑到门口继续咆哮:“我打不过你,我不跟你争,一句话放到这:我得不到的东西,你也别想得到。你想得好,没门!”

志武要去追,被我拦住了。志武气得浑身哆嗦,两手扑甩着,在房间乱转,继而又无可奈何地说:我这弟弟就是自私,打小就这样。一次有人来看我父亲,带来十几个桔子,志文一口气吃了五六个,剩下的吃不下了,就用手把一个个桔子捏裂开,嘴里还说:我都给它捏崩,我都给它捏崩!志武说的话,把我逗笑了,我说:自家兄弟犯不着这样,越打越生,慢慢劝解吧。说他他不听,撞到南墙上就回头啦!

志武跺跺脚走了。我坐在床上独自沉思:怎么也想不明白夏志文会变成这样,这难道是一个军人应有的做派吗?还到处去找整训的问题,这不是活生生的典型事例吗?志文放言说,他得不到的也不会让志武得到,还会出什么幺蛾子呢?

阎红是个有心人,一天她请病假在家,趁人不注意,去了夏志文的宿舍。宿舍门半掩着,志文不知哪里去了。她悄然进去之后,在桌子上一本书中看到了一封信,封皮上落的地址是贵阳列车段子弟小学。抽开信纸,从中飘落出一张女人照片,半身照,面容姣好,脖子上围着一条拉毛红围巾。这不和志文送自己的那条围巾一模一样吗?

再往信纸上看，自己怎么也看不清楚，她踉踉跄跄地出了门，踉踉跄跄地回到家，一头扎到自己的床上，泪水打湿了枕巾。从此以后，她再也不理夏志文，父母问她原因，她也不说，只说“非夏志武不嫁”，要是再逼她嫁给夏志文，她就去死。至此，她和兄弟俩的纠葛才告一段落。

“蓝月亮”调救护队以后，我一次也没有去看过她。那天给她打电话，她说她来招待所看我，我急忙说：使不得，使不得，招待所人多眼杂，传出去不好。这样吧，你到老丁办公室来，咱们在那里见面。“蓝月亮”说：干啥弄得像地下党接头似的。在电话那头咯咯地笑。她哪里知道我的心情？在部队里，干部和战士找对象的外在表现是不一样的。干部允许谈恋爱找对象，战士不允许。干部谈恋爱找对象公开进行，战士弄这事偷偷摸摸。当干部的为啥大张旗鼓，就是有意让人家知道，甚至唯恐人家不知道。我们部队有个排长在盆县一中找一个女教师处对象，就隔三岔五去一中一趟，穿得军装笔挺，皮鞋锃明瓦亮咔咔响，到女方教研室走一走，意思是告诉别人：名花有主啦。多数干部并不这样，但也不忌讳自己的婚事。战士为啥偷偷摸摸，这是纪律所不允许的。不允许的事不一定没有，但都是暗流涌动，没敢扯旗放炮明火执仗的。我虽然在机关工作，但仍是大头兵一个，还是隐蔽一点好。

“蓝月亮”来了，老丁和我正研究材料，他见蓝医生进来，就打了一个招呼，借故走开了。我一下子扑过去搂住“蓝月亮”，“蓝月亮”把我推开了，说：这是机关，让人看见影响不好，咱俩就说说话，你就坐老丁的位置，我坐你的位置，你要是过来我就走了。我心里虽然有想法，也只好如此。“蓝月亮”讲了到矿山救护队的感受，她用范围广、责任重、时效紧来概括矿山救护队的工作。范围广，不管是部队，还是地方，只要需要就火速赶往；责任重就是人命关天，塌方、冒顶、涌水、触电、瓦斯爆炸，只要一发生事故，救人在先；时效紧就是刻不容缓、分秒必争。她刚刚适应这种工作节奏和工作特点，虽然忙、累，也怪有意思的，一想到工作的价值就蛮欣慰的。我由此增加了对她的新的认识，这不仅是一个善良的女人，而且是有追求有正确价值观的女人，值得我去追求和信赖。

我和老丁围绕整训准备工作，一边到基层跑，一边对上报的材料进行分析、汇总。基层干部对即将进行的整训工作很积极，认为存在问题不少，这些问题要通过整训解决，看来大队决定结合转场进行整训符合实际情况。但我们也发现下面存在对问题把握不准和任意上纲上线问题。比如，4 中队就上报一份材料，是关于一名战士吃熊掌的处分，题目是《关于战士葛小宝吃熊掌处分的通报》，后面还附着这名战士的检查。检查书上说："尊敬的连首长：我现将吃熊掌的情况加以说明并做出深刻检查。今年五月份我回黑龙江探亲路过北京，从天安门广场出来经过北京饭店，肚子饿了，我想进去吃点东西，也想进大饭店开开眼界。看到橱窗中摆有熊掌，要价不贵，一只才 6 元钱。我从来没吃过熊掌，我爷爷说吃熊掌是大补，一辈子很难遇到，数数口袋里买了火车票还剩 20 余元，我想开开荤点了两只。结果结账时抓瞎了，服务员让我付 120 元。原来我看错了，一只是 60 元，两只 120 元，付不了账，人家不让我走，想退货也不行，熊掌已吃到我肚子里啦。这咋整？我在北京举目无亲啊。服务员把店领导叫来了，问我是哪个部队的，我说，你管我是哪个部队的，我可不想让传到部队，咱丢不起那个人！但不付钱，他们就不让我走，我只好说我是基建工程兵第 41 支队 402 大队 4 中队的葛小宝，我给你写个欠条，回部队后把钱寄来。店领导说：不行，你不寄钱来咋办！我不能让国家财产蒙受损失，今天把你扣下，我让部队来人交钱，把你领回去！没有办法，人家给部队军务股打了电话，这下部队都知道了。部队没派人来，打电话到上级机关煤炭部兵办。兵办来人交了钱,人家才让我走。钱是兵办同志先垫付的,我回到部队已找战友们借钱还上了。这件事我非常后悔!我吃熊掌虽然是误吃,但说明我思想深处还有贪图安逸享乐的非无产阶级思想,大手大脚,铺张浪费,还给部队脸上抹了黑,造成不良影响。现做出深刻检讨,保证今后不犯类似错误,就是见了龙掌也绝不动心!请求组织上处分我,让我牢牢记住这次沉痛教训。”

我看了材料觉得好笑,就递给老丁看。老丁说:战士在深山沟里没见过世面,看定价时看错了一个小数点,才弄出这等事,又不是故意的,把钱补上,批评教育一下就可以了,给什么处分,小题大做!

我说:从材料上看,连里这个处分只是初步拟定,还没有下发,要不,咱们建议这处分还是别发?

老丁说:最好别发。处分决定是要装档案的,战士复员后档案里装着这么一份处分决定,心理负担该有多重!传出去还被人笑话,一辈子抬不起头来。去,你以宣传股名义给4连指导员打个电话,说说我们的建议,处分决定就不要发了。

老丁由这件事说开去,给我谈了关于处分干部战士的一些看法。老丁说:各种军纪党纪处分都是一种惩戒手段,为了严肃纪律,教育本人,做出一些处分决定是必要的,该处分的坚决处分决不手软。但也要区分情况,不能一味从严。我刚分配到成都西南三线建设办公室时,一次游览武侯祠,记住了一副对联:“能攻心则反侧自消,从古知兵非好战;不审势即宽严皆误,后来治蜀要深思。”其中宽严皆误给我印象深刻。在部队,年轻干部战士都在成长期,难免有这样那样的问题,只要不是严重违纪,不出大格,尽量采取批评教育的手段。年轻人可塑性强,一旦背上处分身上压力大,有的还会破罐子破摔。因此,能不给处分尽量不处分,能轻处分的不做重处分。有一年春节我值班，6中队发生战士打架事件，肖主任让我去处理。我去了之后，事情基本平息。我了解一下情况，两个战士是为一支牙膏打起来的。一个贵州兵，一个云南兵，家里穷，津贴费又少，连一支牙膏都舍不得买，丢了一支牙膏都心疼。我记得很清楚，那两个兵是为一支"白玉牙膏"打起来的。牙膏就扔在连部的桌子上，连长气哼哼地说：为一支牙膏都打架，无法无天了，不处理怎么能行！一人一个处分！等到连长气消了，我逗连长说：连长，你当战士时，用没用错过牙膏？战士们的漱口缸子都一样，用着用着就用混了。我刚当兵时就常发生这样的事，牙缸牙刷牙膏也没长记号，常见为弄错而争执，有人火气大，还吵架动手，但事后又后悔。今天这两个兵打架估计就是这种情况，没有什么大不了的。一人为此背一个处分，两人不是结了仇了吗？他们每人后面都有同乡战友，弄不好还会造成云南贵州兵对立，那麻烦可就大了。不如把两个兵批评教育一顿，让他俩各自做自我批评，向对方道歉，握手言和。连长指导员都认为我说的有道理。连长说：刚才把我气懵了，咱当兵时谁没用错过漱口缸子，常为此叽叽①，狗皮袜子没反正，事后还不好得一个人似的。丁干事你回吧，这件事我们会处理好。后来果真没处分人，听说打架的两个兵后来还成了一对要好的战友。

听老丁讲往事，我被感动了，心悦诚服地说："老丁，你真是菩萨心肠！你不该在机关，该下连带兵才是！"没想到这句话果然应验，难道这是一句谶语不成！

还有一件事，是大队卫生队反映到老丁和我这里来的。说一天晚上，吹熄灯号之后，一个女兵没了踪影，过了一个小时仍不见回来，女兵班长就报告了卫生队领导。卫生队领导派人到处寻找，在楼道

---

① 叽：东北方言，争执、争吵、闹矛盾。

里喊，还让人到卫生队下面的山坡四周去寻找，也没有找到，就报告了大队政治处保卫股。大约过了一个多小时之后，这个女兵回来了，卫生队保卫干事问她去了哪里，她开始支支吾吾不说，逼问急了，才说在卫生队值班室和一个男战友在谈心。男战友值班，她过去闲聊去了。问：到处喊，为什么不出来？答：听到喊声了，不敢出来，怕误把两人当成搞男女关系。问她发没发生男女关系，答：没有。问值班的男战士，男的也这么说，也确实没有找到发生两性关系的任何证据。但保卫干事不甘心，非让两人交待发生男女关系，两人坚决说没有。男的是甘肃兵，是老兵，女的是内蒙兵，才当一年多兵，说是两人说得来，是向老兵请教一些医学知识，没想到过了吹熄灯号时间。人们四处寻找，他们在房间都听见了，但不敢出来，只好等大家都散了才回宿舍。事情就是这样，决没撒谎，请领导给个改正错误机会。两人说得合情合理，大多数人也都认可，说人家两人发生关系又没有证据。但队领导和保卫干事不这么认为，他们说：不发生关系半夜在一起干什么？男女单独在一起还能有什么好事？保卫干事出主意说：他们不招，咱也有办法。队领导问：什么办法？保卫干事说：这还不好办，检查一下女方的处女膜破裂没有，不就知道了吗？队领导有些犹豫，他本来是借此整治一下男女兵过于亲密爱在一起的不良风气，没想到保卫干事出了这么个主意，就不置可否地说：你去请示一下政治处保卫股吧！保卫股对卫生队保卫干事的建议很赏识，认为还是保卫干事有办法，同意采取这个措施，但当给卫生队领导说时，卫生队领导不干了，怕闹出什么事不好收场。事情僵持了下来。丁干事带我去卫生队了解情况，事情大体就是这样，考虑到事关重大，我俩便就此事去向宋洋政委汇报。

宋洋政委听了老丁的叙述，一下子火了："怎么能这样！做事、处理问题就应该实事求是。现在有一种不好风气，见火就着，见小事往大里整，上纲上线，我们吃了多少亏还是不接受教训！办案调查情况重证据，没有找到两人发生男女关系的证据，两人口供一致，非要查处女膜干什么！即使处女膜破裂了，也不能证明就是两人发生了关系，原因多着呢！这么整，不是非要逼出人命嘛！告诉他们该怎么处理就怎么处理，该怎么教育就怎么教育，此事到此为止，不要再瞎折腾了。”

围绕整训提纲起草，我们又汇报了一些情况。宋洋政委说：看来，我们要把握整训的方向，把整训的重点放到机关和各级干部身上，对一般战士主要是围绕作风、纪律方面的问题进行教育。整个整训工作要坚持党的实事求是的优良作风，决不能走到弯路上去。要坚持以正面教育为主，重在提高认识，特别要防止借整训整人，过去我们有这方面的教训。你们起草整训教育提纲，要牢牢把握这一方向。又说，军务股拿出的训练方案我也看了，大体可以，但存在的问题是，军训一切科目全按战斗部队去做，这有些过于死板。我们军训的目的是什么？是使干部战士养成良好的军人素质，有承担艰巨施工任务的体能。基础训练按战斗部队没有问题，但在战斗技能等方面，则没有必要按战斗部队要求。我们是工程部队，不是战斗部队，我们的“战”是平时担负艰巨施工任务，战时担负抢修抢建，训练也要突出“以工为主”的特点。为此要加上一些技术培训方面的内容。关于这方面，我已让工程股协助军务股拿出方案。加上你俩手中的关于整顿方面的内容，就可以形成整训工作安排大纲。你们俩按照我说的去调整一下，和军务股、工程股搞好协作，进一步把材料完善丰富。材料形成后交雷大队长审定，然后上大队党委会通过实施。

出了宋洋政委办公室，老丁由衷叹服地说：“看看，我咋说来着，领导水平就是高。过去他在宣传科当科长，材料写得好，写的报道还上过《解放军报》头版，原以为他就是个秀才呢，没想到有这么高的思想水平、组织能力，看问题这么客观辩证，我打心里折服。看来咱这41支队真是藏龙卧虎之地，人才多着呢！”

我点点头，从内心里认同老丁的看法。

第十三章　最后两座坟茔

1975年8月1日,“老屋基矿月亮田矿建成投产大会”在老屋基平田坝隆重举行。平田坝四周群山环绕,只有中间这么一块平坝。平田坝中央竖立着老屋基矿竖井井架。整个形状像一个大型篝火晚会的广场,只不过广场中间不是一堆篝火,而是高高竖立的井架。井架的四周很开阔,除了必要的井房设施,场地早已清理干净。在井架北侧靠山根处用脚手架搭了一个大型台子,台子上方挂着横幅,左右两侧竖着两幅标语,右侧方:备战备荒为人民;左侧方:三线建设要抓紧。横幅和左右两侧标语上的大字粗犷凝重,是支队宣传科刘东申的杰作。从前两天开始,支队宣传科和大队宣传股一干人就在布置会场。搭成的台子,既作为举行投产仪式的主席台,又作为会后支队宣传队和盘江矿务局文艺宣传队同台演出的舞台。

按照分工,402大队负责老屋基矿井下设施建设,404大队负责月亮田矿建设,407大队负责老屋基矿地面建筑建设,支队机关负责平田坝施工现场清理和井架四周供排水设施安装。为了按时实现移交,支队司政后机关干部战士都到平田坝参加劳动。除了留少数人值班值勤外，无论男女，全部到了施工现场，年轻力壮的抬钢管，挖沟埋供排水管道，年纪大的和女同志清理施工现场留下的杂物，分类归拢后装车拉走。六、七两个月份天天如此，每天开两辆通勤车，早上把人送到施工现场，晚上拉回机关，中午饭各部门自行解决，不得到连队打扰。也许是马上就要离开盆县了，想再为矿山建设出点力，竟人人没有怨言，个个干得十分起劲。有的人说，这比天天关在机关读张春桥的文章、学习无产阶级专政下继续革命理论强多啦，山中空气清新，劳动又能锻炼身体，还能和战友们广泛接触，增加集体主义观念。因此，想到现场干活的人多，想留在家里值班的人少。让谁留下值班，谁心里还老大不乐意。到了工作现场，中午睡午觉的习惯没了，失眠症也好了，胡乱抓几个馒头吃了，午休时头枕着废钢管、破木头、水泥枕木，用草帽盖着脸就睡着了。由于参加劳动，人人饭量大增，后勤部有个战士一顿饭吃八个馒头，两只筷子，一只筷子扎四个，边走边吃。为此，有的干部战士还和炊事员打了起来，炊事员坚持按人均定量，要多不给打，被一个战士把一碗稀饭扣到脸上，两人扭打在一起，身上都是稀饭。负责食堂供应的邵副部长说：打什么打，都给我起来！从明天开始足量供应，干部战士放开肚皮吃饭！在食堂里引来一阵欢呼声。司政食堂看后勤食堂放开肚皮吃饭，也不示弱，每天中午带的饭菜更加丰盛，米饭里还埋了腊肉。司政后机关干部战士士气旺盛，在规定的时间内完成了施工现场清理，高质量埋好供排水管道。机关干部家属组成的“五七连”也不甘落后，没有安排她们到施工现场，也琢磨着能为矿山投产做点啥事。当知道矿山为固定圆木需要扒钉，又一时无处买到时，这些平时只会穿针引线的大嫂大婶们，竟然在王连长的带领下开了铁匠炉，烧红炉火，叮叮当当地挥起大锤，打起了扒钉等铁器制品，满足了施工现场的需要。“穆桂英上阵”的消息传到部队，干部战士受到极大鼓舞，干劲更加高涨。

朱副政委说：没想到这些老娘们，平日里常吵嘴闹架，哭鼻子甩脸子，到了关键时候还真有用场，表彰时别忘了给老娘们记一功！朱副政委老伴也是一个“小炉匠”，回家揪住朱副政委的耳朵吼道：老娘们咋啦，老娘们咋啦，老娘们就不能为矿山建设出力啦。此话传出一时成为笑谈。

老屋基矿月亮田矿移交投产，标志着中国人民解放军基建工程兵第41支队在贵州盘县建矿的使命已经完成，一个历时十年建成的大型煤炭基地全部竣工，中央关于“用贵州的煤炼四川的钢”的布局得到实现。一支特殊的部队在特殊时期完成了一项特殊的任务，赢得一场中国人民解放军建军史上从未有过的特殊战役，创造了中外建军史上闻所未闻的奇迹。它的投产移交仪式是热烈而又严肃庄重的。

8月1日这天上午10时，主席台前六个参会方队全部列队完毕，分别是支队机关方队、402大队方队、404大队方队、407大队方队、盘江矿务局方队、盘县县委县人民政府方队。台前队列整齐，秩序井然，从衣服看，有绿色方队，有蓝色方队，也有花色方队。气氛热烈，洋溢着战斗、团结、和谐的气氛。

戴兴泉支队长主持今天的会议，他少有地换上一套新军装，显得英武、庄重而又老成。

10时整，戴兴泉宣布：老屋基矿月亮田矿移交投产仪式现在开始！顿时，现场鞭炮声锣鼓声齐鸣。接下来的仪式是：

一、朱副政委宣读昆明军区、煤炭工业部和贵州省人民政府的贺电贺信。

二、乔山田参谋长和盘江矿务局局长陆新签订老屋基矿月亮田矿移交投产责任文本。

三、盘县县委县人民政府代表、盘江矿务局代表宣读对41支队官兵的致敬电和慰问信。

四、肖红述政委宣读41支队党委关于表彰建矿英模的决定。

五、对获奖人员进行奖励表彰。

在我熟悉的人中，受到表彰的有“雷黑子”、“蓝月亮”、夏志武、许延安等。我看到获奖人员列队走上台去，由台上的嘉宾给每人戴上一朵大红花、颁发证书，还发给立功纪念册、印有“老屋基矿月亮田矿投产纪念”大茶缸等礼物。一个个很严肃地走上台去，又笑盈盈地走下台来。我朝“蓝月亮”看过去，她冲我笑笑，一时也找不到说话的机会。

移交仪式完毕后，接下来是文艺演出，为了显示军民鱼水情，41支队宣传队和盆江矿务局文艺宣传队合演节目。我过去创作的《大军帮咱闹春耕》《改灶》也在这台节目中演出。我听台下的老百姓议论说：41支队的干部战士可真好，不光帮咱们闹春耕、修梯田，还身在煤田惜煤如金，真是了不起咧。听到这些，我虽然没有立功获奖，但心里也有说不出的舒坦。更让我高兴的是，我专门为这台节目写的“男女对唱”演出成功。田亚静扮演苗族少女，盆江矿务局文艺宣传队一个男演员扮演小战士，两人唱腔优美，动作幽默风趣。

苗族少女：兵哥哥到盆县喂，
盆县大改变。
一条巨龙飞出去，
什么宝贝出了山？

小战士：小妹妹你来看，
井架上云天。
地下的巷道长又长，
亮闪闪乌金出了山。

苗族少女：兵哥哥建盆县喂，
功劳说不完。
亮闪闪乌金出山后，
你们还修了什么山？
小战士：小妹妹你来看，
山坡有梯田。
军民携手学大寨哟，
荒山变成米粮山。
苗族少女：兵哥哥爱盆县喂，
盆县换新颜。
一条彩带空中舞，
什么景色最壮观？
小战士：小妹妹你来看，
公路九连环。
高山峻岭挡不住，
条条大道入云端。
苗族少女：兵哥哥离盆县喂，
妹妹将手牵。
军民团结故事多，
哪样话儿没说完？
小战士：小妹妹你来看，
拖长江水碧波涟。
一江情谊流不尽，
知心的话儿没说完。

节目的最后，盆县矿务局文艺宣传队合唱《十送红军》，一下子把演出气氛推上高潮。虽然这时的情景和红军当年撤离根据地完全是两回事,但还是营造了巨大的感情漩涡,许多干部战士和当地百姓流下了热泪。

演出结束后,是军民联欢会。联欢会就在台下场地,连队和连队、连队和地方、战士和老百姓尽情联欢,唱呀,跳呀,笑呀,闹呀,说笑呀,一时成了欢笑的海洋。平田坝村的老百姓更能闹,把几头大肥猪、十几只羊赶到联欢会场,还扭秧歌唱起了"猪呀,羊呀,送到哪里去呀,送给那亲人解放军……"

我在盆江矿务局的队列里看到了吕美,吕美也看见了我,几步就蹦了出来:"曾哥哥,好消息可以告诉你啦!""什么好消息?你找婆家啦?""胡说!"吕美一扭头,给我一个后背。"那什么好消息,你说嘛!"我催问。"我被推荐上大学啦,是河南焦作矿业学院!"吕美高兴地说。"祝贺你,祝贺你!"我抓住她的手握了握,她却迟迟不愿松开,说了一句让我为难和心跳的话:"曾哥,我这辈子非你不嫁!我到了学校给你写信,你可别不理我哟!"说完,双手捂着脸跑开了。

我挤在人群中找"蓝月亮",联欢挤乱了队形,好不容易找到她,见身旁全是救护队的人,也不好说什么,就灵机一动问"蓝月亮"道:"蓝医生,你看过电影《闪闪的红星》吗?上面潘冬子妈妈对潘冬子说:孩子,等映山红开了,你爸爸就回来了。你应该还记得这句话吧?""蓝月亮"先是一怔,突然明白过来,咯咯大笑起来,连胸前的大红花都在颤动。

在移交投产仪式举行的第二天,402 大队就举行了"转场整训动员大会"。整训大会由曹副大队长主持,宋洋政委宣读了大队党委关于开展整训工作的决定和宣传提纲,雷明大队长作动员讲话。"雷黑子"话语不多,但句句有分量。

他说:我们为什么要整训?这是人民军队一个重要传统。一个大的战役打完,另一个大的战役开始前,就要进行整训。过去我在四野,打完了辽沈战役,就进行了整训,然后部队进关,一气打到海南岛。我们在盆县的建矿任务完成了,就要转移到辽宁铁法地区执行新的建矿任务,整训能够提高战斗力,适应新的战役的需要。我们存在这样的问题,那样的问题,要通过整训解决掉。中央军委提出军队要整顿,我们是人民军队,不会例外,也没有例外。整训中为啥突出“以工为主”,加上技术训练的内容,这是由我们部队的特点决定的,不“以工为主”,还要我们这支部队干什么!咱们军队战斗部队多了去啦,还少咱们一支队伍吗?中央组建咱们这样的部队,就是要把工人阶级特别能战斗和人民军队一不怕苦二不怕死的精神相结合,锻造出一支在国家基本建设中发挥骨干作用的重要力量。费用低、效率高、机动灵活,执行命令坚决,指哪打哪,这就是我们这支部队的特点。我们要通过整训,把这种特殊性、优越性发挥出来、展示出来。

就要转战到东北去了,有的战士说:人民矿山人民建,离开盆县想盆县。想,怎么不想?我们在这里十年啦,对这里的山水和老百姓能没有感情!但作为战士,更向往新的战斗。有的说东北冰天雪地,让人受不了。说弄不好胳膊腿就冻掉了,尿尿还要用树枝敲掉尿结下的冰溜子。净胡扯,哪有那么邪乎!我老家是东北那疙瘩的,我还冰地雪天的在山上打过日本鬼子,你们看我胳膊腿掉了吗?贵州有贵州的好,东北有东北的好,大平原大豆高粱,大小兴安岭,棒打狍子瓢舀鱼,野鸡飞到饭锅里,那是过去啦——

下面轰的一声大笑起来,雷大队长真能整,说过去的事来甜乎我们。

笑声过后,“雷黑子”继续宣讲:狍子、大马哈鱼、野鸡不像过去那么多了,但猪肉炖粉条、小鸡炖蘑菇可劲造!有人说东北高粱米硬,不好消化，胡说，比现在我们吃的米不差，就是高粱米硬不好消化，我们就不去啦？我们是人民军队，党指哪打哪，叫我们去西藏雪山，去新疆戈壁滩，也是打起背包就出发，绝不含糊，绝无二话，我这把老骨头和你们一起上！

“雷黑子”一席话，把参加整训会的干部战士，一个个说得热血沸腾。整个整训工作既轰轰烈烈，又扎扎实实地在全部队展开了。

投产移交仪式举行了，部队整训工作开始了，我心里刚说要消停几天，老丁却出事了，出了大事，老丁被人“算计”了。

大队整训工作动员会结束的当天深夜，我在招待所的房间看书，正准备关灯睡觉。老丁被保卫股两个干事抬到招待所的另一个房间。高干事敲开我的房间门说：小曾，你快过来看着老丁，老丁喝得不省人事，被人算计啦，我和阚干事去向宋政委汇报。你可看好了，别让他出事，出事更说不清楚了！说完，高干事阚干事风风火火地走了。

我赶紧看床上的老丁，老丁果真是喝酒喝多了，烂瘫如泥，怎么喊他也毫无反应。我知道老丁爱喝酒，在招待所送别何菊花的那天晚上，还灌过他一次酒。但老丁有这点好，不管怎么喝酒，也不误事，也不闹事，也不乱说，喝了酒就睡，不闹酒，不像有的人，喝多了酒就信口开河胡嚼乱骂。也有的人平常胆小如鼠，喝了酒“酒壮屃人胆”，一下子勇武起来，把领导办公室的门踹得咚咚乱响。也有人说，什么把领导的门踹得咚咚乱响，那是知道领导下班了，不在办公室，领导在办公室，你让他踹一个试试！不管怎么说，有的人酒后失控，会弄出一些事端出来。老丁不是这种人呀，他能弄出什么事，还被人家算计啦，清平世界，朗朗乾坤，老丁又行端坐正，不惹是生非，怎会被人算计呢？我心上的疑惑怎么也消除不去，守着老丁坐了一夜。天快亮时再看老丁，老丁还在熟睡，酒还没醒，似乎是在做什么梦，嘴角浮现笑容，全然不知灾祸来临。我内心突然心疼他，我知道他喝这么多，喝的是闷酒。自打从北京回来，家里的事他一句不说，但常常长吁短叹，再无过去的开朗。只有我知道，蒙受的耻辱还在他胸中发酵，心中的石头还在沉沉坠着，也许痛痛快快地喝顿酒，才能暂时忘掉那不该发生的一切，那蒙受奇耻大辱的一幕。想到这里，我给老丁掖了掖被子，走出门向宋洋办公室奔去。

今天是星期天，休息放假，机关也不出早操，机关大院少有的静悄悄的。推开宋洋政委办公室的门，正好雷大队长也在，我想抽身回去，宋政委说：你进来吧，正说老丁的事，你和他熟悉。

宋政委给雷大队长讲了老丁昨晚被人“算计”的经过。我作为旁听者，也了解了事情的前后经过。

昨天晚上是周六，几个和老丁一起工改兵入伍的老乡找老丁去聚聚，说快去东北了，再不聚在盆县就聚不成啦。一起聚的老乡都是唐山开滦煤矿的，到盆县后工改兵，在连队当技术员。因为老丁是天津人，天津过去属河北管辖，这就扯上了老乡关系。其中一个姓庞的技术员的爱人从开滦老家来，说晚上炒几个菜，请老乡们在一起乐呵乐呵。矿山已经移交，周六晚上又没事，一下子来了七八个唐山老乡，就在庞技术员的家属房喝了起来，又是碰杯，又是过圈，又是打通关，酒桌上各种名堂都来，两个小时之后喝翻了三个人，老丁醉得不省人事，被扶到庞技术员的床上。其余两个人说话放炮，走路闪脚，被人架着走了。庞技术员去送客人，让爱人先收拾，他回来再送老丁回机关。事情就发生在庞技术员离开期间。他爱人在听到庞技术员的脚步声时，突然哭喊道：“我不活啦，我没脸见人啦，有人强奸我！”庞技术员急忙进屋，发现爱人躺在老丁身边，披头散发，上衣敞怀，就怒不可遏地一把把爱人推下床，照老丁脸上就是一耳光！下手真够重的，老丁脸上登时起了五个手指印。但让庞技术员疑惑的是，老丁怎么也打不醒，身上衣服齐齐整整，怎么会强奸自己的女人呢？他一时想不清楚，女的却不依不饶，跑到家属房门口大喊起来："快来看呀，快来看呀，有人强奸我，我不活啦！"隔壁家属房的人跑了来，附近连队的人跑了来，有人赶快报告政治处保卫股，保卫股高干事阚干事也跑了来。两位干事把人驱离后，就问具体经过。庞技术员说，我去送喝酒的人，回来听老婆喊才知道。问那女人，女人说，老庞去送人，我在屋外洗碗，想进去给老丁送杯水，被老丁抓住要强奸我。老阚长期在保卫股，很有经验，他看了现场，已大体上知道了什么。就问女人：强奸成没有？女人说：正要强奸成，我一喊，他就松手了。老阚问："你要不去送水，他就不会强奸你，对吧？""是。"女的回答。"那你送水的杯子在哪？"老阚又问。女的说：我把杯子送回外屋了。老阚又问："男的喝得一摊烂泥衣服又整整齐齐，他怎么强奸你呢？"女的开始支支吾吾说：他摸我啦！老阚说：摸你是强奸吗？女的说：不是，他是想强奸！老阚说："既然没有强奸，或没有强奸成，你为什么到门口大喊有人强奸你啦，你想干什么呢！"女的不吭气了，脸一青一白地坐在那里。庞技术员也大体明白这是一个圈套，他上来劈脸打了老婆一个耳光："到底是怎么回事？你从实招来！不招，就让保卫股领导捆你走，判你几年刑！"女的挨了丈夫一耳光，呜的一声大哭起来："唉，都是我丧良心，都是我害人家。老丁在那睡，根本没动我，我撒了谎！""为什么撒谎，为什么设圈套陷害解放军干部，从实招来！"阚干事大喝一声如同炸雷。高干事也把手中的手铐抖搂的哗哗作响。"我说，我说，都是我做的孽，孩子他爸在部队，我就和镇上的一个男的好上了，一次被孩子的奶奶撞见了，我害怕事情败露，想证明清白，就撒了谎害了人。我想让丈夫看看，你们部队的人干部强奸我，我都不从，我在老家怎么会作风不好呢！"刚说完，庞技术员上去就一顿拳打脚踢。趁此混乱，高干事阚干事从床上拉起仍没睡醒的老丁，连架带抬地把他弄到招待所来了。

听了宋政委的叙述，我像看了一场戏，心想人心不可测，怎么会有这样的事情发生？老丁咋就这么倒霉？倒霉的事一桩接一桩摊到身上。

宋洋政委叹一口气说：我考虑过老丁家里的困难，老婆孩子在北京，父母在天津也需要照顾，还想把他这个人才向北京兵办推荐，调他去那里工作，既留住人才，又解决个人实际困难。现在弄出这事，就不好向上推荐了。

雷明大队长说：“我看就让他转业吧，转业回北京，两个家庭都能顾上了。”

“万万使不得！千万不能让老丁回北京！”情急之下，我不顾身份地截断雷大队长的话。

“雷黑子”脸一黑大声喝问：“怎么回事？”

我嗫嚅着，半天才说：“老丁不让说。”

宋洋政委说：“老丁不让说，组织上让你说，说出来弄清楚情况好处理，说吧！”

“雷黑子”大瞪着眼睛盯着我，我看躲不过，就把老丁和我一起送材料去北京，老丁回家遇到自己妻子和别的男人在一起，捉奸在床，蒙受奇耻大辱的事讲了一番。

“雷黑子”一听气炸了肺：“老丁这个窝囊废，怎么不学宋江，一刀宰了这个阎婆惜！”

我说，还不是有个女儿，不忍拆散这个家庭吗？你让他转业回北京，他还有家吗？他永远不回那个家啦！

宋洋政委挠挠头说：“唉，这老丁，心里一定苦得很。不管怎么说，这件事影响不好，老丁不好再在机关待下去了。16中队指导员胃切除三分之二，不适应在连队了，可否让他和老丁对调一下。老丁长期在机关，也该到连队磨炼磨炼。大队长你的意见呢？”

我一听两位领导研究起了老丁的工作安排，急忙告辞说：“两位领导研究，我还得回去照顾老丁。”刚出门口，听宋政委喊了一句：“老丁家的事一定替他保密！”

老丁很快到16中队当了指导员。被人“算计”的事他已知道，为此后悔不迭，决定终生戒酒。对到中队当指导员的安排，他心里也颇为满意。说自己是学地质的，却误入“文字圈”，现在是回归本行当了。虽然是指导员，但在连队，毕竟天天和掘进打交道了。老丁赴任后，我心里很失落，一个好领导好搭档不在身边，新来的领导又不熟，情绪不怎么高涨。工作不愿多做，只是负责办《整训简报》，印好、装订、下发就是了。这一段我和夏志文走得近，同在一个股，又是一个村出来的兵，能够说点心里话。志文知道了老丁的事，知道我为之情绪不高，就常过来安慰我。

志文上次和志武为“娃娃亲”的事动手之后，两人就没有来往。我看出志文为此事很纠结，情绪也不怎么高，就连志武受表彰戴大红花，他也不怎么高兴。

我一次见到志武，说到动手的事，志武说：我真是气急了，他怎么能够编诳骗人呢？这边谈着一个，那边又谈一个，这不是祸害人吗？如果他就认阎红一个，对人家真心，我就主动让给他，何必用这种卑劣的手法呢？

我对志武说：你这话不对，阎红不是一个东西，让你们两个让来让去发扬风格，正确的办法是自由竞争，各自展示才能，让人家阎红去选择，这才是正理。

志武说：你说的有道理！自由竞争好，但志文必须和李小雪断了，不能吃着碗里，看着锅里的。他这么两头整，要是让我爸妈知道，不砸断他的腿才怪！

志文却是另一番说辞。我把志武的话学给他听，他说：吃着碗里的看着锅里的咋啦，说明竞争意识强，有奋斗精神。去菜市场买个菜，还得挑挑拣拣呢，哪能捡到筐里就是菜！

我说：不管怎么说，你两头沾不对，必须断了一头，诚心诚意地对另一头好。

志文说：两头沾，沾什么沾！人家阎红现在都不理我！我去她家，她扭头就去了自己房间。我察觉阎副政委和童姨对我的态度也有变化，不像过去那么热火。

由这个话题又说到志武，志文仍气不打一处来："什么哥，和弟弟争女人！过去从小学到中学，他都护着我，不让别人动我一根手指头，现在一拳打得我眼冒金星鼻口窜血，你看我能饶了他！他不让我好，我让他也好不到哪里去！"志文不从自己身上找原因，把气都撒到志武身上。志文说："宪云，你咋样，你有意中人没有？"

我说："我能咋样！你和志武都提干了，我还是大头兵一个，我想找意中人，我有这个资格吗？"我说这是牢骚话，也是心里话。在部队机关，大头兵最难混，看着像个干部，实际是个战士。干活按干部要求，待遇按战士对待。机关开会坐在最后面，和四个兜的干部坐在一起，浑身不自在。当干部的找对象处女朋友光明正大，当战士的见个女的都偷偷摸摸，干啥都低人一等。凡在机关当过战士的，都会有这个感受。人家志武志文可以公开找对象啦，我连恋"蓝月亮"的资格都没有。连"蓝月亮"都说，让我提了干才去找她。有时越想越泄气，还有点埋怨领导，有谁知道我的苦衷呢。

志武、志文知道我的苦衷，但人家毕竟已是干部了。志武现在抓整训，整天忙得不得了。志文倒是常来，一说就是大半天。志文说：你住在招待所来往方便，干脆把你房间钥匙给我一把，我想来就来。你不在我也能进来休息，写稿太累时，过来眯一会，在机关太不方便啦。

志文说得有理，我就把房间钥匙给他一把，让他来去方便，这样，我们的交流就更多了。

我很想调和志武志文兄弟俩的关系，但没想到越调和越紧张。志文一直以为是志武从中做了梗，坏了他的大事。他对我说：阎红原来对我很有意思，现在见我好像不认识似的，不是志武戳破“娃娃亲”，人家怎么会不理我？肯定是他这个当哥的，在背后踢我的响屁股，使的坏。这样，阎红就会对他好。有本事公开竞争，背后使坏算什么本事？

我劝志文：你哥从小为人周正，在部队表现也是有口皆碑，有啥事他会当面来，不会在背后搞鬼的，你应该相信他。

“我相信他？鬼才相信他。人是会变化的，他过去还不打我呢，现在不是打了吗？只有永远的利益，没有永远的朋友，也没有永远的兄弟，阎红就是一个照妖镜，让我看清了他的嘴脸！”

任我说什么，志文都不相信。除非阎红能重新对她好，信任他，但眼前的现实是阎红离他越来越远了，这个扣子怎么解得开？也不知阎红从哪来的那么大的劲，路上碰面都不正眼看他一眼。这一切都是志武的罪过，志文把账都记到了志武身上。

一次志文去阎副政委家看童姨，想通过童姨做做阎红的工作，使她回心转意，没想到童姨竟夸起志武来，说：你那个孪生哥哥干得很好嘛，还受到表彰，戴了大红花哩！还问志文：你家里介绍那个“娃娃亲”如何，“娃娃亲”也有好的咧，旧社会还有指腹为婚的，也有的过得很不错哩。要是好，可别错过机会。童姨的话像一把刀子，扎在志文心上，志文又把这账记到了志武头上。

这中间，我去16中队看过一次老丁。老丁到了连队，似乎找到了当领导的感觉，精气神大为不同。我去时，正赶上他集合队伍准备去兴义参加爱民隧道施工。支队把帮助兴义县水库修泄洪隧道的任务交给402大队，老丁代表连领导主动请缨被批准，16中队、17中队各把隧道一头进行开凿，八月底之前贯通。老屋基离兴义县一百多公里，去一趟不容易。老丁见我来看他，很高兴，说咱兄弟俩以水代酒，权当你为我送行。中午在连部，老丁一点酒都没沾，看来酒是真的戒了。我和老丁在一起合作愉快，他像亲哥哥一样帮助我，我们建立了很深感情，我向他倾诉，说自打他离开机关我很失落，觉得干啥都没有意思，甚至想复员回家算啦，进不了县文化馆，就回家照顾父母双亲。老丁劝慰我说：兄弟，你不要这么想，要相信大多数人是好的，是与人为善的，领导对我们的表现都是有数的，是会想着你的。人在做，天在看，祸福善恶终有报，只是来早与来迟。记住老哥一句话：但做好事，莫问前程。要相信组织，组织上的眼睛是雪亮的，不会埋没你曾宪云的才华。

老丁这一席话，说的我心里很受用，心情好了一些。我对老丁说：你且不要管我，到了施工现场，切记注意安全，万万不可大意！老丁笑笑说：咱几万米大巷道都打下来了，还能在区区泄洪隧道这条小河沟里翻了船！

借老丁吉言，组织上果然没有埋没我。我去北京时交给"老谷头"的剧本《地心深处的歌》即将由兵种文工团排练公演。兵种文工团汪大守政委给我来了信，说若我对修改的几处地方没有意见，他们就开始排练，计划在"十一"国庆期间公演，还将参加全军文艺汇演。这个消息对我来说太重要了，我的创作成果终于被采用了。功夫不负有心人，千年的铁树开了花，终于抱了一个"金娃娃"！志武也从一中队跑过来给我祝贺。我说：你是怎么知道的？志武说，他是听阎红说的，阎红是听他爸阎副政委说的。看来大队领导也都知道了这件事，由此也可以看出，志武和阎红的关系已很不一般。

我问志武和阎红关系的进展，志武说，阎红提出在部队转场之前把两人关系确定下来，说这也是她爸妈的意思。为什么这么着急，这涉及到阎红自己的去留。如果和志武这件事成了，她就会随父母调往东北，否则就留在盆县了。姑娘都伸出了橄榄枝，志武还犹豫什么呢？志武说：我没有犹豫，但这么大一个事，我得征求一下父母意见，等父母回了信再最后定夺。阎红怎么说的呢？志武说：阎红把我的态度告诉阎副政委和童姨，两位老人都夸我懂事，守规矩，人生大事怎么能不听听父母意见呢！志武的话说得平淡，但我能感觉到，他现在的心里像掉进了蜜糖罐。

我原想把《地心深处的歌》被兵种文工团排演的消息告诉“蓝月亮”，但转念一想，决定还是先眯着，到排出来公演时再告知也不迟。再说，我还差一个条件，若能提上干，双喜临门去报信，岂不更好？歌剧的排练使我对自己增强了信心，感到自己提干还是有可能的。我想起一句话：冬天已来临了，春天还会远吗！我盼望自己人生春天的到来，盼望和“蓝月亮”共有的那个春天的到来。

约一周后，志武来找我，说他父母回信了，同意他和阎红的婚事，还把信给我看。我很快浏览一遍，大体如下：志武吾儿，来信收悉，你和阎红的婚事，我们没有意见。咱家条件差，我又是一个残疾人，要给人家说清楚，千万不敢隐瞒。为父为你高兴，你在部队入党、提干、立功，现在又解决个人问题，就安心在部队好好干吧。你弟志文也自谈了一个，两家都很满意。你俩个人问题都解决了，我们也没有什么忧念了。为了显示郑重，过去来信落款都落“父母字”，这一次署上了“父亲夏家威母亲何菊花”的大名。

志武又把信送给阎红看，回来乐颠颠地告诉我，阎红说，既然双方家长都同意，我们就订婚吧。订婚总得有个仪式吧。志武说，阎红的意思是，部队正在整训期间，弄大了影响不好，说咱们小范围聚一下，就在招待所你这里，咱们打几个菜，喝一点酒，你给我们做个见证人。

“我？我做见证人，合适吗？”我说。

“合适！是阎红点你的将，她说，第一次是你领我去的她家，后来还给我们传过信，你最合适！”

我说：好，我就当你们的证婚人。你忙，我来操办吧，到时你俩过来就成。又问了一句：到时请不请志文？

志武有点为难地说：“阎红不想见到他，他伤阎红太深了。”

我说，行，那就找个志文不在机关的时间，省得他撞上，大家面子上不好看。“行，你就看着办吧，就交给你了。”志武说完，去给阎红回话，然后回连队去了。

过了几天，是个周五，志文说他要去支队送审关于进行整训的报道稿，还得在支队宣传科充实、修改，周六回不来了。我一想这是个机会，就和志武、阎红商量把订婚仪式放在周六晚上。周六晚上放假，招待所也清净。

周六这天白天，我把房间打扫一下，搞了一下内务卫生，两位新人要在我这里举行订婚仪式，不可太马虎。没有什么礼物可送，突然想起一中队云南兵老唐还送我一男一女两个铜娃娃，送他们岂不正好。柜子里有吕师傅送我的两瓶“三花酒”，权做喜酒了。晚上提前上招待所伙上点了几个菜，就说来了老乡。一切准备停当，已是快六点，天渐渐暗下来了，窗户外面拖长江的流水声清晰可闻。

“呯呯”敲门声，清脆而温柔，阎红进了来，天热，阎红穿着长裙，上身着粉红色衬衣，脸上略施薄粉，人逢喜事精神爽，比平常还好看。她帮我把杯、碟、筷子等摆上，这时，夏志武也来了，他跑得气喘吁吁，头上冒着汗气，说，排里事刚忙完，我没来晚吧！

阎红说：“你没来晚，你最后一个到。”

志武端起酒杯说：我自罚一杯，噫，还是三花酒哩！

我说:你们订婚酒可上档次,是吕师傅存了十年没舍得喝的三花酒哩!

阎红端起杯抿了一口说:好喝,我刚才来时想看家里有没有酒,翻遍了柜子也没有找到。

我端起酒杯说:我作为见证人,真诚地为你们祝福。咱先喝三杯,一敬天地,二敬父母,三敬养育咱们的部队。

志武说:还得敬你这见证人,也是我们的媒人!阎红响应,三人又各喝一杯。

我说,我得祝福有情人终成眷属,永远幸福。说完又是一饮而尽。尔后又提议他俩喝交杯酒,一阵闹腾。突然想起要赠送他们的两个铜娃娃,便从桌头的小盒子里拿出来,阎红一看,纯粹的民间工艺,用云南精铜制成,两个娃娃做嬉闹状,头部分开,四只手粘连,在做什么游戏。阎红喜欢得不得了,我又借机劝进两杯酒。看得出阎红今天真的是高兴。我喝酒从来不偷奸耍滑,喝得实在。志武说,可不敢喝太多。阎红说我来替你喝,志武杯中的酒大半让阎红喝了。阎红显然有点多了,脸色更红,牙齿更白,在电灯照射下笑容更加灿烂,开始反客为主地给我敬酒,一会敬见证人,一会祝贺我的大作即将公演,给我灌进不少。人生得意须尽欢,莫使金樽空对月,谁说来着?我们三人敬来敬去,热闹成一台戏。这台戏正往下进行,志武一拍大腿说:坏菜啦,周连长晚上还找我商量事情哩,咋把这茬给忘啦!阎红嘴一撅:你去,你去,烦人!我说:营帐之中没有小事,你且快去快回!志武说:你们在这里等我,万一我回不来,你就等阎红醒醒酒,帮我把她送回家。兄弟拜托啦!说完愧疚地看了阎红一眼,就关上门踏踏踏地跑走了。

志武走后,阎红还要和我碰杯,看来真是酒不醉人人自醉了,还拿起志武的杯子说:他不喝我喝!我一看坏了,不能再让她喝了,喝醉了咋整？我看她在凳子上有点坐不稳，就扶她坐到我的床上，刚一撒手，她就躺倒在床。我急忙撤身，虽然喝了酒，我也知道男女之间的避讳。把阎红的鞋脱了，让她平躺一会醒酒，我则把桌上的饭菜简单收拾一下，带上房门到拖长江边散步去了。

拖长江在我眼前流淌，我的心也随江水流淌。触景生情，在为志武和阎红做见证人时，我也想到了我的意中人，杨兰芳、蓝桂荣、吕美，一个个面孔在我面前展现，交织而来，一个弃我而去，一个奔我而来，而唯有"蓝月亮"在我心中常驻。映山红开了，红军就回来了；我的映山红何时开，蓝月亮何时能拥进我的怀抱？由拖长江，我想到李白，传说李白是为捞月坠江而死的，那么，为了捞到"蓝月亮"，我也不惜献出一切。亲爱的"蓝月亮"，你此时此刻进入梦乡了吗？你知道我在想你吗？让脚下的江水捎去我对你的思念吧。

不知过了多长时间，我估计阎红酒已经醒得差不多，可以送她回家时，就回到招待所打开房门。刚进门，眼前的一幕把我惊呆了：一个人趴在阎红身上行男女之事。阎红嘴里喊着"志武""志武"，兴奋地配合着。我以为志武从连队回来了，酒后把持不住，借订婚打了"提前量"，就准备撤身而出，另找地方休息，哪知这人听到开门声，却回过头来，我看时，这哪是志武，是志文啊！两兄弟长得像，但我还是能辨别出来的。我气急了，上去一把把他薅起来，一耳光打在他的脸上：猪狗不如的东西，你敢调戏你的嫂子！我这一打，把阎红打醒了，她登时大哭起来，怎么是你呀！怎么是你呀！你这个畜生，你做这样的事还叫人吗！原来，阎红把志文当成了志武，认为是志武来成全好事，在酒醉中也就顺水推舟，没承想……阎红大哭起来。志文吓坏了，赶紧穿好衣服夺路而逃。

我在此时还算镇定，赶忙对阎红说：别哭了，别哭了，深更半夜的传出去如何是好！我递给她一条毛巾说，我冲门口站着，你赶快把衣服穿好，我有话说。待阎红穿好衣服，依然在啜泣之时，我说：真没想到发生这样的事，你打算怎么办？阎红咬牙切齿地说，他做出这等羞耻肮脏的事，我饶不了他！我告诉我爸，让从重处理，让他转业回家！我以后永远也不愿见到他！我急忙说：使不得，使不得，你让他转业回家，人们都知道了这件事，你不是更没有脸面了吗？莫不如把这件事隐瞒下来，咱俩不往外说，志文做下丢人事，他也不会往外说。给他一个改错的机会。你们过去毕竟相互处过朋友，你愿意一棒子把他打死？“这我不管，反正今后我不想再见到这个无耻之徒！”阎红说。“好，好，这个我来办，我有办法让他离开你，再不来打扰你的生活，你相信我就是！”我说。

也许连队事情重要，志武没从连队返回来，还是我等阎红情绪平复之后，千叮咛万嘱咐她到家中别露出来破绽，才打着手电筒把她送回家中。

第二天是星期天，天还不亮，夏志文就来我住处，听钥匙响动，我坐了起来。志文坐在我对面的凳子上，支支吾吾地说：我昨晚咋就干了这种见不得人的事！

我一听就火了，鼻子不是鼻子脸不是脸地将他臭骂一顿：“你还是人吗？竟干出这种猪不吃狗不闻的烂事，你今后还有脸见你哥吗？有脸见阎红吗？那可是你嫂子呀！”

志文说：“我去支队送稿件，宣传科王干事说不用改了，我就搭顺路车回到老屋基，想到你这里弄点吃的，结果看见阎红躺在那里，就一时性起……”

“什么一时性起，你是伺机报复！你上次说，你得不到，也不让你哥得好，原来使了个这么不要脸的伎俩！你闯下了塌天大祸，我看你怎么办！”

“宪云，我该怎么办呀！”志文一副后悔不迭的样子。

“怎么办，你自己拿主意，自己挖的坑自己填，咱俩这么多年，我才发现你是一个极端自私自利的家伙！”

“我去向志武道歉，我去向阎红赔罪！”志文说得很真诚。

“什么道歉，什么赔罪，你以为这就能解决问题，只能是把问题越弄越大，大家都难堪！”我训斥道。

“那我怎么办呀！”志文认识到了问题的严重性，开始不知所措。

我点拨他说：“阎红说她永远不想再看见你，你看着办吧！”

“那我下连队，下偏远的连队，离她越远越好，这个丧门星，我以后还不想见到她呢，你以为她是什么好东西！要不是她，我和我哥怎么会弄到这一步！”志文真是不讲理，一点也不从自个身上找原因。

我说：“你下连队也好，这几年待在上面太浮了，咱们一起出来的，我都不敢认识你了！”

很快，夏志文就向政治处肖主任要求下基层锻炼，他很真诚地说：肖主任，我当兵以来，一直浮在上面，这样对自己不好，我要求到最偏远最艰苦的连队当排长，一步一步从基层做起。

组织上很快就批准了夏志文的请求。肖主任在政治处全体会议上表扬了夏志文，说：夏志文同志认识就是到位，一些干部总想到机关来，很少有机关干部要求到基层，夏志文现在要求下去，我们支持，也体现了整训工作的成果。处里的同志纷纷鼓掌，只有我在鼓掌的同时，露出了鄙视的神色。

时间一天一天过去，部队离转场的日子越来越近。一天，肖主任找我。肖主任为人平和，说话慢声细语，不急不躁，从来一副从容不迫的样子，我对他印象很好。我第一次到402大队锻炼，就是他给我安排的连队。我抽调到机关后，一直跟宣传股老丁写材料。老丁对肖主任有意见，不怎么尿他。老丁离开之后，肖主任对我一如既往，让我感受到领导的大度和胸襟。

坐下说了几句闲话，肖主任直奔主题，他说今年各大专院校到部队招生，煤炭部兵办下拨了名额，和往年不同，今年增加了两个文科指标，一个是北京大学中文系，一个是武汉大学历史系。支队干部科请示肖政委，肖政委提出文科名额一个留支队机关，一个给402大队。北大中文系的名额就下拨到了我们政治处，我请示了宋政委，宋政委和雷大队长商量后，提出让你去北京大学深造，让我征求你本人意见后上报。如果你没意见，我就把你上报支队干部科了。

突然而来的好消息，使我一时不知说什么好，只是一个劲地对肖主任说：谢谢，谢谢，我没有意见。

肖主任说：这只是一个初步的意见，还没有最后定下来，最后的决定权在支队干部科。因此这件事要保密，不能对任何人说。说出去，假如你去不了，那多难堪！因此，要做成与不成两种思想准备。肖主任会做工作，一句话说得我谁也不敢告诉。但自从有了这件事，我就开始秘密地收拾东西，悄悄地做着准备。

上大学是我的梦想，何况是北京大学中文系！我知道上了大学就等于提干，上了大学回来就是干部，“蓝月亮”要求我的条件我都达到了，我的梦想也就会实现了。我想把上大学的消息告诉“蓝月亮”，但又不敢，万一泡了汤，岂不让人家笑话！

还真的是好事多磨。大约又过了一周，肖主任又找我，说上次讲上大学的事出了一点岔头，我们把你报上之后，支队干部科说，这个名额必须是干部身份，是提了干的。我已给宋政委汇报，宋政委说他和上面沟通一下。看来这件事有点麻烦，你暂且待之，两手准备吧。

肖主任的话，闹得我心中有点起急，如果上面非要坚持干部身份，那我上大学的事不就泡汤了吗？我想想没有别的办法，只好去找宋洋政委。

我到宋政委办公室门口，门半开着，听他正打电话。他嗓门很大：请问是干部科吗？是姚科长吗？喔，对，对，知道了，要是坚持干部身份，我们就不派人去了，名额瞎就瞎了吧！紧接着听他把电话摔了，自言自语：岂有此理！紧接着，宋政委又拨出电话："肖政委吗？我是宋洋啊，给我们大队一个上北大中文系的名额，干部科非说让干部去，战士不行，这是你的意思吗？"肖政委怎么说，我没听见，只知道他接了一阵电话，把电话放下了。此时此刻，我进去说什么呢？只好蹑手蹑脚退了回去。从宋政委的语气看，似乎是为我在争这个名额，但成与不成，我也没有什么把握。

又过一周，肖主任找我，让我填北京大学中文系工农兵学员入学审批表，我才知道此事已定，我终于能去上大学，当一名工农兵大学生了。肖主任说：你上学这件事，惊动了宋政委、雷大队长，他们都不干了，找了肖政委。肖政委说：干部科乱弹琴，这是不讲组织原则，按个人意志办事，要求撤换姚科长，说此人太不讲原则。后来我听说，名额刚开始下来时，姚科长就请示过肖政委，肖政委说：北大中文系指标放402大队，咱们不是有个秀才留在那里锻炼吗，看他够不够条件。听到这个话，我哭了，为部队领导能这样主持公道而感动。我当兵之后，没单独见过肖政委一面，没敬过一杯茶，没递过一支烟，没倒过一杯酒，我何德何能，竟受到部队最高首长的关照！

接下来是漫长的等待。接受上次的教训，即使这件事定了下来，也要等接到北大入学通知书再做数。在现实生活中，煮熟的鸭子又飞了的事也不是没有发生过。我向肖主任表示，我会做到一颗红心两种准备，让去上学就去努力学习深造，掌握更多的为人民服务的本领；去不了呢，就安心部队工作，继续为矿山建设做贡献。我的工作更加积极、态度更加谦和，编发《整训工作简报》更加认真。我提醒自己：这个时候要特别克服"风头主义"的毛病，决不能鹤立鸡群，而是鸡立鸡群，做一个普通的人，平常的人，一个联系群众的人。在此期间，我接到提供免冠照片和体检的通知，都是自己悄悄去进行的。我到盆县县城去照相，在街上碰到阎红。阎红还和过去一样漂亮，只是脸上多了一些忧郁的神情。她问我来县城干啥？我说来照相。她说照相还专门跑一趟，照相干啥用？我有点支吾。阎红笑了：你莫不是找了对象了吧？我急忙说："没有没有"，最终也没有告诉她照相干啥。阎红问我："听说你要去上大学，接到通知没有？"我说还没有，还是瓢把①上的事，能不能去还不知道呢！阎红说，接到通知可得请客，我们聚一起为你祝贺一下。受到阎红问话的启发，我在按规定照免冠照片的同时，也照了一张穿军装的全身照，还让涂成彩照，准备接到入学通知书去见"蓝月亮"时送她作为纪念。我到支队医院去体检，血压、肝功能都正常，胳膊腿也没有问题，只有一项不合格，就是萎缩性鼻炎，当医生说鼻炎不影响上大学时，我的心才放进肚子里去。

终于，北京大学入学通知书来了。通知书上写道："曾宪云同学，经组织推荐，我校研究同意，录取你到我校中文系读书。请于9月15日前到校报到。"通知书是干部股刘干事送来的，我接过通知书，紧紧握着刘干事的手致谢，握得刘干事都不好意思起来。原来我太激动，握着刘干事的手不知撒手，握得刘干事的手都出了汗。

我小心翼翼地把通知书放进上衣口袋，和那张彩色照片放到一起，用手摸了又摸，当确认无误时，才出了门向大队矿山救护队飞奔而去。跑了一段来到拖长江边，江水一浪追逐一浪，也像我的心情一样兴奋。我再也控制不住激动的心情，兴奋地唱起了河南豫剧：朝霞照在阳澄湖上，芦花放稻谷香岸柳成行……这是《沙家浜》中郭建光的一个唱段，最能表达我此时的心情。走了一程又一程，唱了一段又

① 瓢把，河南方言，意为不一定、没定准。

一段，最后竟学起了女声腔调，唱起了《花木兰》唱段“谁说女子不如男”：

刘大哥讲话理太偏
谁说女子享清闲
男子打仗到边关
女子纺织在家园
白天去种地
夜晚来纺棉
不分昼夜辛勤把活干
将士们才能有这吃和穿
你要不相信哪
请往这身上看
咱们的鞋和袜
还有衣和衫
这千针万线都是她们连哪
有许多女英雄
也把功劳建
为国杀敌
是代代出英贤
这女子们
哪一点儿不如儿男

到了卫生队门口，我才醒悟过来，这貌似偶然唱出的唱段，是从我心底流出的，是我借此抒发对心中情人“蓝月亮”的赞美。

当我对门卫说我找蓝副队长时，门卫说：咦，不巧！蓝医生刚带救护车去兴义啦，说是那边隧道施工出了塌方事故！

如同兜头一盆凉水，把我心中炽热的火焰浇灭，兴冲冲而来，灰心丧气而去。我的脚步像灌了铅，拖长江上空的云也浓重起来，沉甸甸地压在我的心头：老丁怎样，老丁没事吧？蓝医生去现场救援，不会遇到什么危险吧？百公里开外，没办法赶过去，只有默默地等待。天上阴云在我心中越聚越多，压得我透不过气来。

不知走了多长时间，我茫然走到宋洋政委办公室，他脸色凝重，正守在电话机旁。我从他口中得知，事故是今天早上发生的，塌方严重，部分干部战士被困在隧道内，雷大队长已赶过去组织救援。目前情况不明。没想到部队撤离前竟发生这么大的事故，宋政委嗓子一下子哑了。我说了一句“老丁”，眼泪就止不住流了下来。不知为何，我心中有一种预感，老丁怕是再也回不来了。我也担心“蓝月亮”，但我说不出口，这是埋藏在我内心深处的秘密。

突然一阵刺耳的电话铃声传来，宋政委急忙抓住电话听筒，听他“啊”“啊”几声后，撂下电话，表情像铁块一样凝重，他对我说：刚刚雷大队长来电话，隧道塌方处共抢救出轻重伤员 7 名，正送往兴义医院救治。兴义县城青壮年排长队献血，县委书记说：一定要把这些子弟兵抢救过来，他们是为兴义县人民造福遇险的啊！

在心急如焚的等待中，我和宋政委谁也不说一句话，时间就像凝固了一样。我在心中默默地为老丁祈祷，为“蓝月亮”祈祷，为所有受伤的战友祈祷，祈祷他们脱离危险平安归来。

又是一阵尖锐刺耳的电话铃声响起，宋政委对着话筒大声喊：“什么！老丁负重伤没抢救过来，牺牲了！救护队蓝副队长进去救人也负了重伤，没抢救过来……”

听到这里，我一下瘫倒在椅子上，昏了过去。

三天之后，我们部队在新落成的盆县烈士陵园专为 41 支队烈士建造的墓园，为老丁、“蓝月亮”举行了隆重的安葬仪式。兴义县为两个人做了两副贵重的楠木棺木，由县委主要领导扶灵，几十个壮劳力把两副棺木抬到山上来。支队肖政委、戴支队长来了，雷大队长主持安葬仪式，我随宋政委、肖主任等领导，默默地站在两座墓前。在一阵表示哀悼的密集枪声响过之后，安灵仪式开始，老丁、“蓝月亮”的楠木棺缓缓移入墓中。

由于新墓园刚刚落成，棋盘坪的烈士墓还没有移过来，老丁、“蓝月亮”的墓占据了一号、二号的位置，在整个烈士陵园格外醒目。两人的牺牲，使第41支队烈士墓增加到131座坟茔。首长和战友们为牺牲在盆县的最后两位烈士致哀，久久不愿离去。

我就要离开部队去上大学了，支队政治部干部科通知我到支队参加工农兵大学生座谈会，然后直接从支队出发去北京。大队政治处肖主任在我离开大队前，主持召开了欢送茶话会，宋洋政委也来参加。大家肯定了我取得的成绩，也坦诚地指出我的缺点，希望我到大学深造后再回部队效力。我只说了一句“谢谢”，就哽咽着说不出来，泪水打湿了脸颊，最终忍不住唔唔地痛哭起来。我想起了所有帮助过我的人，想起了许许多多首长、战友，我想起了老丁、“蓝月亮”、王小新、朱北方等和我密切接触过的人，他们给我的温暖刻入了我的心扉，永远都不会忘记。

到了支队，支队机关搬迁工作已经开始，大部分人和物品都已运到了东北，剩下的少数人仍在坚守岗位，紧张地忙碌着。

在政治部三楼会议室，这个在我成长中留下深刻记忆的地方，政治部王耀堂副主任给我们十多位工农兵学员代表开了座谈会。本年度国家分配给第41支队38名上大学名额，其中有工科、理科、文科等，我作为文科代表参加会议。在大学生代表中，我看到了刘文先，我俩紧紧地抱在一起。“你上什么大学?”我问。“南京工学院!”“你腿好了吗?”我问。“早好啦!”刘文先说完,在原地蹦了两下。

刘文先告诉我,说他已知道我去北京大学中文系读书的消息,也知道中间经受的波折。他说:都是宣传科侯副科长搞的鬼,他从中作梗,找了干部科姚科长,好在他们的目的没有达到。全宣传队战友为你上大学高兴,杨文天知道你今天到支队参加座谈会,约今天晚上到他家小聚,给咱俩送行。他和小燕子结婚了,分了家属房,今天晚上就在他们家聚会。就他们两口子、你、我和田亚静咱们几个,开完会咱俩就过去!

晚上在杨文天家,自是一番热闹,大家畅谈别后之情,又充满惜别之意。文天拿出珍藏多年的茅台酒,给大家一一斟上,充满深情地说:咱们三战友兄弟一场,在一起打过巷道,今天你俩上了大学,一个北京,一个南京,我真为你们高兴,向你们祝贺!你们就要离开部队了,我和小燕子也要随部队北上铁法矿区啦。酸甜苦辣一杯酒,东西南北万里程,来,喝起!大家全都举起了杯,连从来不喝酒的小燕子、田亚静也都喝了一个满杯。

看着田亚静被酒呛到的样子,我逗她说:亚静,你那天移交投产演出唱的男女对唱唱得好咧,我还没听够,能不能再唱一遍给我听?

“要得!”她站起来,做出苗族少女的表情唱了起来:

……

兵哥哥离盆县,

妹妹将手牵。

军民团结故事多,

哪样话儿没说完?

刘文先拉起了手风琴，杨文天手握筷子做起了指挥，小燕子起身曼舞，我也不甘闲着，扭动不太灵活的腰肢，和田亚静对唱：

小妹妹你来看，
拖长江水碧波涟。
一江情谊流不尽，
知心的话儿没说完。

一直闹到很晚很晚，我们的聚会才结束。

第二天早饭后，刘文先田亚静送我到支队"人民解放军是个大学校"大彩门前等通勤车。文先说，他还要收拾一下东西，过两天才走。我冲田亚静说：是"知心话儿没说完"吧？田亚静笑笑。我说：亚静你可捡个大便宜！原先以为刘文先会落残疾，成了"一米七八"，没想到全须全尾儿，你不是捡个大便宜是什么！田亚静笑道：去，狗嘴里吐不出象牙，我捡了大便宜？是他捡了大便宜吧！

告别文先亚静，我坐通勤车到了盆县县城。在盆县汽车站买了第二天去沾益的车票，在汽车站对面的交通宾馆登记住下，便去了盆县烈士陵园。在老丁、"蓝月亮"墓前久久地坐着，我一个又一个地抱着墓碑痛哭，述说着我对他们的思念。山风阵阵，松涛声声，更增添我的哀思。说完了，讲累了，哭够了，我就静静地坐在那里。一直到夜幕降临，才一步一回头地离开这让我魂牵梦绕的地方。

第二天天刚亮，我就坐上从盆县去沾益的头班汽车，经刘官屯、两头河、火烧铺，一直到胜境关出了盆县。盆县和云南富源县的交界处是胜境关，一关之隔，两地的土色截然不同。我想我的人生，经过在盆县的锤炼，已进入到一个新的阶段，无论走得再远，也忘不了我的第二故乡盆县。

盆县，我思念你，我会回来看你的。

汽车已驶入云南境内。回首望去，一座座大山紧紧相连，耳畔拖长江水哗啦啦流淌，泪水模糊了我的视线。

尾声

43年后，又是乌蒙山区映山红盛开的季节，刚刚退休的我终于去实现自己的梦想，确定了前往盆县的行程。此时，盆县已改名盘州，县城也早已迁移到红果，成了乌蒙腹地的一座新城。吕美陪着我，我俩乘上了南下盘州的高铁。我大学毕业后又回部队效力。吕美焦作矿业学院毕业后分配到第41支队，穿上军装，成了一名工程师。我俩成家后，一直在部队辗转各地，直到1983年基建工程兵被撤销，一起转业到地方工作。

几十年了，数度迁移，但我始终忘不了盆县。“曾经煤海一老兵，三载青春献乌蒙。”盆县是我的第二故乡，是哺育我成长的部队的驻地，是我们当年战斗的战场，也是为三线建设牺牲了的战友们长眠之地。

我们从盘州站下了高铁，坐上了去盆县老县城的长途客车。司机师傅50多岁年纪，很健谈，听说我们去盆县老县城，又关切地向他打听41支队机关驻地板桥的情况，就说：你这个老同志是41部队的老兵吧。我说：“你怎么知道？”他说，我在这里开车，每年都遇到不少

41部队老兵来寻旧地，你们可为盆县发展立了大功啦。又说，盆县县城迁到红果后，老县城由城关镇改为双凤镇，可不如以前繁华啦，也不如你们部队在时闹热。话语间流露出一种失落和对以前时光的缅怀。

到了汽车站，我和吕美在附近的林业宾馆住下。这宾馆原是盆县林业局，林业局迁到新县城之后，原局办公楼办成了招待所，现租给个体经营。刚住进去，一阵瓢泼大雨就从天而降。吕美说：这是对咱们表示欢迎哪。

中午略事休息，我们就冒雨上了街。“天无三日晴”，我们熟悉当地的气候，是带了雨伞来的。吕美理解我的心情，在河边的一家超市买了两瓶白酒、两袋蛋糕点心和水果，跟着我沿街由北向南走去。曾经的街景多么熟悉呀，那木板筑起的房屋，那河中潺潺的流水，那挑着挑子卖糍粑、凉薯的苗族少女，带焦炭味的煤火气，甚至街面上的堆堆牛粪都深刻在我们的记忆中。但这一切似乎都消失了，除了基本街道、两条河流的框架没变之外，其他都变了，满街都是店铺，到处是叫卖声，市声鼎沸，人流涌动，河水也不如过去清澈。我们在时，可是清澈见底，游鱼可数呀。我默默地想着，穿过老县城体育场，向左折，通过体育场后门，进了盘县烈士陵园。

烈士陵园依然庄严肃穆。它坐落于盆县老县城盆沿高处的凤凰山，爬154级台阶才能到达。我们拾级而上，心情复杂沉重，这不是通常的烈士陵园，而是葬有我们部队为三线建设牺牲的烈士们的陵园，是我40多年来从未忘怀的地方。

走上宽阔的台地，一座巍峨的烈士纪念塔耸立在长方形平台中央，塔前的石碑镌刻着陵园介绍。吕美给我打着伞，我一字一字记下了上面的碑文：

陵园始建于1957年,1974年正式定名为烈士陵园,占地面积17000余平方米。陵园内有在解放战争时期和50年代初牺牲于盆县的解放军指战员墓,有盆县游击团、队指战员烈士墓,有中国人民解放军建字四十一支队“三线建设”牺牲于盆县的烈士之墓共220余座。

建字四十一支队就是我所在的部队。在这有220余座烈士墓的烈士陵园,我们部队的烈士墓就有131座,而这些烈士全部都是在和平年代为“三线建设”献身的。

我和吕美来到记忆中的41支队烈士墓园区,坟墓列队,秩序井然,上下多层,依次排开,凄风冷雨中更显沉静肃穆。让我们感到意外的是每座墓前的石碑都已移除,为了辨识,只在墓身用红漆写着编号。正疑惑间,一个手握镰刀的同龄人走了过来,便向他询问为何没了墓碑?回答道:40多年过去了,有的墓碑损坏,有的字迹漫漶不清,县民政局统一制作的新碑还没有安上,若需找具体人的墓,可到民政局查阅档案。听其说话是贵州口音且有几分熟悉,欲待详细攀谈时,对方却惊呼起来:“小曾,曾宪云!”“你是?”“我是咱们班何顺呀,我俩还为草帽大一块地方打起来,你忘啦!”

我一拳砸在何顺肩膀上,两人紧紧拥抱起来,雨水泪水一起流了下来。我问:“你个龟儿子,怎么会在这里?”何顺说:我退伍后到盆江矿务局当了一名矿工,时不时就来看看这里的战友,为他们修修墓。退休后,老伴到新县城给闺女带孩子,我更是常常跑来这里。老伴让闺女在老县城体育场边给我买了间小房子,说,你喜欢你那些战友,你就和他们住一起吧。十多年啦,我天天来这里转悠,算是尽一个守墓人的职责吧。何顺领着我和吕美一座一座墓巡看,一边告诉我们这是谁的墓,哪里人氏,家中现在的情况。我惊奇地问:你怎么知道的这么清楚？何顺说，天天在这里，就像置身连队中，对每个人的情况能不清楚嘛。说到守墓的动机，何顺说，我和在这里躺着的许际执烈士最熟，同是一年兵，打心里佩服他。那一年边境吃紧，我们新战士个个要求上前线，有不少写血书表决心的。我亲眼看见许际执把右手一个指头伸到嘴里，“咯吱”一声，鲜血直冒，在白布上写了“誓死保卫祖国”几个血字。我也想咬手指，却下不了决心，找个大头钉在手指上扎个眼，流出的血连半个字都写不出来，你说那个丢人劲！打那之后我就从内心佩服这个兵，他为救战友牺牲，更是我心中的英雄。其他战友我不认识，但都是为“三线建设”牺牲的，我为他们守墓应该应份，感到光荣和骄傲！我一时说不出话来，把何顺抱得更紧，留出的泪水更多。

何顺领我到老丁墓前，往下依次是蓝桂荣、冯国忠“冯老虎”、许际执……何顺说，131座，一个都不少，我们就在此一起祭奠吧！吕美拿出点心、水果，一一放在墓前台阶上。何顺从旧军衣口袋里摸出一只打火机，点燃几支香烟，和祭品摆在一起。我和他一人手执一瓶酒，在墓的四周泼洒，我口里念叨说：老丁、蓝医生、冯团长、许际执、王小新、朱北方、郑振彦……还有长眠在这里的战友们，我和吕美来看你们来啦！战友们没有忘记你们，国家没有忘记你们，历史也不会忘记你们……在墓前，我们静默致哀，行三鞠躬表示敬意。我在心中默默地对老丁说：老丁，你的女儿上了大学，读了博士，现在是一名地质学专家，你不要惦念，放心地在这里安息吧！

同样，默默地，我把吟成的一首诗献给“蓝月亮”：

部队北上君留此，
今番祭奠我来迟。
四十余载阴阳隔，

一片痴心似旧时。

雨下得更大了，是苍天为烈士们垂泪吗？雨水带着我的泪水，落在墓前的草地上。我忍着悲伤抬起头来，千峰万壑映入我的眼帘，那一棵棵颗苍松，就像一个个穿着绿军装的战士，那漫山遍野怒放的映山红，就像战士衣帽上的帽徽领章，我的思绪又回到了激情似火的“大三线建设”年代。

更让我没想到的是，晚上在老县城“四合院”餐厅聚会时，何顺找来了当年402大队政治处肖主任、刚从矿务局俱乐部主任位置上退下来的赵军，还有专程从县城赶来的原县文化馆的老朋友舒强，还有一些转业或复员到盆县工作的战友和部队干部子女，满满坐了两桌。最后赶到的一个人，又给我一个意想不到的惊喜，见面我俩就紧紧抱在一起，“老怀”“老怀”地叫着。你猜那是谁？竟是别后再没见过的文县战友伍新生。“你怎么在这里？”我问。何顺说：你们文县老乡在我们龙硐做了上门女婿啦！“怎么回事？”伍新生告诉我：他当兵时经常帮扶的那一家，姐妹俩都长大了。后来姐姐找到连队，非要嫁给当兵的。连长很作难，说这么多当兵的，你嫁给谁呀？姑娘说嫁给伍新生。如果伍新生不愿意，随便哪一个都可以，只要是当兵的就行。等到要复员时，连长才把这个消息告诉他，并和龙硐村老支书一起，促成了这桩婚事。一晃40多年过去了，他在这里娶妻生子，已扎下了根。

欢迎晚会由肖主任主持。肖主任在基建工程兵煤炭部队撤销前，转业到盆江矿务局工作，现已退出矿务局领导岗位。他热心为老战友服务，被推为第41支队盆县战友会会长。老肖是我的老领导，祝酒词热情洋溢。他举杯说：“热烈欢迎咱41支队的曾秀才回家！宪云是咱部队唯一一个北京大学毕业生。他过去写过《地心深处的歌》宣传过咱们部队，愿他再拿起笔，写一部关于咱们部队的长篇小说，为这支特殊部队几万名干部战士立个传!”这杯酒喝得我热血沸腾,也喝下了一个庄严的承诺。

第二天上午,肖主任订了一个中巴车,拉我和吕美及其他战友去支队机关板桥、老屋基矿、月亮田矿、火烧铺矿等处旧地重游。肖主任介绍说,当年建成的这些矿,不仅满足了攀钢用煤的需要,而且在西南煤田建设中发挥了骨干作用。今天的盆县,已经成为西南地区乃至长江以南最大产煤县,这块当年红军长征经过的红色土地、六七十年代“三线建设”开掘的黑色煤田,正在成为一方加快发展的热土,生态建设走在全省前列,千亩银杏林、坡上草原、高山杜鹃园、大洞竹海、喀斯特地貌温泉群等景点,吸引着大批游客。你们这次来别急着回去,我带你们多走几个地方,这是咱们的第二故乡啊,是咱们洒过热血的土地啊!

这是一个乌蒙山区难得的晴好天气,中巴车在高速公路疾驶,一座座矿山、电厂,一个个新兴的城镇,在眼前闪过。刚刚跃出山巅的朝阳把山山岭岭镀上一层金黄,朝霞在东方的天空抹上层层五彩斑斓的色彩,云海在山谷中奔涌,好一幅壮丽的画卷!放眼望去,前方的路越来越开阔,眼前的景色也愈加亮丽起来。

2018 年 10 月 8 日第一稿完成

2019 年 3 月 22 日第二稿改毕

后记

这是我写作的第一部长篇小说。

我是带着一种责任来写这部长篇小说的。为了写这部长篇，我历时十年搜集资料。从 2016 年 2 月开始构思，到现在完成书稿，用了三年时间。虽然真正写作用的时间并不长，但加起来耗费的心血却很多。写作此书非干名利，实出于一种责任。我曾经是中国人民解放军基建工程兵煤炭部队一员，有十年军旅生涯。对于在部队那段生活始终难以忘怀，尤其刚入伍在乌蒙山区参加煤矿建设那三年，给我刻下了终生难忘的印象。1983 年，国家战略布局调整，基建工程兵部队撤销，我所在的部队完成了历史使命，我也转业到地方工作。几十年过去了，但一想到过去为国家建设拼搏的那些岁月，想到基本建设工程兵 49 万忘我奋战的将士，想到我所在的“特别能战斗”的基本建设工程兵煤炭部队，仍激情满怀热血沸腾。我要为基建工程兵立传，为 49 万将士立传，为在执行国家建设任务中牺牲的烈士们立传。现在，这个愿望终于实现了，我稍感肩头的轻松，同时又忐忑不安，为未能充分展示这支部队的业绩和指战员们的精神风貌而惭愧。

这篇小说所写的部队真实存在过，但书中的人物都是虚构的。即使一些人似乎有生活原型，但这些人物也是经过艺术加工的，是艺术中的“这一个”，而非生活中“这一个”，这是要特别说明的，读者勿须对号入座。

在这部书写作过程中，参阅了《中国人民解放军基本建设工程兵史》(军事科学出版社)、《基本建设工程兵煤炭部队志》(煤炭工业出版社)等一些史志类图书，许传播等战友提供了有关创作资料，一些熟识的领导和朋友，对这部书写作予以指导和帮助。我特别感谢我的妻子石丽侠，她对这本书的写作做出了重要贡献。江苏凤凰文艺出版社张在健社长、本书责任编辑李黎先生鼎力支持、精心运作，才使这本书得以完美的形式又快又好地出版。在此一并致以诚挚的谢意。

限于思想认识水平和创作经验，本书尚有许多不足之处，未达理想境界，敬请读到此书的朋友多提宝贵意见，以使修订时力臻完善。

再一次感谢各位亲友对本书写作出版提供的帮助。

作者

2019 年 3 月 25 日

图书在版编目(CIP)数据

乌蒙战歌/樊希安著. —南京:江苏凤凰文艺出版社,2019.4
ISBN 978-7-5594-3483-8

Ⅰ. ①乌… Ⅱ. ①樊… Ⅲ. ①长篇小说—中国—当代
Ⅳ. ①I247.5

中国版本图书馆 CIP 数据核字(2019)第 055899 号

乌蒙战歌

樊希安 著

责任编辑 李 黎
装帧设计 私书坊_刘 俊 石晓云
责任印制 刘 巍
出版发行 江苏凤凰文艺出版社
南京市中央路 165 号,邮编:210009
网 址 http://www.jswenyi.com
印 刷 南京新洲印刷有限公司
开 本 718×1000 毫米 1/16
印 张 26
字 数 313 千字
版 次 2019 年 4 月第 1 版 2019 年 4 月第 1 次印刷
书 号 ISBN 978-7-5594-3483-8
定 价 60.00 元